松毛床

晓苏——著

江苏凤凰文艺出版社
JIANGSU PHOENIX LITERATURE

图书在版编目（C I P）数据

松毛床 / 晓苏著. — 南京：江苏凤凰文艺出版社，2016

ISBN 978-7-5399-9373-7

Ⅰ. ①松… Ⅱ. ①晓… Ⅲ. ①短篇小说－小说集－中国－当代 Ⅳ. ①I247.7

中国版本图书馆 CIP 数据核字(2016)第 125881 号

书　　名　松毛床
著　　者　晓　苏
责任编辑　黄孝阳　汪　旭
出版发行　凤凰出版传媒股份有限公司
　　　　　江苏凤凰文艺出版社
出版社地址　南京市中央路 165 号，邮编：210009
出版社网址　http://www.jswenyi.com
经　　销　凤凰出版传媒股份有限公司
印　　刷　保定市铭泰达印刷有限公司
开　　本　652×960 毫米 1/16
印　　张　20
字　　数　260 千字
版　　次　2020 年 9 月第 2 次印刷
标准书号　ISBN 978-7-5399-9373-7
定　　价　68.00 元

作者像

目　录

序

刘庆邦

从今年的大年初一，到正月三十，我马不停蹄，每天都在写短篇小说。写了一篇又一篇，在整个正月里，我一连完成了四篇短篇小说。寂寞最是过年时，过年外部世界越热闹，我越感寂寞。排遣寂寞的有效办法，就是眼睛向内，耳朵向内，写自己的小说。同时，我也是有意识在开年时向自己发起一个挑战，挑战一下自己的文学想象力、艺术创造力和写短篇小说的爆发力。当然，发起挑战的是我，应战的也是我。我对自己的表现报以微笑，表示有限度的满意。起码来说，在我四十多年的创作生涯里，利用一个正月，连写四个短篇，这种情况还从来没有过。

写完四个短篇，到了二月初一，我开始读晓苏的短篇小说，准备为他的新的短篇小说集作序。我对晓苏的短篇小说是熟悉的，他近年来所发表的短篇小说，凡是碰到我眼上的，我都会看一看。有时候是碰巧，我俩的小说发在同一家同一期刊物上。比如在《作家》杂志上，连着两年，我们都在该杂志的第一期发了小说。收到杂志，我除了看自己的小说，也会看看朋友们的小说。这些年我很少看长篇小说，中篇小说看得也不多。一个主要的原因，是想抓紧有限的时间，写自己的东西。但短篇小说是可以看的，看一个短篇花不了多少时间，写作之余，休息之间，喝杯茶的工夫，就把一个短篇看完了。有外国作家把短篇小说说成是一种礼貌性的文体，就是从阅读一个短篇无须占用人们多少时间的意义上说的。我读别的作家的短篇小说，是抱着欣赏和学习的态度去读。沈从文说过，他的每一篇作品都是习作，他一直在学习。一个作家要持续写作，肯定要不断学习。其中包括向生活、传统、经典、外国作家学习，也包括向同行和年轻作家学习。当然了，学习的同时，也会有一些挑剔。不是故意要挑剔，作为一个也操作小说的作者，不知不觉间就挑剔起来。其实，挑剔也是一种学习，有挑剔才有学习，说不定挑剔是一种更好的学习。

以前读过晓苏的小说了，这次读有不少篇章是重读。一回生，两回熟，重读与初读的效果是不一样的。加上这次读有着做功课或做作业的性质，读得就细致一些，深入一些，不仅读情节、细节、结构、语言，还要读思想、情感和味道。给我的感觉，晓苏已经和短篇小说融为一体，不分你我。晓苏的短篇小说是晓苏的组成部分，晓苏也是他的短篇小说的组成部分。或者干脆说，晓苏的短篇小说就是晓苏，晓苏把自己变成了自己的短篇小说。比如我们观看乒乓球比赛的顶级赛事，看高手与高手过招，常常会禁不住为一些好球叫好，甚至会觉得有些不可思议，不知道那样精彩的球是怎样打出来的。转播比赛的评论员解释说，因为运动员的长期刻苦训练，才实现了人球合一，人就是球，球就是人，打起球来才能得心应手，随心所欲。运动员从场上下来，也会有记者靠上去提问，某个高难度的球是怎样回过去的，当时是怎样想的？运动员会说，他也不知道，他当时什么都没有想，也来不及想。能把球回过去，靠的是本能的反应，是下意识的动作。通过这样的比方，我们差不多就明白了，写短篇小说和打乒乓球几乎有着同样的道理。无技巧的境界是从有技巧来的，本能的反应是长期实践的结果，神来之笔是在艰苦劳动的基础上产生的。

回过头看晓苏的《传染记》《卖糖记》《酒疯子》《养驴的女人》等“油菜坡”系列小说，浑然天成之中，我们都能看出作家的本能所发挥的作用。这个本能是综合性的，其中有心理本能、情感本能、语言本能，还有肌体和器官本能。在行进般的写作过程中，之所以用这个细节，不用那个细节；一句话这么说，不是那么说；选择这个字眼儿，而不是那个字眼儿，很大程度上，是一种本能性的选择。当然了，这里所说的“本能”，不是所谓生来就有的能力，指的是天生的倾向性，以及对某些事物特别敏感，经过后天的学习、锻炼，才形成的能力。本能里面有天赋的成分，但天赋不等于本能，要形成本能，还必须有“地赋”的参与和支持。还拿打乒乓球作比，仅仅有打球的天赋肯定是不够的，没有从小就开始的日复一日的训练，不付出大量的汗水，绝对不会人球合一，不会成为乒乓高手。

别看晓苏写了这么多短篇小说和长篇小说，其实他只是一个业余作者，他的本职工作是在大学里当教授，是教书。他一边忙里偷闲写小说，一边还要拿出主要精力研究小说，并给他的学生讲小说。晓苏已出版了《名家名作研习录》《文学写作系统论》《当代小说与民间叙事》等好几部学术专著。晓苏遍览古今中外的好小说，从理性上，他太知道什么样的小说是好小说了。同样是在理性上，他也知道怎样才能写出好小说。我在前面说本能，这里又说理性，前后是不是有一些矛盾呢？一点儿都不矛盾。我们写每一篇小说，都要有思路的引导。我们每完成一篇小说，都是理性结出的果实。理性的强弱，在很大程度上决定着小说品质的高下。那么理性从哪里来的呢？当然是来自感性。从感性到理性，理性整理着感性，又升华着感性，二者深度融合，变成心灵化的东西，就形成了本能。所谓觉悟，也是这个意思。从觉到悟，从悟再到觉，觉和悟我中有你，你中有我，才叫觉悟。

问题在于，我们知道了什么样的小说是好小说，也知道了怎样才能写出好小说，却不能保证写出来的小说一定就是好小说，不能保证每一篇小说都是上乘之作。小说不是好伺候的，你对她稍有疏忽，一点儿伺候得不到位，或伺候得过了头，她就有可能给你找一点儿别扭。小说最要不得别扭，全篇如果有一点儿别扭，就说不上自然、完美。小说让人烦恼的地方在这里，她的魅力也是在这里。最近我在自己的笔记本上写了几句话："小说写了四十多年，我现在是怎么写都行，怎么写都不行。"说"怎么写都行"，是说我不管怎么写，都不失为一篇小说，都能达到发表的水平（我已经写了三百多篇短篇小说，没有一篇废品）；说"怎么写都不行"呢，是觉得什么样的路子都被人走过了，什么样的方法都被人用过了，很难写出新的花样儿来，写出来的新作总是不能让自己完全满意。有时想标一点儿新，立一点儿异，却露出了炫技和制造的痕迹。

我想我所遇到的问题晓苏也会遇到，让我们继续努力，在写作中学习写作，在不断学习中克服问题。

2016 年3月12日于北京小黄庄

松毛床 /

野猪

1

日头偏西时，徐乃宝扛着一杆枪回到了油菜坡。走到一个岔路口，他停了下来。面前有两条路，一条通往他家，另一条通往他家的苞谷地。他想了一下，决定直接到苞谷地去。天一黑，那些狗日的野猪就会蹿出来糟蹋他的苞谷。他想在天黑之前赶到苞谷地，先把枪架好，等野猪们一来就打。

走了一段，徐乃宝把枪从肩上取下来，端在了手上。他还举到眼前做了个瞄准的动作。看样子，他已经迫不及待想对野猪下手了。

这也难怪，自从派出所收了枪缴了铳，野猪们就越来越猖狂了。尤其是今年，苞谷秆上刚开始长梭，它们就横行起来，见到苞谷梭子就吃，连那寸把长的苞谷芽儿都不放过。实在没办法，徐乃宝才到镇上去找武装部长借枪。部长是他当兵时的战友，两个人上下铺睡了三年。

端着枪走了一会儿，徐乃宝又把枪扛到了肩上。他觉得把枪端在手上的样子不太安全。借枪的时候，部长说了又说，安全是天大的事。一开始，部长怎么都不肯借。部长说，这可是违法的事，弄不好还要掉脑袋的！后来，他苦苦地央求部长说，你要不借，我那五亩地的苞谷就颗粒无收了。不瞒你说，我家这几年全都指望着那片苞谷，除了人吃和喂猪，每年还能卖一万多块钱。要是它们都被野猪吃光了，那我一家老小就只能来你这儿讨米了！部长见他说得可怜巴巴的，才勉强把枪借给他。

徐乃宝一边走，心里一边想着那片苞谷。今年风调雨顺，苞谷的长势比往年还要喜人，收成好的话，卖一万五千块钱毫无问题。村里大多数人家都盖了楼房，他家还一直住在土房子里。这几年卖苞谷，加上养猪，他已经存了十万块钱。他想，再卖它两年苞谷，也可以盖个楼房了。

2

走了一支烟的工夫，徐乃宝来到了石作仁门口。石作仁正在屋檐下和几个人打麻将，每人嘴里都叼支烟，面前堆了一些皱巴巴的块子钱。

石作仁的老婆也在，但她没上场。她一边嗑瓜子，一边看石作仁打。扭头吐瓜子壳时，她看见了徐乃宝。啊，徐乃宝扛杆枪呢！她惊奇地说。石作仁顿时忘了出牌，马上把脖子拧过来了。你扛杆枪搞啥？石作仁胀大眼圈问。徐乃宝停下说，打野猪。石作仁说，要是打到了，送个胯子我吃。徐乃宝说，好，只是野猪的胯子骚味重。石作仁怪笑一声说，哈，我就喜欢那个味。

徐乃宝正要走，屋里突然传出一串古怪的叫声。他听出那是石老爹在叫，像说话，又像呻吟，听起来揪心。石老爹患了绝症，据说已来日不多。一听见石老爹叫，徐乃宝的脚就走不动了。他是一个心肠有点儿软的人。

石作仁又接着打麻将了。他一边抓牌，一边对老婆说，你进去看看，老头子又咋啦？喊得像吵命的！他老婆嘴角一翘说，我才不去看呢，他身上臭烘烘的，要看你去看。石作仁说，老子要打牌呢！你进去看一眼，我给你五块钱。他边说边抓了几张毛票子塞在她手里。她收下钱，二话没说进了屋。

进屋不到两分钟，石作仁的老婆就出来了。她蹙着眉头，还把一只手当成扇子在鼻孔前不停地扇。

老头子喊啥喊？石作仁不耐烦地问。他想吃苞谷浆粑粑。老婆回答说。真是要死了！石作仁扔出一张牌说，我们家连苞谷都没种，哪有苞谷浆粑粑吃？亏他想得出来！老婆朝嘴里丢了一颗瓜子说，别理他就行了。让他闹，看这个老不死的还能闹多久！说完，她把嘴巴撮成一个小黑洞，吐出了两片瓜子壳，像飞出来几只黑蛾子。

徐乃宝没想到他们会这么说自己的老爹。他实在听不下去，就拔腿走了，连招呼也懒得给他们打。

跨过一条干沟，徐乃宝走到了石作孝屋旁的菜园边。菜园里栽着辣椒和茄子，四周种了十几根苞谷。苞谷长得不错，每根秆子上都鼓着好几个梭子。一看见这几根苞谷，徐乃宝就停住了。他陡然想到了石老爹。石作孝也是石老爹的儿子，排行老二。石老爹还有个姑娘，排行老三，名叫石作美。

徐乃宝在菜园边站了好半天，没看见一个人，就大声喊石作孝的名字。喊了七八声，石作孝才从屋里出来。他像是喝过酒，脸红得跟猴子屁股似的。怎么喊了这么久才出来？徐乃宝问。石作孝打了个酒嗝说，中午喝醉了，刚被你喊醒。徐乃宝问，不逢年不过节的，为啥喝酒？石作孝说，老婆今天过生日，我就敬了她几杯。

这时刮来了一股风，把一根苞谷秆吹歪了，正好倒在徐乃宝怀里。他趁机说，你老爹想吃苞谷浆粑粑呢，可你哥哥不理他。你最好掰几个苞谷棱子送过去，让你嫂子摊粑粑给他吃。石作孝立刻露出一脸苦笑说，这我可作不了主。徐乃宝问，为啥？石作孝说，你晓得，我一直都是怕老婆的。

石作孝话音没落，他老婆突然从屋里出来了。徐乃宝连忙走上去说，我让你男人送几个苞谷棱子给你公公摊粑粑吃，可他说要你做主。老婆脱口说，不行！这绝对不行！徐乃宝一愣问：为啥不行？她说，我们当初是分了工的，老大负责养活老爹，老二负责养活老妈。老爹要吃粑粑，凭什么要我们送苞谷棱子？石作孝连忙附和说，去年，老妈临死时想吃梨子，老大家的梨树上多的是，可他们一个都舍不得给，害得老妈死了连眼睛都没闭上。

听他们这么说，徐乃宝感到哭笑不得。他不想再跟他们白费口舌，扭头就走出了菜园。走出不远，他听见石作孝对他老婆说，你看，他还扛杆枪呢。老婆说，肯定是打野猪的。他没理他们，连头也没回一下。

走过一道土梁，徐乃宝便看见了石作美家的房子。她就嫁在油菜坡，丈夫也是这个村的人。只是，她住的那个屋场不太好。屋后是一面荒坡，坡上到处都是坟。今年，高速公路上马后，沿路的坟都往坡上迁，那里的坟就越发多了。不过，那面荒坡也让石作美挣了不少的钱。那坡归石作美家管，从今年春天开始，谁要在这里砌坟，都必须先给她付一笔钱。

徐乃宝去苞谷地，要从石作美房子后面走。经过的时候，他碰见村里的一个人正在和她谈迁坟的事。她要那个人给八百，那个人却只想出七百。石作美说，少了八百，你埋到别处去。那个人说，别处要是有地方，我还来求你？她说，你这人也太抠了，高速公路上不是给了你一千块钱的迁坟费吗？你竟然连八百都不愿意出！

坡上不远处，有一个人正弯着腰在那里割茅草。徐乃宝一开始没认出他，等到他直起腰来，才发现是石作美的丈夫。听到这边有人在磨价，他直起身子就跑过来了。镰刀在他手里胡乱地挥着。

石作美丈夫一来就说，别再磨了，过些时这里还要涨，每座坟涨到一千。那个人苦笑了一下说，那就少五十吧，七百五行不行？石作美说，不行，少一分都不行！那个人沉下脸说，你们也太黑了，还是一个村的人呢！他冷笑一声说：哼，一个村的人算个球，去年我丈母娘死了埋这坡上，我还要小舅哥送了我一条烟呢。听他这么说，那个人便没再作声了，只拿着头摆了摆。

徐乃宝刚转身要走，脑子里猛然想起了石老爹。他回头对石作美说，你跟我去一趟苞谷地吧。石作美问，去你苞谷地干啥？徐乃宝说，给你老爹掰几个苞谷棱子送去。石作美扑哧一笑说，哈，我还以为你要送我一块苞谷呢，心里还激动得不得了。

石作美丈夫问，送苞谷棱子干啥？徐乃宝说，你丈人想吃苞谷浆粑粑。石作美说，我可没空给他送。徐乃宝瞪她一眼说，他是你老爹呢！他丈夫抢着说，她老爹有她哥哥管，轮不到出嫁的姑娘操心。石作美紧跟着说，就是，我是嫁出去的姑娘泼出去的水。

听他们这么一唱一和，徐乃宝顿时觉得很尴尬。他苦笑了一下说，不说了不说了，算我多管闲事好吗？说完，他把枪从一个肩头换到另一个肩头，忿忿地去了自己的苞谷地。

3

徐乃宝到苞谷地的时候，天上突然下起了一丝小雨。苞谷地边上搭着一个窝棚，他赶紧躲了进去。

窝棚里有一架木梯，徐乃宝迅速把枪架在了木梯上。架好后，他睁只眼闭只眼瞄了一下，枪口正好对着苞谷地对面的那个豁口。野猪们每次都是从那儿闯入苞谷地的。他顿时有些兴奋，恨不得野猪们马上就来。

可是，日头还没完全下山，窝棚外面还亮堂堂的。野猪们在天擦黑时才会来，现在离天黑少说还要一个钟头。徐乃宝陡然有些后悔。早晓得时间这么宽裕，他应该先回家吃点东西的。一借到枪，他就从镇上马不停蹄地往回赶，到现在连中饭也没吃，眼睛都饿得有点儿花了。

等了半个小时，日头终于下了山。这时，徐乃宝从窝棚里走出来，对着苞谷地屙了泡尿。雨这会儿已经停了，夜幕正像一块黑布慢慢地从天上降下来。

徐乃宝屙完尿，一边系裤子一边回到了窝棚。他直接走到木梯后面，扶住了枪。他把腰微微地躬着，两腿挪开，一手按住枪背，一手摸着扳机，眼睛一动不动地瞄着准星，摆出一副随时准备开枪的架式。他的心这时开始跳了起来，有一种说不出来的亢奋。

天色越来越暗了，苞谷地已经模糊不清，那些苞谷秆看上去跟影子似的。徐乃宝憋住呼吸，紧紧地盯着那个豁口。盯了五分钟的样子，豁口那里终于出现了一个毛乎乎的东西。来了！徐乃宝自言自语地说。他说着就扣下了扳机。他打得真叫准，枪声一响，那个毛乎乎的东西就倒下了。

可是，徐乃宝打死的却不是野猪。他冲出窝棚，兴冲冲地跑到豁口一看，倒在地上的竟然是石老爹。他穿着一件用棕树皮做成的蓑衣，毛乎乎的，看上去真像一头野猪。

天啊！徐乃宝顿时惊叫了一声。他这么一叫，油菜坡的夜晚就黑得伸手不见五指了。

4

当天晚上，石老爹的尸体被抬到了油菜坡村委会。抬尸体的人本来要把他抬回家的，但石作仁不允许。他说，我爹是被徐乃宝打死的，应该抬到他家里去！村长考虑了一下说，这不妥，先抬到村委会再说吧。

村长把党员活动室打开了，让石老爹平躺在那个椭圆形的会议桌上。村长说，他土改那年就入了党，死后在这里躺一躺也说得过去。

村长五十多岁，当了几十年干部，处理过很多人命关天的事。他把治安主任叫到身边，叮嘱说，你把死人的消息先封锁起来，没摆平之前，千万不能声张出去。治安主任问，要不要通知石作孝和石作美？村长犹豫了一会儿说，对他们也暂时保密吧。这两个人，都不是省油的灯，他们一掺和进来，事情会更难弄。

徐乃宝事情一出就傻掉了，目瞪口呆，面如土灰，好像丢了魂。直到夜里九点钟，他才渐渐清醒过来。

党员活动室旁边有个小房子，是村干部的休息间。在休息间见到石作仁时，徐乃宝吓了一跳，害怕他扑上来拼命。不过，他只是虚惊了一场。石作仁显得很平静，还给他递过来一支烟。但徐乃宝没接，他有气无力地说，我哪还有心思吸烟啊？石作仁说，你不吸，我自己吸。他说着就点燃了，鼻孔里很快冒出了烟子。石作仁的老婆也到了场，情绪也很正常，只是没见她吃瓜子。

九点半钟，村长和治安主任来到了休息间。村长咳了一声说，双方商量一下吧，看公了还是私了？石作仁抢先问，公了咋了？村长说，公了就是向上面报案，由司法机关来判，该赔偿的赔偿，该坐牢的坐牢，该枪毙的枪毙。石作仁又问，那私了呢？村长说，私了嘛，就是你不告徐乃宝，让他赔你一笔钱，赶快把人埋了。村长话音没落，石作仁老婆就激动地说，那就私了！石作仁顿时白了她一眼说，你岔个屁！停了一下，石作仁对村长说，你让我想一想再说。

石作仁埋头想的时候，村长问徐乃宝，你的意见呢？徐乃宝有点儿气短地说，我当然希望私了。

徐乃宝话刚出口，石作仁猛地抬起头来问，公了也有赔偿，私了也有赔偿，这中间的差别有多大？村长想了一下说，如果公了，最多赔个两三万的安葬费；要是私了的话，少说也要赔十万。石作仁扔掉烟头说，十万少了吧？村长说，具体赔多少，你跟徐乃宝商量。他说完，把眼睛转到了徐乃宝身上。

徐乃宝看着石作仁说，我最多也只能赔你十万。你晓得的，我家上有老下有小，至今还住着土房子。这几年，我刚好存了十万块钱，打算盖个楼房的。现在出了这么大的事，楼房我也不盖了，把钱都取出来赔给你，算我这些年的苞谷白种了。石作仁冷笑一声说，哼，十万谈都莫谈！

村长这时问，那你要他赔多少？石作仁还没开口，他老婆快嘴快舌地说，十五万！少了十五万不谈！石作仁猛地推了她一掌说，要你别岔你还要岔，再岔，老子割你的舌头！村长盯着石作仁说，那你赶快说个数吧。石作仁突然提高嗓门说，二十万，少了二十万，这事下不了地！

徐乃宝一惊说，天老爷，我哪有二十万？你不能这样狮子大开口！石作仁伸长脖子说，二十万还多？你要是连二十万都不想赔，那就去公了吧！一听说公了，徐乃宝不由一怔，马上不说话了。

沉默了一阵子，村长起身走到石作仁跟前，拍拍他的肩说，少点儿吧，徐乃宝的确不富裕。再说，你老爹也有责任，他要不是去偷苞谷，怎么会挨枪呢？事情也赶巧，偷苞谷就偷呗，可你老爹又偏偏穿了一件蓑衣。徐乃宝说，他要不是穿件蓑衣的话，我还不会开枪呢。石作仁老婆说，他出门时正好下雨，又不是有意穿蓑衣。村长说，我没说他是有意的，只是希望石作仁少要点儿赔偿。事情已经这样了，大家都让一步。

石作仁硬着舌头说，我不让步，二十万，要赔就私了，不赔就公了！村长歪过头问，公了对你有啥好处？石作仁说，为我老爹报仇，让徐乃宝也吃颗枪子！村长说，他不是故意杀人，枪子肯定吃不了，最多坐几年牢。

徐乃宝浑身抖了一下，陡然显得有点儿紧张。其实，他并不是个胆小鬼，主要是母亲七十几了，儿子才十五岁，老婆的身体又病病歪歪的，如果抓去坐牢，那这个家就完蛋了。另外，他还害怕牵扯到武装部长，万一拔出萝卜带出泥，那真是再也没脸见战友了。一想到这些，他心里就忐忑不安。

石作仁这时站了起来，好像已有些不耐烦。徐乃宝连忙说，还是私了为好，你看能不能少点儿，十八万怎么样？石作仁把头仰起来看着天花板，不紧不慢地说，不行，少一分都不行。

徐乃宝双眼一下子暗了。他长长地叹了一口气，然后一咬牙说，好吧，二十万就二十万，谁让我倒上这八辈子霉呢？

爽快！石作仁放下头来说，不过，我要现金，明天就要。徐乃宝一愣说，这也太急了吧？我明天只能给你十万。剩下的十万，我给你打个欠条。石作仁一挥手说，扯蛋，明天二十万不到位，不能埋人！徐乃宝有些生气地说，我只存了十万，那十万你让我去偷不成？石作仁说，不会偷，难道也不会借？徐乃宝说，找谁借？我可借不到。石作仁说，你连枪都借得到，还借不到钱？

村长伸出两只手压了压说，你们别吵了！停了一会儿，他把头扭向徐乃宝说，我先借你十万，应个急吧。徐乃宝顿时感动不已，红着眼圈说，谢谢你！

治安主任这时说，时间已经不早了，我们抓紧说一下丧事吧。村长马上问石作仁，丧事咋办？石作仁说，这你要问徐乃宝。村长一愣问，你啥意思？石作仁又点燃一支烟，吸了一口说，人是他打死的，丧事肯定由他办。

徐乃宝一听脸都气歪了，指着石作仁的鼻子说，我赔了你二十万，你居然还要我办丧事，真是得寸进尺。早晓得你这样，那二十万我都不会答应你！话音未散，石作仁猛地把剩下的半支烟吐在了地上，然后一边用脚踩一边说，好，你的钱，老子一分都不要了。说完，他扭头就朝门外走。

你要去哪？村长慌忙问。老子去派出所报案！石作仁头也不回地说。他这时已推开门，前脚已出去了。治安主任赶紧追上去，拉住他的膀子说，你别冲动，有话再说嘛。他老婆也急忙跑上去说，别去报案，公了的钱少多了！

石作仁突然换了个腔调说，老爹都被人打死了，我还要钱搞啥？不如把凶手送到牢里去，也算是为我老爹出一口恶气！

这时，村长把嘴伸到徐乃宝耳边说，石作仁这家伙是个赖皮，他肯定要把丧事推给你办。依我看，你就负责办了吧。再说，尸体也不能在村委会久放，还是早点儿埋了好，免得夜长梦多。徐乃宝想了想说，也只有这样了。

治安主任把石作仁拉回来了。村长对他说，别再闹了，丧事由徐乃宝来办。石作仁一笑说，这还差不多。村长说，既然决定私了，那就连夜把亡人抬走，天亮后就人多嘴杂了。石作仁问，往哪里抬？村长说，你家呀。石作仁说，胡扯！谁办丧事往谁家抬。徐乃宝说，你才胡扯呢，是你的老爹，咋能往我家抬？石作仁说，不抬到你家，你咋办丧事？他这么一问，徐乃宝就答不上来了。

夜里十二点钟，石老爹的尸体从村委会转到了徐乃宝家。村里人这时都睡熟了，到处静悄悄的，只有徐乃宝家的狗叫了几声。

5

徐乃宝把石老爹停放在库房里。苞谷还没成熟，库房正好空着。他还编了两个花圈，布置了一个简单的灵堂。棺材是徐乃宝母亲的。石作仁家里本来准备了棺材，但他不肯拿出来。石老爹入棺时，徐乃宝的母亲剜心似的哭了一声，还差点晕倒。徐乃宝赶紧跑上去扶住母亲说，等收了苞谷，我再给你买一副。

灵堂里只有上十个帮忙的人，好在村长和治安主任都在场。石作仁两口子也来了，但没戴孝布。他们坐在棺材旁边打瞌睡，像两个外人。

天刚麻麻亮，徐乃宝老婆把早饭煮好了。村长喊了一声说，大家抓紧吃饭吧，争取上午就下葬，好让亡人早点儿入土为安。石作仁伸手揉了揉眼屎说，上午不能下葬。徐乃宝问，为啥？石作仁说，赔偿还没给我呢，钱不到位，人不能埋。徐乃宝说，上午埋了人，我下午就拿折子到镇上取钱。石作仁手一摆说，不行，上午取钱，下午埋人。

村长走到徐乃宝身边说，就依他的吧。吃过早饭，我陪你一起到镇上去，我的钱也存在信用社。我骑摩托车带你，顺利的话，来回只要三个小时。

不到十二点，徐乃宝和村长就从镇上回来了。摩托车刚到土场边，治安主任匆匆迎了上来，脸上显得有点紧张。咋啦？村长问。治安主任小声说，不好了，石作孝两口子跑来找石作仁扯皮了。徐乃宝迅速从摩托车后座上溜下来，提着一包钱问，扯啥皮？治安主任说，他们要和石作仁分赔偿的钱。

徐乃宝正感到纳闷，石作仁从灵堂里跑出来了。他盯住徐乃宝手中的包问，二十万都齐了吗？徐乃宝说，凑齐了。石作仁手一伸说，快点给我。徐乃宝没马上递给他，眨着眼睛问，听说你弟弟要找你分钱？石作仁说，这不关你的事，你只管把钱给我就行了。他说着就伸手要夺钱。村长连忙拦住说，别慌，先找个地方把钱点一下，再打个收条。徐乃宝说，那到我堂屋里去。

石作仁点完钱，刚把收条写好，石作孝猛然来到了堂屋门上。他指着徐乃宝说，你不能把钱都给了石作仁！徐乃宝说，你咋不早说？我刚才都给他了。石作孝急忙把脸扭向石作仁，严肃地说，这笔钱你不能独吞！石作仁双手抱紧那包钱问，咋啦？你还想跟我分不成？石作孝说，当然，老爹又不是你一个人的，这钱肯定有我一份。石作仁打个哈哈说，你想得倒美，当年我们是分过工的，老妈归你养，老爹归我养。老爹这钱，你一分都别想要！

堂屋里一吵，石作仁的老婆突然从灵堂里跑来了，后面还跟着石作孝的老婆。她们跑得很快，像两个运动员。

石作仁老婆横眉竖眼地看着石作孝说，你别再扯皮了，老爹老妈早都分了工，老妈不关我们的事，老爹不关你们的事，井水不犯河水。石作孝一下子卡住了，正不知道如何应答，他老婆忽然挤到前面说，老爹虽说归你们管，但石作孝也是他的儿子。眼下，你们一口气得了二十万，不说平分，给我们五万总可以吧？石作仁老婆冷笑一下说，哼，别说五万，五分你们都痴心妄想！

沉默了一阵儿，石作孝走到村长身边说，村长，你帮着说句公道话，石作仁得了这么大一笔钱，该不该给我们分一点？村长说，这是你们兄弟之间的事，分也行，不分也行，你们还是自己商量吧。

这时，徐乃宝听见猪栏那边传来几声猪叫。哎呀，我该去喂猪了。他边说边匆匆忙忙地走出了堂屋。

猪栏里养着两头小猪和一头大猪，大猪已有三百多斤了，喂到过年少说也能长到四百斤。到时候，徐乃宝打算杀了卖一半给别人，再留一半自己家里吃。平时都是老婆喂猪，今天她在厨房里一忙就忘了。猪真是饿了，徐乃宝把猪食一倒进猪槽，它们就啪啪地吃了起来。

猪们正吃得来劲，石作孝来到了猪栏边。我找了半天，你原来躲在这里。石作孝说。徐乃宝问，你找我干啥？石作孝说，我老婆想请你去找石作仁说一下，让他分我们一些钱，五万他舍不得，一万总可以吧？徐乃宝摇摇头说，我说话没用，他哪会听我的？石作孝说，那也不见得，钱是你给他的嘛。徐乃宝想了想说，那我去试试看吧。

徐乃宝正要离开猪栏，石作孝老婆也来了。她一眼看见了那头大猪，惊奇地说，哎呀，好大一头猪啊！徐乃宝没搭腔，转身往灵堂走了。

灵堂里不知什么时候摆了一桌麻将，几个帮忙的人暂时没事，正在打卡五星。石作仁也上场了，打得兴高采烈。他老婆这时不在灵堂里，可能是送那包钱回家了。石作孝两口子随后也来到了灵堂门口，正交头接耳说悄悄话。

徐乃宝贴着石作仁的耳朵说，我给你商量个事。啥事？石作仁一边抓牌一边问。徐乃宝说，你分一万给石作孝吧，毕竟是兄弟。石作仁两眼一翻说，你少管闲事，要给你给！徐乃宝顿时显得很尴尬，讪讪地说，好，算我没说。他说完扭头就往外面走。经过门槛时，他对石作孝说，咋样？我说他不会听我的吧。石作孝没作声，眼睛直直地看着他老婆。

这时，徐乃宝听见老婆在厨房里喊他，说可以吃中饭了。他应了一声说，好的，吃了中饭抓紧下葬。

徐乃宝快步朝堂屋走去，打算去清理吃饭的桌子。刚要进堂屋门，石作孝一溜烟追了上来。等一下。石作孝说。徐乃宝拧过脖子问，又有啥事？石作孝说，刚才石作仁说的话，你听见了吧？徐乃宝问，啥话？石作孝说，他说要给你给！徐乃宝一愣问，给啥？石作孝还没回答，他老婆突然跑过来说，给钱！徐乃宝两眼一胀说，稀奇了！我看你们是想钱想疯了！他说完就一步跨进了堂屋，把他们扔在了屁股后面。

吃过中饭，村长马上开始安排下葬的事。他问治安主任，坟地看好没有？治安主任说，老两口生前说好要合葬的，去年埋老太婆的时候，地方就留好了。村长说，那好，赶快出棺吧。

帮忙的人很麻利，没用到半个钟头就盖好了棺罩。可是，正要往灵堂外抬棺材时，石作孝突然闯进来，两手一张把棺材挡住了。不许下葬！他厉声说。徐乃宝一怔问，为啥？石作孝说，老人死了不能马上就埋，至少也要停它三天，不然人家会骂我们当儿女的不孝。徐乃宝没想到石作孝突然来这一手，一下子傻了眼。几个抬棺材的也愣住了，只好把棺材放了下来。

过了一会儿，石作孝老婆突然走到徐乃宝身边，直截了当地说，石作孝主要是没分到钱，心里不平衡，气得慌。要是你也能多少给他几个，他肯定会马上让你埋人！村长这时也走到了徐乃宝跟前，叹口长气说，看来只有给钱了。看他们这架式，你不出钱，这人是埋不成的。

徐乃宝蹙紧眉头说，可我哪有钱？话刚出口，石作孝老婆眼珠子一转说，要是没钱，可以用东西抵嘛。徐乃宝说，用啥抵？我家没有值钱的东西呀！石作孝老婆说，你不是有一头肉猪吗？徐乃宝一听，顿时脸都气紫了，咬牙切齿地说，哈，原来你们是在打我那头肉猪的主意啊！他说完就弯下了头，好像脖子被人砍了一刀。

村长这时用肩膀碰了徐乃宝一下，无可奈何地说，想开点儿，给他们算了，不就是一头猪吗？只当是花钱消灾！徐乃宝没有立刻回答，呆了好半天才闭着眼睛说，让他们赶走吧！

石作孝两口子的动作十分麻利，转眼就把那头大猪从猪栏里赶出来了。当他们把猪赶下门口土场时，徐乃宝的鼻沟里猛然淌下了两颗清泪。

6

棺材抬到半路的时候，徐乃宝跟村长说，我先去坟地上挖坑。村长说，也好，这样可以节约时间。徐乃宝立即冲到棺材前面，朝石作美屋后那面荒坡跑去。刚跑出十来步，治安主任追上来说，我跟你一起去挖坑。

快到石作美家附近时，徐乃宝突然问治安主任，咋一直没见到石作美两口子？是不是还没通知他们？治安主任说，早通知了，今天天一亮，村长就安排我给石作孝和石作美打了电话。徐乃宝说，奇怪，那为啥不见石作美？治安主任说，她昨晚到外地办事去了，说争取今天赶回来。停了一下，治安主任又说，石作美听说老爹死了一点儿都不伤心，还在电话中跟我说，死了也好，以免活着受罪。徐乃宝听了说，他们兄妹三个没一个孝顺的，都不是东西！

徐乃宝出门时只带了一把锄头，忘了带铁锹。走到石作美房子后面时，治安主任说，我到房子门口去一下，看石作美回家没有，顺便找她借一把铁锹，一会儿挖坑时好用。徐乃宝说，那你去吧，我先往坟地走。

石老太的坟地坐落在半坡上。去年她下葬时，徐乃宝还来帮了忙。砌坟的时候，左边的石头没有砌得太牢。石作仁当时说，老爹死后还要跟老娘合葬的，左边的石头砌牢了难得拆。徐乃宝还记得，为了那块坟地，石作孝还专门给石作美的丈夫买了一条烟。接烟时，石作美丈夫说，这块地，我本打算开出来种苞谷的，要不是埋丈母娘，送十条烟我都不给！

徐乃宝来到坟地，刚开始扒坟上的石头，治安主任扛着一把铁锹来了。石作美从外面回来没有？徐乃宝问。治安主任说，回来了，刚到家不久。我看了一下她的眼睛，连一点儿泪花都没有。徐乃宝又问，她男人呢？治安主任说，他也是刚从外面回来。这家伙精明得很，一听说石老爹是非正常死亡，马上就猜到石作仁捞了一大笔钱。徐乃宝听了心里一慌，颤着声音说，你不该告诉他死因的。治安主任问，这怕啥？徐乃宝说，我怕他们也来扯皮拉筋。治安主任说，不会的，石作美是出嫁的姑娘，与石作孝不同，他们不会来闹。徐乃宝一脸哭相说，不闹就好，再闹我真是扛不住了！

棺材这时已经抬上了石作美家旁边的那道土梁。午后的日光照下来，涂了红漆的棺材看上去像着了火。徐乃宝朝棺材看了一下，两眼差点被灼伤了。

坟坑才挖了一尺多深，至少还要半个小时才能挖好。徐乃宝和治安主任都累得满头大汗，连衣领都打湿了。治安主任这时直起腰来，喘了一口气说，石作美两口子真是懒得很，也不来坟地帮着挖一下。徐乃宝说，他们不光是懒，心也黑得不得了。

坟坑挖到一米深时，徐乃宝一抬头看见了石作美，接着又看见了她丈夫。他们正一前一后地朝坟地走来。他们总算来了。徐乃宝说。治安主任扔下铁锨说，坑都挖好了，他们还跑来搞啥？

这时，棺材也抬到了坟地边上。除了几个抬棺材的，还有十几个人跟在棺材后头。石作仁两口子和石作孝两口子也跟在后面。石作仁两口子显出很开心的样子，脸上微笑着，手膀子甩得老高。石作孝两口子面无表情，一个反背着手，一个把手抱在怀里，看不出是高兴还是痛苦。

抬棺材的几个人累得大气直喘，离坟坑还有上十步就把棺材放下了。村长看见石作仁正在吸烟，就说，你上支烟给抬棺材的吸吧，他们抬的是你老爹呢！石作仁吐个烟圈说，丧事是徐乃宝办的，烟该他上。徐乃宝一听，连忙从口袋里掏出一盒烟，走上去给每个人发了一支。石作孝扭头扫了石作仁一眼，用鼻孔哼了一声说，要是有人赔我二十万，我给每个帮忙的人发一条烟。

石作美的丈夫这时走到了坟坑边，双脚踩着新挖起来的虚土，轮着眼睛问徐乃宝，这块地归谁家管？徐乃宝一愣说，不是属于你家吗？石作美丈夫说，既然晓得属于我家，为啥不打个招呼就在这里乱挖？徐乃宝一下子傻了眼，嘴巴张得有碗大，却说不出一句话。

村长赶紧跑过来，指着石作美的丈夫问，你这是啥意思？石作美丈夫说，啥意思？你晓得的，从今年春天起，我这坡上埋人是要交钱的。村长说，你丈人是跟你丈母娘合葬，还交啥钱？石作美丈夫说，合葬也得交钱，在这坡上埋人，我既看坟头，也看人头。村长说，你真是说得出口，这埋的是你丈人呢！石作美丈夫脸一仰说，管他丈人不丈人，我这个人只认得钱！再说，靠山吃山，靠水吃水，我现在全靠这面坡，要是不收钱，我喝西北风啊？

石作孝这时站出来说，他收钱也有道理，去年这里不兴收钱，我埋老娘时还给了他一条烟呢。今年兴收钱了，哪怕是埋老爹，也应该按规矩交钱。石作美丈夫说，就是！

石作美突然走到了石作仁面前，皮笑肉不笑地说，听说你一口气得了二十万的赔偿，是不是拿点儿出来交坟地钱？石作仁说，要交也轮不上我交。石作美说，老爹是分给你管的，你不交谁交？石作仁转头看了徐乃宝一眼说，万一要交，会有人替我交。

石作仁话没落地，石作美的丈夫便把头扭向徐乃宝，伸出一只手说，那你就替他交吧。徐乃宝气得脸色铁青，脖子像蛇吞青蛙似的鼓了起来。过了好一会儿，徐乃宝才问，如果我不交呢？石作美丈夫提高嗓门说，如果不交，这棺材就别想在这儿下葬。

村长也气极了，对着几个抬棺材的一挥手说，别管他，赶快抬过来下葬吧！我看他还翻了天！抬棺材的几个人立刻响应，很快把棺材抬到了坟坑边。

可是，棺材还没来得及放下去，石作美的丈夫却猛然跳进了坟坑。他一跳进去就四仰八叉地躺在了坟坑里。他狂笑着说，哈哈，来吧，你们有胆量就把棺材埋在老子的身上，让我给我丈人垫底！

在场的人一下子都惊呆了。村长也没了招儿，愣在那里一动不动，像一截被雷火劈过的枯树桩。抬棺材的觉得肩膀有点儿疼，只好把棺材放了下来。

过了四五分钟的样子，徐乃宝在身上摸了半天，摸出了两百多块钱。他低头对着坟坑说，起来吧，我把身上所有的钱都掏给你。石作美丈夫问，有多少？徐乃宝说，有两百八。他说，打发叫花子呀？徐乃宝说，那你要多少？他说，一千。徐乃宝一惊说，昨天你一座坟才收八百呢，为啥今天要收一千？他说，我从今天开始涨价了。徐乃宝愣了一下说，对不起，我没这么多钱。他边说边把手上的钱装进了口袋。石作美丈夫说，你没钱可以找人借嘛。徐乃宝说，对不起，我不找人借，借了也还不起。

石作美这时对徐乃宝说，我给你出个主意咋样？徐乃宝摆过头问，啥好主意？石作美说，你不是有五亩地的苞谷吗？送一亩地的苞谷给我们，这坟地的钱就抵消了。徐乃宝想了一会儿，露出半脸笑容说，这倒是个好主意！石作美的丈夫在坟坑里问，你同意吗？徐乃宝说，我同意！话音未落，石作美丈夫突然从坟坑里爬了起来。

徐乃宝把石作美两口子来回看了几眼，主动地说，这样吧，为了让你们吃颗定心丸，我们先去苞谷地，你们自己选一亩满意的苞谷，写好协约后，我们再回来埋人，怎么样？石作美和她丈夫异口同声地说，好，你想得真周到。徐乃宝说，那我们说走就走。说完，他带头朝坡那边的苞谷地走了。

7

苞谷地离坟地只有半里路。徐乃宝走在前面，石作美两口子跟在后头。走出去不远，徐乃宝回头跟石作美说，你最好喊上你两个哥哥，让他们一起去帮你选，他们的眼光肯定比你好。石作美说，他们不一定愿意去。徐乃宝说，你邀一下嘛，愿去就去，不愿去就算了。石作美丈夫说，好，我回去喊他们。

石作美的丈夫转身回去不久，石作仁两口子和石作孝两口子都跟着他来了。石作孝的老婆说，一定要选一块土脚厚的，以免遇到天干。石作美丈夫说，好的。石作仁的老婆说，我们帮你选一场，收苞谷的时候，别忘了送几个梭子给我烧了吃。石作美丈夫说，没问题。他们说得很兴奋，笑得格儿格儿响。

徐乃宝走得飞快，脚底像安了轮子，把石作美扔下一大截。你咋走这么快？石作美问。徐乃宝说，时间不早了，还要赶回来埋人呢。

走了十几分钟，徐乃宝已经到了苞谷地边上。他先进了那个窝棚。窝棚里堆着一堆去年的苞谷秆，像一个小亭子。头天晚上出事以后，徐乃宝把那杆枪藏在了这堆苞谷秆里。他当时觉得这个地方最安全。

一进窝棚，徐乃宝就把手伸进苞谷秆里摸了一下。他摸到了那个硬梆梆的东西，独自笑了一下。不过，徐乃宝没把它拿出来。他空着手走出了窝棚。

这时，姓石的一群人都到了。徐乃宝对他们说，这一片有五块地，每块都差不多有一亩，你们自己去选一块吧。石作美双手一张说，好，我们去选。她说完就朝那个豁口走去，后面紧跟着五个人。

他们很快选定了长势最好的一块，然后在豁口那里站成一排，七嘴八舌地夸着苞谷。石作仁说，徐乃宝这家伙真会种庄稼。他老婆说，谁要你没他勤快的？石作孝说，徐乃宝的苞谷种也好。他老婆说，那是人家自己育的。石作美说，听说徐乃宝每年卖苞谷都卖一万多块钱。她丈夫说，是啊，不然他咋能存那么多钱！停了一下，他又说，不过，他那些钱也白存了，都是为别人存的。

在一排人说得正欢的时候，徐乃宝不声不响地又进了窝棚。他把枪从苞谷秆里抽出来，架到那个木梯上，对准野猪出没的那个豁口，连打了六枪。

酒疯子

1

八月的一个中午，天上的日头像是烧化了，直往地下掉火。村里人都躲在自己家里不敢出来，生怕把脑壳烫破了。我杂货铺的生意差到了极点，整整两个钟头，硬是没半个人进我的铺子。我连一包烟也没卖出去。还好，正感到无球聊儿，媳妇娃子在后头灶屋里喊我吃中饭。

我马上起身关门。可是，两扇门刚关了一扇，一辆枣红色的摩托车突然一溜烟开过来了。我一眼认出了那辆车，是村长黄仁的。在我们油菜坡，摩托车虽说不少，但只有黄仁的这辆最大，又高又长，像他妈的一匹野马。我顿时有些纳闷儿，不晓得黄仁跑这儿来搞啥名堂。他以往从来没到我铺子里买过东西，连火柴也没买一包。这些XX当官儿的，总嫌老子铺子的货差。

摩托车很快停在了我铺子门口。我定睛一看，从车上下来的却不是黄仁，原来是酒疯子袁作义。

妈的，我还以为是村长呢！我说。村长死球了！袁作义说。他还开心地笑了一下。我打个哈哈说，你这个酒疯子，不喝也说酒话。袁作义说，真的，他狗日的不死，我能骑他的摩托车？

我一下子被袁作义问住了，不晓得如何回答他。黄仁死是肯定没死的，这我心里有谱。村里要是死了人，不会一点动静也没有，起码也要筛个锣。袁作义这么说，毫无疑问是在咒黄仁。可我想不通的是，黄仁的摩托车怎么会被袁作义骑着呢？如果说是袁作义偷的，那也不可能。袁作义这家伙我了解，别看他的口气大，其实他的胆子比老鼠子还小。

袁作义匆匆走进杂货铺，一进门就盯住了货架上的那排酒。我心里想，这家伙八成儿又是来找我赊酒喝了。但这回我不会再赊给他，即使他喊我叫爹，我也不赊。在这以前，他已经赊了好几瓶了，欠我的钱一直拖着没还。我这小本儿生意，经不起他这么赊账。

货架上有好几种酒，贵的贱的都有，最差的才五块钱一瓶。袁作义的两只眼睛在那排酒上扫来扫去，好像在找最便宜的。要说起来，袁作义也怪可怜的，不光是穷，还特别怕媳妇娃子。他媳妇娃子人样子比他强，有点儿欺负他。他们家本来就没啥钱，却都被媳妇娃子一手捏着，袁作义平时想用一分钱都难。可这家伙偏偏又好酒，见了酒比见了自己的亲妈还亲。

袁作义还在看酒，看过去又看过来。我直截了当地对他说，别看球了，看也是白看，再便宜我也不会赊给你。袁作义回过头来说，这回付现金。我听了一愣，打个哈哈说，哟，日头今天从西边出了！袁作义说完又扭过去看酒了。我连忙走拢去说，老找个啥？最便宜的五块。袁作义却说，我不是找最便宜的。我奇怪地问，那你找啥样的？袁作义说，度数最高的。我问，为啥？袁作义说，度数越高越过瘾，喝了像当神仙似的！

我从货架上拿了一瓶五十二度的，使劲地放在袁作义眼前说，这瓶度数最高，赶紧喝了当神仙吧。袁作义问，多少钱？我说，二十二。袁作义眨了眨眼问，少两块行不行？我冷笑一声问，为啥？袁作义脸一红说，我媳妇娃子只给了我二十。我不由得一惊说，哎呀，你媳妇娃子今天出手好大方啊！

袁作义没接我的话茬，又问，少两块行不行？我犹豫了一下说，你今天能不能只买一瓶十块的，那十块钱先还赊账？袁作义慌忙说，求你别这样，赊的账改天再说，今天我特别想喝瓶高度酒。他一边说，一边双手合十给我作揖。见他这副熊样，我的心一下子软球了，也不好意思再说啥，只好哭笑不得地答应了他，还给他抹了两块钱。

袁作义付钱时，我又问，你媳妇娃子今天为啥这样大方？袁作义低头想了一下，然后抬起头说，老子今天过生日！我说，难怪呢！

我刚接过钱，袁作义就用牙齿嘣的一声咬开了酒瓶盖，仰头喝起来。他喝了好大一口，少说也有一两。我赶紧打了一下他的肩膀说，你狗日的回家再喝！袁作义难为情地一笑说，好长时间没沾酒了，我忍不住。

袁作义虽说好酒，其实酒量不大，喝上一二两还行，一超过三两就发酒疯。这家伙发起酒疯来像个邪子，又是哭又是笑，有时还扯自己的头发，扇自己的耳巴子。说实话，我怕他在我铺子里喝，一旦发了酒疯，那我可就麻烦了。我连忙劝他说，你还是赶快回家吧，让媳妇娃子给你炒两个菜，一边吃菜一边喝酒，那才真的像神仙呢。

可是，袁作义却不听球我的，把我的话都当耳边风。我话音还没落，他狗日的又喝了一口。这一口比刚才的一口还多，估计有一两半的样子。我发现他的脸已开始泛红，好像有了一些醉意。

幸亏媳妇娃子这时又喊了我一声，催我快点去吃饭。我便趁机说，对不住，我要关门吃饭了。我说着就双手一伸，把袁作义推出了铺子。

等我关好铺子从另一个门出来的时候，袁作义已走到摩托车边上了。摩托车在明晃晃的日头下红光直闪，越看越像他妈的一匹野马。我这个人好奇心有些强，一看见摩托车马上又想到了村长黄仁。

我问袁作义，村长到底怎么啦？他的摩托车为啥会在你手上？袁作义没立即回答我，又喝了一口酒。我发现一瓶酒差不多已被他消灭了三分之一。把一口酒吞下去后，袁作义才咂着舌头说，我刚才不是说了吗？他死球了！我说，别胡XX乱说，我在当真问你呢。袁作义坏笑了一下，改口说，他狗日的贪污挪用，被上头捉走了，关在老垭镇派出所。我有些不高兴地说，又扯卵蛋！你能不能说句实话？

袁作义停了一会儿，然后一本正经地说，好，我实话告诉你吧，黄仁进城住院了。他怎么啦？我问。袁作义说，他得了癌症，胃癌，肝癌，肺癌，他一个人都得上了。听说，他的胃已经穿了孔，肝子上长了十几个黑瘤，肺烂得像一把米筛子。医生说他顶多还能活半个月，他媳妇娃子都找人漆棺材了。村里不可一日无主，镇上就任命我担任代理村长，摩托车也就归我骑了……

没等袁作义把话说完，我转身就朝我灶屋走了。这个酒疯子已经开始发作了，我不想再听他胡扯八道。再说，我肚子也饿瘪球了。

2

灶屋里支有一张小方桌，平时不来客，我和媳妇娃子就在这里吃饭。我走进灶屋时，媳妇娃子已把菜端到了桌子上，除了胡椒炒肉丝，还有刀拍黄瓜和油炸花生米。我媳妇娃子虽说人样子不咋的，可心肠蛮好，见我进门，还连忙给我开了一瓶啤酒。

我坐到桌子边上，刚把啤酒瓶子举起来，一股浓浓的酒气扑进了我的鼻孔，好像是谁的酒缸破了。同时，灶屋门口的光线也暗了一下。我扭头一看，竟然是袁作义。他狗日的正握着半瓶酒站在我灶屋的门槛外。

你怎么还没回家？我问。袁作义打了一个很响的酒嗝说，我醉球了，骑不成摩托车了。活该！我说。我没有请袁作义进门，心里巴不得他早点滚开。可我媳妇娃子却说，那你先进来坐会儿吧，等酒醒了再走。这家伙是个赖皮，我媳妇娃子随口说一句客气话，他还当真进来了，一屁股坐在了我的对面。

我没理球他，只顾自己喝起啤酒来。我喝一口啤酒吃一口菜，显得津津有味。袁作义的眼珠子跟着我的筷子转，不停地吞涎水，还咂舌头。我看出了袁作义的心思，他肯定也想尝尝我的下酒菜。但我没请他，怕他一吃菜又要喝酒。我媳妇娃子也看出了袁作义的心思，正要伸手给他拿筷子，我急忙给她使了个眼色，她才住手。

袁作义的脸皮真是厚，我们不请他，他却自己提出来了。袁作义阴阳怪气地说，这么好的菜，也不请我尝一下！这家伙把话说到这一步，我也就不好再驳他的面子，只好让媳妇娃子给他拿了碗筷。袁作义伸手接筷子的时候，我很严肃地说，吃菜可以，不许喝酒。袁作义满口答应说，好，我只吃不喝！可是，袁作义自己打自己的嘴，只吃了两筷子菜，就开始喝酒了。我很生气地说，狗日的，你怎么说话不算话？袁作义马上说，你媳妇娃子的菜做得太好吃了，我不喝两口对不住她的手艺。我没想到袁作义这样死皮癞脸，就不再管他，任他喝了。

喝了一会儿，袁作义突然高声大嗓地说，这是老子担任代理村长后喝的第一顿酒，真他妈过瘾啊！

我媳妇娃子猛然一愣，扭头问我，他当代理村长啦？我想给媳妇娃子开个玩笑，就骗她说，是的，昨天镇上才任命的。媳妇娃子很快把目光转到了袁作义身上，出神地看了半天说，以前真没看出来呀！

袁作义的手机这时响起来。他听到声音却忘了手机放在哪里，便手忙脚乱四处找。等他好不容易从裤子口袋里找出来，电话却挂了。但袁作义还是接了，并装模作样与对方说了几句话。他对着手机一字一顿地说，好，知道了，请领导放心，我一定按时到会。

我故意问，谁的电话？袁作义一脸庄重地说，县长的。我扑哧一笑说，县长找你这个酒疯子搞啥？袁作义瞪了我一下说，你严肃点！我媳妇娃子当了真，睁大双眼问，真是县长找你？袁作义说，那还有假？县长通知我明天去城里开三级干部会，还要听我汇报油菜坡新农村建设的具体规划呢。我媳妇娃子惊叫一声说，呜哇，县长还给你打电话呀！

袁作义又喝了一口酒，然后搛了一颗花生米丢进嘴里，一边嚼一边对我说，如今当个村官儿也要有靠山，光镇上有还不行，还得在县里找。我打算就找县长当我的靠山，这次进城开会，我正好去巴结一下他。我顺着他说，好，这个靠山大，你一定要巴结上。

这时，袁作义忽然放下筷子，歪着头问我，第一次去拜访县长，必须要有见面礼，你说，我送点啥玩意儿给他好？我开口就说，送钱。袁作义摇摇头说，送钱不行，少了拿不出手，多了我没有。我想了想说，那就送土特产，木耳香菇土鸡蛋什么的。袁作义又摇摇头说，这些都过时了，县长看也懒球看的，你前脚送，他后脚扔。

我皱着眉头问，那送啥呢？袁作义也埋头想。想了半天，他陡然一抬头说，我想到了，送狗子鸡巴！我哈哈一笑说，这不好吧？你让县长吃狗子鸡巴，他还会当你的靠山？袁作义说，这你就不懂了，现在的领导十个有九个肾虚，肾一虚就想壮阳。我听说，狗子鸡巴最壮阳了，特别是我们这里的土狗子。要是我能搞到十个狗子鸡巴送给县长，那这个靠山肯定能靠上。当然，送去的时候不能说是狗子鸡巴，连“狗鞭”都不能说，应该叫“狗宝”。只要县长吃狗宝壮了阳，快活了，开心了，幸福了，那我的前途就大了，要权有权，要钱有钱。

我媳妇娃子这时打断问，你打算怎样建设新农村？袁作义把酒瓶子对在嘴上，又喝了一口，然后要紧不慢地说，规划我都想好了，命名为“八九十工程”，修八条水泥路，建九个大型养猪场，办十户农家乐餐馆。我媳妇娃子说，这可难办得到。袁作义一挥手说，只怕想不到，不怕办不到。关键是把计划报上去，计划一报上去，就可以找各个部门要钱了。钱一要到手，事情就好办了。

我媳妇娃子是个死脑筋，较真地问，我们村总共巴掌大，哪有这么多路？哪有这么多猪？餐馆就更少了。袁作义斜了我媳妇娃子一眼说，嗨，你真是个麻桑木脑袋，只要有一条路，就能说成八条，只要有一个猪场，就能说成九个，只要有一家餐馆，就能说成十家。我媳妇娃子问，为啥要说这么多？袁作义说，只有往多里说，才能搞到上面的拨款。

我媳妇娃子又问，要是上面来人检查呢？袁作义轻微地一笑说，应付检查太容易了，路嘛，带他们去看看那条机耕路；养猪场嘛，主要办一个，修它几十个猪圈，再把全村的猪都借来临时养几天；餐馆嘛，在公路边找几户人家，先把房子正面装饰一下，装成外国洋房的样子，后面不管它，草棚子也不要紧，然后在门口挂几个农家乐的牌子就行了。

听袁作义这么几说，我忽然对他另眼相看了。过了一会儿，我喝了一口啤酒问，上面拨的款，你打算咋搞？袁作义说，八九十工程上多少要用一些，用三分之一吧，另外三分一留在村里，好应急。我有点等不及地问，还有三分之一呢？袁作义笑了一下说，还有三分之一嘛，是我的提成。按照规定，村干部从上面拉回来的钱，都可以提三分之一作为奖金。我说，难怪呢，你还有提成啊！袁作义说，要是没提成，谁还去拉钱？拉个卵子毛！

灶屋的窗户正对着一片茶山，绿油油的茶树一层一层地叠着，看上去像一条绿带子绕山缠了一圈又一圈。这是我们村仅存的集体经济，归村里的茶场管。据我所知，每年茶场的利润都在十万以上，到年终每家每户都能分到一些钱。每年到了采茶的季节，女人们穿着五颜六色的衣裳去山上采茶，真是好看得不得了。她们还唱《采茶歌》，歌声能飘到天上去。

袁作义喝多了酒嘴干，起身到水池边找凉水喝时，一眼看到了窗外的茶山。他两颗眼珠咕噜一转对我说，这片茶山，我要把它卖掉！我大吃一惊问，这是村里的，你怎么能卖？袁作义说，老子是村长，有啥我不能卖？我暗笑着问，你怎么卖？袁作义转眼看着我说，我卖给你，为期十年。我摆头说，我可买球不起。袁作义说，你别急，我肯定让你买得起，还能让你大赚一笔。

我愣着眼睛问，此话怎讲？袁作义说，这片茶山，要是卖给外面的老板，十年，一百万，我保证有人抢。但老子先不卖给外面的人，我要先卖给你。卖给你，我只收五十万。你买到手以后，再转手以一百万卖给外面的老板，这样你就轻飘地赚了五十万。我有点儿疑惑地问，我与你一不沾亲二不带戚，你凭啥要让我赚五十万？袁作义狡猾地一笑说，我当然不会让你赚这么多，这五十万，我们两个家伙六四开。我“哦”了一声说，原来如此！停了一下，我又问，哪个六？哪个四？袁作义说，肯定是老子六！

我只顾着听袁作义吹牛，没注意他手中的酒瓶，突然一看，发现已快喝完了。我说，你不能再喝了！我说着，便伸手要夺他的酒瓶。袁作义把酒瓶提到眼前看了一下，说，只剩半两了，老子干脆把它喝球了！他说完就闪电似的把酒瓶口子插进了自己的喉咙管，我夺也没夺赢。

袁作义喝完最后一口酒，已醉成了一堆烂泥巴。他头一歪就倒在了地上，接着就哗哗啦啦吐起来，吐得一塌糊涂，差点把屎肠子都吐出来了。

3

堂屋里有张竹床。袁作义倒地后，我和我媳妇娃子慌忙把他弄到了竹床上。我们是把他抬去的。我抬头，媳妇娃子抬脚，像抬一个死人。这家伙躺在竹床上的样子更像个死人，一动不动，双眼闭着，脸色白卡卡的。

袁作义在竹床上睡了半个小时，终于睁开了眼睛。他一睁眼就开始哭，哭得直吼，泪水像尿汁子一样从他眼窝里往外飚。他一边哭一边说，我姓袁的命苦呀，穷得两个卵子响丁当，还怕媳妇娃子啊！我没理他，冷眼看着他哭。我媳妇娃子心软，见袁作义哭得这么伤心，就有点可怜他，于是劝了起来。她说，你别哭了，如今当了代理村长，你的命就会好的。没想到，我媳妇娃子这样一劝，袁作义马上就不哭了，说不哭就不哭了。

袁作义哭声刚停，很快又发出了笑声。哈哈！他笑着对我媳妇娃子说，你说得对，我姓袁的从今往后命就好了！

过了一会儿，袁作义忽然歪过头来问我，你晓得我当村长后最大的心愿是啥子吗？我说，晓得，你刚才在我灶屋里说过，我当然晓得。袁作义摆着头说，那些都是我说了好玩儿的，我姓袁的怎么会去做那些伤天害理的事呢？说个实话，那些都是我最痛恨的事。做那些事的人，都不是人养的！他们是狗日的，骡子靠的，牛XX捅的！他们缺八辈子德，生个娃子没得屁眼，不得好死！

我有点心急地问，那你最大的心愿是啥？袁作义一字一顿地说：我要在村里找个相好。

我骂了一句说，你这个狗杂种，还是个代理村长呢，就想着打皮绊！难道当村长不打皮绊会死呀！袁作义喷着酒气说，你狗日的说话文明点好不好？皮绊多难听，还是叫相好吧。既然当了村长嘛，不管怎么说也该有个相好，不然怎么叫村长呢？要是当村长不找相好，那村长还有个XX当头！

我笑着问，你瞄上没有？打算找哪个女人当你的皮绊？噢，是相好。袁作义有点得意地说，不瞒你们说，我心里早有目标了。相好嘛，首先是要人样子好，让人一看就想睡。我把我们村的女人像放电影一样过了一遍，选来选去，我最后选中了一个。她的人样子在油菜坡数第一！

谁？我和我媳妇娃子同时问。袁作义却神秘地一笑说，我暂时不告诉你们。这种事情是不能事先声张的，必须保密。

我媳妇娃子认真地瞅了瞅袁作义的脸，有点儿怀疑地说，凭你的人样子，能把我们村人样子最好的女人弄到手？你恐怕是癞蛤蟆想吃天鹅肉吧？袁作义说，你这心操冤枉了，一个堂堂的村长，没有搞不到手的女人。实话跟你说吧，我连追相好的步骤都想好了，一共分三步，就像打篮球，三步一定上篮。

我赶紧问，第一步是啥？你狗杂种快说来听听。袁作义说，我先请那小娘们儿吃龙虾。

我媳妇娃子连忙问，龙虾是啥？袁作义说，龙虾就是阴沟里长的那种大虾，有瓷虫那么大。我也没见过，不过我媳妇娃子见过。听说龙虾搞成麻辣味特别好吃，虾肉刚从虾壳里扯出来时有红似白的，又嫩又香，吃起来连涎水都吞不赢。龙虾吃了还容易上瘾，吃了一回就想吃第二回。麻辣龙虾的特点是又麻又辣，听说有个人吃后在草上屙了泡尿，羊子吃了那草，竟一下子跳起三尺高来。

我媳妇娃子忙问，龙虾哪儿有吃的？袁作义说，与宜昌交界的桃花镇上有。我马上问，这么远，你相好会跟你去吃吗？袁作义说，这得稍微用点儿计，我要找一个下午，先把她哄上我的摩托车，就说带她出去吃点东西。她问多远？我说不远。等她上了车，路就远了，就由不得她了。我把她驮过老垭镇，一直驮到桃花镇。一开始她也许还不高兴，嘴翘起多高，但把龙虾一吃，她就高兴了。吃的时候，我还要不停地帮她剥壳扯肉，尽量多献点殷勤。

我问，吃完龙虾后呢？难道吃一次龙虾就能搞上？袁作义说，别急嘛，光吃一次龙虾肯定是搞不到手的，这只是铺垫。不过吃完后可以试探她一下，半真半假地问，我们晚上就在桃花镇睡一夜咋样？她肯定不会答应，也许还会骂我不要脸。我就嬉皮笑脸地跟她说，跟你开玩笑呢！

第二步呢？第二步吃啥子？我问。袁作义说，光吃怎么行？第二步，我要给那小娘们儿买件羊毛衫。

我说，羊毛衫有啥稀奇，到处都有卖的，我铺子里还挂球一件呢。袁作义说，你铺子的羊毛衫多少钱？我说，标价八十，可以磨到五十。袁作义冷笑一声说，五十的也叫羊毛衫？我媳妇娃子说，好多羊毛衫都是假家伙，化纤做的。真家伙至少八百块一件，摸在手里的感觉都不同。

你打算直接买一件送到相好家里去吗？我问。袁作义白我一眼说，你真是个憨X，怎能直接往她家里送呢？一是怕她的男人正好在家，碰到了不好；二是价钱也不好说，你说八百，她也许以为只有八十呢。我还是决定把她带出去，到商场里当面给她买。我先找到她，问，还想吃龙虾吗？她说，想呀！我就把头往屁股后头一歪说，快上摩托车吧。她这次坐我的摩托车，与上次就不一样了，双手搂着我的腰，胸脯在我背上贴得紧紧的。我媳妇娃子问，上次是怎样的？袁作义说，上次她的身子总不敢挨近我，偶尔碰一下，她还连忙躲呢。

我问，你们还是去桃花镇？袁作义说，对，桃花镇。去老地方，女人心里会更踏实一些。到了桃花镇，我们先去吃龙虾。吃完龙虾，我再带她去商场。转到卖羊毛衫的地方，我就让服务员拿一件给她试。她开始会扭着屁股说，我不要。我就劝她说，试试吧！她犹豫一会儿就试了，很合身，人样子显得更好看了。我马上说，好，好，像是比着你做的，穿着真洋气呀，简直像城里的女人了！她红着脸说，是吗？我说，是的，赶快买了吧。她问服务员，多少钱？服务员说，八百。她吓一跳说，哎呀，好贵呀！我这时便赶忙付钱，从钱包里抽出八张红板递给服务员，眼皮都不眨一下。

后来呢？我媳妇娃子好奇地问。袁作义说，从商场出来后，走到人少的地方，我就看着她身上的羊毛衫说，你穿上这身儿，胸脯显得好高的家伙！她脸不由一红说，流氓，你眼睛朝哪儿看呐？我吞口涎水说，奶子像柚子啊！我说着就冷不丁在她奶子上摸一把。她装作有点儿生气，瞅我一眼说，真是个流氓！我就跟她道歉说，真对不起，我太冲动了。再走一段路，我又试探着问她，今天我们就在桃花镇过夜好吗？她犹豫了片刻说，以后吧，太快了不好，凉水泡茶慢慢浓嘛。只要她这么说，就说明有戏了，接下来就可以进入第三步了。

我问，第三步做啥？袁作义说，送那小娘们儿一个能照相的手机。

袁作义话刚出口，我媳妇娃子就“哇”了一声说，我的个乖乖，手机还能照相啊！她说着还把双手张开来，像一只母鸡要展翅飞到晒席上去吃米。袁作义用异样的眼神瞅了瞅我媳妇娃子，十分不屑地说，你怎么跟我媳妇娃子似的，一听说新鲜玩意儿就大惊小怪！幸亏只是个能照相的手机呢，要是碰到一头能下仔的牯牛，你们还不一下子晕过去？女人啊，真是只有芝麻大点儿出息！

我问，你还是把相好带到桃花镇去买手机吗？袁作义给我扮个鬼脸说，不，这玩意儿可不能当着她的面买。我问，那是啥讲究？他说，这一回就该展示一下村长的魅力了，手机要事先买好，价格上也要吹个牛，谝个抛，本来是一千块钱买的，送的时候至少要说价值一千五。最关键的是，不能说是自己花钱买的。

我有些迷糊了，眨巴着眼睛问，你到底啥意思？袁作义说，还是先把她带到桃花镇去吃龙虾，吃到兴奋时，我突然掏出一个新手机来。她双眼一亮说，哎呀，这个手机好漂亮啊！我趁机说，还能照相呢。她惊叫一声说，天老爷，手机还能照相啊！我马上对着她照一张，随即就扒出来给她看，照片上的她正在吃龙虾呢，红兮兮的舌头吊起好长。她惊叹着说，好有意思啊！到了这个时候，我就大大方方地说，送给你吧！她有点不相信，歪过头问，真的假的？我说，当然是真的！说着就把手机塞给她。她接过手机前前后后看了一会儿问，多少钱？我说，听说一千五。她浑身一颤说，这么贵！我马上说，再贵也不是我出的钱。她一愣问，那是从哪儿来的？我说，是县里发的，每个村长都有。她的眼睛顿时就直了，久久地看着我，一下子就真的爱上我了。

然后呢？我问。袁作义有点激动地说，然后我就咬着她的耳朵问，今晚我们就在这里住一夜，好不好？她害羞地一笑说，随你！说着还用她的倒拐子碰了一下我的倒拐子。后面的事情，我就不消说得了。我不说你们也清楚，说穿了就是男女之间那点子事。

4

袁作义虽说把喝进去的酒都吐了，但酒劲却迟迟没过去，一直还在发酒疯。他的手机中间响了好几次，可他一次也没听见，好像耳朵也喝聋球了。

过了一会，袁作义的手机又响起来。我媳妇娃子提醒他说，你手机响了。他摸出来看了一眼，没看清就说，又是县里打来的，当了村长，真是身不由己啊！我说，快接吧，县长催你去汇报工作呢。他马上把手机移到耳朵上，没按接听键就开始说话。噢，是县长啊，请你放心，我明天一定按时赴会！他说完就把手机扔在了竹床上。手机这时也没电了，不声不响地躺在那里，像一只死老鼠。

安静了片刻，袁作义猛然想起了啥，慌忙抓过手机说，我给我的相好打个电话。听袁作义说要给相好打电话，我和媳妇娃子立刻把耳朵竖了起来，都想看看他选中的皮绊到底是谁。

袁作义把手机移到嘴边，也不管有电没电，开口就与对方说起话来。他说，是黄蕊吗？我是村长袁作义呀。

一听到黄蕊的名字，我和我媳妇娃子立刻都傻掉了。黄蕊是村长黄仁的姑娘，人们都把她看作油菜坡的公主。我在心里说，狗日的袁作义，你也真是敢想啊！我媳妇娃子愣了半天不说话，脸都乌了。

不过仔细一想，黄蕊的人样子在我们村的确数得上第一，没有第二个女人比得上她。她的脸像个鹅蛋，还有两个大酒窝窝，窝窝深得很，每个窝里至少可以装它半两酒。她今年二十二岁左右，去年刚结的婚，还没生娃子，腰还像少女一样细，不过屁股已被她丈夫整大了，看上去像个洗脸盆。她丈夫是铁厂垭村的，来黄家做了上门女婿，也就是倒插门。

袁作义放下手机后，喜不自禁地说，小娘们儿已经答应跟我出去吃东西了，等从县里开会回来，我马上开始行动，争取一个月之内就把她搞到手！

正午已经过去了。天上的日头渐渐弱了一点，气温也降了一些。我这时朝我的杂货铺看了一眼，心想，再过一会儿就会有人来买东西了。我又看了看袁作义，希望他能尽快离开这里。我怕这个酒疯子会影响我的生意。

我对袁作义说，酒也醒了，你狗日的快回家吧。我媳妇娃子也说，你是该回去了，出来这么长时间，你媳妇娃子会担心你的。我们夫妻这么一说，袁作义还真是有些紧张了，连忙问我，现在几点了？我看看墙上的钟说，快两点了。袁作义一下子慌了神，翻身跳下竹床，接着就往外面跑。他一眨眼工夫就跑到了黄仁的摩托车跟前。

可是，袁作义正要跨上摩托车，却双腿一软歪球了，像门板一样倒在了地上。我一愣说，完了蛋，他骑不成摩托车了。我媳妇娃子想了一下说，看来只有你骑摩托车把他送回去了。我犹豫了一会儿说，也只好这样了。好在袁作义住的地方离我这里不是太远，骑车二十分钟就能到。

我和我媳妇娃子很快走到了摩托车边上。袁作义挣扎着往起爬，可他试了几次没爬起来。我伸出一只手对他说，把钥匙给我。袁作义一惊说，你要钥匙搞啥猴儿？我媳妇娃子说，他送你回家。袁作义却使劲摆头说，不，我不要你送。我没听球他的，一把抢过了他手上的钥匙。接下来，我和我媳妇娃子就强行把他抬到了摩托车的后座上。后座上正好有一根皮绳子，我们像捆猪似的把袁作义捆在了上面。

捆上以后，袁作义还拼命地往下溜，嘴上喊，让老子下来，我不要你狗日的送，等会儿老子自己回家！但我们把他捆得死死的，他无论怎么溜也溜不下来，喊也是白喊。

我骑车送袁作义回家的路上，他沿路都喊球个不停，仿佛我要把他拖到屠宰场去。可是奇怪得很，到了他家门口土场上，他却突然闭嘴了，一声不吭了，眼睛也闭上了，好像一下子变成了一头死猪。

袁作义家的大门半开半掩着。我刚把摩托车开到门口，一个五十岁的男人快步从屋里走了出来。我抬头一看，居然是村长黄仁。我的眼珠子顿时卡在眼眶里转球不动了。屋里接着又出来一个人，是袁作义的媳妇娃子，穿一件吊带衫，两个奶子中间的沟像用犁耕过的。

黄仁走到摩托车边上，轻轻地拍着它说，我进门忘了拔钥匙，再出来就不见了。我还以为是哪个强盗偷了呢，妈的，原来是被袁作义骑跑了！

袁作义的媳妇娃子连忙对黄仁解释说，当时一听到你的摩托车响，我就让他出去遛哒遛哒。可他说，出去遛哒可以，但必须给他点儿钱。这个没出息的东西，总是在这种时候找我要钱。我本来只想给他十块的，可身上没零的，就给了他二十，哪想到这个酒疯子又跑出去喝酒了，还骑走了你的摩托车。

我这时看了一眼袁作义，他妈的还闭着眼睛，越发像一头死猪了。我晓得他是在装死。

皮影戏

1

离家越近，余孝成心里越觉得紧张。看到自己家屋顶上的烟囱时，他的心已快跳出来。他突然停住脚步，顺势靠在路边的一棵松树上。他想等心里稍微平静一点再走。

阿茭努力追上来，喘个不停地问，你不是归心似箭吗，怎么不走了？余孝成说，心跳得厉害，站这里歇歇。

阿茭看见余孝成的脸都红了，说，你太激动了。余孝成没回答，一时不知道怎么说。阿茭说得没错，余孝成的确有些激动。一年没见到母亲了，马上就能见到，他能不激动吗？更激动的是，他这次回家过年还带了个女的。往年一个人回来，母亲虽说高兴，但明显不满足，眉头皱得紧紧的，把忧愁都藏在里面。到三十吃年夜饭时，母亲到底没藏住，流着眼泪说，成儿，你明年回来过年，要是给妈带个儿媳妇，那我就心满意足了。但是，阿葵只说到了一半。除了激动，余孝成还感到不安。因为，他带回来的这个女的，并不是母亲要的儿媳妇，而是他临时从按摩院找来的一个按摩女。

你不舒服吗？脸刚才还是红的，怎么一下子就白了？阿葵看着余孝成的脸问。她实际上还是个挺细心的女子。

我忽然有点儿不安，总害怕会穿帮。余孝成如实地说。事实上，他早已把他的担心对阿葵说了，一路上都在叮嘱她倍加小心。

阿葵说，你放心好了，我小时候演过戏。不就是装你女朋友吗？我不会把戏演砸的。再说，你才付了我一半的钱，要是真穿帮了，我那一千五不就泡了汤？余孝成说，我相信你的演技，但我妈心细眼尖，我总怕她会看出什么马脚来。所以，你要处处留神。

说完，余孝成把交代了无数遍的一些细节又给阿葵交代了一遍。阿葵显得十分虚心，一边听一边频频点头。直到再也想不出还有什么疏漏，余孝成才带着阿葵接着往家里走。

这些年，余孝成一直在福建一个靠海的小镇上打工。那是个文化制品厂，凡与文化沾边的用品都做。销路最好的是奖证、奖杯和奖牌，但盈利最快的还是挂历，每年到了最后一个季度，全厂的人都要转入到挂历生产线。

那个镇上的按摩院遍地开花。档次有高有低，好一点的都开在镇中心的繁华地段。阿葵所在的那一家位于镇郊，紧挨着文化制品厂，走路不过十分钟，坐摩托车眨个眼就到。它显然是镇上最差的按摩院，只有两间房，前面一间洗头，后面一间按摩，门面也不太显眼，要不是玻璃上贴着按摩两个红字，行人很难发现这个地方。

余孝成几年前就从同事的口中知道了这家按摩院，还多次假装散步从门口经过，探头探脑地看过那些袒胸露背的小姐。但一直到今年秋天，他的脚才第一次踏进院内。余孝成不是没有身体上的需求，也不是他的品德多么高尚，主要是他舍不得钱。他大老远出门打工，挣钱的目的很明确，要找老婆，要建房子，还要给母亲养老送终。每月工资一发到手，他就赶快存起来，手头只留点儿生活费。

那天余孝成满三十六岁，一个人喝了半瓶酒。酒后，他的情绪有点儿反常，便下了决心要去一次按摩院。就在那个晚上，他认识了阿葵。阿葵又白又胖，看上去有些眼生。余孝成问，我以前常从门口过，怎么没见到过你？阿葵说，我过去在广东那边，刚来福建不久。

余孝成那天进按摩院，本来打算尽情快活一次的，没想到弄了个虎头蛇尾，最终让人哭笑不得。在按摩床上仰身躺下后，阿葵问他，打飞机一百，打炮两百，你想怎么按？他以酒壮胆说，怎么舒服怎么按！阿葵说，那就打炮。她说着就把衣服脱光了。余孝成发现，阿葵白胖的肉体就像他在挂历上看到的那些外国油画。他一下子亢奋起来，马上伸手在阿葵的屁股上摸了一把。谁料到，余孝成的手刚挨到阿葵的屁股，一股热流就像喷泉一样从他胯间涌了出来。

阿葵见余孝成眨眼间变成了一只泄气的皮球，奇怪地问，你怎么啦？他难为情地说，我流水了！他边说边溜下按摩床，穿上鞋子就要走。当时他想，这样也好，还可以省笔钱。但是，他刚要出门，阿葵一把挡住他说，付了钱再走。余孝成说，你还没按，我付你什么钱？阿葵说，你是摸我屁股才出水的，起码也要按打飞机买单！阿葵态度很生硬，余孝成说不过她，只好乖乖地掏了一百块钱。

挂历生产线一停，离过年就不远了。从这时开始，余孝成便一天比一天紧张起来。转眼又要回家过年了，为母亲找儿媳妇的事却一点儿眉目也没有。

元旦那天，余孝成给母亲打了一个电话。母亲第一句话就问，成儿，你给妈找到儿媳妇没有？余孝成迟疑了半天说，还没有呢！母亲用央求的口气说，你抓紧找啊！余孝成忐忑不安地问，妈，我要是找不到怎么办？母亲在电话那头抽泣着说，要是找不到，你就不要回家过年了！跟母亲通完电话，余孝成捏着手机呆了半天。他难受死了，好像心里有一群蚂蚁在爬。

春节一天天逼近，厂里的同事们已开始在订回家的车票了。余孝成却迟迟不动，似乎真的不回家过年了。但是，余孝成做不到。他不忍心让年近七十的母亲独自在家过年。那几天，他几乎问遍了厂里的每一个女工，无论是未婚的，还是已婚的，他见到就问，你回家过年吗？你回家过年吗？你回家过年吗？他多么希望她们中间的某一个说，我不回去！这样的话，他就可以跟她打个商量。然而，他接二连三地失望了。厂里没有一个女工不回家过年的。

后来走投无路，余孝成才突发奇想找到了按摩院。他想，只要能让母亲吃上一顿不流眼泪的年夜饭，要他做什么都行。

余孝成是前天下午去的按摩院。这是他第二次光临。碰巧的是，他一进门就看见了阿荬。是你呀！余孝成说。阿荬也一眼认出了余孝成，忍不住一笑说，这不是那个早泄哥吗？两人一见面，居然像老友重逢，还相互握了个手。更巧的是，余孝成一说明来意，阿荬马上说，我可以陪你回家过年！余孝成开始有点儿不相信，以为阿荬是随口开个玩笑，就问，你不回自己的家？阿荬突然沉下脸说，妈改嫁了，爸再婚了，我无家可归了，这几年都是一个人在外过年！

阿荬看上去不像在编故事，说完泪都下来了。余孝成先帮她抽了张纸巾，然后开始谈条件。他说，来回十天，你要多少钱？阿荬说，吃住你负责，我每天按五百收。余孝成一惊说，我是个打工仔，你不能狮子大开口。再说，我只是要你假装我的女朋友，又不要你和我睡觉。阿荬想了想说，看你是个孝子，我给你每天减去两百吧。但三百你必须付，要是一天少于三百，我还不如就在这按摩院守株待兔呢。余孝成划算了一下说，三百可以，但我先只付你一半。阿荧问，另一半呢？余孝成说，等事成以后再付。阿荧说，也行。

离余孝成的房子还剩两百步的样子，阿荧猛然停住了。余孝成回过头，发现阿荧神情有点儿异样。余孝成问，你是不是又想到了什么？阿荧蹙着眉头问，除了你，你们厂里还有不有这个村的人？余孝成说，这个你放心，我们油菜坡只有我一个人在那个镇打工，没第二个人认识你。阿荧松开眉头说，那就好。

余孝成家住的还是那种白墙黑瓦的老房子，房子虽说不高，但大门两边的柱子却很气派，两个柱子上分别插着一个长柄雕刻，黑色，形状像人又像神。

阿荧一到门口就被那两个雕刻吸引住了。那是什么？她指着柱子问。余孝成解释说，那是我爹过去唱皮影戏的两个影子，一个是关公，一个是张飞，都是用牛皮雕刻出来的。阿荧问，为什么要把它们插在门柱上？余孝成说，关公和张飞是两个大英雄，我妈说把他们挂在门口可以避邪。阿荧一笑说，真有意思！

2

母亲正在屋里煮晚饭，听见门口有人喊妈，拎着炒菜的铲子就出来了。看见儿子身后跟一个姑娘，母亲开始有点儿不敢相信自己的眼睛，眼皮眨个不停。这时，余孝成悄悄地把一只手朝阿荧伸了一下。阿荧马上心领神会，赶紧把那只手握在了自己手里。等两人的手连上之后，余孝成才对母亲说，妈，这是我给你找的儿媳妇，名字叫阿荧。阿荧及时往前走了一步说，妈，你好！母亲没有回答，手里的铲子哗啦一声掉在了地上。

进到屋里，母亲突然呜呜地哭了起来。这是阿荧事先没料到的，她很少碰到这种喜极而泣的情景。阿荧趁机仔细打量了母亲一番，发现她是个很爱干净的老人，头发虽说都花白了，但梳得一丝不苟，还在脑后挽了一个好看的发髻。阿茭忽然有点儿喜欢母亲了。她主动走到母亲身边，伸手摸着她的发髻说，妈，我们回来你应该高兴才是，快别哭了！阿茭这么一劝，母亲反而哭得更加伤心，还双手一张抱住了阿茭。母亲一边哭，一边摸着阿茭的背说，我还以为我的成儿要打一辈子光棍呢，哪想到，他竟一下子给我找回了这么漂亮一个儿媳妇……

听母亲这么说，阿茭居然也有些动情了，鼻头一酸也哭了起来。余孝成看见阿茭抬手擦泪，还以为她是装的，心想，她的戏演得不错啊！

吃晚饭的时候，母亲不住地给阿茭搛菜。阿茭显得很懂礼貌，每次都对母亲说一声谢谢。阿茭偶尔也给母亲搛菜，却不连续搛。余孝成事先叮嘱过她，每餐吃饭都要给母亲搛菜，但搛的次数不能多，一多就像假的了。

晚饭吃到一半时，阿茭突然放下筷子，起身走到一个行李箱边上，从箱子里拿来了几样礼物。她把礼物一件接着一件地递给母亲，嘴里同时说，妈，这是一条围巾，围在脖子里挡风；妈，这是一瓶润肤霜，冬天擦脸擦手，以免皮肤皴了；妈，这是一个抓挠，孝成说你的背上经常痒，手短伸不到背上去，以后再痒时，就用这个抓，它抓起来比手指头还舒服。母亲一边接礼物，一边听着阿茭说，心里差点乐开了花。

事实上，这些礼物都是余孝成买的，阿茭刚才的一番话也是余孝成事先设计好的台词。不过，阿茭的记忆力真是不错，动作和语言的搭配也非常协调，表演十分到位，连余孝成看了都深受感动，差点忘了是自己导演的。

家里有三间卧室，都紧挨堂屋。堂屋后面是正屋，母亲一直睡在那里。堂屋两边是两间厢房，分别被母亲称为东厢和西厢。余孝成每次打工回来都住东厢，西厢差不多都是来了客人住。

睡觉之前，母亲先把阿茭安排到烤火房里，让她偎着火坑洗澡，然后招手让余孝成来到了堂屋。母亲小声问，你们今晚怎么睡？余孝成脱口说，让阿茭睡西厢，我还是在东厢睡。母亲愣了一下，张口想说句什么，但迟疑了一会儿，又把张开的口闭上了。余孝成马上发觉到自己刚才的回答有些欠妥，心里不由格登一响。他赶紧红着脸对母亲解释说，我和阿茭还在恋爱期间，这么早就公开睡一个房不好。母亲听了点头说，这样也行，那我去把两个房的床都收拾一下。

母亲进西厢收拾床铺时，阿茭洗完澡从烤火房出来了。余孝成故意在堂屋里大声问，阿茭，今晚怎么睡？阿茭连忙走到了堂屋门口，却一时弄不懂余孝成的意思，愣着不知如何回答。这时，余孝成快速伸出双手，对阿茭做了一个合拢的动作。阿茭立刻明白了，马上提高嗓门说，我跟你睡吧。余孝成又给阿茭打了个成功的手势，然后用为难的口气说，我们还是分开睡吧，让老人看到了不好。阿茭停了片刻说，那好吧，入乡随俗，我听你的！

话音未落，母亲从西厢出来了。她自言自语地说，有些老规矩，其实也该改一改了。说完，她麻利地进了东厢。

余孝成第二天早晨七点钟起床时，母亲已在灶屋里煮早饭了。他走到堂屋，发现西厢的门还关着，心里不由一沉，害怕阿茭还没醒。他知道，阿茭这种人都是夜猫子，晚上可以通宵不睡，但次日不睡到上午十点是不会起床的。但在回家的长途客车上，余孝成已经给阿茭规定了新的作息时间，让她早晨七点必须起床。余孝成想，她该不会一过夜就把我的话给忘了吧？不过还好，余孝成正在着急时，阿茭开门出来了。

阿茭看样子比余孝成起得还早，因为她已经洗漱完毕，并且连妆都化了。余孝成打算表扬她几句，但刚准备开口，却发现阿茭的妆化得有问题。她的口红涂得太艳了，像吃了生猪血，而且面积也涂得太大，几乎红到鼻沟了。余孝成连忙挡住她说，千万别这样去见我妈，赶快去把口红洗一洗，不然她一眼就会看出你是干什么的。阿茭有点儿不高兴，但还是退回房里把嘴唇重新处理了一下。

吃过早饭，母亲收拾餐桌时，眼睛猛然一亮说，成儿，金砖的杂货店弄回了一批带转盘的餐桌，你去买一张回来过年。余孝成说，好，我马上就去。

临走时，阿茭提出要一起去，余孝成想了想说，妈一会儿要蒸包子，你留在家里帮忙吧。阿茭马上乖巧地说，好的，我正好跟妈学点手艺，以免到时候妈蒸不动了，我还不会蒸！这段话是阿茭临场发挥的，效果特别好。阿茭的话音未散，母亲就拍了拍她的头说，阿茭真懂事！看得出来，母亲已经打心眼儿里喜欢上阿茭了。

金砖长着一张布满疙瘩的脸。那些疙瘩红不红黑不黑的，使他的脸看上去像一堆火山石，压根儿不像脸。金砖前几年外出打工挣了不少钱，去年投资二十万办了一个杂货店，生意很红火。除了卖日常杂货，金砖还兼着买卖古董。

余孝成走到杂货店时，金砖正在给一个外地人推荐一个歪嘴尿罐。他说，这个尿罐是慈禧太后当年到农村视察时用过的，如果拿到香港去卖，至少五十万。外地人半信半疑地问，一个土烧的尿罐能卖五十万？金砖瞪他一眼说，哼！你也不看看是谁屙过尿！

余孝成这时走上去问，你这尿罐是从哪儿弄来的？金砖这才发现余孝成来了，马上问，你啥时候回来的？余孝成说，昨天才回。金砖说，我正有事找你呢。余孝成问，什么事？金砖说，你爹过去唱皮影戏留下来的那些皮影，你还保存着吗？余孝成说，当然保存着，有两百多个皮影，装了整整一皮箱。金砖说，太好了，你把它卖给我，我给你五百块。余孝成说，我不卖，它是我爹留给我的传家宝，我将来还要传给我儿子呢。

那个外地人还惦记着歪嘴尿罐，大声问，尿罐五百块卖不卖？金砖说，我是六百从民间买来的，五百肯定卖不起。外地人问，那你卖多少？金砖说，最低八百。外地人说，好吧，吃亏上当我也买了，谁叫我喜欢收集尿罐呢？他说完就数出八张百元的票子递给金砖，然后双手抱着那个尿罐高兴地走了。

金砖一听余孝成说不卖皮影，就扔下他不管了。余孝成说买个转盘餐桌，金砖也带理不理。余孝成只好自己去柜台后面看桌子。桌子说不上结实，但用一两年没问题。余孝成犹豫再三，还是决定买了。付钱时，余孝成问，能不能便宜点？金砖面无表情地说，嫌贵就别买。

余孝成扛着桌子回到家里，母亲已蒸好两笼包子了。阿茭戴着袖套，围着围裙，正在专心地学做包子，鼻头上还沾了一点儿面粉。余孝成盯着阿茭看了一会儿，觉得她这个样子特别可爱。看着看着，余孝成有些走神了。他想，阿茭要真是自己的女朋友该多好！

这天晚上快要睡觉时，母亲把余孝成从烤火房叫到了堂屋门口。母亲说，如今呀，好多老规矩都变了，不过变一变也好，不能总抱一本老黄历。余孝成问，妈，你想说什么？母亲说，我们村云正飞的儿子，秋天从外地领了个姑娘回来，回家的第一夜就睡一张床，后来是鼓着肚子去打的结婚证。有人说，他们要不是把生米煮成了熟饭，这婚还可能结不成。余孝成听了说，我明白你的意思了。

余孝成从堂屋出来，马上就喊阿茭去外面上厕所。在厕所门口，余孝成把母亲的一番话告诉了阿茭。阿茭听了久久不语。过了一会，余孝成说，为了不让我妈起疑心，你今晚就搬到东厢和我一起住吧。阿茭说，这肯定不行，我只是答应装你女朋友，从没说过要陪你睡觉。余孝成说，我只是让你和我睡一个房，又没让你和我睡一张床。我房里还有个竹床，你睡我床上，我睡到竹床上去。阿茭低头想了想说，为了不穿帮，我也只能答应了。但我告诉你，你千万不能碰我。余孝成说，我保证，碰你了烂手。

从回家的第二夜起，阿茭就跟余孝成睡到了一个房里。看着阿茭抱着被子从西厢跑进东厢时，母亲差点把牙都笑掉了。

3

余孝成把阿莠带回家的第四天，他们好险让母亲发现了破绽。上午八点多钟，母亲去村里一户熬麦芽糖的人家买糖，让余孝成在家锯木柴，要阿莠剥几盘花生米。十点钟，母亲拎着麦芽糖回来了。当时余孝成还在门口锯着，阿莠剥完花生米进屋了。她说早晨起早了实在有些困，想抢在母亲回来之前去睡个回笼觉。母亲把糖放进屋就出来了，匆匆去了房子旁边的厕所。厕所分男女，门上写着字。母亲上完厕所回来，余孝成忽然发现她的神情有些不大对头。

母亲直接走到余孝成跟前，低声问，阿莠是不是吸烟？余孝成顿时吓青了脸，支吾着说，她不吸烟，我从没见她吸过烟。余孝成其实知道阿莠是吸烟的，还知道她包里一直装着烟和打火机。但他对母亲说了假话。母亲似乎不相信儿子，皱着鼻梁问，奇怪，她不吸烟，为啥女厕所里有烟头？我早晨出门前去过一趟厕所，那时还一干二净的。

母亲一说到女厕所的烟头，余孝成就断定那是阿莠干的。母亲出门这段时间，除了阿莠，没有人上过女厕所。余孝成早晓得阿莠对烟有瘾，从福建出发时，还特别嘱咐阿莠说，你到了油菜坡，一定要戒烟！阿莠当时也满口答应说，我可以忍着不吸。余孝成想，她肯定是憋得难受，才躲到厕所里去吸了一支。

在母亲眼里，吸烟的女人十有八九不正经。她从厕所出来好半天还耿耿于怀，又说，阿莠不吸烟，那是谁扔的烟头呢？这时，余孝成灵机一动说，噢，我想起来了，刚才有一个修高速公路的女人从这路过，我看见她进过女厕所。母亲听了释然说，原来是这样，我还差点儿错怪了阿莠！

余孝成及时把烟头的事告诉了阿莠，她听了吓得差点叫出来。阿莠保证再也不吸烟了，还当即把她包里的烟和打火机扔进了屋后的粪坑。扔的时候，阿荽还后怕地对余孝成说，你妈真是太厉害了，她完全可以进公安局当个侦察员！

阿荽的说法丝毫不算夸张，继烟头之后，母亲又有了更重要的发现。

这天中午，阿荽在东厢睡午觉，余孝成在灶屋里帮母亲打豆腐。烧豆浆时，母亲吞吞吐吐地问，成儿，你和阿荽走到哪一步了？余孝成一愣问，妈，你是啥意思？母亲蹙着眉头说，我一连留心了几个晚上，发现你和阿荽虽说睡在一个房里，可你们两个好像不是那么亲热！余孝成心惊肉跳地说，怎么会呢？我们两个亲热得很。母亲剜了余孝成一眼说，成儿，你莫把妈当傻瓜。这几天晚上，我都张着耳朵在听，你们房里一丝动静也没有。昨晚，我还透过东厢后窗的皮纸看了一眼你床上的蚊帐，看了一个多钟头，你蚊帐里连个晃动的影子都没得。我私下琢磨，你们回来四五个晚上了，总不会一次也……

母亲没把话说完，余孝成也不敢再往下听了。他埋下头去，一边往灶里添柴一边想，母亲会不会已猜到了什么？这么想着，背上不禁沁出了一层冷汗。

这天晚上，余孝成吃过晚饭就进了东厢。他看了看后窗上的皮纸，又看了看挂在床上的蚊帐。他想，母亲今天晚上肯定还会再来偷听和偷看，如果他与阿荽再无动静，那母亲非怀疑他们不可了。接下来，余孝成就打算想个办法来遮挡一下母亲的耳目。不然，真让母亲识破了他们的关系，那就太不值得了。

余孝成首先想到了阿荽。他想，阿荽要是能真正陪自己睡上一觉，那母亲的任何怀疑都会自然打消。正想到这里，阿荽突然进了东厢。余孝成给她招个手，让阿荽靠拢他。他把母亲的疑虑给阿荽讲了一遍，然后就说了自己的想法。余孝成说，我给你再加两百块钱，你今晚给我当一回真女朋友。阿荽一愣问，真女朋友怎么当？余孝成说，同睡一张床上，来一回真的！阿荽顿时生气地说，你把我当成什么了？余孝成说，你本来就……话只说出半截，余孝成已感到说漏了嘴。果然，阿荽一听就恼羞成怒，转身跑出去了。

阿茭跑后，余孝成只好另打主意。就在这个时候，余孝成一转眼看见了床下的那个牛皮箱。那是他父亲临死之前留给他的传家宝。牛皮箱里装着两百多个皮影，还有锣鼓和各种唱本。一见到这个牛皮箱，余孝成一下子想到了一个应付母亲的绝招。他决定今晚唱一出皮影戏。

余孝成一想到这个绝招，马上就出门去找阿茭。他要给阿茭赔礼道歉，同时还要请她与自己一道来唱皮影戏。

阿茭躲在西厢哭泣，泪水挂了一满脸。余孝成一去就说对不起，还要伸手给阿茭擦泪。阿茭马上打开他的手，呜咽着说，我虽说是个按摩女，但我也是人，你不能随口侮辱我！余孝成再次说，对不起，我扇我的臭嘴！他说着就在自己的嘴巴上甩了一耳光。阿茭见余孝成是诚恳的，便停住不哭了。这时，余孝成拉起阿茭的手说，走，我带你去东厢看皮影！一听说皮影，阿茭立刻来劲了，赶忙跟着余孝成来到了东厢。

余孝成从床下拖出牛皮箱，刚一打开，阿茭就叫了一声“哇噻”。箱里装满了千姿百态的皮影，有的低眉微笑，有的圆目大怒，有的玉树临风，有的五大三粗，有的昂首挺胸，有的卑躬屈膝……人生万象，尽在影中。余孝成小时候随父亲出门唱过皮影戏，差不多能叫出每一个皮影的名字。他一个一个地拿给阿茭欣赏，这是薛仁贵，这是花木兰，这是杨七郎，这是穆桂英，这是林冲，这是武松，这是张生，这是崔莺莺……阿茭看着看着，眼泪就不知不觉地干了，泪痕也迅速被甜美的笑容覆盖了。

看了几十个皮影后，余孝成突然说，今晚我也要唱一出皮影戏，请你与我合作。阿茭连忙说，我可不会，你一个人唱吧。余孝成说，皮影戏一个人唱不成，至少要两个人才行。一个人摇皮影，一个人唱。你今晚必须配合我，不然，你那剩下的一千五就真要泡汤了。阿茭似乎明白了余孝成的话，认真地问，你要我唱什么？余孝成压低声音说，待会儿，我拿一男一女两个皮影进到蚊帐中去摇，你就在床后跟着哼，跟着叫，跟着喊，可以喊我的名字，也可以喊我的天我的妈什么的，只要我妈能听出是你的声音就行了。阿莎说，好的，我懂你的意思。

两人设计好，余孝成一看时间还早，就对阿莎说，我妈还在烤火房烤火，我们先去陪她坐会儿，今晚的皮影戏是专门给她唱的，等她想看的时候，我们再开始。阿莎说，好的，你们家烤火房真暖和。

进入烤火房，坐下不足二十分钟，余孝成就对阿莎说，阿莎，你前几天身体一直不舒服，也没怎么睡好，今天你身体好了，我们早点去休息吧。阿莎是个聪明人，一听就知道余孝成的话中有很多暗语，还知道他是故意说给母亲听的，就顺口答道，早睡也好，明天可以早点儿起床帮妈做事。母亲听了余孝成的话，马上问阿莎，你身体怎么不舒服？为啥不告诉我？阿莎脸儿一红说，也不是什么病，每个月都有一次。母亲沉吟了一会儿说，那你们快去睡吧。

余孝成上床前选了两个头部较大的皮影，一个是西门庆，一个是潘金莲。他一上床就把蚊帐降下来了，蚊帐的形状和大小正好与唱皮影戏的那面白布相仿。余孝成一上床，阿莎也赶忙躲在了床后面。余孝成不住地朝墙上那个窗口看。这晚月亮很好，东厢房里满屋都是如水的月光，

夜里十点钟的样子，阿莎突然小声说，窗外有脚步声。余孝成再次看去，果然有个头在窗外晃动。

余孝成于是深情地喊了一声阿莎，等阿莎娇羞地应了一声之后，他就一手举起西门庆，一手举起潘金莲，在蚊帐后面使劲地摇了起来。在余孝成和阿莎的哼哼嗯嗯中，两个皮影一会儿分，一会儿合，一会儿上，一会儿下，翻云覆雨，风生水起，如火如荼……

次日早晨，吃面条的时候，余孝成和阿莎发现各自的碗里比平时多了一个荷包蛋。他们齐声问，怎么煮了三个？母亲眉开眼笑地说，你们都辛苦了！

4

大年三十的头一天，油菜坡家家户户打吊尘。吊尘就是吊在房子里的那些灰尘串，大都吊在梁上，也有的吊在墙角和楼缝，大的像女人的辫子，小的像老鼠的尾巴。打吊尘一般都用丈把长的一根竹竿，必须是刚从竹林里砍的，竿头的那蓬竹叶一定要留着，可以边打边扫。

余孝成吃过早饭就开始打吊尘。阿茭第一次见到，感到很新奇，就仰起头在一边看。母亲担心吊尘落进了阿茭的眼睛，就安排她去金砖的杂货店买醋和酱油。母亲给阿茭指路说，出门往左走一段平路，再右转下个陡坡，然后一直朝前走十分钟就到了。阿茭很乐意去，她来这里一个星期了，每天都呆在家里，早盼着到村里四处走走了。

到达杂货店门口时，阿茭只看见一个四十岁左右的中年妇女在收拾柜台，她想这个人肯定就是金砖的老婆。紧挨杂货店还有一栋小楼，一个男人正举着竹竿在里面打吊尘。他戴着口罩，阿茭看不见他的脸。阿茭想，这个人很可能就是老被余孝成和他母亲提到的金砖。

买醋和酱油的时候，中年妇女见阿茭很陌生，就问，以前怎么没见过你？阿茭想了一下说，我是余孝成的女朋友，第一次来这里。中年妇女说，哎呀，余孝成艳福不浅嘛！

阿茭付了钱正转身要走，打吊尘的男人匆匆朝杂货店里走过来。他一边走一边摘口罩，很快把他的脸露出来了。阿茭一下子看到了男人脸上的疙瘩，陡然大吃一惊，手上提的醋和酱油扑通一声掉在地上，当即打得粉粹。很显然，阿茭是被男人脸上的疙瘩吓坏了。

中年妇女先愣了一下，然后扭头埋怨男人说，金砖，你差点儿把余孝成的女朋友吓死了！金砖没理他老婆，两眼认真地看了阿茭一眼。很快地，金砖的眼睛被拉直了，像两根绷紧的高压线。

阿葵呆了好半天才回过神来。她慌张地补买了醋和酱油，连招呼都没顾上打，就快速离开了金砖的杂货店。

母亲见阿葵回来，连忙跑出来接她手中的醋和酱油。她忽然发现，阿葵脸色苍白，嘴唇青乌，与出门时完全判若两人。母亲问，你怎么啦？阿葵说，我的头有点儿昏。她说着就去堂屋里找余孝成。余孝成也一眼看出阿葵神情不对劲，立刻放下竹竿跑过来问，你的脸怎么这样难看？阿葵小声说，我们能不能换个地方说话？余孝成想了想，顺手提起一篓刚打的吊尘说，走，去屋后竹园。

来到竹园边，阿葵脚没站稳就说，事情有可能穿帮！余孝成惊恐地问，为什么？阿葵说，我刚才出门，不幸遇到了我从前按过的一个客人。余孝成胀大眼圈问，谁？你能肯定给他按过吗？阿葵说，就是杂货店的那个金砖，他长一脸疙瘩，我在广东的时候给他按过。他那张脸，我见一次就一辈子忘不了！余孝成的身体剧烈地晃动起来，似乎支持不住了。

过了一会，余孝成镇定下来说，他脸上有疙瘩，所以你一眼能认出他；你脸上又没疙瘩，他怎么可能一眼就认出你来呢？我看，你不必太紧张。阿葵却说，我觉得他很有可能认出了我，因为他看我的眼神不正常。阿葵这么一说，余孝成又有些慌乱了。

母亲这时在家里喊成儿。余孝成说，我们快回去吧，时间长了，我妈又会起疑心。阿葵说，是的，你妈太敏感了。

往回走时，阿葵突然双眼一亮说，我想到一个办法，你看行不行？余孝成忙问，什么办法？阿葵说，你主动去找金砖，给他一些好处，把他的嘴堵住。余孝成想了一下说，嗯，这是个办法。阿葵说，那就趁早去找他，万一他快嘴快舌地说出去了，你想堵也来不及了。余孝成说，你说得有道理，我去跟我妈扯个理由就走。

吊尘差不多都打到了地上，只等着把它们清扫出去了。余孝成对母亲说，我想去买个吊灯，把它吊在堂屋里，过年喜庆一些。母亲说，也好，阿葵在我们家过第一个年，要尽量布置好点儿。阿葵听到母亲的话，心里又涌出一股暖流。她陡然想起了自己的母亲，在她只有五岁那年就改嫁了，没有给过她一点儿母爱。阿葵没想到，她居然在这样一趟荒唐的旅行中找到了一丝母爱的感觉。

余孝成让阿葵在家里清扫吊尘，他一个人行色匆匆地往金砖的杂货店去了。本来，余孝成想带上阿葵一起去的，不知为什么，他突然改变了主意。

余孝成刚走下那个陡坡，忽然看见迎面走来了一个人，走近一看，竟然是金砖。余孝成问，你这是去哪？金砖说，我正要去你家找你。余孝成说，巧了，我也正打算去你杂货店找你呢。金砖说，看来我俩今天是找对了人。

余孝成有点心虚地问，你去我那儿做啥？金砖说，听说你找了一个如花似玉的女朋友，我想去一睹芳容。余孝成心跳加快说，你不是在你家杂货店见过吗？金砖脸上的疙瘩一红说，我不光在我家杂货店见过，还在广东一家按摩院见过呢！余孝成浑身一缩，顿时哑口无言了。金砖这时问，你去我杂货店搞啥？余孝成说，我正是为阿葵的事去找你的。金砖问，此话怎讲？余孝成说，我三十六岁了，找个女朋友回家过年不容易，其实我还是次要的，主要是想让我妈过一个不流眼泪的年。请你行行好，不要把阿葵给你按摩的事说出去。

金砖没马上表态，沉默了好半天才皮笑肉不笑地说，你是想堵我的嘴？余孝成说，算是吧。人都有脸，你一说出去，我妈的脸就没地方搁了。金砖说，这个嘛，一般情况下我是不会说出去的，但到了特殊情况下我可说不准。余孝成问，啥是特殊情况？金砖说，惹我不高兴了。

余孝成说，你的意思我明白，我会尽量让你高兴，你开个条件吧！金砖说，你先开。余孝成说，我给你两百块钱怎样？金砖鼻孔一哼说，打发叫花子呀！余孝成苦笑说，我家穷，打一年工才挣万把块钱，我再加一百，三百可以了吧？金砖又鼻孔一哼说，我看你是把我当小孩玩！余孝成一脸哭相说，那我干脆出五百，五百总够了吧？金砖的鼻孔这回没哼，忽然严肃地说，实话告诉你，这事不是钱能解决的，你给一千也不行！

余孝成一下子傻了，好半天才缓过神问，你想要什么？金砖说，我要你爹留下来的那一箱皮影。

什么？你要我爹的皮影？你休想！余孝成猛然大叫了一声，如同狮吼。

金砖冷笑一声说，我不逼你，如果愿意，限你明天午饭之前送到我杂货店，要是过期不到，我一定让你妈在吃年夜饭前知道你女朋友的一切。说完，他扭身就回去了。他是反背着两只手回去的，十个指头在身后此起彼伏地跳动，好像在弹一种什么琴。

余孝成跌跌撞撞回到家里时，阿葵正在灶屋里切土豆，准备着做午饭。短短几天工夫，她已变得如一个勤劳的良家女子了。阿葵主动告诉余孝成，母亲去地里扯芹菜了，打算大年三十包饺子吃。

阿葵切完土豆后放下刀，走近余孝成问，情况怎样？余孝成说，他的条件太毒，像要挖我的祖坟啊！阿葵说，都怪我节外生枝。但事到如今，只要能堵住他的嘴，多花点钱也行。你还没付的那一千五，我不要了；先付我的那一千五，我也可以退给你。阿葵这么说，余孝成万分感动，恨不得一把将她揽在怀里。余孝成叹口气说，金砖却不要钱，说再多的钱也没用。阿葵一愣问，那他想要什么？难道会提出让我再给他按一次不成？要是真提这个条件，我也答应，反正是破罐子破摔！余孝成忙说，你千万别这样说，不过他也没提这一条。

那金砖到底提的什么条件？阿葵问。余孝成突然大声说，他要我爹留下来的那箱皮影！阿葵发现余孝成说这话时面色铁青，嘴角抽搐，用手捂着胸口，好像有人要剜他的心。看着余孝成这个神情，阿葵心里不由隐隐作痛。

大年三十这天，余孝成早晨六点就起床了，当时天还没亮。起床后，他先把床下的那个箱子抽出来，再慢慢打开，接下来把箱子里的皮影一股脑地倒在床上，然后便站在床边呆呆地看着它们。他足足地看了好几个小时，连早饭也不吃。九点半钟，他把那些皮影又一件一件地装回箱子。十点一刻，他提着箱子离开了家门。一小时后，余孝成双手空空地回到家门口。他靠在门口墙上，目光呆滞，神情恍惚，看上去像个死人。

阿荧在一旁看着余孝成痛不欲生的样子，心如刀绞，泪如雨下。她实在不知道怎么帮助他，后来就双臂一张，如喜鹊展翅一样朝余孝成飞了过去。她用两只手紧紧地箍住余孝成的腰，将头深深地埋进了他怀里……

母亲这时正端着米花糖出来，恰好看见了这一幕，惊异地问，阿荧，你这是怎么啦？阿荧说，妈，我今天就想嫁给孝成！余孝成听见阿荧这句话，开始以为她还是在演戏，但睁眼一看，发现阿荧陶醉得已经像个新娘。余孝成顿时有一种喜从天降的感觉。

大年三十的晚上，余孝成和阿荧终于睡在了同一张床上。他们一丝不挂地拱在被窝里，一直疯到深夜。后来他们还大声唱了起来。母亲在门外奇怪地问，你们半夜三更在干什么呀？余孝成和阿荧一起说，我们在唱皮影戏呢。

松毛床 /

传染记

1

饲料贩子来了一支烟的工夫，傅彩霞也来了。当时，邬云正在房子后面清扫猪圈。她是一个爱干净的女人，不仅把自己的住房收拾得一尘不染，就连房后的十几个猪圈，也被她打理得清清爽爽。她每天都要用水管子把猪圈冲洗一遍，还要按时打药消毒。

郝风本来也在帮邬云清扫猪圈的，饲料贩子来后，他就丢下扫把回房子里去了。自从办了这个养猪场，买饲料的事情一直都由郝风负责。当然，买猪仔和卖肉猪这些大事，也都是郝风的。邬云只管喂猪和猪圈卫生，还有杂七杂八的家务活。夫妻俩的分工，有那么一点男主外女主内的味道。

邬云快把最后一个猪圈冲洗好的时候，郝风在房子后门上喊了一声。

邬云，你回来一下，傅彩霞找你。郝风说。

邬云应了一声说，晓得了，过两分钟就回来。

傅彩霞住在邬云家附近，两家的房子只隔着一道土梁。土梁不高，长着一些青松和翠柏。邬云站在自己家的门口，能看见傅彩霞房子的黑色屋脊。在油菜坡，邬云和傅彩霞住的是最近的，两人的感情也特别好。她们的娘家都在十字冲，邬云还是傅彩霞的媒人呢。邬云头一年嫁给郝风，第二年把傅彩霞也介绍到了这个地方。傅彩霞的丈夫与郝风的关系也不错，这两年一直在广东打工。

邬云回到房子里时，傅彩霞正站在厅屋的门槛边等她。郝风和那个饲料贩子也在厅屋里，他们坐在茶几两边，一边喝茶一边谈饲料。饲料贩子还在抽烟，烟用两个指头夹着，吐一个烟圈，弹一下烟灰，显出很有派头的样子。饲料贩子是宜昌那边的人，把吃饭说成乞饭，以前也来过几次，都是郝风和他打交道。邬云不晓得他姓什么，也没问过，每次见面只喊他一声稀客。

见傅彩霞站着，邬云就责怪郝风说，来了客人也不找个座。傅彩霞连忙说，莫冤枉郝风，是我自己不坐的。再说，隔这么近，三天两头地来，也不是什么客人。傅彩霞说话鼻音很重，嗓子好像也不利索，声音听起来干巴巴的。邬云便关心地问，怎么，感冒还没好？傅彩霞咳了一声说，就是，已经半个月了，一直好不了。邬云定睛看着傅彩霞，发现她眼圈乌黑，鼻头红肿，嘴唇都裂了口。邬云说，你的感冒好像越来越严重了。傅彩霞说，谁说不是？我硬是难受得要命！她说着又咳了两声。

邬云没急着问傅彩霞有什么事。她搬把椅子对她说，你坐会儿，我先去换身儿衣裳。邬云很讲究，每次去猪圈都穿专门的工作服，一回到房子里就赶快换下来。鞋子也是专用的，进门出门都换。

从饲料贩子身边经过时，邬云喊了声“稀客”，算是跟他打了个招呼。邬云没打听饲料贩子有多大，从面上看应该是自己的同龄人。饲料贩子每次来，都把郝风称为“老板”，称邬云为“老板娘”。见邬云喊他，饲料贩子马上回了一句说，老板娘好！其实，邬云不喜欢别人喊她老板娘，听了别扭得很。

进到里屋换衣裳的时候，邬云无意中听到了几句郝风和饲料贩子谈饲料的话。郝风问，你刚才说的“肥猪灵”与上次推销的“肥猪宝”有什么不同？饲料贩子说，“肥猪灵”里多了一样元素，能让猪长得更快。郝风问，什么元素？饲料贩子说，避孕药。郝风一惊问，放避孕药干什么？饲料贩子说，打消猪的性欲，让它一门心思长肉。郝风说，多此一举，我的猪都是劁过的，哪还有性欲？饲料贩子打了个哈哈说，你错了，过去的太监连那东西都割了，怎么还会调戏宫女？听到这里，邬云不由偷偷笑了一下，觉得饲料贩子说话还挺有趣的。

已经是阳春三月了，邬云换上了一件绿色条纹的夹衣。她从里屋出来时，饲料贩子的目光陡然亮了一下。

邬云没有在意饲料贩子的目光，匆匆走到了傅彩霞跟前，拖一把椅子在她身边坐了下来。邬云皱着眉头问，你是怎么弄的，一个感冒，拖了半个月还没好，到底治了没有？傅彩霞说，怎么没治？生姜汤喝了，榨胡椒糊也吃了，还有……话没说完，她又忍不住咳了起来，脸咳得通红，眼泪也出来了。

郝风和饲料贩子这时停止了说话，眼睛都移到了傅彩霞身上。

傅彩霞咳声刚停，邬云又用批评的口气说，光这怎么行？

你要去找医生！傅彩霞有气无力地说，谁说没找？我还去老垭镇医院看过，药也吃了，针也打了，可就是一点效果也没有。

郝风突然插话说，感冒虽说是个小病，可有时候比大病还让人受罪。他说完，起身给傅彩霞端来了一杯开水。

傅彩霞双手接过水说，你说得没错，我这次算是晓得感冒的厉害了。特别是到了晚上，咳个不停，鼻子又堵，嗓子眼儿上像是横了一根鸡毛，有时一通宵都睡不着。唉，真是难受死了！

郝风问，你老公晓得你病了吗？傅彩霞摇头说，不晓得，他打电话时听见我咳，问我是不是感冒了，可我没告诉他。郝风问，你为什么不告诉他？傅彩霞说，告诉他也没用，只惹他担心。郝风开玩笑说，你应该告诉他的，让他回来看看你，你就会好的。傅彩霞说，我病成这样子，你还说笑话！

邬云这时打断问，彩霞，你找我有什么事？

傅彩霞说，我今天听说了一个偏方，说猪苦胆治感冒很有效。我就来找你，看你去年杀猪时留下猪苦胆没有？

邬云想了想说，猪苦胆倒是留下了，可那东西难喝呀，比黄莲还苦呢！

傅彩霞微笑一下说，太好了！再苦我也要把它喝下去，良药苦口利于病嘛。

邬云马上让郝风去取猪苦胆，说是挂在灶屋的墙上。郝风很快去了灶屋，再回到堂屋时，手上多了一个小灯炮似的东西，里面装着黑乎乎的胆汁。郝风直接把它交给了傅彩霞，说，早日康复！傅彩霞咳了一下说，借你吉言！

饲料贩子一直坐在那里抽烟，一声不响，仿佛对傅彩霞毫不关心。可是，当傅彩霞接过猪苦胆扭身要走时，他却突然扔掉烟头，站起来说，有一种感冒，只有一种方法才能治好。

听了饲料贩子的话，傅彩霞把转过去的身子猛然又转了过来，两眼直直地看着饲料贩子问，哪种感冒？

饲料贩子说，一种特殊的病毒性感冒。这种感冒很顽固，吃药打针都不管用。

哪种方法能治？傅彩霞迫不及待地问。

传染给另外一个人。饲料贩子说，只要传染给了下家，上家的感冒立刻会好。

傅彩霞一下子愣住了，眼皮快速地眨动着，对饲料贩子的话将信将疑。过了一会儿，郝风对傅彩霞说，他这话也许有道理，你不妨赶快找个下家传染下去，让自己早点好。邬云却说，彩霞，你千万别信，人家给你开玩笑呢。你赶快回去喝猪苦胆吧，要是喝了仍不见效，你还是再去医院，抓紧吃药打针。

傅彩霞一边咳一边出了门。出门之后，她又回过头来看了饲料贩子一眼。邬云注意到，傅彩霞看饲料贩子的眼神有点怪怪的。

2

过了几天，邬云喂完猪之后，翻过土梁去了一趟傅彩霞家。去的时候，她手上提着一只保温桶，里面装着她亲自包的饺子。自从把猪苦胆拿走后，邬云再没见到傅彩霞，也不晓得她感冒好了没有，心里一直惦记着她。这天中午包饺子，邬云有心多包了一些，正好去看傅彩霞时送给她尝尝。

傅彩霞住的是一栋老式房子，黄墙黑瓦，屋脊砌得高高的，像两条飞舞的龙。前面是一排正房，正房里有一间堂屋和两间厢屋。后面是个甪搭子，附在正房的后墙上，是她家的灶屋。

邬云先走到正房前面，却看见大门上挂着锁。她折身又到了后面灶屋门口，发现这个门也锁着。前后都没见到傅彩霞，邬云不禁有点扫兴。正要扭头离开灶屋时，挂在门楣上的一块皱巴巴的肉皮吸引了她。邬云过细一看，它原来不是肉皮，而是那个猪苦胆。不过，里面的胆汁已经一滴都没有了，只剩下了一张皮。邬云就想，傅彩霞喝了猪苦胆后感冒好了吗？她这么想着，心里越发想见到傅彩霞了。可是，傅彩霞到哪儿去了呢？她想了半天也没想出一个眉目来。

傅彩霞旁边还住着一户人家，邬云看见门口坐着一个老婆婆。她很快走到老婆婆身边，问，你晓得彩霞去哪里了？老婆婆耳朵还好，反应也快，马上回答说，她去麻将馆了。邬云一愣，不明白傅彩霞去麻将馆做什么，她平时从来不打麻将的，连麻将子都认不全。愣了一会儿，邬云又问，你晓得彩霞的感冒好了吗？老婆婆连忙摆头说，没好，我昨天晚上听见她咳了一夜。

麻将馆是一个姓龚的人开的，离傅彩霞家不远，走快点只要一刻钟。邬云决定直接去一趟麻将馆，心里还是想见傅彩霞一面，再说还要把饺子送给她。

邬云很快到了麻将馆。一到门口，邬云便听见了洗牌的声音，扑扑咚咚的，有点像沙炒玉米花。老龚当时正在门口用竹签剜牙，看样子刚吃过午饭。邬云开口就问，傅彩霞在不在你这儿？老龚吐出一截肉丝说，在。邬云问，她又不会打麻将，跑你麻将馆来做什么？老龚说，我也感到奇怪呢，她一大早就来了，自己不打，一直坐在人家边上看，还义务地当了我的服务员，不停地帮客人点烟加茶。中午也不回家吃饭，我家的饭她又不吃。

麻将馆有三桌麻将，这天只开了一桌。邬云推开房间的门，一眼就看见了傅彩霞。她这时正在剧烈地咳着，同时还在擤鼻涕。傅彩霞面前放着一只垃圾桶，已经被她用过的卫生纸堆满了。打麻将的四个人，邬云都认得，尽是游手好闲和好吃懒做的。四个人都抽烟，房里烟雾缭绕，空气污浊，邬云顿时感到头昏目眩，还一阵恶心。

邬云没有进门，只给傅彩霞招了个手就扭头走了。

傅彩霞随着邬云来到了麻将馆门口的一棵树下。两个人相互对视着，好半天没说话。傅彩霞的感冒看起来还在加重，脸上已经有点浮肿了，鼻子通红，看上去像一截胡萝卜。她还是不住地咳，一分钟要咳好几次。

猪苦胆也没效？邬云终于开了口。傅彩霞说，我那天一拎回家就一口喝了，舌头都快苦掉了，却一点作用也没有。邬云问，没再打针吃药？傅彩霞说，怎么没？该吃的吃了，该打的打了，昨天我还挂了吊针呢。她说着，把一只手伸到了邬云面前。邬云果然在她的手背上看见了新鲜的针眼。

过了一会儿，邬云睁圆双眼问，你没事跑到麻将馆来做什么？

傅彩霞把嘴张了一下，可马上又合上了。

我问你呢，来麻将馆做什么？邬云又问了一遍。

傅彩霞勾下头说，我，我想把感冒传染给别人。

邬云一下子明白了，原来傅彩霞相信了那个饲料贩子的话。沉吟了一会，邬云说，难怪垃圾桶的卫生纸堆满了也不倒呢！傅彩霞抬起头，连咳了两声说，我实在是太难受了，只好病急乱投医。邬云说，但愿饲料贩子说的不是鬼话。

又过了一会儿，傅彩霞问邬云，你来做什么？邬云连忙把保温桶递过去说，今天包了饺子，送几个给你尝尝。快吃吧，听老龚说你还没吃中饭呢。傅彩霞颤着手接过饺子，感动不已地说，你总是对我这么好，我该怎么还你的情啊！邬云说，看你说的，跟我还讲礼行！

傅彩霞把饺子吃了一半时，邬云双眉一挑问，你怎么想到要传染给这些赌博佬？傅彩霞说，他们成天不干正事，传染给他们，我心里会好想一点。邬云听了扑哧一笑，在傅彩霞肩上打了一下说，亏你想得出来！

傅彩霞吃完饺子把保温桶还给邬云时，邬云问，你还准备再去看他们打麻将？傅彩霞点头说，是的，我要等他们中间有一个人咳了再走。邬云说，那你去吧，但愿早点传染上一个。

三天后，邬云和郝风正在猪圈里给猪们打防预针，郝风的手机响了。郝风一接，是那个饲料贩子的。邬云问，他说什么？郝风说，他给我们送饲料来了，车子已停在公路边，让我们赶快去下货。

公路离猪圈还有半里路的样子，这中间只有一条窄窄的便道，汽车开不了，只能勉强跑摩托车和拖拉机。郝风有一辆拖拉机，他和邬云立刻放下手中的活，迅速把拖拉机开到了公路边上。

送饲料的车是一辆皮卡，停在公路外边。这是一种人货两用车，前面坐人，后面装货。拖拉机没用到二十分钟就开到了公路边上。邬云从拖拉机上下来时，看见饲料贩子正蹲在皮卡门前抽烟。饲料贩子先喊了声老板娘，邬云接着喊了声稀客，然后就一道忙着下货了。

白色的饲料口袋上印着三个大大的红字：肥猪灵。他们麻利地将“肥猪灵”从皮卡转到拖拉机。快转完的时候，一个拎竹筐的女人忽然沿着公路走过来了。开始，她走走停停，邬云没认出是谁，走近了才发现是傅彩霞。傅彩霞好像在打猪草，竹筐里已装了不少构树叶。

一认出是傅彩霞，邬云就喊了一声。彩霞，你感冒好了吗？邬云问。傅彩霞这时也发现了邬云，正要回答，却陡然咳了起来。她咳得非常厉害，身子两头朝中间躬着，像一条耕田的犁弯。等她咳完抬起头来，邬云发现她连耳朵都咳红了，脸色却白得像纸。

饲料贩子这时也认出了傅彩霞，对着郝风说，她感冒还没好呀！郝风说，看来更加严重了！

邬云一边拍手，一边走到傅彩霞身边。邬云问，传染给别人了吗？傅彩霞摇摇头说，没有。邬云问，怎么没传染上呢？傅彩霞说，我也觉得奇怪，一连两天，我都去了麻将馆，不晓得为什么传染不上？我有时趁他们不注意，还端他们的杯子喝水呢，可还是没传染上。邬云说，这真是怪了，难道那几个赌博佬的抵抗力这么强？

傅彩霞又开始擤鼻涕了。她用手死死地揪着自己的鼻头，像是要把它从脸上揪下来似的。邬云埋怨说，你病成这个样子，怎么还跑出来打猪草？傅彩霞掏出卫生纸擦了擦手说，不打不行呀，总不能让猪饿死吧！

郝风连忙对傅彩霞说，你赶紧回去休息吧，我过会儿给你送些猪草去。傅彩霞说，这倒不必，我只有一头猪，也吃不了多少猪草。

饲料贩子这时走到傅彩霞跟前，认真地说，你还是要想办法把感冒传染给别人，否则好不了。

没办法可想了。傅彩霞说，我把能想到的办法都用上了，可都不管用，别人怎么也传染不上。

我倒是有个办法，就是怕你不敢用。饲料贩子怪腔怪调地说。

傅彩霞急忙问，什么办法？

饲料贩子犹豫了一下说，算了，说了你也不敢用。

邬云斜了饲料贩子一眼说，你还没说呢，怎么晓得别人不敢用？郝风指着饲料贩子说，你别卖关子了，赶快说吧，究竟是什么好办法？傅彩霞也催促说，你就告诉我吧，看我感冒成这样儿，同情一下我吧。

饲料贩子皮笑肉不笑地说，那我可就说了。

说吧，我听着呢。傅彩霞说。

饲料贩子说，你找个男人睡一觉。

话音未落，傅彩霞马上惊叫了一声。哎呀，你要死！她是这么叫的，边叫边猛地背过身去，再不敢回头见人。邬云狠狠地瞪了饲料贩子一眼说，你狗嘴里吐不出象牙！郝风一脸坏笑地说，办法倒是个好办法，可惜他老公在广东打工，远水救不了近火。

过了一会儿，邬云伸手拍拍傅彩霞的背说，别听这些臭男人的，你还是赶紧去医院吧。傅彩霞没吱声，头也不回地走了，边走边咳。

3

阴历三月二十五，邬云去了一趟十字冲，还在那里住了一夜。她妈这天过生日，满六十二。以前没办养猪场时，邬云每年去十字冲给妈祝寿，都是郝风陪着一道去。自从办了这个场，郝风就走不开了，邬云只好一个人去。

邬云是二十六中午回到油菜坡的。走在回家的路上，她发现沿路的油菜花都开了。花朵金灿灿的，像电焊时发出来的火光，让人看了睁不开眼睛。邬云感觉到油菜花是一夜之间开的。去娘家时，它们好像还沉睡着，回来时就开得这么刺眼了。邬云认为花是一种奇怪的东西，它们总是在某个夜晚偷偷绽放。

邬云到家时，郝风刚提着两只塑料桶从猪圈回来，正在门口换鞋。受到邬云的影响，郝风也变得很爱干净，每次去猪圈都要换上套鞋或球鞋，回来时再及时把布鞋或皮鞋换上。

猪都喂过啦？邬云问。

郝风清了清嗓子说，刚喂完。

邬云发现郝风说话的声音有些嘶哑，听起来已经不像他的声音了，仿佛他嗓子眼儿那里蹲着一只青蛙，正在替他说话。

你嗓子怎么啦？邬云问。郝风说，有点儿不舒服。他说着还咳了两声。邬云马上扭过头，看着郝风的脸，发现他的脸苍白，鼻子却红兮兮的，像涂了一层红油漆。你好像感冒了！邬云说。有点儿。郝风说，边说边扭过身去擤鼻涕。他的鼻孔已经堵塞了，擤了半天才擤出一些来。

邬云从口袋里掏出半张纸巾递给郝风，皱起眉头说，昨天还好好的，怎么突然就感冒了？郝风接过纸巾，擦了鼻孔说，昨晚有些闷热，我睡着后把被子掀了一半，醒来就感冒了。邬云想了一下，昨晚的气温的确有点反常。邬云叹口气说，你呀，三十好几的人了，睡瞌睡还掀被子！

进入堂屋后，郝风又猛烈地咳了一阵。邬云着急地问，买药没有？郝风说，一早就去村药铺里买了几包感冒胶囊，已吃两次了。邬云这时朝身边的茶几上看了一眼，发现上面果然有感冒胶囊。看见感冒胶囊后，邬云就没再把郝风感冒的事往心里去。郝风以往也常患感冒，吃一些感冒药就好了。当时，邬云一点儿也没想到要把这事与傅彩霞联系起来。

吃过中饭，邬云去堆放农具的杂屋，忽然注意到少了一只背篓。他们家有三只背篓，不用时都整整齐齐地排在杂屋里，现在却只剩下了两只。

还有一只背篓呢？邬云在杂屋里问。

郝风吃完饭在堂屋里喝茶，吞下一口茶后回答说，噢，我昨天下午给傅彩霞送去了一背篓猪草，回来时走得太急，把背篓忘在她家了。

邬云脑子里的某根弦猛然颤了一下。就在这个时候，她把郝风的感冒与傅彩霞联系起来了。难道他的感冒是傅彩霞传染的？邬云想。她这么想着，心里不禁一阵慌张，好像有许多绳子在扯她的心。她的眼前顿时黑了一下，有一种晕眩的感觉，还差点倒在地上。扶着风斗站了好半天，她才稍微清醒了一点。

堂屋里这时又传来郝风的咳声，邬云一听头就大了。她一下子火冒三丈，转身冲到了堂屋里。

你到底是怎么感冒的？邬云指着郝风的鼻子问。

郝风陡然一愣，十分吃力地说，睡瞌睡掀了被子，我刚才已说过了。

邬云冷笑一下说，不会这么简单吧？

你什么意思？郝风把脖子朝邬云一伸问。嗓门也陡然扩大了几倍，听上去像打一个破锣。

邬云本来想说出傅彩霞的，但她刚张开嘴又闭上了。她猛然想到了傅彩霞与自己的亲密关系，觉得她不可能做对不起自己的事情。再说，她了解傅彩霞的为人。傅彩霞一向本分，平时跟别的男人连话都很少说。邬云想，在没有得到真凭实据之前，她不能随便说出傅彩霞的名字。

郝风见邬云欲言又止，追问道，你刚才的话到底是什么意思？

邬云没有回答，快步走出了堂屋。她决定马上到傅彩霞那里去一趟，去看看她的感冒好了没有。邬云一直记着饲料贩子说过的话。她想，如果傅彩霞的感冒还没好，那就是冤枉郝风了；如果傅彩霞的感冒已好，那一切好比秃子头上的虱子，都是明摆着的了。

这次去傅彩霞家，邬云比以往任何一次都走得快。她像一股旋风刮过那道土梁，转眼间就到了傅彩霞堂屋门口。

堂屋的门敞开着，邬云一走进门就看见了傅彩霞。她正在右边一间厢屋里对着镜子剪流海。这间厢屋实际上就是傅彩霞的卧室，窗户被打开了，外头的阳光长驱直入，把卧室照得亮堂堂的，床上闪烁着耀眼的光斑。

哟，还在打扮呢！邬云站在厢屋门口说。

听到说话，傅彩霞才发现邬云来了。她赶忙放下剪刀迎到门口，红着脸说，头发把眼睛都挡住了，就自己剪剪。傅彩霞这天穿了一件粉红色的羊毛衫，身体的轮廓都显出来了。邬云仔细地看了她一会儿，第一次发现她的两个乳房其实挺高的，把羊毛衫都顶起来了。

傅彩霞很快去后面给邬云端来了一杯茶，但邬云却迟迟没接。我嘴不干。邬云说。傅彩霞请她坐，她也不坐。她说，我没空坐，只来看你一下就走。傅彩霞感觉出邬云这天有点儿古怪，言谈举止都与以往不同。

邬云静静地观察了傅彩霞一会儿，突然说，你感冒好了呢！

是的，总算是好了！傅彩霞高兴地说。

邬云一来就等着听傅彩霞咳，或者看她擤鼻涕，但等了半天也没等到，原来她的感冒还真是好了。邬云的心不由猛地往下一坠，仿佛从身上坠到了地上，砰的一声打碎了。

过了许久，邬云目光直直地盯着傅彩霞问，你把感冒传染给谁了？

傅彩霞说，没传染给谁呀！

邬云又问，没传染给谁，那你怎么会好？

傅彩霞一怔说，你这是什么意思？

邬云神秘地一笑说，你晓得我是什么意思。傅彩霞想了一下说，你肯定是相信饲料贩子的话了！邬云反问，难道他的话说错了不成？傅彩霞露出一脸苦笑说，你呀，怎么能相信他的鬼话呢？一个跑江湖的人，有几句话是真的？邬云忿忿然地说，以前我也不信，可今天我信了！傅彩霞看了一下邬云的脸，愣神地问，你今天是怎么啦？邬云用鼻孔哼了一声说，哼，没想到，你还挺会装的呀！

邬云说完，转身走出了堂屋。可她很快又扭过头来，冷眼对傅彩霞说，我老公昨天给你送猪草，把背篓忘在你这儿了，我顺便背回去。傅彩霞说，是的，我正打算给你们送去呢。她边说边去后屋找出了背篓，递给邬云。邬云接背篓时说，不晓得他为什么走得那么慌？居然连背篓都忘了！

傅彩霞听出她话里有话，一惊说，你这是什么意思？请你把话说清楚！

郝风感冒了！邬云发泼似的说，不晓得被哪个不要脸的传染了！

邬云背着背篓回到家里，郝风又在堂屋里吃感冒胶囊。他越咳越凶，差点把刚吃进去的药咳了出来。一看见背篓，郝风便说，我说你到哪儿去了呢，原来是去傅彩霞那里背背篓了。邬云突然吼着说，不，我是去看她的感冒了！

郝风吓了一跳，忙问，感冒？她的感冒好啦？邬云错着牙齿说，都传染给你了，她还能不好？郝风恍然大悟说，嗬，你原来是怀疑我们……不等郝风把话说完，邬云便打断说，这还用怀疑吗？

接下来，夫妻俩便开始了大吵大闹。邬云要郝风坦白交代，老实认罪。郝风却坚决否认，死不认账。他们吵得一塌糊涂，不可开交，还差点动手打了起来。多亏郝风让着邬云，先软了下来，才没闹到不可收拾的地步。

4

过了三天，邬云又感冒了，是郝风传染给她的。邬云没料到自己会感冒，更没想到被郝风传染。

自从那天大吵大闹以后，邬云便与郝风分了床。她当天晚上就睡到了儿子的房间。儿子在老垭镇中学里住读，到周末才回家，他寝室的那张小床大部分时间都空着。头天晚上，郝风曾竭力劝阻过邬云，但她毫不听劝，头也不回地进了儿子的房间。第二天晚上，郝风还来到儿子房间的门口，诚恳地请求邬云回到大床上去睡，但她没有回去，理都没理郝风。

问题出在第三天晚上。一连两夜，邬云都没睡好，心乱如麻，怎么也睡不着。第三天晚上，邬云实在是太困了，上床不久便睡着了。她睡得很沉，连郝风是什么时候来的都不知道。等到下半夜醒来时，她才忽然发现郝风睡在身边，同时还发现她的内衣内裤不见了，身上被脱得一丝不挂。

次日早晨，邬云开始咳嗽了，鼻孔也堵了，嗓子也哑了，感冒正式传染上了。这真是一件奇怪的事情。更加奇怪的是，邬云一感冒，郝风的感冒竟然一下子好了，说好就好了。

邬云的感冒很重，症状与郝风的一模一样，当然也与傅彩霞的一模一样。咳个不停，鼻孔不通，嗓子眼儿里像卡了一根鸡毛。郝风劝邬云去看医生，催她赶快吃药打针。邬云却没听他的，心想自己患的是那种特殊的病毒性感冒，吃药打针毫无用处。

眼看着邬云的感冒日益加重，郝风就越来越着急。这天上午十点多钟，帮着邬云喂过猪冲洗好猪圈，郝风决定去一趟老垭镇。镇上有个酒厂，郝风打算去买一些酒糟回来喂猪，再顺便到镇上医院给邬云买点治感冒的特效药。

郝风是开拖拉机去的。

郝风走了半个钟头的样子，那个操宜昌口音的饲料贩子突然来了。当时，邬云正一个人坐在堂屋里干咳。她先闻到了一丝烟味，抬头一看，饲料贩子已经站在了门口。他用两个指头夹着一支烟，一边吐着烟圈，一边弹着烟灰。

一看到饲料贩子，邬云马上笑了一下。她心里隐隐有些激动，心想她的感冒可以传染给下一个人了。

三个乞丐

1

入伏的那天早晨，也可以说是上午，九点钟的样子，位于油菜坡脚下的老三篇食堂门口，突然来了三个乞丐。

走在前面的是一个高个子男人，瘦得很，腰有点儿躬，岁数看上去在五十岁到六十岁之间，胳肢窝里夹着一个脏兮兮的行李卷。中间走着一个皮肤很白的女子，年龄最多三十岁，不胖不瘦，长相中等，穿一件蛋黄色的汗衫，左手上还拎了一只半新不旧的皮包，也许是人造革的。跟在后头的是一个四岁左右的小孩，一眼看不出性别来，可能是男孩，也可能是女孩，很黑，手上拿着一个已经摇不响的拨浪鼓。

三个人之间的距离，说不上近也说不上远。男人不时地回头看女子一眼。女子偶尔伸出右手拉小孩一把。他们显然是一起的。

老三篇食堂原来叫新时代餐馆，生意不怎么好，只有几个游手好闲的年轻人隔三差五来光顾一下。后来，老板灵机一动给它更了名。改成“老三篇食堂”以后，这里的生意一下子火爆起来，连那些五十几和六十几的人都纷纷跑来吃。这些老家伙们，不愿意上餐馆，却愿意进食堂，有意思得很。

当然，食堂的布置与当初的餐馆还是有些不同。最抢眼的是，正面的墙上，也就是财神爷上面，多了一张毛主席像。他老人家穿军装，戴红袖章，神采奕奕，红光满面。另外三面墙上，把原先那些穿三点式的美人照都扯了，供上了三本不知从哪儿翻出来的旧书。三本书都打开了，打开的地方分别是三篇文章的标题，一篇是《为人民服务》，一篇是《愚公移山》，一篇是《纪念白求恩》。

三个人走到食堂门口，都停了下来。他们先呈一字形站成一排，彼此之间只留下一肩宽的缝隙，显得更加亲密了。女子还紧紧地抓住了小孩的一只手。然后，他们一起转身，面向老三篇食堂。

当时，食堂的早餐已经收摊了。老板撅着屁股，伏在毛主席像下面的收银台上，正在仔细查看这天早餐的经营情况。他是上个世纪七十年代初的高中肄业生，还当过一年大队会计，算账是个高手。两桶稀饭和三笼馒头全部卖完，只有包子还剩下一笼。相比而言，包子要贵一些。看来，从苦中走过来的乡亲们，暂时都还丢不掉节俭的美德。

打杂的那个小嫂子，正在收拾那一笼包子。她穿一件薄如蝉翼的丝绸衫，两个奶子呼之欲出。包子里面包的是豆腐和油渣，蒸得鼓鼓的，个头比打杂的奶子小不了多少。打杂的实际上是老板的小姨子，也就是老板老婆的妹妹。她在这里，既可以说是打工，也可以说是帮忙。

最先发现三个乞丐的，是那个眉毛旺盛的厨师。他的眉毛比胡子还长，像柳丝一样吊在眼皮上。他的视线似乎被眉毛挡住了，其实他比谁都看得清楚。他是老板的舅官子，也就是老板老婆的弟弟，还可以说是那个打杂的哥哥。他的厨艺不错，最擅长祛腥气，所以就有点儿架子。别人还在忙，他已经跑到门口抽烟了。不过，刚看到那三个人的时候，他一点儿也没想到他们是乞丐。

那个女子看见厨师出来抽烟，立刻牵着那个小孩走上来，有气无力地说，大哥，请给点儿吃的吧，这孩子已经两天没吃东西了！

直到这时，厨师才晓得他们是乞丐。厨师用藏在眉毛后面的眼珠，把女子过细地打量了一番。他压根儿没想到，一个讨饭的女子竟然长得这么白！那个小孩这时走过来，伸出一只小黑手，扯了扯厨师的衣角说，叔叔，我饿！厨师于是又打量起小孩来，觉得小孩看上去的确有些可怜。

厨师没有立刻答应他们的要求。他又把目光在小孩与女子之间来回移动了好半天，才一边转身一边对他们说，进来吧！

厨师一进食堂就从蒸笼里拿了一个包子。扭头给小孩递包子时，他发现那个男人也进了食堂。厨师猛然有点儿不高兴，因为他只邀请了女子和小孩，压根儿没让男人进来。尽管如此，他还是把包子递给了小孩。

这个时候，老板和打杂的也都看见了三个乞丐。他们同时蹙了一下眉头，仿佛对三个乞丐进入食堂十分反感。当然，他们的表情也许与厨师的自作主张有关。按理说，厨师在拿包子之前，应该与老板商量一下，也应该给打杂的打个招呼。

小孩接过包子后没马上吃。这大大出乎厨师的意料。他以为小孩一接过去就会狼吞虎咽。

小孩拿着包子呆了一会儿，突然把包子递给女子说，你吃！女子没接包子，伸出舌头绕嘴唇舔了一圈说，你自己吃！小孩还是不吃，拿着包子一动不动，眼神怪怪的。

打杂的突然心软了，迅速扭头对老板说，也给那女的吃一个吧！

老板立即点头应允，还对打杂的浅笑了一下，好像是对她的软心肠与同情心表示赞赏。

打杂的拿起一个包子，快步跑到了女子跟前，将包子递给女子。女子双手接过包子，对打杂的连说了三声“谢谢”。然后，女子低头看了小孩一眼，快速地挤了一个眼神。小孩也给女子回了一个眼神，回完，就埋头吃起包子来。小孩吃了一口，女子也开始吃起来了。

那个男人站在一边，默默地看着女子和小孩吃。不知不觉中，他的腰弯得更厉害了，仿佛一根被大雪压弯的竹子。

老板已经轧好了早餐的账，把眼睛从收银台转到了男人身上。他发现，男人显得比女子和小孩还要饿，口水已在嘴边往下滴了，像雨天的屋檐水。女子这时突然停住不吃了，看了男人一眼。老板以为，女子要把没吃完的半个包子给男人吃，但她没给。男人忽然吞下了一口涎水。

过了一会，男人朝小孩看了一眼。小孩已把包子吃完了，正在舔刚才捏包子的那只手。男人的眼睛像被烈日刺了一下，猛然闭上了。

老板再也看不下去了，两只脚麻利地从收银台里走出来。他直接走到装包子的蒸笼前，一手抓起两个包子，亲自送到了三个乞丐面前。他给了男人两个，另外两个分别给了女子和小孩。

男人当即给老板鞠了一躬，头几乎挨到脚尖。女子双手合十，给老板作了个揖。小孩居然一下子跪在了地上，姿势十分标准，明显受过训练。行完礼，三个乞丐便知足地走了。

三个乞丐离开以后，老三篇食堂的三个人马上开始了对他们的议论。大家最感兴趣的问题，是三个乞丐之间的关系。但是，三个人议论了好半天，最后也没能得出一个明确的结论。困难在于，那个男人自始至终没说过一句话。女子和小孩虽然说过几句话，可彼此从未称呼过对方。

2

入伏第二天上午十点多钟，顾客尚未临门，老板见缝插针地取下右边墙上的《为人民服务》，架起老花镜，大声地读了一段。当年，他对“老三篇”能倒背如流，现在却只能照本宣科了。

打杂的喜欢听老板读过去的老书，越老越觉得新鲜。她的两眼忽闪忽闪的，屁股下的凳子离老板越来越近。

我们都是来自五湖四海，为了一个共同的革命目标，走到一起来了。

老板读到这里，猛然停了下来。他嘴里觉得有点儿干。打杂的问，你怎么不读了？老板没回答。他扭头看了一下厨师，厨师又出门抽烟了。打杂的又问，你怎么不读了？老板小声说，求你把身子坐直，别让胸脯露这么多！他说完，用舌头舔了一下嘴唇，又喝了一口水，才接着往下读。

打杂的把腰直起来坐了一会儿，不久却又弯了，恢复了原状。老板的嘴又开始发干。这不能怪老板，打杂的乳沟的确太深了。要说，也不能怪乳沟，要怪只能怪奶子。奶子要是不那么大，乳沟会这么深吗？当然，打杂的也不是要故意为难老板，因为直着腰听人读书实在是一件难受的事情。不过，老板没再责怪打杂的。他发现厨师已经抽完烟进来了。

老板继续读，“在困难的时候，要看到成绩，要看到光明，要看到希望……”正读到这里，退位的村支书汤白虎走进了食堂。汤支书进门就说，“要提高我们的勇气。”他把老板没读完的一句背出来了。

汤支书的记性真是好！老板拍个马屁说。汤支书说，关键是毛主席说得好！厨师在一边插嘴问，好在哪里？汤支书说，毛主席的话永远不过时，任何时候对我们都有用。打杂的好奇地问，有这么厉害？汤支书苦笑一下说，要不是有毛主席这段话撑着，我的天可能早就塌了。

老板听懂了汤支书的话，赶紧走过去上了一支烟，并亲自帮他点燃。

前不久，汤支书的老伴吴折桂突然上吊死了。那天，吴折桂想喝鸡汤，就去找养鸡的聂志达要鸡。汤支书在台上时，吴折桂一想喝鸡汤就去找聂志达，聂志达每回都白送她一只最肥的鸡。但这一回，聂志达却不白送了，还用手指着吴折桂的鼻子说，想喝鸡汤，你得出钱买！吴折桂深受打击，觉得人走茶凉，一气之下就骂了聂志达，骂他是个势利小人。聂志达以牙还牙，也回骂了吴折桂几句，骂她脸厚，无耻。吴折桂以前作为支书娘子，从来没人当面骂过她，她一时承受不住，就在自家门口一棵桑树下上了一个吊。吴折桂死得很惨，舌头都吊出来了，像一只鞋垫子挂在嘴上。

老板在汤支书肩上拍了一下说，你也别太伤心，人固有一死。汤支书说，可她的死轻于鸿毛！老板说，重于泰山的能有几个？再说，现在也不烧炭了。况且，有人说张思德并不是因为烧炭才死的。

汤支书深深地拔了一口烟说，可我是祸不单行啊！老板问，此话怎讲？汤支书吐一个灰色的烟圈说，唉，我老伴尸骨未寒，丫头前两天又离了婚。眼下，她丈夫没了，房子也没了，走投无路，只好带着孩子回来跟着我一起过。老板一惊问，真的吗？汤支书说，这还能说假？

停了片刻，汤支书对老板说，丫头过一会儿就到了，你帮我弄几个菜，中饭就在你这食堂吃。老伴死了，家里也没人做饭了，我这段都是泡面吃的。

厨师连忙问，你们吃啥菜？烧只野兔怎么样？汤支书想了想说，还是简单点儿，我现在不当支书了，手头也不像以前那样宽裕了。你就炒个青椒肉丝吧，再来个西红柿炒蛋。我那个外孙儿，最喜欢吃西红柿炒蛋了。

汤支书说完，扭头要往食堂外面走。老板问，你去哪？汤支书说，我去村委会那里等我丫头，她每次都在那里下车。

汤支书刚走，打杂的就神秘地说，我早猜到他丫头要离婚。老板问，你怎么猜到的？打杂的说，她丈夫是我的中学同学，姓吕，叫吕兆先，那可是个人精，特别会和当官儿的搞关系，给当官儿的舔屁股都愿意，三十几岁就混上了老垭镇供销社主任。前年，姓吕的把供销社的旅社卖给了一个养鳖的，那么大一栋房子，只卖了一百二十万。今年春上，那养鳖的犯事被捉进去了，交代说，他买下旅社后给姓吕的送了五十万。

后来呢？厨师迫不及待地问。打杂的说，养鳖的一交代，检察院就把姓吕的给抓了。从那会儿开始，我就猜到汤支书的丫头要离婚。你们看，我猜到了吧，果然离婚了！厨师说，活该！

十一点一刻，汤支书带着他丫头和他外孙来到了食堂门口。起初，汤支书走在前面，他丫头拉着他外孙跟在后头。到门口后，汤支书把他丫头和他外孙让到了前头。老板一见他们出现在门外，赶忙上前迎接。

打杂的手里泡着茶，眼睛却直直地看着门口。她看见汤支书丫头牵着汤支书外孙先进了门，随后汤支书也进来了。这让打杂的猛然想到了头天三个乞丐进入食堂的情景。她的眼睛不由得亮了一下。

厨师开始炒菜了，西红柿和鸡蛋混合的气味已从厨房飘到了餐厅。汤支书外孙马上耸了耸鼻头。看来汤支书所言不虚，这孩子真的喜欢吃西红柿炒蛋。

老板把三个人安排在一个相对僻静的位子。打杂的与汤支书丫头熟，上茶时本想跟她打个招呼，可她却把脸扭向窗外。打杂的发现，汤支书丫头这次打扮得很低调，服装换了暗色的，原先挂在耳朵上的那两个呼拉圈似的大环子也摘了。不过，她手上的戒指尚在，以前涂的红指甲油还没来得及洗掉。

打杂的很快把菜端上了桌子。放下最后一个小白菜后，她没有急着离开。真和姓吕的离了？打杂的贴着汤支书丫头的耳朵问。汤支书丫头没吱声，只对打杂的点了一下头，一边点头一边往孩子碗里搛了一块鸡蛋。孩子挺懂事的，反过来也给妈妈搛了一块。打杂的又问，你们在老埡镇上的那栋小楼呢？汤支书丫头低声说，被上面没收了，已贴上了封条。

食堂又来了一桌客人，来自附近的望娘山。领头的是个养猪大户，以前来这里吃过几回，老板认识他。

汤支书一家吃完了，见客人多，便匆匆起身结账告辞。出门时，汤支书先去拉开玻璃门，等他丫头和他外孙出去之后，自己才跟着出去。

汤支书带着他丫头和他外孙刚走，打杂的就斩钉截铁地对老板说，昨天来的那三个乞丐，我已经能确定他们的关系了。老板问，他们是什么关系？打杂的说，那个女子肯定是那个男人的女儿，那个小孩肯定是那个男人的外孙！老板一笑说，你八成是把那个男人当成汤支书了，不过你猜得也有道理。厨师听到了他们的对话，连忙拎着锅铲跑出来说，不可能，那个女子白得像棉花，那个小孩黑得像煤炭，很明显，小孩不是女子生的！

打杂的正不知道如何辩驳，望娘山那个养猪大户突然插进来说，你们是说那三个乞丐吧？我昨天下午在公路边看见他们了。老板问，他们在干啥？养猪大户说，公路边有一棵梨树，我看见那个男人在用石头打梨。他打不准，打了好半天才打下来一个梨，可他自己舍不得吃，伸手给了那个女子，那个女子又转手给了那个小孩。

养猪大户话音未落，打杂的就欣喜若狂地说，怎么样？我猜的没错吧？厨师又跑出来说，一个梨能说明啥？打杂的大声说，说明各人疼各人的娃！

3

入伙的第三天下午，老三篇食堂不到五点钟就迎来了六个客人。他们是外地的，在这一带修高速公路，驻扎在古坟包那里。他们在一个班上，当前的任务是铲平古坟包。每周他们都来这里吃一餐，费用平摊。带班的年龄和老板相仿，也是农村人，读过一年高中，跟老板很谈得来。

老板亲自为他们泡了茶。带班的接茶时，对老板神秘地一笑说，待会儿还有一个人来，摆七套碗筷。老板说，好的，今天吃啥？带班的说，炖个野鸡火锅吧，其他菜你看着安排。

六个人没像以往那样，一来就打麻将。他们显得很疲惫，一个个像是累散了架。老板问，不搓两把？带班的说，没劲搓，大伙儿都在叫累。这时，其他几个人发牢骚说，这个XX古坟包太难铲了，不知猴年马月才能铲平！

老板眼珠一转说，既然你们不搓麻将，那我来给你们读一段《愚公移山》吧。带班的马上一拍手说，好，正好用毛泽东思想给大家武装一下头脑。老板立刻起身，从左边的墙上取下了那本旧书。

古代有一位老人，住在华北，名叫北山愚公。他的家门南面有两座大山挡住他家的出路，一座叫做太行山，一座叫做王屋山。愚公下决心率领他的儿子们要用锄头挖去这两座大山……

打杂的本来在厨房择菜，听到老板读书，就慌忙往餐厅跑，跑得两个奶子在胸前欢蹦乱跳。老板停下来对她说，你慢点跑好不好？打杂的就减慢步伐，缓缓地朝老板背后移动，手上还拿着一根芹菜。

老板又读了一段之后，带班的一把夺过书说，我替你读。他一激动把前头的又读了一遍。

首先要使先锋队觉悟，下定决心，不怕牺牲，排除万难，去争取胜利……

带班的读得铿锵有力，声情并茂，脸都读红了。这时，坐在他旁边的一个小青年却说，你读重复了，这一段老板读过呢。带班的说，老子故意读重复的，想让你们打起精神来，争取早一天铲平古坟包。

小青年古怪地一笑说，要想打起精神来，光学愚公不顶用。老板这时多个嘴问，那还要怎样？小青年没回答老板，迅速扭头问带班的，你给我们找的按摩师呢，她怎么还不来？带班的说，放心吧，她过一会儿就到。

厨师这时在厨房里大声问，择菜的人呢？一眨眼跑哪儿去了？

打杂的听见喊声，赶紧跑回了厨房。

厨师狠狠地瞪了打杂的一眼，压低嗓子说，你不要动不动朝老板身边跑，一个女人家，要自重一点。打杂的不高兴地说，我怎么啦？听他读读书有啥不妥吗？厨师语重心长地说，你姐对你不放心，才让我来这儿当厨师的，她要我好好看着你！厨师所说的姐，就是老板的老婆，实际上也是厨师的姐。

打杂的一听，越发不高兴地说，姐既然不放心我，为啥还让我来当服务员？厨师说，你姐也是没办法，儿子要她进城去带小孙子，她若不去，儿媳会说怪话。打杂的嘟哝说，那她就别疑神疑鬼的！厨师说，其实你老公也不放心，人在外头打工，心却天天系在你身上，三天两头打电话找我问情况。打杂的撅起嘴说，不放心就回来陪我！

老板朝厨房扫了一眼，看见厨师正与打杂的交头接耳。他虽然听不清两个人在嘀咕什么，但他想肯定与自己有关。他没心思再读书了，顺手将书放到了钉在墙上的那块小木板上。

修高速公路的那个小青年，看样子只有二十出头。他一直捧着手机在看。带班的问，你看什么，这么入迷？小青年头也不抬地说，微信，你不懂的。带班的扫了一眼他的手机，发现手机屏幕上平躺着一个裸体女人，女人的肚皮上还摆着一个蛋糕。带班的一惊，问，哎呀，你手机上怎么会有光屁股女人？肚皮上还放着蛋糕呢。小青年鄙夷地一笑说，这叫人体宴，你没听说过吧？带班的吞口涎水说，没听说过。小青年解释说，人体宴就是拿女人的裸体当餐桌，最先是日本人发明的，现在中国也有了。带班的说，他们真是想得出来啊！

过了一会，小青年"啪"地关了手机，有点儿不耐烦地问，按摩师怎么还不来？带班的说，别急嘛，她会来的。

老板好奇地问，按摩师是谁？带班的浅笑一下说，是你们油菜坡的一个小嫂子，偶尔靠按摩挣点儿外水。老板更加好奇地问，她叫啥名字？带班的说，她叫宋至美。

带班的话刚出口，厨师出来给火锅上酒精。他马上搭话说，宋至美住在我家隔壁，那可是个风流女人，用我们本地话说，就是骚得很。

小青年立刻嘘个口哨说，好！越骚越好！另外几个外地人也跟着说，好，好，越骚越好！

带班的问厨师，她怎么个骚法？厨师说，她一直跟她公公睡觉。带班的问，她丈夫呢？厨师说，她丈夫一年四季在贵州挖矿，直到过年才回来待几天。即使老公过年回来了，宋至美晚上还是跟她公公睡一个房，把丈夫放在隔壁房里睡。带班的胀大眼圈问，那是为什么？厨师说，嗨，这可说来话长！带班的说，那你讲来我们听听。厨师看看墙上的钟说，以后再讲吧，我要去给你们炒菜。带班的说，不慌，宋至美还没来呢。

宋至美是公鸡沟那一带的人。厨师说，她的五官分开看也没什么好看的，但合在一起却挺好看。最吸引人的是她的身段儿，她身段儿饱满，胸，大腿，屁股，每个部位都饱满。从外形上说，她丈夫是配不上她的。她的丈夫瘦小，懦弱，说话细声细气的，有点儿像女人。

带班的问，那宋至美为什么要嫁给他？厨师说，她主要是看上了她公公的手艺。她公公是个很有名的木匠，大到打棺材，小到做首饰盒，手艺都精到了家。从他手里出来的木器，价格相当高，但越是价格高越是供不应求。他那几年靠木器赚了大把的钱。当时，宋至美嫁给她丈夫，实际上是看上了她公公的钱。

她一结婚就和她公公睡吗？带班的问。厨师说，那倒不是，她嫁过来的头两夜，肯定是和她丈夫睡的，但估计没睡成，据说她丈夫做那事不行。结婚的第三天，按本地的风俗，她去娘家回门，可她一去就不愿再回她丈夫家了，在娘家一住就是半个月。她丈夫多次去接她，还给她下跪，她也不回来，口口声声要离婚。后来，她公公出面去接，不知跟她说了啥，她就乖乖地跟着回来了。从那时起，她就开始和公公睡觉了。

带班的问，她婆婆呢？难道她婆婆不干涉？厨师说，她婆婆在她丈夫出生不久就和她公公离婚了。带班的问，为什么？厨师说，听说是她公公在床上干那事太厉害，她婆婆根本受不了，所以就离了。带班的又问，她公公后来就再没结婚？厨师说，她公公当然想结，但没有女人敢嫁给他。她婆婆离婚后对别人说，她公公一晚上弄三次是常事，第二天照样做木活，可她婆婆却一连几天下身疼，走路连腿都合不拢。这么一传，就再没有人敢嫁给她公公了。

宋至美有孩子吗？带班的问。厨师说，有一个，但那孩子肯定是她公公的。那孩子已经上小学了，越长越像爷爷。

带班的又问，宋至美和她公公的关系有多少人知道？厨师说，他们的关系，可以说家喻户晓，老幼皆知。实际上，宋至美和她公公的关系是公开的，他们一不隐瞒，二不回避，公媳俩还经常带着那个孩子上街，赶集，走人家。有一回那个孩子生病住医院，公媳俩一起在病房里陪了七天，晚上还三个人睡一张床。

厨师还要往下讲，老板嗔怪说，你有完没完？还不快去炒菜！厨师这才住了嘴，慌忙去了厨房。

野鸡火锅端上桌子时，宋至美终于来了。她穿了一件吊带衫，一进门就吸引了众人的眼光。带班的看样子与她早就认识，一见面就和她握手，然后对他手下的人说，这就是我给大家找的按摩师宋小姐。哇！大家齐声叫了一下。那个小青年又嘘了一个口哨。

厨师主动跑出来跟宋至美打招呼，怪怪地一笑说，你怎么才来？他们盼你都盼穿了双眼。宋至美说，我出门刚走到我家菜园边，碰到了三个乞丐，他们偷了我家黄瓜，正坐在路边吃。我害怕他们进屋偷东西，一直等他们吃完黄瓜走远了，我才来这里。厨师说，难怪来这么晚呢。停了一下，宋至美又说，那个男人真大胆，居然当着那个小孩的面，捏那个女子的屁股。厨师一惊问，真的？宋至美说，说谎烂嘴！

打杂的这时跑上来问，刚才为啥叫？厨师欣喜地说，宋至美看见那个男人当着那个小孩的面捏那个女子的屁股呢！打杂的说，这有啥好叫的？厨师得意地说，这说明那个男人不是那个女子的父亲！打杂的问，还能说明啥？厨师正要开口，一看宋至美在身边，就咬着打杂的耳朵说，待会儿再告诉你。

修高速公路的一帮人一吃完饭，就簇拥着宋至美匆忙离开了食堂。接着，食堂又来了两批客人。一直到天黑，食堂才安静下来。这时，打杂的问厨师，你说那个男人不是那个女子的父亲，那是啥？厨师先诡异地笑了一下，然后坚信不移地说，公公！打杂的歪着头琢磨了一会儿说，有可能，他们说不定就是宋至美和她公公的那种关系。

老板一直在收银台前默默记账，听见厨师与打杂的这么议论，突然抬头质问道，如果是公公，他会当着孙子的面捏他儿媳的屁股吗？他这么一问，厨师和打杂的都一时无语了。

4

入伏第四天的晚上，老三篇食堂正准备打烊，老板突然接到了一个电话。电话是一个叫万千一的人打来的。他也是油菜坡人，年轻的时候与老板一起到外地修过水库，算是老板的老朋友。

老板问，你有啥事？万千一说，我想去你食堂里吃晚饭。老板说，时间太晚，只能煮面条了。万千一说，面条也行。我从老垭镇到你那儿，最多一个小时。你等着，到时帮我下三碗面条，最好能打几个荷包蛋进去。老板不解地问，你一个人能吃三碗面条？万千一说，我们有三个人呢。

万千一打的是老板的手机。手机音量开得大，厨师和打杂的都听到了万千一的话。厨师摸了摸他的长眉毛说，看来万千一真和黑羊山的那个妮子结婚了。打杂的说，早晨他在食堂门口等车，跟我说他要去镇上领结婚证，我还以为他是吹牛呢！

食堂的三个人本来都在看电视的，电话打来之后，他们都没心思看电视了，兴趣一下子转到了万千一身上。在油菜坡，万千一称得上是一个传奇人物。但是，关于他的传奇故事，大多数人只知道一个梗概，其中的细节只有几个人晓得。老板是最了解万千一的人。现在，万千一马上就要来了，厨师和打杂的都想赶紧从老板嘴里问到一些关于他的具体情况。

厨师首先问到了万千一当年逃跑的原因。有人说，万千一老婆服毒自杀后，老婆娘家的人要杀他，他就吓得逃跑了，是这么回事吗？厨师问。

老板摆摆手说，这纯属谣言！他老婆服毒，的确与他有关。要是他不在外面寻花问柳，他老婆肯定不会自杀。其实，他还是很喜欢他老婆的，但喜欢老婆的人有时候也会在外面寻花问柳，这是没有办法的事情。他老婆自杀后，老婆娘家的人扬言要杀他，他压根儿没跑，还主动跑去下跪认错，连膝盖头都跪破了。他这么一跪，老婆娘家的人就没把他怎么样，只痛骂了他几句。

打杂的急着问，那他为啥还要逃跑？居然还跑到神农架去了？

老板说，他是在他老婆满五七那天跑的。他老婆死后的第三十五天，他拎着鞭炮、纸钱和一篮子食品，去山上陪他老婆过五七。在她老婆的坟前，他先摆好米饭、包子，还有碗筷，接着就去放了鞭炮，然后又回到坟口，双膝跪地，给她老婆烧纸钱。他一边烧一边哭，居然哭昏了过去。当时是秋天，山上的草都枯黄了，那天又刮风。等他醒来时，坟后的那片森林已成了一片火海，浓烟滚滚，火光冲天。他一下子傻了，心想完了，放火了，要坐牢了。在极度的恐惧中，他就逃跑了，一跑就跑到了神农架，钻进了深山老林。

厨师问，他和那个妮子是怎么勾搭上的？听说还生了个女儿？

老板说，他在深山老林里跑了两天，终于碰到了一户人家。那户人家只有一个二十岁的妮子和她七十多岁的奶奶。妮子的父母外出打工了，四五年都没回家，杳无音信。他问妮子，这是啥地方？妮子说，黑羊山。奶奶问他，你是干啥的？他说，采药的，迷路了。奶奶问，你家还有什么人？他说，没人了，老婆死了，姑娘出嫁了。妮子主动说，你能留下来吗？这家里一个男人都没有，我和奶奶日夜提心吊胆。他说，我求之不得，如果你们留我，我给你们当牛做马！

打杂的问，难道那个妮子和他结婚了？妮子只有二十岁，他当时已四十开外了，当爹都绰绰有余，妮子怎么会愿意嫁给他？

老板说，他和那个妮子没结婚。黑羊山位于三省交界处，是个三不管的地方。那里的男女想在一起就在一起，几乎没人去登记结婚。日子一久，他和那个妮子就住一起了，第二年秋天，还生下了一个女儿。

厨师问，黑羊山那么隐蔽，他后来怎么还是被抓住了？

老板说，他那年逃跑之后，林业公安马上发了通缉令，把他的照片也印在上面。通缉令还发到了离黑羊山最近的一个镇，但镇上没一个人认得他。到那里的头三年，他一次也没到镇上去过。那镇虽说离黑羊山最近，但也有四十里。到了第四年，也就是女儿满三岁的时候，他一时心血来潮就到镇上去了一趟。他想给女儿买点儿吃的和穿的。就是那一次去镇上，他被人认出来了。

打杂的问，大家都知道他后来坐了一年牢，有人说他犯了重婚罪，有人说他犯了纵火罪，他究竟是因啥罪才坐牢的？

老板说，他老婆已死了，重婚罪肯定说不上。主要是，他引起的火灾造成的损失太大，而他又跑了，所以要判他。如果他当时不跑，主动去自首，也许坐不了牢。当然，他不逃跑到黑羊山，也找不到那么年轻的一个妮子。

厨师问，他坐牢后还和那个妮子有联系？

老板说，一起生活了四年，还生了一个孩子，他和那个妮子肯定是有感情的。被抓走的时候，他对妮子说，你等我，我一定会来接你们母女的！他是去年六月进去的，今年六月放出来后，他直接去了黑羊山。妮子的奶奶已经去世了，他就决定把她们母女带出深山老林，接到油菜坡来生活。

老板讲到这里，打杂的已眼圈潮湿。她抬手擦擦眼角，对老板说，后面的我都清楚了，你不必讲了。今天早晨，我一开门就看见了万千一，他站在食堂门口等车。我问他去哪里？他说到镇上打结婚证，还说他老婆和女儿已从黑羊山来到了老垭镇，正在镇上等他呢。

老板这时看了看墙上的挂钟，对厨师说，他们快到了，你可以去煮面条了。厨师起身刚走，老板又补充说，煮三碗面条，每个碗里打两个荷包蛋！厨师说，好。他一边答应一边到厨房去了。

厨师去厨房后，老板把眼睛投向了食堂外面。他的头一动不动，目光直直的，眉头皱着，像在想一个深奥的问题。

打杂的问，你呆呆的又在想啥？

老板收回目光，看着打杂的，有点儿激动地说，我又想起了那三个乞丐！打杂的问，我们一直都在说万千一，你怎么突然想起乞丐来了？老板嘴角颤颤地说，那三个乞丐之间的关系，你们两个都说错了。我觉得，那个男人和那个女子应该是两口子，那个小孩是男人和女子一起生的。

打杂的马上说，不可能，那个男人比那个女子大那么多，怎么可能是两口子？老板轻蔑地一笑说，你少见多怪，万千一还比黑羊山的那个妮子大几十岁呢！厨师显然听到了老板刚才的话，在厨房里不满地说，你总是想到老牛吃嫩草！

老板顿时蔫巴了，变成了一只霜打的茄子。打杂的幸灾乐祸地说，活该，看你还胡思乱想！老板说，我怎么胡思乱想了？说完，他伸手就在打杂的胸前抓了一把。如果不是打杂的闪得快，老板至少可以抓到她一只奶子。

听到餐厅的动静有些异常，厨师立刻警觉地问，怎么啦？老板红着脸正不知如何开口，打杂的回答说，茶杯倒了，老板抢茶杯呢。说完，她给老板丢了一个媚眼。老板连忙朝打杂的伸了一个大拇指。

门外这时响起了一阵三轮车的声音。老板抬头看去，万千一已经一手牵着一个女人走到了门口。他满脸堆笑地走在中间，一会儿看那个二十五岁的老婆，一会儿看那个四岁的女儿。

打杂的将三碗面条依次端了上来。万千一把第一碗推到女儿面前，把第二碗推给了老婆，自己吃最后一碗。

万千一正吃着面条，一抬眼看到了进门那面墙上的《纪念白求恩》。顿时，他吃面条的嘴不动了。老板问，你怎么不吃了？万千一说，我想起了当年在水库工地上背毛主席语录的事。那天收工前，每人必须背一段，我背的是《纪念白求恩》中的几句，回去一对，四句错了两句。老板一下子想起来了，扑哧一笑说，你背成了白求恩同志是个家大口阔的人，不远万里，来到中国，帮我们修水库。万千一说，正确的是，白求恩同志是加拿大共产党员，五十多岁了……老板说，跟你现在差不多。万千一大笑一声说，哈哈，可惜我不是一个高尚的人。

老板这时又情不自禁地想到了那三个乞丐。他对万千一说，三天前，我这儿来了三个乞丐，男人五十几，女子三十不到，小孩四五岁，很像你们一家三口。万千一说，你说的那三个人，我今天清早也看到了，他们睡在我家旁边那个防空洞门口。我发现他们的时候，那个女子已坐起来了，正握着两只拳头给那个男人捶腰呢。

听了万千一的描述，老板连忙对打杂的说，你看，我说他们是两口子吧！

5

入伏的第五天，午后一点半钟的光景，老三篇食堂的吃客已陆续散尽。以往到了这个时候，食堂的三个人都要打上一个盹儿。然而，这一天的情况却有些反常，几条接踵而来的消息让他们睡意顿消，一切都乱了套。

第一条消息来自电视，是打杂的看到的。每天打盹儿之前，打杂的总要打开电视扫一眼新闻，扫着扫着眼皮就合上了。这天，打杂的一打开电视，就看到了一个洪水泛滥的画面。四川某地山洪暴发，汹涌的洪水冲垮了一座桥，当时正在过桥的有十余人，全都被洪水冲走了。当地政府迅速组织营救，大部分落水者被救上了岸，但有三个人失踪了，至今下落不明，其中有一个老汉，有一个中年妇女，还有一个孩子。

打杂的一看到这则新闻，马上想到了那三个乞丐。她兴奋异常地问，他们会不会就是被洪水冲走的那三个人？老板和厨师都没理睬打杂的，仿佛觉得她刚才的问题未免太幼稚可笑。

老板仰面躺在收银台后面的那把靠背椅上，正戴着耳机在听收音机。有个台每天午后都播放一段革命现代京剧，老板总要雷打不动地收听，还一边听一边跟着哼。这天京剧结束后，老板没有立即关机，他被其中插播的一则寻人启事吸引住了。启事是湖南某市一所精神病医院发布的，寻找一位六十岁的老头和一位三十岁的妇女，还有一个五岁的孩子。他们都患有间隙性的精神病，十天前趁医护人员不注意从医院后门溜走了。

院方希望知情者积极提供线索，并承诺给提供有用线索者一定的酬金。

这条消息让老板陡然激动不已，身体猛地坐直了。很显然，他把收音机里提到的三个精神病人与那三个乞丐挂上了钩。老板迅速把寻人启事告诉了厨师与打杂的。打杂的说，你赶快提供线索吧！老板却沮丧地说，可我没记住医院的联系电话。厨师一笑说，可惜呀，眼看到手的酬金泡汤了！

厨师说完，便出门去抽烟。他想抽一支烟后再回屋里来打盹儿。厨师刚把烟点燃，一辆从襄阳发往宜昌的班车开过来了。班车从食堂门口经过时，车上的一个乘客从窗口朝外面抛垃圾，同时还抛出了一张揉成团的报纸。报纸正好落在厨师脚前，他顺手将它捡了起来。抽完烟后，厨师把那团报纸打开了。他看见报纸上登着一条醒目的通缉令。

通缉令上说，河南某县某镇的一个五十五岁的男人，与他年仅三十一岁的小姨子勾搭成奸。十天前，这对奸夫婬妇联手杀害了各自的配偶，然后畏罪潜逃。临逃前，他们还挟持了一位亲人的女儿，四岁半，剃男孩头。

厨师看完这条消息，立刻发出了一声尖叫。老板和打杂的听到尖叫声，一起飞快地跑出了老三篇食堂。

松毛床 /

养驴的女人

1

春风一吹，冬眠了几个月的村子一下子醒了。地上的草青了，树上的枝绿了，山上的桃花也红了。路上的狗一天比一天多了起来，它们彼此嗅着，舔着，追赶着，嘴里还时不时地哼那么两下。

吃过早饭，韩修竹一边洗碗，一边对坐在厨房门口吸烟的廖道言说，你上午在家看一下化肥店，我把驴牵到坡上去吃吃青草。廖道言马上吐一个烟圈说，好的，它关在栏里吃了一个冬的黄叶子，也该出去换个口味了。韩修竹有点儿敏感，觉得廖道言话里有话，冷笑一下说，哼，你以为驴像你，总是想换口味！

驴栏在装化肥那间房子的后面。韩修竹把驴牵出来的时候，廖道言已站在化肥店门口了。这是个化肥代销店，除了帮农资公司代销化肥，还顺便卖些农药和种子。平时，化肥店都由韩修竹打理，廖道言主要是开三轮车送客和拖货，对化肥店的情况不是太熟。

经过化肥店门口时，韩修竹停下来对廖道言说，你注意，新到的几种肥料可别卖错了，磷肥九十五一包，尿素六十八一包，碳酸氢铵……

话没说完，韩修竹突然打住了。她发现廖道言压根儿没听她说话。

廖道言脖子伸得长长的，张着两只大眼，正呆呆地看着荷塘对面的一栋红砖房。红砖房是刁德大的，他的老婆朱碧红这会儿正在门口晾衣裳。朱碧红这天穿了一件白底紫花的春装，刚洗过的头发临时用一条白手帕扎在脑后，看上去像一只喜鹊的花尾巴。

韩修竹大声吼道，廖道言，你小心眼珠子掉了！

廖道言一惊，慌忙把一张红彤彤的脸扭过来，看着店里的化肥。韩修竹的声音真是大，有点儿像炸鞭。她一吼，朱碧红连衣裳没晾完就转身进屋了。驴也被吓了一跳，身上沾的草屑纷纷往下掉。

韩修竹没再跟廖道言说什么，牵着驴匆匆朝屋后的坡上走了。这是一头小母驴，长着一身棕色的毛，腿子细长，屁股圆润，耳朵高高地竖着，额头上还有一个白漩涡，像绣上去的一朵花。

油菜坡这地方牛羊多，但没驴。这头驴还是韩修竹的表弟从孝感买来的。表弟也是本地人，读完书在南方开公司。他很尊重传统习俗，每年的清明节都要回乡祭祖。表弟家的祖坟坐落在一个陡峭的山上，车路修不上去，上山只能靠步行。空手上山还好说，主要是还得背上鞭炮什么的。表弟每次祭祖都累得气喘吁吁，大汗淋漓。前年上山，表弟突发奇想说，要是有头驴驮鞭炮就好了！同行的人都说这个点子好。去年，表弟果然买来了这头驴。他让韩修竹帮他喂养，每年付她一笔辛苦费。韩修竹养驴很用心，差不多把驴当成了自己的孩子。驴刚买来时才半岁，只有羊那么大，一年养下来，就长得像一头牛了。

屋后是一面斜斜的草坡，铺满了密密匝匝的蚂蚁草。前两天刚下过一场雨，草又蹿高了一截，嫩嫩的草尖上还挂着水珠。

刚到坡上，驴还埋头吃了一阵子，草在它的牙齿上发出清脆的断裂声。可是，没吃到半个钟头，驴就有些不安神了。它吃一吃停一停，不住地抬头，眼睛忽闪忽闪地四处张望，耳朵也撑开了，仿佛在探听什么动静。

别打野，好好吃你的草！韩修竹拍拍驴的脖子说。

驴却不听话，仍是吃一下停一下，像是吃饱了，害怕再吃就撑死了。韩修竹低头看了一眼，却发现驴的肚子还有点儿瘪。

奇怪，你为啥没吃饱就不想吃了呢？韩修竹歪头问驴。她忽然感到驴今天有些反常。

这时，旁边不远的地方出现了一头牛和一头羊。驴看见了它们，撒腿就往那边跑。韩修竹发现手中没了牵驴的绳子时，驴已经跑出了好远。驴跑的时候，脖子上的毛都竖着，尾巴翘得高高的，连羞处都露出来了。

韩修竹赶紧去追驴，迅速抓住了绳子。她忽然很生气，狠狠地瞪了驴一眼，还在它的一只后腿上轻轻地踢了一脚。然后，她一转身把驴牵下了草坡。

牵着驴回到化肥店门口时，韩修竹没看见廖道言，只见店门敞开着。她以为廖道言去上厕所了。厕所在驴栏旁边，与驴栏只有一墙之隔。韩修竹把驴关到栏里后，扭头对着厕所喊了一声，但没听见答应。她走进厕所看了一眼，里面连个人影都没有。

韩修竹顿时不安起来，心里像点了火。她想，廖道言肯定又溜到朱碧红那里去了。他真是会见缝插针啊！

廖道言与朱碧红是头年秋天好上的。他俩刚好上就被韩修竹抓住了。不过，韩修竹事先对他们没有一点儿防备。廖道言跟刁德大一直称兄道弟，前些年还长期结伴在城里搞建筑，要不是刁德大坠楼摔成植物人，他们现在还可能一起在外打工。朱碧红以前跟韩修竹的关系也不错，总是亲热地喊她竹姐。韩修竹丝毫没料到他俩会做出那种不要脸的事。

那是深秋的一个午后，韩修竹正在驴栏里给驴添食，朱碧红突然跑来了。韩修竹问，啥事把你慌成这样？朱碧红上气不接下气地说，我想把刁德大搬到木桶里去洗个澡，可我一个人搬不动，想请道言哥去帮个忙。韩修竹想都没想就说，好的。她说完就从屋里喊出了廖道言。看着廖道言跟在朱碧红后头朝荷塘那边走，韩修竹一点儿也没往那方面想。自从刁德大瘫床以后，朱碧红一遇麻烦事就找廖道言去帮忙，韩修竹已经习以为常了。

可是，廖道言那天却去了好半天没回来。韩修竹觉得奇怪，就掩上化肥店的门去了荷塘对面的红砖房。当时大门从里面闩上了，韩修竹推了两下没推开。她赶紧绕到后面卧房的窗外，发现玻璃窗关得紧紧的，窗帘也放下来了，只听见朱碧红在嗯嗯地叫唤。韩修竹一下子疯了，从地上捡起一个石头就砸破了窗户。窗户里头，一个洗澡的木桶摆在床边，朱碧红一丝不挂地伏在木桶上，廖道言正趴在她后面。刁德大仰卧在床上，面无表情，只有口水顺着嘴角流淌……

事发之后，廖道言的态度还算老实。他给韩修竹下跪求饶，还详细交代了经过。廖道言给刁德大洗完澡，朱碧红突然喘着粗气说，道言哥，我好想你也帮我洗个澡啊！一听朱碧红这么央求，廖道言就只好帮她洗了。事后，朱碧红也上门给韩修竹赔了罪。她说，对不起竹姐，都是我主动的，今后再也不敢了！

当时，韩修竹曾想过跟廖道言离婚，但考虑到儿子已读高中了，便打消了这个念头。她想，以后一定要把廖道言看紧点。

韩修竹从驴栏走到化肥店门口，还是没看见廖道言。她正打算到朱碧红那里去找，廖道言突然从红砖房走到了荷塘边上。荷塘里已露出了尖尖小荷，有几只粉色的蜻蜓正在上下翻飞。廖道言看到韩修竹不禁一怔，他没想到她一个钟头不到就从坡上回来了。驴这么快就吃饱了？廖道言问。韩修竹没理睬廖道言，一看见他从朱碧红那儿走来，气就不打一处来，恨不得冲上去咬他一口。

廖道言快步走到化肥店门口，见韩修竹两眼红得像火，就晓得她的醋坛子又打破了。廖道言赶忙说，朱碧红要买一包尿素追油菜，我只好帮她扛一包去，帮忙帮到底，后来我又帮她把尿素撒到了油菜地里。

韩修竹当然不相信廖道言的话，正要跟他闹，一辆摩托车忽然开上了门口的水泥场。有人来买化肥了。一见有客户来，韩修竹马上压住怒火，还勉强笑了一下，把脸笑得半边红半边黑，像个演古装戏的。

买化肥的人把两包复合肥拖走后，韩修竹心头的火气还没消。就在这个时候，驴栏那里传来了几声驴叫。叫声尖溜溜的，像吹唢呐。接着，又传来一串驴踢门的声音，砰砰砰，仿佛有人在擂大鼓。

糟糕，驴发情了！廖道言自言自语地说。

廖道言话音未落，韩修竹顿时破口大骂起来。狗日的驴，真是不要脸，大白天的也发情！韩修竹这样骂。她面朝红砖房，骂声像雷一样朝荷塘那边滚过去。廖道言急忙说，你声音小点儿！韩修竹没听他的，骂声反倒更大了。

韩修竹骂声还没散，驴又开始尖叫了，一边叫一边踢门。韩修竹顿时恨死了驴，顺手抓起身边的一根竹棍就往驴栏跑去。她把驴痛打了一顿。

2

第二天早晨，韩修竹牵驴去荷塘喝水，觉得驴没往常走得快，回头一看，发现驴的一条后腿跛了，走路朝一边歪。

廖道言也发现了，马上跑到荷塘边，蹲在驴跟前仔细查看。歪着头看了一会，廖道言突然惊叫一声说，哎呀，驴腿破了一条口！韩修竹惊慌地问，真的？廖道言说，不是蒸的难道还是煮的？肯定是你昨天给打的！韩修竹也赶忙蹲下去看，看见驴左边那条后腿的膝盖处果然有指头宽一条口子，血还没完全干，看上去红兮兮的。

天老爷，我怎么把它打成了这样？韩修竹自责说。她伸出一只手，想在伤口上摸一下，但又怕弄疼了驴，迅速收回了手。事实上，韩修竹是非常喜欢这头驴的，甚至有点儿宠它。

廖道言趁机指责韩修竹说，你这个人哪，也太过分了！对人有气，怎么能撒到驴身上？即使找驴出气，骂几句也就算了，你居然还抡起竹棍去打它！打打也行，你怎么下得了这样的毒手？幸亏这驴是你表弟的，要是我表弟的，你非打死不可！韩修竹一声不响地听着，一句嘴也不还。以往，韩修竹可不会这样老实，廖道言说她一句，她起码要还十句。

等驴喝足水，韩修竹没把驴牵回驴栏，也没往屋后草坡上牵。她牵着驴，顺着门口的那条黄土路往下走了。廖道言眨巴着眼皮问，你把驴往哪里牵？韩修竹没回答他，头也没扭一下。

黄土路拐弯的地方有个小诊所，是老中医田重九开的。十分钟以后，韩修竹把驴牵到了小诊所门口。小诊所的门上挂着一块印着红十字的白布帘子，帘子比门小，只挡住了一半门。韩修竹朝门内看了一眼，发现田重九正在给一个病人把脉。那个病人背对门坐着，韩修竹没认出是谁，只看出是个女的。

韩修竹先把驴拴在门口的一棵柚子树上，然后才朝小诊所里走。走到门前，韩修竹正抬手要掀布帘子，门里突然传出朱碧红的声音。原来，田重九是在给朱碧红把脉。韩修竹赶紧放下手，打算过一会儿再进去。

韩修竹本来想退到驴跟前等候的，但她很快改变了主意。一想到朱碧红病了，她心里陡然有点儿幸灾乐祸。活该！韩修竹想。她闪到门边，侧耳听着里面，想弄清朱碧红得了什么病。

田重九这时问，你晚上做不做梦？

朱碧红说，不做，我连瞌睡都睡不着，怎么会做梦？要说，我还盼着做梦呢，生活中好多不可能的事情，可以在梦中实现。

田重九又问，难道个把小时也睡不着？

朱碧红说，别说个把小时，能睡着半个小时我也知足了。这几天，我差不多是通夜合不上眼。

田重九问，是因为刁德大变成了植物人吗？

朱碧红说，也不完全是。我主要是心烦，有时候还觉得身上痒，奇痒难忍，可又弄不清痒的地方，连抓痒都不晓得从哪里下手。

韩修竹耳朵听着里面说话，眼睛却看着她的驴。一只苍蝇这时飞到柚子树下，落在了驴的伤口上。驴使劲地弹腿，想把苍蝇弹掉，可苍蝇却一动不动。韩修竹连忙跑上去，一伸手把苍蝇赶走了。

赶走苍蝇后，韩修竹正要转身往回走，小诊所门上的布帘子突然掀起来了。接着，朱碧红拿着一盒药走了出来。两人对视时，四只眼睛都发出了火一样的东西。朱碧红慌忙把目光移开了，然后头一低，匆匆离开了小诊所。

韩修竹进门时，田重九正在捧杯喝水。一看见韩修竹，田重九马上放下杯子说，巧了，你们怎么都病了？难道你也失眠不成？韩修竹说，我可没病！田重九问，没病来我这儿干啥？韩修竹说，我来请你看驴。田重九打个哈哈说，看驴去兽医站，我又不是兽医。韩修竹尴尬地笑笑说，我不小心把驴腿打破了一条口，麻烦你帮忙上点药，最好包一下！田重九问，驴呢？韩修竹说，在外面柚子树下。田重九叹口气说，嗨，看了几十年的病，我这还是第一次看驴。

田重九提上药箱，麻利地来到了柚子树下。韩修竹也紧跟着出来了，赶忙把驴的伤口指给田重九看，那样子完全像个病人家属。

往伤口上敷药时，田重九说，你一个女人，怎么把一头驴打成这样？还是一头母驴呢！韩修竹想了想说，它不要脸，发情后又是尖叫又是踢门。田重九听了扑哧一笑说，你这就更不对了，人畜一般，女人发情了还要找男人呢，母驴发情了找不到公驴，难道叫两声踢两下都不行吗？韩修竹说，不行，发情了要忍住！田重九说，你是站着说话不腰疼。韩修竹问，啥意思？田医生说，你有廖道言，驴呢？田重九这么一问，韩修竹顿时无言以对了。

田重九敷好药，开始往驴腿上缠绷带。他一边缠一边说，这头驴真可怜！缠好绷带后，田医生掀开驴的尾巴看了看，然后皱起眉头，严肃地对韩修竹说，我跟你讲，这驴正处于发情期，你如果不抓紧想办法，它不光要尖叫，不光要踢门，还有可能越栏跑掉。韩修竹一惊，半信半疑地问，真的？会有这么严重？田重九说，不是开玩笑，我这是在以一个医生的名义跟你说话。韩修竹开始紧张起来，心想，驴要是真跑了，到时候怎么跟表弟交待呀？再说，这驴是自己一手养大的，她也舍不得它跑啊！

埋头想了一会儿，韩修竹猛然抬起头，诚恳地问，田医生，你有啥好主意吗？田重九说，最好的主意就是找一头公驴与它交配。韩修竹说，这方圆几十里都没听说有驴呀，到哪里去找公驴呢？田重九说，是呵，我也是有方无药啊！

田重九提了药箱，一边摇头一边往小诊所走。正要进门时，他猛地回过头来，两眼一亮说，我忽然想到了一个点子。

韩修竹赶紧问，啥点子？田重九说，白蜡坪有个叫揭子金的人，他喂有一匹公马。据说，马和驴可以交配，你不妨把驴牵到白蜡坪去一趟，兴许可以解决问题，运气好的话还能怀头骡子。韩修竹一听，立刻高兴地说，太好了，我今天就让廖道言把驴牵去。

韩修竹牵着驴回到家门口时，廖道言正在往三轮车里加油。她见面就说，看样子又有生意了。廖道言没想到韩修竹会主动跟自己打招呼，不禁有些惊喜，赶紧回答说，望娘山的水志彪后天整喜酒，在老垭镇上买了半头猪，刚才打电话要我去帮他拖一下，说给我三十块钱的运费。韩修竹走拢一步，用商量的口气说，你能不能把姓水的事推掉，去一趟白蜡坪？廖道言没想到是自己家的事，忙问，给多少钱？韩修竹神秘地一笑说，四十怎么样？四十不行的话，我到时让表弟给你五十。

廖道言一下子懵了，翻开眼皮问，要我去白蜡坪干啥？韩修竹一时不知道怎么开口，过了好半天才吞吞吐吐地讲了田重九的主意，讲完连耳根都红了。一听说要牵驴找马，廖道言的眼皮翻得更开了，两颗眼珠摇摇欲坠。韩修竹看见廖道言的样子很吓人，有点儿担心地问，你怎么啦？廖道言口齿不灵地说，你今天，好像，变了个人！

白蜡坪与油菜坡相距十五里，来回需要大半天时间。韩修竹对廖道言说，你吃了早饭就走，早点去早点回。早饭看上去和往常一样，仍是吃面条。吃了一会，廖道言才发现碗底埋着两个荷包蛋。廖道言问，你煮蛋干啥？韩修竹说，你要走长路呢！

韩修竹还给驴泡了一盆黄豆，端到驴栏里对驴说，吃吧，吃了好走长路！她停了一下，又摸着驴的伤口说，黄豆养伤快，吃了让伤口快点好！

廖道言牵出驴要走时，韩修竹忽然拎出了一壶苞谷酒和两块菜籽饼。廖道言问，你这是？韩修竹说，你把这酒带给揭子金，当个见面礼。廖道言又问，菜籽饼呢？韩修竹说，带给那匹马吃，让它吃了对我们的驴好点儿。廖道言怪笑一下说，你想得真周到啊！

下午五点钟的样子，廖道言牵着驴回来了，苞谷酒和菜籽饼还拎在手上。韩修竹迎上去问，怎么回来这么早？廖道言说，唉，白跑了一趟！韩修竹问，没碰上揭子金？廖道言摇头说，不是。韩修竹又问，没遇上马？廖道言仍然摇头说，不是。韩修竹皱紧眉头问，人和马都在，怎么会白跑？廖道言突然降低声音说，那匹马出事了。韩修竹一怔问，马怎么啦？

廖道言先点燃一支烟，然后一边吸一边说，上个月，揭子金的马发情了，可这四面八方都没有母马。揭子金隔壁住一个裁缝，养了一头母牛，经常把牛拴在门口核桃树下吃稻草。有一天，马实在憋不住了，就冲破马厩跑到了那头牛跟前，想和牛做那种事。当时裁缝正在烧烙铁，准备熨裤子边。裁缝平时与揭子金有矛盾，马刚把两只前蹄搭上牛的屁股，裁缝就举起烧红的烙铁冲上来，对着马的那东西就是一烙铁，烫得那东西青烟直冒。从此，马就……

廖道言说到这里，韩修竹猛地尖叫了一声。我的天哪！她是这么叫的。

叫声散去后，韩修竹从廖道言手中接过牵驴的绳子，摸着驴的屁股说，看来你只好忍了！她停了一会儿又说，忍就忍吧，忍过这几天就好了！她说完还在驴的屁股上轻轻地拍了拍。

3

驴又在栏里尖叫了，一边叫一边踢门。

当时，韩修竹和廖道言正在吃午饭。一听到驴栏那里有动静，韩修竹陡然就没有味口了，伸出去搛菜的筷子停在空中半天不动。廖道言也食欲锐减，连平时最爱吃的酱豆子炒腊肉也不想吃了，只拣了一筷子白菜丢在嘴里，有一下没一下地嚼着。

驴的叫声越来越尖，踢门的声音也越来越重。韩修竹说，它一叫，好像刀子剜我的心哪！廖道言说，它这样踢下去，门非被踢垮不可。韩修竹说，那个裁缝真是缺德！廖道言说，缺八辈子德！昨天，驴刚看见马时，还欢蹦乱跳呢，尾巴差点翘上了天。谁想到，马却被烙铁烫了！

夫妻俩这么说着，驴栏那里忽然安静下来。

韩修竹问，怎么没有响动了？廖道言说，它可能是累了。韩修竹说，又叫又踢的，还能不累？要是换了人，早累趴了。廖道言说，人才不会又喊又踢呢。韩修竹眉毛一挑说，是啊，人发情了可以偷人，怎么会又喊又踢？她这么一说，廖道言马上低头不语了。

吃完午饭，韩修竹丢下碗就往驴栏走。她说，我去看驴累成啥样了。走出三四步，韩修竹回头对廖道言说，你待会儿找一个锤子和一些钉子来，把驴栏的门再加固一下，以免出现万一。廖道言说，好，我这就去找。

廖道言找好锤子和钉子正要出门，韩修竹在驴栏那里大喊一声说，不好了，驴跑了！

廖道言赶紧跑到驴栏门口，发现门被驴踢成了好几块。韩修竹已经呆了，脸色苍白，鼻头乌黑，看上去像个傻子。廖道言焦急地说，你愣着做啥？赶快去找驴啊！韩修竹如梦方醒地问，去哪儿找？廖道言想了想说，沿着黄土路找，你往上头找，我往下头找。

韩修竹这天比以往任何时候都听廖道言的话。廖道言话音未落，她抓起牵驴的绳子就跑上了黄土路。她一边跑一边朝路的两边看，慌慌张张，鬼头鬼脑，仿佛一个丢了魂的人。

跑了半里路的样子，韩修竹突然看见了朱碧红。朱碧红拎着一只竹筐，正在路边一块地里扯猪草，脖子上还围了一条红丝巾。朱碧红也看见了韩修竹，但只看了一眼就把眼睛移开了。开始，韩修竹没打算跟朱碧红说话，只顾着继续往前跑。

可是，没跑几步，韩修竹却猛地停下来，主动和朱碧红打起了招呼。

你在扯猪草。韩修竹说。朱碧红没想到韩修竹会主动找她说话，顿时有点儿受宠若惊，连忙扭过头说，是竹姐呀，你怎么这会儿出门了？韩修竹问，我的驴跑了，你看见没有？朱碧红说，哎呀，我没看见呢。

韩修竹正要接着朝前跑，朱碧红说，竹姐，你也不要太着急，前几天下过雨，你可以顺着驴的脚印找，肯定可以找到的。韩修竹觉得朱碧红说得有道理，赶紧低头在路上找驴的脚印。可是，她没找到，只看见了几个牛的脚印。她想，可能找错了方向。她决定立即调头回去，再从驴栏那里开始找。

韩修竹迅速回到驴栏边，发现驴的脚印通向了屋后的草坡。她马不停蹄地赶到草坡上，果然看见了她的驴。

草坡上有几头牛，驴正和它们在一起。驴看样子很想和那几头牛亲近，可那几头牛都不理驴，只顾埋头啃草。驴独自站在那里，眼睛里充满了忧伤。一看见驴，韩修竹的鼻腔不禁一酸，泪水一下子就漫出了眼眶。她快步走到驴跟前，一边拴绳子一边说，总算找到了你，差点儿把我急死了！

把驴牵回家后，韩修竹很快给廖道言打了手机，告诉他驴找到了。她没把驴牵回驴栏。化肥店门口有一根电线杆，她把驴拴在了电线杆上。韩修竹对驴说，我要把你拴在眼皮底下，不能让你再跑了！

廖道言喘着粗气回来了，见面就问，在哪儿找到的驴？韩修竹说，在屋后草坡上。廖道言问，你怎么想到了草坡？韩修竹迟疑了一下，低声说，今天多亏了朱碧红，要不是她让我跟着脚印找，我这会儿可能还在黄土路上跑！廖道言没听懂韩修竹的话，张嘴想问，但没问又把嘴合上了。

韩修竹这时无意中朝荷塘对面看了一眼，正看见朱碧红提着满满的一筐猪草进屋，脖子上的红丝巾像一道彩虹。

下午，韩修竹安排廖道言修补驴栏上的门，自己一边卖化肥一边看着驴。她把驴食桶提到电线杆下，还特意放了两升小麦。可是，驴却一点食欲都没有，见到小麦也不动心。它显得很不安，不停地绕着电线杆转圈，偶尔还扬起头来叫一下，像一个喝了兴奋剂的运动员。

韩修竹愣愣地看着驴，觉得它真的好可怜。她想，要是突然从天上掉下一头公驴该多好！正这么想的时候，韩修竹的眼睛猛地睁大了一轮。她看见朱碧红沿着荷塘走过来了。朱碧红还围着红丝巾，乍一看像个城里的女人。

竹姐找到驴了。朱碧红老远就开始打招呼。

韩修竹不冷不热地说，找是找到了，可我担心它还会跑。

朱碧红走到电线杆下，停了下来，默默地打量驴。她的目光很柔软，像绸缎一样落在驴的身上。不一会儿，她的眼睛就潮湿了。但朱碧红没让泪水流出眼眶。她掏出一张纸巾，在眼角擦了一下，然后扭头对韩修竹说，竹姐，我能帮你找到一头公驴。

韩修竹惊喜地问，真的吗？朱碧红点点头说，真的，我娘屋的嫂子有一个哥哥，叫周天作，开了一个烟酒铺。前天，我听说他从远安买回了一头驴，专门给过事的人家驮啤酒。我刚才给我嫂子打了一个电话，问那头驴是公是母，碰巧，嫂子说那是头公驴！韩修竹一听喜出望外，忙问，周天作也住黄堡河？朱碧红说，是的，就是我娘屋那个村。

黄堡河离油菜坡有二十几里路，中间还隔着一个村子，叫天堂寨。

韩修竹想了一会儿，忽然皱起眉头对朱碧红说，黄堡河我没去过，你能告诉我小路怎么走吗？朱碧红说，你要是不嫌弃，我可以给你带路。韩修竹的眉头顿时舒展开了，感激不已地说，太好了！有你带路，一切都方便了！

朱碧红问，你打算哪天去？我好事先安排一下。韩修竹扭头看了看驴说，今天就去怎么样？驴差不多要疯了，我害怕夜长梦多。朱碧红面有难色地说，哎呀，今天恐怕不行，刁德大人事不知，我每天晚上都必须在家里守着他。这已经是下午了，今天去肯定赶不回来。

驴这时突然尖叫了一声，把两个女人都吓得跳起来。

韩修竹犹豫了一会儿说，我还是想今天就去，你最好把周天作的电话告诉我，我一个人慢慢去找。朱碧红歪头想了想说，那我还是陪你去吧，你人生地不熟的，我怕你走冤枉路。韩修竹问，那刁德大怎么办？朱碧红说，我马上给我嫂子的哥哥打个电话，请他把驴往天堂寨方向牵，我们也把驴往天堂寨方向牵，让两头驴在天堂寨汇合，这样我们就可以少走一半的路，顺利的话，我天黑之前就可以回家了。韩修竹欣喜地说，这个点子太好了，就是太难为周天作了。朱碧红说，他人挺好的，我这就回家给他打电话。你也抓紧收拾一下，我们等一下就走。

朱碧红说完，扭身回了红砖房。朱碧红的动作真是快，韩修竹还没给廖道言把事情说清楚，她就来到了电线杆下，手上还拿了一只手电筒。

两点一刻，韩修竹牵着驴出发了，驴后跟着朱碧红。

天堂寨因一个巨大的岩洞而得名，解放前住过土匪，也住过红军，无数的男女在洞中相好过，被人们称为人间天堂。

不到四点钟，两个女人和一头驴就赶到了天堂寨。一路上，驴显得格外亢奋，出发不久便蹿到了韩修竹前面，好像知道去干什么似的，跑得欢天喜地。韩修竹和朱碧红也只好跟着驴跑，沿路连说话的空儿都没有。其实她们都有满肚子的话想说，却只能憋着。

天堂寨是个好地方，古木参天，青草遍地，鸟语贯耳，花香扑鼻。洞口有两棵千年银杏，一公一母，几乎挨在一起。韩修竹把驴拴在银杏树下，刚拴好，一个戴草帽的中年男人牵着一头灰驴来了。朱碧红说，天作哥，辛苦你了！周天作一笑，露出两排白牙说，你们更辛苦！

朱碧红连忙给周天作介绍韩修竹，刚介绍完，那头灰驴就不见了。他们扭身一看，灰驴已经跑到了银杏树下，正在用鼻子嗅韩修竹的那头棕驴。棕驴任灰驴嗅它，一点都不难为情，好像遇到了老相识。不一会儿工夫，灰驴腿间的那东西就伸长了，仿佛一条卤过的丝瓜。棕驴的尾巴也翘起来了，袒露出红润的羞处，好像一团盛开的杜鹃花。

周天作迅速背过身来，指着一条长石头对朱碧红和韩修竹说，我们坐下来歇会儿，让驴们好好亲热一下。

朱碧红坐在周天作和韩修竹中间。一坐下来，朱碧红便向周天作打听娘屋的情况。可是，周天作刚回答了几句，朱碧红就把头拧到背后去了。她没再听周天作说话，只顾出神地看驴。驴们已开始交配了，灰驴的丝瓜和棕驴的杜鹃花已经融为一体。韩修竹扫了朱碧红一眼，发现她神色异常，脸都变形了。

大约过了二十分钟，朱碧红才把头扭了回来。韩修竹转身看驴，发现它们已经分开。周天作这时起身说，好了，我们再见吧！韩修竹感激地说，谢谢啊！朱碧红没有说话，脸上红彤彤的。

从天堂寨返回的路上，韩修竹觉得她的驴仿佛变了一头，它柔顺，乖巧，欢快，显出一脸幸福的样子。人和驴都走得很快，天擦黑就回到了油菜坡。

4

次日上午十点钟，韩修竹拎着一个礼品盒，快步朝荷塘那边的红砖房走去。驴从天堂寨一回来就安静了，韩修竹总算了却了一桩心病。这桩心病是朱碧红帮她了却的，韩修竹决定亲自上门去感谢一下她。她手上拎着一盒“太太养生口服液”，是她表弟送给她的，据说能安神补脑，还能帮助睡眠。韩修竹想，朱碧红正好用得上它。

走过荷塘，韩修竹心里陡然格登响了一下，说不出是激动还是不安。自从去年发现廖道言帮朱碧红洗澡后，韩修竹就没再进过朱碧红的门，心里一直恨着她。可是，昨天去了一趟天堂寨，韩修竹突然就不怎么恨朱碧红了，反而还有点儿同情她。韩修竹想不通，一个人的心为什么会变化得这么快呢？

韩修竹走到红砖房门口，看见大门上挂着锁。她想，来得不巧，朱碧红出门了！韩修竹打算把礼品盒挂到门上，以免再跑一趟。她走近大门，正要把礼品盒往门环上挂，猛地发现那把锁并没有锁住，只是随便挂在门上。看来她没走远。韩修竹想。

屋后有一片菜地。韩修竹猜朱碧红可能在菜地里。她迅速绕到屋后，果然看见了朱碧红。

朱碧红正驾着牛在耕田。她一手扶犁，一手扬鞭，嘴里还在不停地喝斥牛。一看见朱碧红耕田，韩修竹的心猛然痛了一下，像被蜂子咬了一口。在油菜坡，耕田都是男人们的事，韩修竹还从来没看见哪个女人耕过田。看了一会儿，韩修竹的整个心都软了。

韩修竹匆匆走到朱碧红跟前，用责备的口气说，你怎么自己耕田？朱碧红拉住牛说，刁德大成天瘫在床上，我不耕谁耕？韩修竹脱口说，你可以找个男人帮你耕嘛！朱碧红愣了一会儿，张开嘴想说什么，但什么也没说就把嘴闭上了。沉默了片刻，朱碧红挥起鞭子在牛屁股上打了一下，又接着耕田了。

朱碧红是个瘦个子，劲也不大，扶犁的样子显得很吃力，额头上滚着黄豆大的汗珠。韩修竹看她耕了一段儿，再也看不下去了，赶紧追上去说，你别耕了，我回去叫廖道言，让他来帮你耕！

韩修竹说得十分诚恳，说完转身就要走。朱碧红却说，谢谢竹姐的好意，你不用喊道言哥了，我这巴掌大一块地，马上就耕完了。韩修竹定睛一看，这块地果然快耕完了，最多还要两三犁。韩修竹便停了下来。

朱碧红耕完一犁调头时，韩修竹问，耕了种啥？朱碧红摇着犁柄说，种点儿洋芋。姑娘来电话说，她婆家的洋竽不好吃，让我给她准备一些。再过两个月，她就要生了。韩修竹说，恭喜你快当外婆了！

说话间，朱碧红已耕完了田。她将牛从犁套上解下来，拴在田头树下吃草。扛着犁走上田埂时，朱碧红突然问，你怎么来了我这儿？真是日头从西边出了！韩修竹说，我是来感谢你的。多亏你帮忙，我的驴再不乱叫乱踢了。她说完把礼品盒递给朱碧红。

朱碧红却没接礼品盒。她抬手擦了擦额上的汗说，我是觉得驴可怜才多这个事的，不用你感谢。韩修竹说，这口服液喝了能睡好，你喝了试试。她说着又把礼品盒递了一次。朱碧红还是不接，苦笑一下说，谢谢你，我喝啥也睡不好的，你还是拎回去自己喝吧。韩修竹见朱碧红左右不收，觉得有点儿尴尬，想了一下说，那你拿回去给刁德大喝吧，住这么近，我也好久没来看他了。

朱碧红说，要给他喝，你就自己送去吧。她说的是个推辞话，没想到韩修竹却说，好，我亲自送进去，正好也看他一眼。她这么一说，朱碧红就再也找不到话说了，只好带韩修竹进屋。

进门是堂屋，穿过堂屋是卧房。韩修竹跟着朱碧红走进堂屋，正要进入卧房时，朱碧红一把拦住了她。你别进卧房了，要看就隔着窗户看他一眼吧。朱碧红说。为啥不让我进？韩修竹问。卧房的气味太大，我怕你受不了。朱碧红说。她说完自己进去了，把韩修竹丢在堂屋里。

堂屋与卧房共一面墙，墙上有一个窗户。窗户上的玻璃掉了一块，韩修竹能把卧房里一切看得清清楚楚。刁德大仰面躺在床上，高大的身体把床占去了一多半。他眼睛睁得大大的，却不认得人，嘴巴也不停地张开，却说不出一句话。看着刁德大现在这个样子，韩修竹忍不住一阵心酸。

朱碧红进卧房后，先把刁德大的头扶起来给他喂了水，接着给他换了床上的尿布，然后端来一盆温水，开始用毛巾沾水给他擦身子。这时候，一股刺鼻的气味突然从窗户里透出来，直往韩修竹鼻孔里扑，差点让她晕过去。

韩修竹问，怎么会有这种气味？朱碧红说，每天只能躺在床上给他擦一下身子，压根儿擦不干净。要是隔几天能把他搬到木桶里洗过宽水澡，那他身上就不会这么臭了。韩修竹问，那你为啥不把他搬到木桶里去洗？朱碧红迟疑了片刻说，他这么重，我……

朱碧红只说了半句话，韩修竹却把她没说的半句话也听出来了，脸一下子红到了腮帮。她顺手将礼品盒放在堂屋的桌子上，然后就麻利地离开了红砖房。

韩修竹回到自己家里时，廖道言正在屋里屋外找她。一见到韩修竹，廖道言就问，你跑哪儿去了？韩修竹没有吱声。廖道言说，草家湾的薛仁亨打电话买四包磷肥，还要我帮他送货，没有你看门，我怎么走得开？韩修竹还是没吱声。

廖道言见韩修竹像个哑巴，就仔细看了她一眼，发现她脸上灰灰的，好像心事重重。廖道言惊奇地问，你这是怎么啦？韩修竹埋头沉思了一会儿，然后抬起头说，好久没回娘屋了，我想回去住两天！廖道言一愣问，你怎么突然想到回娘屋？韩修竹想了一下说，我心里好想我妈！

这天吃过午饭，韩修竹一收好碗筷就拎着一个包袱出门了，匆匆忙忙地回了她的娘屋韩家岭。

松毛床/

天　坑

1

立春那天，庹子正感到心里很烦躁，一大早就喝了半斤苞谷酒，喝得醉醺醺的。酒后，他晃晃悠悠地去放牛，居然把黑牯糊里糊涂地牵到了天坑那里。当时，庹子正没料到黑牯刚一开春就会发情，更没料到它发起情来那么疯狂，竟然连天坑都敢跨。

天坑是一个人见人怕的黑洞，在李万娇门口那个山凹里。山凹被两座山包夹着，从远处看上去仿佛一个大乳沟。天坑是从地上裂开的，洞口朝天，比打谷的板仓还大，像一张随时要吃人的老虎嘴。谁也不清楚它有多深，有人往下面掀过石头，要吸完大半支烟才能听见响声。在油菜坡，没有人不害怕这个天坑。谁家娃娃要是调皮捣蛋，当爹妈的只要说把他扔到天坑里，那娃娃立刻就会老实下来，连哼都不敢再哼一声。

山凹里原来有几块苞谷地，散落在天坑四周。李万娇的头一个丈夫还没失踪的时候，他们夫妻俩曾在那里种过几年苞谷，收成还不错。她的头一个丈夫叫杨开泰，是一个老实巴交的种田人。不幸的是，杨开泰前年去广东打工，一去就没有再回来，至今活不见人死不见尸，像是从人间蒸发了。打从杨开泰失踪以后，李万娇就没有再种那几块地。天坑那里从此便荒废了，生出了铺天盖地的野草，简直成了一片草场。那片草场倒是好极了，草长得青青葱葱的，按说是个放牛的好地方。但是，没有谁敢去那里放牛。

这天，庹子正要不是喝醉了酒，即使有十个胆也不敢把黑牯牵到天坑那里去。庹子正家里很穷，除了这头黑牯，啥也没有，连老婆也没有。而且，黑牯还不是他一个人的，有两条腿属于李万娇。五年前，为了不找别人借牛耕地，庹子正和杨开泰合伙买下了这头黑牯，当时每人出了两千块。在杨开泰出门打工之前，一直都是两家轮流喂养着黑牯。后来杨开泰失踪了，黑牯才由庹子正一个人喂养，李万娇每年给他付喂养费。

庹子正住在李万娇屋后的山坡上。他去天坑那里放牛，必须从李万娇门口经过。李万娇有几分姿色，庹子正每回经过这里都想看她几眼。然而，庹子正这天没看到李万娇，只看见了她的第二个丈夫张百善。张百善手持一把射钉枪，正在大门口包一扇门。他前些年在广东打工时学过装修，手里的那把射钉枪就是从广东带回来的。

张百善不是油菜坡的人，他老家在铁厂垭，跟李万娇的娘家同一个村。去年年底和李万娇结婚后，他才住到这个地方来。

庹子正没主动跟张百善打招呼。他不喜欢张百善，甚至有点儿恨他，一看见他就恼火。杨开泰失踪一年后，村里人都说他十有八九不在人世了，李万娇也觉得他凶多吉少。从那时候起，油菜坡的单身男人们就打起了李万娇的主意，开始排起长队向她求婚。庹子正与李万娇住得最近，曾不止一次地求过她。最后那次，庹子正诚恳地说，你嫁给我吧，不管怎么说，我们还共一头牛呢！李万娇却说，对不起，我已经答应别人了。庹子正好奇地问，谁？李万娇犹豫了一会儿说，到时候你就晓得了。那时，庹子正丝毫也没想到，李万娇最后和铁厂垭的张百善结了婚，让一个外村人捡了个便宜。

李万娇和张百善结婚以后，庹子正才听说，李万娇在嫁给杨开泰之前就和张百善很熟，两个人好像还沾点儿亲。庹子正后来还听说，杨开泰那年去广东打工，就是张百善把他带走的。

那年春节过后，李万娇突然找到张百善，请他把杨开泰也带到广东去找个地方做事。在那之前，张百善已在广东打了好几年的工，挣了不少钱。张百善一开始不想带杨开泰去，觉得他这个人太憨厚，不适合到外面混，建议他还是留在家里种田。李万娇说，在家种田收入太少了，还是到广东挣钱容易些！在李万娇再三央求下，张百善才勉强答应下来。刚到广东那阵子，张百善让杨开泰跟自己在一个装修公司里做小工。可是，只做了一个月，杨开泰就离开了那家公司。他嫌工资太低了。钱这么少，还不如我回家种田呢！杨开泰说。他说完扭头就走了，张百善拉都拉不住。当时，张百善以为杨开泰真的回油菜坡种田了。

李万娇却一直以为杨开泰在广东打工。到了年底，李万娇见张百善一个人回家过年，不禁一愣问，杨开泰呢？他怎么没回来？张百善说，他不是早就回家了吗？直到这个时候，他们才晓得杨开泰失踪了。

杨开泰失踪的那个春节，李万娇和张百善都没有过好。开始那几天，李万娇没日没夜地哭，庹子正的耳朵差点儿被她的哭声震聋了。哭了几天后，李万娇就去了铁厂垭，不依分说地找张百善要人。

庹子正听铁厂垭的人说，李万娇见到张百善时两眼红彤彤的，像是要一口吃了他。她开口就说，张百善，你把我男人还给我！张百善说，你凭啥找我要人？腿长在杨开泰身上，他要走，我怎么管得住？李万娇撒泼说，当初我男人是跟你走的，现在他连影都没了，我不找你要找谁要？她一边说一边用两只手抓张百善，把他的脸抓得满是血印。后来，张百善无可奈何，只好答应去广东找杨开泰。他是腊月二十八那天走的，一直到正月十四才回来。据说，张百善那次差不多跑遍了广东的每一个城市，大年三十是一个人在东莞过的。遗憾的是，张百善白跑了一趟，连杨开泰的头发也没找到一根。

李万娇刚和张百善结婚时，村里人都感到纳闷，庹子正更是想不通。在他们快要度完蜜月的时候，庹子正问李万娇，油菜坡这么多光棍儿，你凭啥要找铁厂垭的张百善？难道他的龟头是甜的不成？李万娇红着脸说，张百善那次去广东找杨开泰，占用了十几天的时间不说，还花费了四五千块钱。我要给他钱，他却死活不收。人心都是肉长的，我当时心一软，就……

庹子正没急着从李万娇门口走开。他牵着黑牯站在场子边上，两个被酒精烧红的眼睛不停地四处张望。庹子正在寻找李万娇，还是想看她一眼。他想，李万娇不是去了菜园就是进了猪栏，过不了多久就会出现在眼前。但是，足足过了一刻钟，庹子正却连李万娇的影子也没见到。

这时，庹子正陡然干咳了一声。听见咳声，张百善马上停了射钉枪，回头看着庹子正。庹子正打一个酒嗝问，李万娇呢？张百善说，她回娘家了。庹子正猛然有点儿失望，喷着酒气说，一不过年二不过节，她回娘家搞啥？张百善说，我丈母娘今天过生日呢。他说完便转过身去，又开动射钉枪，接着往门板上打钉，一口气至少射进了七八颗钉子。

庹子正一听说李万娇不在家，就麻利地把黑牯牵下了场子，直接朝天坑那里牵去。

快到天坑附近时，庹子正听见身后有人喊了他一声。他回头一看，是张百善。你喊我搞啥？庹子正喷着酒气问。别到天坑那里放牛，太危险了！张百善说。庹子正又打了一个酒嗝说，我用绳子牵着它，有啥危险？张百善说，听不听由你，出了事别怪我没提醒。

庹子正没再理睬张百善，三步并作两步就把黑牯牵到了天坑旁边。蹊跷的是，刚到一会儿，天坑对面那个山坡上突然出现了一头母牛。母牛叫了一声，黑牯立刻就兴奋起来。它像疯了一样，拼命地挣断了庹子正手中的绳子，撒腿就往母牛那边冲。冲到天坑边，黑牯没有绕道走，想直接从天坑上跨过去。但它没跨过去，眨眼之间坠入了天坑……

2

黑牯坠入天坑后，庹子正也一下子疯了。他先像跳丧那样绕着天坑跑了十几圈，然后就撒开两腿往家里狂奔。他一路大喊，我的牛啊我的牛！喊声尖溜溜的，比刀子还尖，连树上的乌鸦听了都怕，吓得冲天而起，哇哇乱叫。

庹子正跑到李万娇门口时，张百善早已被他惊呆了。他把射钉枪紧紧地抱在怀里，张着嘴巴，半天说不出话。直到庹子正快要从场子上跑过去的时候，张百善才结结巴巴地问，你的牛，怎么啦？庹子正停下来，惊魂未定地说，它，它掉进天坑了！张百善的眼睛顿时胀大了一圈，颤着嗓门问，真的？庹子正举起手中的半截绳子说，真的，骗你是畜生！

过了好一会，张百善才镇静下来。我说天坑那里危险，你偏不信！张百善指着庹子正的鼻子说。庹子正却没心思听他的，拔腿就跑了，嘴里继续大喊，我的牛啊我的牛！

庹子正一口气跑回了家，进门后还大喊不停。当时，他妈正在屋后菜园里种洋芋。听到喊声，他妈丢下锄头就往屋里跑，不晓得出了啥事。一见到他妈，庹子正陡然哭了起来。他边哭边说，妈呀，出大事了！他妈慌张地问，出了啥事？庹子正嚎啕了一声说，黑牯掉进天坑了！他妈浑身一颤说，天老爷，你别这样骇我啊！庹子正说，我不是骇你，它真的掉进天坑了！庹子正话音未落，他妈也哭起来了。母子俩相互抱头，齐声同哭，简直哭成了一团乱麻。

黑牯坠入天坑的事，很快在村里传开了。临近中午时，庹子正的一个堂兄来到了他家。堂兄是来安慰庹子正的，手上还提了一盒晒干的红枣。上一个月，堂兄家里也失去了一头牛。他的牛在悬崖边吃草，前脚一滑滚下了一个山谷，当时就摔死了。事发之后，庹子正马上买了一盒核桃粉去到堂兄家，跟堂兄说了好多安慰的话。

堂兄进门时，庹子正已经没哭了，只是眼泪还没干。不过，他妈还在低声抽泣。堂兄拍着庹子正的肩说，事情既然出了，你也不要太难过！庹子正一脸哭相说，一头又肥又壮的牛，卖给牛贩子少说也要卖五六千呢，可它说没就没了，我怎么能不难过？堂兄说，你再难过，牛也活不过来呀！上次我的牛摔死了，你也是这么对我说的。庹子正苦笑一下说，我和你可不同，你的牛摔死了还找得回来，可以卖肉卖皮；我的黑牯，却连一根毛也找不回来了！堂兄想了想说，也是，我卖牛肉和牛皮，加起来卖了三千多块，差不多捡回了一半的损失。

庹子正叹口长气说，唉，我只要能捡回两千块，也就心满意足了。堂兄一时没听懂他的话，眼睛眨了两下。庹子正忙说，当初买这头黑牯，有两千块钱是杨开泰出的。现在黑牯没了，我还得赔两千块钱给李万娇。堂兄听了说，那是，至少也要赔两千。庹子正蹙紧眉头说，我穷得两个卵子叮当响，哪有两千块钱赔啊？说完，庹子正猛地用双手扯自己的头发，好像要把自己扯到天上去。

这时，堂兄的眼睛忽然亮了一下，兴奋地说，哎，我有个主意，不晓得行不行？庹子正赶紧问，啥主意？快说出来听听。堂兄说，我前几年去福建打工当过蜘蛛人，带回了一根很长的安全绳，你不妨系上安全绳下到天坑去看看，要是能把黑牯的尸体捞上来，那你也可以卖牛肉和牛皮了。庹子正一听大喜过望，马上说，这个主意太好了，我这就去下天坑！

庹子正一说要下天坑，他妈的脸立刻变了形。天哪，你不要命了！他妈用手拍打着膝盖说。庹子正说，有安全绳系在腰里，怕啥？堂兄跟着说，安全绳牢靠得很，我当蜘蛛人那会儿，吊在五十层高的楼上摆来摆去都没事。他妈愣了一会儿说，你们真要下天坑，我也拦不住！不过，吃中饭的时辰到了，我给你们煮碗面条吃了再去吧。

吃过面条，堂兄先折回他家拿安全绳，庹子正一个人先往天坑那里走。出门时，庹子正还特地带上了一只手电筒。

走到李万娇门口场子上，庹子正停了一下。门口一个人也没有，只有几只鸡在墙脚下刨食。庹子正朝大门上看了一眼，发现那扇门已包好了。过了一会儿，一个小男孩从大门里走了出来。他叫根子，是李万娇和杨开泰生的。根子看样子刚吃过饭，正在用手擦嘴。庹子正问，根子，你怎么没上学？根子说，今天星期日。庹子正接着问，你妈走人家回来没有？根子说，没有，她明天才回来。过了片刻，庹子正又问，你爹呢？怎么没见他的人？根子猛然变了声音说，我爹失踪了！庹子正忙说，我问的是张百善。根子冷冷地说，他在屋里喝酒。

庹子正没在李万娇门口久留。他匆匆走下场子，没用一支烟工夫就到了天坑附近。

走到天坑跟前，庹子正的眼睛却没看天坑，目光直接投向了天坑对面的那个山坡。他想看看那头让黑牯发情的母牛。可是，那头母牛已经不在山坡上了。庹子正心里顿时有点儿失落。他想，那头该死的母牛要是还在那里的话，他一定要捡个石头朝它的嘴打过去，看它以后还敢不敢乱叫！

庹子正到了十分钟的样子，堂兄也来到了天坑边。他把安全绳卷起来扛在肩上，看上去像一条盘着的蟒蛇。离天坑不远的地方有一棵粗大的花栎树，堂兄打开安全绳，很快把绳子一头的铁环扣在了树上。扣好后，堂兄把绳子拉在手里使劲地扯了几下，对庹子正说，你看，它牢靠得很！庹子正说，这么粗的绳子，肯定牢靠！

接着，堂兄就把绳子的另一头往庹子正的腰上系。他像绑罪犯一样，在庹子正腰里缠了好几圈，还在他的屁股和大腿之间绕了几下。堂兄一边系绳子一边叮嘱说，进了天坑以后，你每隔一会儿就喊我一声，我们必须要保持联系，千万不能出意外。庹子正不住地点头说，好，我都记住了。堂兄又说，你这一趟下去，主要是探明情况，往上捞牛是下一趟的事。庹子正说，这我晓得。

系好安全绳，庹子正迈开双脚正要下天坑，张百善突然来了。他是一路跑来的，气喘吁吁，额头上滚着黄豆大的汗珠。

你们要干啥？张百善喘着粗气问。我打算下天坑找黑牯。庹子正指着腰里的安全绳说。张百善一听，脸一下子黄了，像涂了一层黄油。愣了一下，张百善慌忙走到庹子正身边，一把攥住了他的一只手，铁着脸说，你不能下去！庹子正问，为啥？张百善说，危险，我看你是不要命了！堂兄这时说，系了安全绳，有啥危险的？张百善扭过头来，狠狠地瞪了堂兄两眼，指着他的鼻子说，这绳子根本不安全，在石头上磨一会儿就会发热，一发热就会断。我看，你这完全是想送你堂弟的命！

堂兄被张百善说懵了，正无言以对，庹子正抢过话头说，是我自己要下去的，与堂兄无关。他一边说一边挣扎，想把他的那只手从张百善的手中抽出来。张百善却攥住不放，还越攥越紧了。不就是失去了一头牛嘛，你为啥硬要把自己的命也搭上呢？张百善换了一种口气说。庹子正说，买这头黑牯时，杨开泰还出了两千块钱。我要是不把它捞上来卖点儿肉，让我去哪儿弄钱赔李万娇？说到这里，庹子正陡然使了个猛劲，终于把那只手挣脱出来了。

张百善的手劲真大，把庹子正的手腕子都攥红了。庹子正先甩了甩手，然后对堂兄说，时间不早了，我也该下去了。堂兄说，好吧，一定要稳当点儿。

庹子正一手拿着手电筒，一手抓住天坑边上的树藤，开始缓缓沉入天坑。张百善后退了几步，目不转睛地看着庹子正一点一点往下沉。当庹子正沉得连头也看不见的时候，张百善突然大声对堂兄说，停住！堂兄马上停止了往下放绳子，愣愣地看着张百善。

绳子刚停下来，庹子正便在天坑里问，为啥停住不动了？张百善朝天坑走近一步，勾下头说，你还是别冒这个险了，买黑牯的那两千块钱，我让李万娇不要了。庹子正冷笑一下说，那是李万娇原先男人的钱，你说不要，她就不要了吗？张百善说，我是李万娇现在的男人，我说不要，她肯定不会要的。庹子正想了想说，我不相信你的话这么管用，再说，两千也不是个小数字。说完，庹子正陡然放大喉咙喊了一声堂兄，让他继续往下放绳子。

安全绳又开始往天坑里滑动，越滑越多。张百善呆了一会儿，觉得自己已经无法阻拦住庹子正，就打算离开。可是，张百善刚要转身，天坑下面忽然冒出了一声怪叫。

别放绳子了，我要上来！天坑下面这么叫。声音肯定是庹子正的，但听起来丝毫不像，倒有点儿像鬼哭狼嚎。

堂兄一听到怪叫，便赶紧往上面扯绳子，扯了半个钟头才把庹子正扯上来。庹子正从天坑出来时完全变了个人，浑身发抖，满脸血痕。堂兄惊奇地问，你怎么变成了这样？庹子正奄奄一息地说，下面好冷，快把我冻死了。还有成群的蝙蝠，专门朝我脸上扑。唉，我差点儿就没命了！

张百善听了古怪一笑说，如果早听我一句劝，你也不会遭这样的罪。庹子正没搭张百善的话，只斜斜地看了他一眼。

3

庹子正失去黑牯的第三天，一伙陌生人突然来到了天坑边上。他们一共有五个，三个男的，两个女的，都穿着天蓝色的衣服，戴着桔黄色的帽子。

最先发现那伙人的是李万娇，当时她正在门口洗头。李万娇是一个爱干净的女人，每隔两天都要洗一次头，总是满头飘香。那伙人来得神不知鬼不觉。李万娇刚把头洗到一半，听见天坑那边有人说话，扭头一看就发现了他们，还以为他们是从天坑里冒出来的。一发现那伙人，李万娇就没有心思洗头了。她扔下毛巾和洗发膏，连头发上的泡沫都来不及清洗，拔腿就跑到了庹子正家里。

庹子正那会儿正在屋里枯坐。自从黑牯坠入天坑后，他几天来都心情不好，饭吃不下，觉睡不着，啥事也做不成，只能一天到晚呆在家里唉声叹气。他妈当时在门口喂鸡，看见李万娇匆匆忙忙跑来，就赶紧进屋对庹子正说，李万娇来了。一听说李万娇，庹子正顿时显得很紧张，以为李万娇是来找他要那买黑牯的两千块钱。

李万娇见到庹子正，却没有提到钱的事。她进门就说，天坑那里来了几个不认得的人。庹子正一愣问，干啥的？李万娇说，不晓得，我专门来问你呢。庹子正摆摆头说，我也不晓得。李万娇皱着眉头说，我还以为是你找来帮你捞牛的呢。庹子正说，我没找人来捞黑牯。再说，天坑里太危险，我也不打算再捞它了。李万娇低头沉默了一会儿，又抬起头来问，你没找人捞牛，那他们这伙人来天坑干啥？庹子正歪头想了想说，我们去天坑那里看看吧，一看就晓得了。李万娇点点头说，好，我们这就去。

庹子正和李万娇马上朝天坑方向走。他们走得很快，一路上都小跑着，经过李万娇门口时也没停一下。不过，庹子正还是习惯性地朝大门那里看了一眼。他没看见张百善。张百善呢？庹子正随口问。他去你堂兄家了，你堂兄找他帮忙给卧室吊个顶。

走进山凹时，李万娇猛然说，当初买牛的那两千块钱，张百善让我不找你要了。庹子正说，但你不会听他的。李万娇说，他现在是我丈夫，我肯定要听他的，既然他说不要了，那我也就不要了。反正你也没钱给我。庹子正一听高兴坏了，激动不已地说，太好了！没想到张百善还是个菩萨心肠！

那伙陌生人已在天坑四周散开。他们每个人都带着包，有的挎在肩上，有的拎在手上。其中有个细高的小伙子，正在打开一台仪器，看上去像一架梯子。那个年轻一点的女子，在脖子上挂了一个照相机，正不停地拍照。年纪最大的是个五十多岁的男人，戴一副黑框眼镜，右手拿一支笔，左手拿一个本子，看样子是他们的头儿。

离天坑还有十来步的样子，李万娇忽然停了下来。她对庹子正说，你上去问问，看他们是干啥的？庹子正说，你为啥不一起去？李万娇红着脸说，我一个种田的女人，一见到外人就不好意思。

这时，那伙外地人已看到了庹子正和李万娇。庹子正连忙跟他们打了个招呼，接着就快步走了上去。

庹子正直接走到了那个年纪最大的身边。这个人果然是他们的头儿，挂照相机的女子喊他高工。请问你们是干啥的？庹子正微笑着问。高工认真地看了一眼庹子正，推了推眼镜说，我们是勘测队的，有条高速公路要从这地方经过。庹子正欣喜地说，哎呀，好几年前就听说我们这里要修高速公路，现在总算有动静了！高工说，这条路再过两个月就动工了，三年内通车。庹子正拍了一下手说，好，真是太好了！

李万娇这时干咳了一声。庹子正听到咳声，赶紧转身回到了李万娇跟前。李万娇问，弄清了吗？他们是干啥的？庹子正说，搞测量的，他们说这里要修高速公路。李万娇淡淡一笑说，原来是这样。庹子正兴奋地说，高速公路一修，我们这地方就好了！李万娇没接庹子正的话，扭身说要回家。庹子正说，过一会儿再走嘛。李万娇指了指自己的头发说，我头上还有泡沫呢，再不洗就洗不掉了。她说完就走了。

庹子正很快又走到了那伙人中间，还主动帮那个小伙子搬测量仪。高工问，你是这个村的人？庹子正说，是的，就住这附近。高工指着天坑问，有没有人下过这个天坑？庹子正说，没有，前天我的牛掉下去了，我本想下去把它捞起来，但下了一段儿不敢下，就起来了。高工问，为什么不敢下去？庹子正有点后怕地说，下面太骇人了！

过了一会儿，高工说，我们打算在这下面修一个穿山隧道。庹子正一惊问，从天坑下面穿吗？扛测量仪的小伙子抢先回答说，是的，要是早点开工，还可以把你的牛找到。开工晚的话，就只能找到牛皮和牛骨头了。庹子正说，能找到牛皮也行，可以卖好几百块钱。高工这时问，这个村叫什么名字？庹子正说，叫油菜坡。高工在本子上记了一笔说，好，这个隧道就叫油菜坡隧道。

直到日头当顶，勘测队的人才离开天坑。庹子正问，你们要去哪里？高工说，先去老垭镇吃午饭，然后再赶到县城去研究方案。庹子正又问，老垭镇离这儿几十里，你们怎么去？挂照相机的女子说，我们的车停在山下的公路上。

庹子正回家经过李万娇门口时，李万娇早已洗好头，正披着齐肩的长发坐在场子上晒日头。正午的日光很暖和，李万娇把外套脱了抱在怀里，身上只穿了一件红色毛衣。庹子正直直地看着李万娇，感到她的胸脯越来越大了。李万娇这天对庹子正很客气，主动打招呼说，过来坐一下吧。庹子正喜不自禁，两大步就跨到了李万娇身边。李万娇刚洗过的头发真是香，庹子正忍不住把鼻头耸了好几下，还暗暗地吞了两口涎水。

刚坐下来，庹子正就说到了勘测队。你有可能要发一笔财了。庹子正说。李万娇没听懂，眨了眨眼睛问，发啥财？庹子正说，天坑那里不是属于你家的山吗？高速公路修在你家山上，国家肯定要付你一大笔钱。李万娇晃晃脖子说，我可不指望发这个财，国家的事，谁说得准？

停了一会儿，庹子正又说，修这条高速公路对我也有好处。李万娇问，对你有啥好处？庹子正说，他们要从天坑下面修一条隧道。到时候，黑牯的皮就能找到了。那张皮拿到皮货铺，少说也要卖六七百块。李万娇连忙扭过头来问，他们真要在天坑下面修隧道？庹子正说，这还有假？听说再过两个月就动工。他们连隧道的名字都定好了，叫油菜坡隧道。李万娇沉吟了片刻说，修隧道，这可真是个新闻啊！

李万娇说完，突然开始往毛衣上穿外套。现在几点了？李万娇一边系外套上的扣子一边问。庹子正仰头看看天说，十二点左右吧。李万娇慌忙起身说，哎呀，我要赶紧到小学去一趟。庹子正奇怪地问，你这会儿去小学干啥？李万娇说，根子今天上学时忘了带吃的，我得给他送两个包子去。她说完就扔下庹子正，急匆匆地进了屋。

庹子正没马上离开。他猛然想到了堂兄和张百善。堂兄的家离小学很近，一支烟可以走个来回。

李万娇很快从屋里出来了，手上拎了一个微微鼓着的布袋子。庹子正快速上前一步说，其实你不必亲自跑这一趟，从这儿到小学三里多，一去一回要走个把钟头呢。李万娇说，我要不去，根子中午吃啥？庹子正说，你不是说张百善今天在帮我堂兄吊顶嘛，你可以跟他打个手机，让他从我堂兄家弄点儿吃的给根子送去。李万娇想了想说，这个点子倒是不错，只是从你堂兄家弄吃的不太好。庹子正忙说，这有啥不好？如今谁家都不缺这点儿吃的。李万娇苦笑了一下说，算了，张百善和根子一直不亲，让他送吃的也不合适，还是我自己跑一趟吧。

庹子正还想跟李万娇绕舌，李万娇已经转身走了。庹子正忽然感到有点儿尴尬，只好灰溜溜地回家了。

4

这天上午，十点钟的样子，庹子正在家里闲得无聊，就决定到堂兄那里去一趟。他想把从天坑下面修隧道的消息告诉堂兄，再顺便看看他卧室的顶子吊好了没有。

庹子正到的时候，堂兄正站在门口的土场边上，眼巴巴地望着远处。望谁呢？庹子正问。堂兄说，我望张百善，卧室的顶子才吊了一半，可他到现在还没来。庹子正怪笑一下说，兴许是李万娇要和他睡回笼觉，把他缠住了！堂兄有点不耐烦地说，没人跟你瞎扯！庹子正舔了舔嘴唇说，我没瞎扯，听说张百善裆里的那家伙有啤酒瓶子那么大，比杨开泰的大一倍，李万娇日夜都想要呢。堂兄沉下脸说，你打住吧，真是越扯越远了！

堂嫂这时从屋里走出来，给庹子正递了一杯茶。庹子正喝了一口，突然在堂兄膀子上拍了一下说，给你说个新闻吧。堂兄摆过头问，啥新闻？庹子正说，天坑那里昨天来了一个勘测队，说要从天坑下面修一条隧道。堂兄嘴角一翘说，这早成旧闻了，还新闻呢！庹子正忙问，你是怎么晓得的？堂嫂抢先回答说，昨天中午，李万娇去小学给她儿子送吃的，顺便到家里来待了一会儿。当时张百善正在给我们吊顶，李万娇就跟他说起了修油菜坡隧道的事。庹子正说，噢，你们是听李万娇说的。他停了一下又说，不过，李万娇也是听我说的。

堂兄又把目光投向了远处，嘴里自言自语地说，张百善今天是怎么啦？说好八点钟以前就来的，现在都十点半了！堂嫂这时说，你打张百善的手机问问，看他是怎么一回事。堂兄立刻掏出手机拨过去，可是，那头却说用户已经关机。妈的，他连手机都关了！堂兄忿忿地说。

庹子正双眼一亮说，你们别着急，我去李万娇那里帮你们找。一找到张百善，我就让他马上来。堂兄说，那好，就麻烦你帮我们跑一趟！堂嫂叮嘱说，你千方百计要帮我们把张百善找来，卧室的天花板被他砸了个稀巴烂，他要是不把顶子吊好，我们连个睡觉的地方都没有。堂兄补充说，昨天晚上，我和你嫂子就是在堂屋里睡的。

没用到四十分钟，庹子正就到了李万娇家。李万娇这时在屋旁的一个水池边洗衣裳，正埋头搓着根子的一件夹衣。

洗衣裳呀！庹子正一边打招呼，一边朝李万娇走过去。李万娇抬头看了庹子正一眼，有气无力地说，是你。李万娇抬头的时候，庹子正发现她脸色很难看，额头上还有两条伤口。你这是怎么啦？庹子正大吃一惊问。李万娇继续埋头搓衣，边搓边说，我和张百善打架了！庹子正愣了愣说，你们两个人那么好，怎么会打架？李万娇说，昨晚吃饭时，他逼着根子喊他叫爹，根子死活不喊，他就用筷子打根子的头。一看见他打根子，我就火了，马上伸手打了他一下。没想到，张百善那么野蛮，我轻轻地打了他一掌，他居然对我拳打脚踢，把我打了个半死！

庹子正听了久久无语，过了好半天才问，张百善呢？李万娇说，去给你堂兄吊顶了。庹子正问，他什么时候去的？李万娇说，昨天打完架就走了，他说要去加夜班。庹子正眨巴着两眼问，你确定他去了我堂兄家？李万娇说，确定，他出门时还提着射钉枪。那是他的宝贝，出门进门都提在手里。

这就奇怪了！庹子正突然严肃地说。李万娇迅速扬起头问，有啥奇怪？庹子正说，我刚从堂兄家里来，张百善压根儿不在他那儿，堂兄还一直等着他呢！李万娇一听，慌忙扔下手中的夹衣，胀大眼睛问，你说的是真的？庹子正说，我骗你干啥？要是说谎话，我给你舔屁股！

李万娇一下子慌了神，不停地原地转圈，好像驴推磨。她一边转一边问，他会去哪儿呢？他会去哪儿呢？

转了一阵子，李万娇停下来说，唉，我为啥不给他打个手机问问？庹子正说，我堂兄打过张百善的手机，可他关机了。

你再打一下，看他这会儿开了没有？李万娇拨完号便放到耳边听，听了一会说，还是关机！

庹子正低头沉默了片刻，然后抬起头问，张百善会不会回了铁厂垭？李万娇双眼一亮说，有可能，他老妈七十多岁了，跟他哥嫂住不成，一直都是一个人过日子，张百善每隔一段都要回去看他妈一眼。庹子正说，要不你跟他哥哥打个电话，问他见到张百善没有？李万娇犹豫了一下说，他哥哥的电话号码我不晓得，我只有自己跑一趟了。

李万娇说走就走，连门都忘了锁。走下场子后，庹子正在她背后说，你的门。她这才回头把门锁上。

庹子正随即也离开了李万娇家。李万娇去铁厂垭要经过庹子正那里，他们就一起走了一段。庹子正一边走，一边给堂兄打了个电话，说张百善不在家里，有可能去铁厂垭看老妈了。

这天吃午饭时，庹子正又喝了小半瓶酒。饭后，他破例睡了个午觉，一直睡到黄昏才醒。

庹子正醒后出门屙尿，正好碰见李万娇从铁厂垭回来。找到张百善没有？庹子正见面就问。李万娇摆着头说，没有，该找的地方我都找了，却连他的影子也没见到。庹子正降低声音问，那他到底去哪里了？李万娇咬了咬下嘴唇说，我的预感很不好！庹子正一惊问，你啥意思？李万娇迟疑了一会儿，垂下头说，他很有可能和杨开泰一样失踪了！庹子正猛然扩大嗓门问，你怎么会有这种预感？李万娇细声细气地说，不晓得，但我就是这么预感的。

春天日短，夜幕很快从天上落了下来。李万娇说，我该回家了，根子还等着我煮晚饭呢。庹子正说，你回家后别瞎想，张百善说不定明天就回来了。

这天晚上，庹子正睡觉忘了关手机。半夜里，他正睡得迷迷糊糊，枕头下的手机突然响了。

庹子正拿起手机问，谁呀？电话那头说，我是李万娇。庹子正立刻坐起来问，这么晚了，你有啥事？李万娇说，我刚才做了个梦，吓死我了！庹子正问，啥梦？李万娇说，我梦见了张百善，他好像在给我报梦。庹子正问，他对你说了些啥？李万娇说，他让我不要找他了，说找也找不到的。庹子正急切地问，他还说啥？李万娇结巴了一下说，他说，说杨开泰在天坑下面喊他的名字，要他去陪！庹子正浑身一抖说，他后面还说了啥？李万娇颤着舌头说，他说他已经下了天坑，正陪着杨开泰！

放下手机，庹子正发现自己出了一身冷汗。他正打算找块毛巾把汗擦一下，手机又响了起来。这次还是李万娇打来的。李万娇说，我想去天坑那里看看，你能陪我一起去吗？庹子正问，现在？李万娇说，是的，马上就走。庹子正犹豫了一下说，为啥要半夜三更去呢？等到明天不行吗？李万娇说，我就想这会儿去。你要是不愿意陪我，我就一个人去了。庹子正想了想说，好吧，我陪你！

这晚没有月亮，连星星也没有。庹子正打着手电筒走到李万娇门口时，李万娇已经等在场子上了。她也拿了一个手电筒，只是电池用的时间长了，发出来的几丝光是枯黄的，像鬼的头发。

庹子正疑惑地问，你为啥要去天坑？李万娇平静地说，我想弄清张百善是不是真的下了天坑？庹子正问，你怎么弄得清？李万娇说，他要真是下了天坑，天坑那里肯定会留下他的痕迹。庹子正摇了摇头说，我看你是被梦迷住心窍了！李万娇说，我一直都相信梦。

他们深一脚浅一脚地走了一刻钟，总算到了天坑附近。走到那棵花栎树下时，树上的一只鸟陡然尖叫了一声，把庹子正吓得一跳。李万娇嘲笑说，你一个大男人，比我这个女的胆子还小！庹子正呼吸不匀地说，都怪你那个稀奇古怪的梦，我听了连头皮都是麻的！

一到天坑边，李万娇便举着手电筒四处乱照。她像画圈一样，用电光绕着那个漆黑的洞口画了一圈又一圈。但是，李万娇那个手电筒的光太弱，除了树和草，其他啥也看不见。李万娇这时对庹子正说，我和你换个手电筒吧。庹子正没说话，默默地与李万娇把手电筒换了。

庹子正的手电筒装有三节电池，都是刚买不久的，电光很亮。换了手电筒，李万娇又开始画圈。一圈还没画完，电光突然凝固在了天坑边上的一个草窝里。你看！李万娇激动地说。庹子正很快顺着电光看见了那个草窝，发现草窝里躺着一个东西，看上去像一只死猫。李万娇赶紧朝草窝走过去，捡起那个东西一看，竟然是一把射钉枪。啊！李万娇当即这么叫了一声。

这不是张百善的射钉枪嘛，怎么会在这里？庹子正吃惊地问。李万娇沉吟了半天说，它说明张百善真的下天坑了！庹子正圆睁着眼睛问，这究竟是怎么一回事？李万娇不慌不忙地说，我想，当初张百善压根儿没把杨开泰带到广东去，他肯定是把他推进天坑了。现在要在天坑下面修隧道，张百善害怕事情败露，就畏罪自杀，自己跳进了天坑里。庹子正浑身紧张地说，这是你瞎猜的，我可不信。李万娇说，等到高速公路开工后，你就会相信的。

两个月之后，这条高速公路终于上马了。修油菜坡隧道的时候，施工队在天坑下面发现了一具牛的尸体和两具人的尸体。有一具人尸已经腐烂殆尽，只剩下了一个骨头架。在他的头盖骨里，施工者发现了一颗钢钉。

松毛床 /

双胞胎

1

这几天，我妈家里总是有人来。他们像走马灯，前一个刚走，后一个又来了，害得那条黄狗从早到晚都在叫。以前，我妈家里很少这么热闹过，有时候一连好多天也见不到一个外人。

来的都是这个村里的乡亲。他们都晓得我妈快死了。五天前，大夫来给我妈看了最后一次病。这回把完脉，大夫没和以往那样给我妈开药。他直接让小鼓准备后事。最多还能熬三五天吧。大夫对小鼓说。他说完就拎着药箱头也不回地走了，连出诊费也没收。

我开始还以为，乡亲们都是来看我妈的，想在我妈断气之前见她一面。在油菜坡，我妈也算得上是个名人。五十多年前，她生下了一对双胞胎。就为这，我妈的名声一下子就大了，简直大过了村长。村长算啥？当过村长的人少说也有十几个，可生过双胞胎的，除了我妈，在村里打着灯笼也找不出第二个。现在，这个生过双胞胎的人马上就要死了，我想，乡亲们肯定都想和她再见上一面。

那对双胞胎就是我和小鼓。小鼓是弟弟。我是哥哥，叫大鼓。我说起来是哥哥，其实只比小鼓早生一支烟的功夫。我们从娘肚子里出来时胖乎乎的，好似两个鼓，我妈就随口把我们喊成大鼓和小鼓了。当时，我们这对双胞胎惊动了全村，男女老少都跑到我们家来看稀奇。我妈仰着脸躺在床的中间，我和小鼓在她一边睡着一个。村里人发现我和小鼓长得一模一样，都是单眼皮，都是厚嘴唇，连鼻子的形状都相同，像个大蒜坨。他们一边看一边说，天呀，难怪叫双胞胎呢！

我妈睡在堂屋旁边那间厢房里。那是我妈住了大半辈子的卧室，我和小鼓就出生在这里。乡亲们来后，都要先在堂屋里坐下来。小鼓很热情，一有人来就连忙喊他老婆泡茶，还亲自给吸烟的人上烟。厢房和堂屋只隔一堵墙，中间有一个小门，我妈痛苦地叫唤声时不时地会从厢房传到堂屋。但奇怪得很，乡亲们似乎并不急着去看我妈。听到我妈的叫唤声，他们也不着急，仍然不慌不忙地坐着喝茶或吸烟。不过，他们的心思又不像都在茶和烟上，眼睛总在不停地东张西望，像是在寻找着什么。一直要等到把茶喝干，要么扔了烟头，他们才会起身进到厢房里去。

在我妈的卧室里，乡亲们停留的时间很短。他们只是匆匆地看我妈一眼，打个转就出来了。从厢房出来以后，他们并不马上告辞，还要找些借口到另外几间屋里去走一圈，连厨房和堆放农具的杂屋也不放过。他们的眼睛四处扫着，眼珠子转得飞快，看样子越发像是在寻找什么。可是，他们把每间屋都走遍了，却没有发现什么，一个个都显得很失望。

接下来，乡亲们还要问小鼓，大鼓呢？怎么没看见大鼓？小鼓回答说，他没来。他们又问，你妈都快断气了，大鼓为啥还不来？小鼓想了想说，他可能太忙了，一时来不了。听小鼓这么说，他们才灰溜溜地离开。直到这时，我才发现乡亲们原来是来看我的，压根儿不是来看我妈。

我不在油菜坡。早在五十多年前，我妈就把我送到了一个名叫毛湖的地方。我妈有个姐姐嫁在毛湖，我叫她姨妈。姨妈身体有病，结婚三四年不生孩子，经常挨我姨父的臭骂。姨父是个杀猪的，脾气大得很，有时候还对姨妈动手动脚。听说我妈生了一对双胞胎，姨妈顿时高兴坏了。她很快来到了我妈家，求我妈送一个给她。我妈开始不太愿意，但一想到姨妈可怜，最后还是答应送她一个。在我满月的那天晚上，姨妈就把我抱走了。扳着指头算起来，我在油菜坡总共只生活了三十天。

姨妈本来是要抱走小鼓的，可我妈不同意。要抱就把大鼓抱走吧，小鼓我可舍不得！我妈说。我爹开始有点想不通，胀大眼睛问，为啥不留大的？我妈说，小鼓很乖，大鼓太不听话了！接下来，我妈还把小鼓和我做了一番比较。小鼓很少哭，一吃饱奶水就老老实实地睡觉，连身都不怎么翻。我却总爱哭，一到晚上就哭个不停，闹得我妈整夜整夜地合不上眼。还有，我妈每次给小鼓扒尿，他都是一扒就屙，尿布总是干的。我呢，我妈扒尿时我死夹着不屙，她刚把我放下来，我就把尿屙在了尿布上，害得我妈为我洗尿布把手都洗肿了。听我妈这样一说，我爹也就不作声了，只好眼巴巴地看着姨妈将我抱走。

我是在那天半夜里被我姨妈偷偷抱走的，神不知鬼不觉。姨妈选在这个时辰抱走我，是想让我记不住回家的路，免得我日后总往我妈家里跑。其实，姨妈的这个担心是多余的。我妈从我生下来就不喜欢我，我怎么会动不动朝她这儿跑呢？事实上，我被送人后就没怎么回过油菜坡，最多只回来过两三次。

有意思的是，我每次回到油菜坡的时候，乡亲们都不晓得我回来了。我和小鼓长得太像了，他们都把我当成了小鼓。直到我离开之后，他们才从我妈嘴里听说我回来过。乡亲们都觉得我是一个很神秘的人物。

乡亲们一直都想明明白白地见我一次。早些年，每到我妈过生日那天，他们都要到我妈家里来看一眼，以为我这天会来。让乡亲们感到遗憾的是，我一次也没在我妈过生日的时候出现过。他们疑惑地问，大鼓怎么没来？我妈说，我不要他来！他们问，为啥？我妈气愤地说，大鼓那么不听话，我怕他来了又惹事！后来，再到我妈过生日时，乡亲们就不来我妈家了。不过，乡人们想，我总有一天会在他们面前现身的。他们说，他妈过生日他不来，到他妈临死的那一天，他肯定会来送终的！

乡亲们这么想见到我，并不是他们想念我。这一点我心里很清楚。在乡亲们的心目中，我一直是个坏人。虽说我很少回油菜坡，但我每次回来都干过坏事。我干坏事时，乡亲们还以为我是小鼓。小鼓每次都差点为我背了黑锅。幸亏我妈在事后及时把我说了出来，不然的话，小鼓真是跳进黄河也洗不清。可是，每当乡亲们弄清干坏事的人是我的时候，我早已回了毛湖。他们想找我扯皮，却连我的影子也找不到了。

当然，乡亲们现在想见到我，也不是想跟我算那些旧账。他们无非是想把我这个坏人的嘴脸看个一清二楚。还有就是，乡亲们始终对我和小鼓感到好奇。他们经常这样问，一对双胞胎，大鼓和小鼓怎么差别会这么大呢？在他们眼里，小鼓是一个地地道道的好人，跟我恰好相反。

2

早晨七点钟，我妈家的黄狗就叫了起来。谁这么早呀？小鼓一边开门一边自言自语。黄狗这时已冲到了场子边上，正对着场外狂叫不止。小鼓抬眼看去，原来是村东头的赵老师来了。哎呀，您又来啦！小鼓边说边上前迎接。

这几天，赵老师每天都要往我妈家里跑一趟，这已经是第四趟了。和别的乡亲们一样，赵老师也是来看我的。她嘴上说是来看我妈，但那只是个幌子。

赵老师叫赵英姿，年轻的时候曾在村小学里代过课，村里的人从此就喊她赵老师了。其实赵老师只代了一年的课，后来一直都在村里种田。但她看上去一点儿也不像个农民，倒真像个老师的样子。她皮肤白白的，衣裳穿得整齐又干净，头发不管怎么梳都好看。这也难怪，赵老师天生就是个美人坯子。当年，老少的男人没有谁见了她不流口水的。要不是村支书早早地把她确定为自己的儿媳，不晓得有多少小伙子要为她打架呢。如今，赵老师虽说六十多岁了，可还是让人一看就两眼发亮。

小鼓很快把赵老师迎进了堂屋，还亲自为她冲了一杯蜂糖水。赵老师红着脸说，你呀，总是对我这么客气，每次来都冲蜂糖水给我喝，弄得我都不好意思了！小鼓说，看您说的，您是我的老师呢！赵老师喝下一口糖水，咂咂嘴说，这倒也是，我是教过你的。小鼓趁机讨好说，要不是您教过我，我怎么舍得给您喝蜂糖水？别的客人来，我泡的可都是粗茶。

赵老师被小鼓逗笑了，差点让一口蜂糖水呛了喉咙管。不过，小鼓这么说也不全是讨好。他说的都是事实。小鼓在村小学读五年级的那一年，正赶上赵老师来代课，代的就是五年级的语文。赵老师那年刚满二十岁，漂亮得像一朵花。小鼓上学有点儿晚，读五年级时已快十五岁了，在班上岁数最大，也显得最懂事，赵老师就让他当了班长。小鼓很听话，上课时喊起立，下课后擦黑板，课间忙着收作业本和发作业本，还总是帮同学们打扫教室，简直像个小大人。

代课的那一年，赵老师大部分时间都住在学校。她的寝室夹在两间教室中间，原来是一个会议室。住进去的时候，赵老师用木板把会议室隔了一下，隔成了两间小房子，一间放办公桌，一间支床，当中留了一道窄门，用一块粉红色的布帘子挡着。

赵老师的床支在里面的那间房里。小鼓有一次去送作业本，闻到里面房里有一股雪花膏的香味，就好奇地掀开布帘子朝里面看了一眼。他看见了赵老师的床，床上的被子叠得整整齐齐，被子上面还放了一只绣花枕头。小鼓还发现了一个窗户，开在寝室的后墙上，那张床就支在窗户下面。窗口架了两根竹竿，上面晒着赵老师洗过的几件衣裳。

五年级的教室紧挨着赵老师的寝室，中间只隔了一堵墙。小鼓的课桌也支在一个窗户下面，这个窗户和赵老师寝室的那个窗户正好在一面墙上。以前，小鼓上课时从来不把头朝窗外伸，自从发现赵老师寝室的窗户后，他就经常把头伸出窗外了。赵老师特别爱干净，小鼓差不多每天都能看见她晒在窗口的衣裳，有时是一件衬衫，有时是一条裤子，有时是一双袜子。

有一天，赵老师在窗口晒出了一条红裤头。它被一个衣架撑着，挂在一根竹竿的尖上，看上去像一朵盛开的荷花。那是小鼓第一次看到赵老师晒裤头，眼睛仿佛被烈日灼了一下，黑了好一会儿。

小鼓是在上第三节课时发现红裤头的。当时，赵老师正在给同学们讲雷锋的一则日记。那是六月，雷阵雨说来就来。刚上课时，教室外面的日头还红彤彤的。不到半个钟头，日头就被乌云盖住了。接着，蚕豆大的雨点就打在了小鼓身边的窗台上。不好了，赵老师的裤头要被雨淋湿了！小鼓在心里说。他显得很紧张，两腮胀得通红。小鼓赶紧把头从窗外收回来，睁大眼睛直直地看着讲台上的赵老师。可是，赵老师讲得正入迷，把她的裤头忘到九霄云外了。雨点越来越密，小鼓心里急得像着了火一样。这时，小鼓灵机一动，决定向雷锋叔叔学习，要亲自去帮赵老师把裤头收了。他麻利地离开坐位，眨眼间从教室后门溜出去了。一出教室，小鼓便撒欢似的朝赵老师晒裤头的窗户跑去。他很快从竹竿上取下裤头，并顺手把它从窗口扔进去，扔在了赵老师的床上。

小鼓回到教室的时候，赵老师已讲完了，正要求同学们自己朗读。赵老师走到小鼓旁边，低下头问，你刚才跑出去干什么了？小鼓愣了一下，红着脸说，下雨了，我去帮你收了衣裳。赵老师听了先是一惊，然后从口袋里掏出一块手帕，一边给小鼓擦湿头发一边说，你呀你！赵老师要转身回讲台时，小鼓小声对她说，你的衣裳，我从窗口扔到你床上了！赵老师没有说话，只用手在小鼓头上轻轻地摸了两下……

赵老师喝完蜂糖水，突然抬头问小鼓，大鼓呢？小鼓说，他还是没来。过了一会儿，赵老师又问小鼓，你妈情况怎么样？小鼓说，只剩一口气了，估计今天都挺不过去。赵老师忽然有些气愤地说，大鼓也太不孝顺了，你妈都这样了，他还不赶紧来陪一陪！小鼓不晓得怎样回答赵老师，只好苦笑着摆了摆头。

这天，赵老师没像头几天那样，一听说我没来就扭身回家。她稳稳地坐在堂屋里，一点都不着急，好像是打定主意不见到我就不走。

赵老师这么想见到我，是因为我对她耍过一次流氓。事情发生在我十五岁那一年，具体地说，就是小鼓帮赵老师收红裤头的那天晚上。说起来也巧，我早不回晚不回，偏偏在那天回到了油菜坡。我从毛湖回到我妈家时，大概是傍晚六点多钟，小鼓也刚好放学回家。我们是前后脚进的门。

那天，小鼓一见到我就跟我说，他在学校像雷锋一样做了一件好事。我问，什么好事？小鼓说，我冲到雨中帮赵老师把裤头收进了屋。一听说赵老师的裤头，我的心就痒了一下。我一边用舌头舔嘴一边问，她的裤头是什么样的？小鼓说，红的，像一朵荷花，摸在手里又软又滑，跟一条鲤鱼似的。小鼓这么一说，我的心就痒得更厉害了，仿佛有一只猫爪在抓。我的涎水这会儿也流到了嘴唇上，如屋檐水一样直往下滴。

吃晚饭的时候，我一点儿胃口也没有，心里老想着赵老师的红裤头。吃了半碗饭，我就放了碗。我跟我妈说，我去村子里转一下。其实，我没去村子里转。我直接跑到了村小学。我想去看一眼赵老师的红裤头，最好还能用手摸一下。小鼓把赵老师的裤头说得太诱人了，我实在是忍不住。

学校离我妈家只有两里路，我一口气就跑到了。当时天还没黑，晚霞把学校的房子和操场染得红艳艳的。我直接绕到了赵老师寝室后面的那个窗户下面。窗门倒是没关，但窗帘从里面拉上了，寝室里什么也看不见。这让我感到很扫兴。过了片刻，窗户里面忽然响起一丝水声，有点像洗澡时往身上淋水。这时，我的心一下子跳到了嗓子口，胆子也跟着大了起来。我手一伸就把窗帘掀开了一角。天啦，果然是赵老师在洗澡！她赤条条地站在一个木盆里，正一下一下地往身上浇水。

一看见赵老师的光身子，我的心就慌了，连气都出不来。我不敢再看她，赶紧把目光移到了床上。没想到的是，赵老师的那条红裤头正好放在床边，它让我的眼睛顿时胀大了一圈。赵老师的红裤头真是好看，越看越像一朵荷花。看着看着，我的一只手就不由自主地从窗口伸了进去。我决定摸它一下，试一试又软又滑的感觉，看是不是真跟一条鲤鱼似的。

可是，我的手刚挨着裤头，赵老师一抬眼发现了我。她马上惊叫了一声。赵老师的叫声比刀子还尖，吓得我屁滚尿流。我扭身就逃跑了。

我跑回我妈家里时，天已黑了。我没在我妈家里久留，跟她打了个招呼就慌慌张张地回了毛湖。后来听说，我刚离开我妈家，赵老师就找上门来了。她满脸怒火，一进门就气冲冲地问我妈，小鼓呢？我妈说，他在里屋做作业呢。赵老师厉声说，你让他给我出来！我妈一愣问，小鼓怎么啦？赵老师咬牙切齿地说，他对我耍流氓！我妈一听就慌了神，急忙问究竟。赵老师说，他偷看我洗澡，还想偷我的裤头！听赵老师这么一说，我妈当场就晕了，差点倒在地上。

过了好半天，我妈才回过神来。她苦笑了一下说，赵老师，你弄错了，对你耍流氓的不是小鼓。赵老师忿忿地说，哼，我当时看清楚了他的脸，就是小鼓！我妈说，真的不是小鼓，他一直在屋里做作业，连门都没出。赵老师疑惑地问，不是小鼓那还会是谁？我妈犹豫了一会儿，有些难为情地说，可能是大鼓。赵老师一惊问，大鼓？我妈勾着头说，大鼓今天来我这儿了，晚饭后出门转了一圈儿，没想到他去对你耍了流氓，这个畜生！

听了我妈的话，赵老师恍然大悟地说，我说呢，小鼓这么好一个孩子，怎么会耍流氓？原来是大鼓啊！我妈赶紧道歉说，对不起赵老师，都怪他姨妈，没把他教育好！赵老师这时问，大鼓呢？他现在在哪儿？我妈说，他回毛湖了。赵老师问，他怎么刚来就走了？我妈说，他肯定是闯了祸，不敢在这里多待。

我耍流氓的事，虽说过去几十年了，但赵老师始终没有忘怀。几十年来，赵老师一直都想见到我，但我至今也没让她如愿。现在，赵老师总算等到了见我的好机会。我妈很快要死了，她想我迟早会露面的。每隔几分钟，赵老师就要把头从堂屋里伸到门外看一眼。我晓得，她是在盼望我。

3

吃过早饭，小鼓还在厨房里收碗，黄狗又在外面叫了。小鼓的老婆这会儿正在门口猪栏边喂猪。哪个来了？小鼓在厨房里问。村西头的铜匠。小鼓的老婆在猪栏边回答说。小鼓说，他这是来第三趟了。赵老师在堂屋里接话说，真是难为了他，跛着一条腿，离这里又远，来回走一趟少说也要一个钟头。

小鼓的老婆急忙上前赶狗说，这个客人每天都来，你又不是不认得，瞎起个眼睛咬什么咬？铜匠打趣说，它哪是咬？是在欢迎我呢！铜匠这时已走上了场子。他小时候被火烧过，右腿烧坏了一条筋，比左腿短一截，走起路来就不停地朝右边歪，有点儿像舂米。你婆子咋样了？铜匠问。小鼓的老婆说，快不行了，今天连茶水都不沾了。

铜匠走近时，小鼓的老婆才发现他手上拎了一只铜壶。铜壶又圆又大，还有一个长长的壶嘴，一看就是铜匠自己打的。铜匠在这一带打铜器最有名，特别是他打的铜壶，方圆几十里的人都说好。小鼓的老婆好奇地问，你出门拎个铜壶做什么？铜匠说，你婆子的丧事不是快要办了吗？我想来帮你们烧个茶水，就自己拎了个铜壶来。

小鼓这时来到门口，正好听见了铜匠的话，连忙感谢说，铜匠，你想得可真周到啊！铜匠笑笑说，我一个跛子，也帮不上你别的忙，想来想去只能烧个茶水，算是尽个心吧。再说，我们还同庚呢，都是发洪水那年生的。你妈要走了，我总得做点啥才是。小鼓听了很感动，一时不晓得说什么，只好用手在铜匠背上轻轻地拍了两下。

走到门槛边，铜匠陡然停了下来，开始四处张望。我想，他肯定是在找我。可是，他把头转来转去看了好半天，也没见到我的影子。小鼓这时说，进屋喝水吧。铜匠没搭小鼓的话，自顾自地问，大鼓呢？他应该来了吧？小鼓说，还没来。铜匠叹口气说，唉，他怎么还不来？真是太不像话了！

铜匠说他来帮忙，这话不假。不过，他主要还是来看我的。这我心里清楚得很。不然的话，他这几天也不会每天都来。当然，铜匠想见我也是有原因的。我曾经伤过他的心。

那还是大集体年代，当时我们都才二十出头。小鼓那几年在村里很红，担任着村长。村里的大小事情，都由他说了算。铜匠那时候的情况却非常糟糕。他因为腿不好，重活和难活都干不了，只相当半个劳动力。那年头靠工分吃饭，铜匠挣的工分只有别人的一半，加上他妈长年害病卧床，所以他们家分的粮食总是不够吃。铜匠经常一跛一跛地找人借粮，要是借不到，就只能吃草根和树皮。

有一年夏天，麦子黄的时候，我糊里糊涂地回了一趟油菜坡。当时，小鼓正带领着村里人没日没夜地割麦子，已经割三四天了。也许是太劳累了吧，小鼓突然病倒了。巧的是，就在小鼓病倒的那天早晨，我回到了我妈家。我进门时，小鼓正强撑着要出门，手里握着一把镰刀。我妈问，你要去干啥？小鼓说，去割麦子。我妈说，你病成这个样，还能去割麦子？小鼓说，我是村长，不去不行啊！这时，我脑子猛地转了一下，对小鼓说，我替你去割麦子吧，你在屋里歇着！小鼓一愣问，这怎么行？我妈来回看了看我和小鼓，然后点点头说，我看行！就这样，我替小鼓去村里割了半天麦子，也当了半天村长。

那天，我接过小鼓手中的镰刀刚走到门口，小鼓在背后喊了我一声。你等一下。小鼓说。怎么啦？我回过头问。小鼓说，有些人总爱占集体的便宜，喜欢在打歇时捡公家的麦穗。你要多长个眼睛，若是发现哪个人捡了麦穗，就给我没收，收了送到村里的打麦场。我说，这个你放心，我的眼睛亮得很。

我那天替小鼓去割麦子，没有一个人看出我不是小鼓。大家见到我，都喊我村长，并对我点头哈腰，有些人还给我上烟。我感觉到，当个村长真好。只是，打歇的时候，我不能和别人那样坐在树下休息。我必须到那些收割后的麦田里去转一转，看一看，担心有人捡麦穗。我反背着两只手，不声不响地在麦田边上走着，眼眶睁得大大的，眼珠子瞪得像两颗黑药丸。

走了四五块麦田，我连一个捡麦穗的人也没看见，心里不免有点失落。后来，我拐到了一块三角地。这是一个偏僻的角落，人们的目光很难投到这里。让我惊喜的是，我一到三角地就发现了一个捡麦穗的人。这个人就是铜匠。

铜匠头上戴一顶破草帽，手里拎一个大竹筐。我看见他的时候，他已经捡了大半筐麦穗。铜匠捡麦穗时很小心，一边捡一边东张西望。我刚走到田头，铜匠就发现了我。他一下子慌了，扭头就往旁边松树林里跑。可是，铜匠一跑腿一跛，怎么也跑不快。我一个箭步冲上去，不费吹灰之力就把他捉住了。把竹筐交给我！我板着脸说。铜匠却不交，一脸苦笑地对我说，村长，你可怜可怜我吧，我妈已有两天没沾粮食了！他边说边用双手把竹筐紧紧地抱在怀里。我没可怜铜匠，严肃地跟他说，就是饿死，也不能捡公家的麦穗！话音没落，我就使个猛劲从他怀里夺过了竹筐。

我把竹筐拎走的时候，铜匠突然坐在麦田里哭了起来。他的声音尖溜溜的，像锥子一样直往我心上扎。幸亏那会儿我的心比较硬，不然非被他的哭声扎成筛子孔不可……

小鼓这时已把铜匠请进了堂屋，让他坐在赵老师旁边。小鼓老婆先给铜匠泡了一杯茶，接着小鼓又给他上了一根烟。然后，小鼓和他老婆都去忙他们的事了。坐了一会儿，铜匠问赵老师，今天咋没听见病人叫唤？赵老师说，听说她还剩一口气，恐怕连叫唤都没劲了。铜匠说，我琢磨，她是在等大鼓，只要大鼓一来，她这口气也就断了。赵老师说，我也是这样想的。他们说着，同时抬头朝门外看了一眼，好像我随时会出现在他们的眼前。

替小鼓割麦子的那天中午，我回我妈家吃午饭，一进门就说了我没收铜匠麦穗的事。我妈听了很恼火，说我不该这样对待铜匠。我说，是小鼓让我没收的。小鼓说，我是说过这话，但我没让你没收铜匠捡的麦穗呀！他一个跛子，你为什么不睁一只眼闭一只眼呢？

那天下午，小鼓就不让我再替他去割麦子了。他的病也好了一点，坚持要自己去。那天割麦子的地方离铜匠家很近，社员们要把麦捆从麦田扛到打麦场，还得从铜匠门口的场子上经过。

铜匠扛不了麦捆，就坐在自家场子边一堆稻草旁搓捆麦子的草绳。快收工的时候，小鼓扛着最后一个麦捆走上了铜匠的场子。走到铜匠跟前，小鼓突然停了下来。铜匠冷冷地看了小鼓一眼，没有理他，看样子还在为上午的事情生气。站了一会儿，小鼓发现四周没人，突然使劲地把肩上的麦捆抖了几下。小鼓一抖，肩上的麦穗就哗啦啦地往下掉，正掉在铜匠身边。铜匠顿时惊呆了，眼睛鼓得有鸡蛋大。小鼓没和铜匠说话，抖了几下就走了，给铜匠留下了一地的麦穗。当时，夕阳正照在铜匠的场子上，那些麦穗看上去像金子一样。

那天深夜，小鼓已上床睡了，忽然听见有人敲门。我妈还没睡，马上去把门打开了。敲门的是铜匠，我妈看见他时不由大吃一惊。这么晚了，你来做啥？我妈问。铜匠说，我蒸了一笼新麦面馒头，送两个来给你和小鼓尝尝。他说着就从怀里掏出两个馒头来。我妈没接铜匠的馒头，疑惑地问，新麦子还没分，你哪来的新麦面馒头？铜匠说，这多亏了小鼓啊！接下来，铜匠就把小鼓在他场子上抖麦捆的事跟我妈讲了。我妈听后笑了一下说，原来是这么回事呀！

送了馒头，铜匠没急着离开。他皱着眉头对我妈说，小鼓这个人，真有点儿让人想不通。我妈问，他怎么啦？铜匠说，你看，他上午没收了我捡的麦穗，下午又故意送给我麦穗，完全不像一个人做的事。我妈想了想说，本来就不是一个人做的。铜匠一愣问，难道是两个人？我妈说，算你猜对了，上午小鼓病了，是大鼓替他去上的工，小鼓下午才去。铜匠胀大眼圈问，照你这么说，那没收我麦穗的是大鼓？我妈说，除了大鼓还有谁？小鼓怎么会做得出这种事？铜匠一惊说，哎呀，大鼓和小鼓长得太像了，我丝毫也没认出来。

铜匠一听说是我没收了他的麦穗，陡然对我产生了一种好奇心。他连忙问我妈，大鼓睡在哪里？我想看他一眼。我妈说，他走了，吃过午饭就回毛湖了。

快到中午时，黄狗又在外面叫了起来。铜匠以为是我来了，慌忙起身朝门口跑，差点一不小心歪倒在地上。可是，来的人却不是我，是一个三十几岁的女人和一个六七岁的孩子。

4

小鼓正在厨房里帮他老婆准备午饭，一听见黄狗叫就问，铜匠，又是哪个来了？铜匠在门口说，好像是你改嫁的儿媳妇浮萍，还带着你的孙子牛牛呢。小鼓有点不相信，又问，没看错吧？他们昨天还来过的。赵老师抢着回答说，没错，他们娘儿俩已走到场子上来了。

小鼓打算出去迎接一下浮萍和牛牛，可他老婆拦住了他。小鼓的老婆说，别理他们，来了就来了，没必要跟他们讲客气。小鼓想了想说，我还是出去打个照面的好，浮萍虽说改嫁了，但牛牛毕竟是我们的孙子呀！再说，浮萍也是为了我妈才来的。小鼓的老婆冷笑一声说，我看未必是为你妈，要是真为你妈，她昨天为啥连厢房都没进去？依我看，她十有八九是冲着大鼓来的。小鼓说，不管怎样，我还是去跟他们打个招呼。

我觉得小鼓的老婆说得没错，浮萍的确是冲着我来的。在浮萍改嫁的时候，我曾经得罪过她。从此，她就把我当成了一个恶人。浮萍一直都想正面看我一眼，看清楚我这个恶人到底是个什么样子，所以这几天每天都往我妈家里跑。

事情还得从小鼓的儿子画生说起。画生去贵州挖煤，不幸死在了煤洞里。当时，浮萍正怀着五个月的身孕。画生一死，好多光棍儿就盯上了浮萍这个小寡妇，说媒的人川流不息。小鼓和他老婆当然不愿意浮萍改嫁，希望她找个男人来倒插门。浮萍却坚决不同意，并且已看中了村子北边一个养鸡的，决定改嫁过去。在双方闹僵的时候，我妈出面说话了。我妈说，改嫁也行，但先要把孩子生下来，总得给画生留条根吧。谁想到，浮萍连我妈这个起码的要求都不答应。她横不讲理地说，你们休想要孩子，我走到哪儿，这孩子跟我到哪儿！

浮萍是个厉害的女人，一向说到做到。画生刚满五七，她就挺着个大肚子嫁给了那个养鸡的。我妈是个老实人。小鼓的性格像我妈，也老实巴交的。小鼓的老婆虽说嘴巴不饶人，但属于刀子嘴豆腐心，实际上也老实得不得了。浮萍执意要怀着画生的孩子改嫁，他们也只好眼巴巴地看着她走人，除了伤心，一点儿别的办法也没有。

改嫁以后，浮萍将近两个月没来我妈家。她的肚子一天比一天大，走路越来越不方便。再说，她也没脸来见我妈他们。谁也没想到，在生孩子的头一天，浮萍突然来到了我妈家里。当时，小鼓和他老婆下地了，家里只有我妈一个人。我妈见到浮萍时不由一愣，奇怪地问，你怎么来了？浮萍有点儿不好意思地说，我马上要生了，想找奶奶要一只老母鸡，到时候好煨汤给孩子发奶。我妈眨了眨眼睛问，你现在的男人不是专门养鸡的吗？怎么还要找我要鸡？浮萍说，他的鸡都是用饲料喂的，恐怕一滴奶也发不出来。我妈犹豫了一会儿，又看了看浮萍的肚子，然后指着屋角的鸡笼说，你自己去捉一只最肥最大的吧，谁叫你怀的是我的重孙呢！

就在浮萍要去鸡笼捉鸡时，我从毛湖回到了我妈家。这真是无巧不成书。一见浮萍要捉我妈家的鸡，我的气顿时就不打一处来。我三步并作两步冲到鸡笼跟前，张开双手把鸡笼紧紧罩住了。浮萍一惊问，你这是做什么？我厉声说，不许你捉鸡！浮萍翘起嘴巴说，奶奶都答应了，你凭什么不让我捉？她一边说一边把手往鸡笼门里伸。我很快把浮萍的手从鸡笼里扯了出来，放大喉咙说，人都改嫁了，你还想吃我们家的鸡，真是想得太美了！

浮萍没认出我来，把我当成了小鼓。过了一会儿，她换了一个腔调对我说，爹，你就让我捉一只鸡吧，我是为了给你孙子发奶呢！我冷笑一声说，少来这一套，既然是我的孙子，为啥要到别人家去生？

这时，我妈走了过来，劝我说，给浮萍一只吧，不就是一只鸡吗？我瞪了我妈一眼说，不行，对她这种不讲道理的人，我一根鸡毛都不会给！我这么一说，浮萍立刻就傻了眼，只好空着手灰溜溜地走了。走下场子后，浮萍忽然回过头来，气鼓鼓地对我说，天底下没见过你这种当爷爷的！我马上回她一句说，天底下更没见过你这种当儿媳的！

找我妈要鸡的第二天，浮萍就生了。浮萍后来的婆婆还算通情达理，还专门到我妈家里来报了喜。她对小鼓说，恭喜你得了孙子！小鼓本来对浮萍一肚子火的，一听说自己当了爷爷，那火一下子就熄了。

接到报喜的当天下午，小鼓便跟他老婆商量说，我们去看看浮萍和孙子吧。小鼓老婆说，不去。小鼓说，人家都来报喜了，我们不去看看，别人会说闲话的。小鼓老婆说，要去你一个人去，我是不会去的。小鼓苦笑着说，我一个大男人，怎么好一个人去看月母子？我妈这时接过小鼓的话头说，那我陪你去吧，不管怎么说，我也算是有重孙了！

出门的时候，我妈问，我们不能空手去吧？小鼓说，当然不能空手，多少要拎点什么。我妈又问，那拎点啥呢？小鼓想了想说，浮萍不是想用老母鸡发奶吗？我们就拎一只老母鸡去吧。我妈说，这个主意好，就拎一只老母鸡！

那天傍晚，小鼓由我妈陪着，把一只五斤重的老母鸡拎到了浮萍家。作为过去的公公，小鼓没好意思进浮萍的卧室，坐在堂屋里与浮萍后来的婆婆说话。我妈一个人进去看浮萍，还伸手摸了摸婴儿的脸。浮萍听到了堂屋里说话的声音，惊奇地问，这说话的怎么像爹？我妈说，是他，他和我一起来的，还给你拎来了一只老母鸡呢。浮萍没想到小鼓会亲自去看她，更没想到会拎老母鸡。她顿时激动起来，脸一下子红到了耳根。

沉静了一会儿，浮萍忽然对我妈说，爹这个人好怪呀！我妈问，他怎么怪？浮萍说，昨天我去要鸡，他死活不给，今天却自己把鸡送来了。我妈迟疑了一下说，昨天呀，你碰到的不是你爹，你爹那会儿下地了。浮萍一愣问，那是谁？我妈说，是你伯伯大鼓，他昨天正好从毛湖回来了。浮萍叫了一声说，天啦，他和爹长得太像了，简直像一个人！

打那以后，我在浮萍心中就成了一个恶人。不过，把我当成恶人之后，浮萍陡然对小鼓他们好了一些，后来还常常带着牛牛去看他们，该喊太太的喊“太太”，该喊爷爷奶奶的喊“爷爷奶奶”。

中午一点钟的样子，小鼓的老婆把午饭做好了。小鼓走到堂屋对客人们说，大家准备吃饭了。一听说要吃饭，牛牛立刻高兴得跳起来。赵老师却说，肚子还没饿呢。铜匠接着说，咋这么早就吃午饭？浮萍抬头朝门外看了一眼说，再等一会儿吧，也许还有客人来。

浮萍说的客人，肯定是指我。我晓得，她太想见到我了。我还感觉到，在油菜坡，最想见到我的人就是浮萍。原因是，我不止一次地得罪过她。

小鼓给浮萍送鸡的第二天，我又到了我妈家。我刚到不久，小鼓的老婆从外面赶集回来了。她说，听说浮萍的孩子取名字了，居然跟了那个养鸡的姓。我一听肺都气炸了，马上发火说，昨天还给她送了老母鸡呢，真是白送了！早知这样，还不如送给一只黄鼠狼！说完，我扭头冲出了我妈家，发疯似的朝浮萍家跑去。我想去把那只老母鸡拎回来。

我直接跑到了浮萍的鸡笼跟前。可是，鸡笼里只有两只小公鸡，没看见小鼓送的那只老母鸡。正在我犯难时，一股鸡汤的香气扑进了我的鼻孔。我扭头一看，只见厨房门口支着一个煤炉子，煤炉子上坐一个黑陶罐，正冒着热气。我想，黑陶罐里煨的肯定就是小鼓送的那只老母鸡。既然鸡被杀了，那我就把鸡汤拎回去！我在心里对自己说。我麻利地走到厨房门口，伸手就去拎那只黑陶罐。没想到，黑陶罐的两个耳朵已被煤火烧烫了，我的手很快缩了回来。后来，我在墙脚下找到了两块纸壳，用纸壳包住黑陶罐的耳朵才把它拎起来。

当时，浮萍后来的婆婆正在菜园里扯葱。我拎着鸡汤正要离开时，她拿着一把葱回到了厨房门口。哎呀，你怎么把鸡汤拎走了？她大吃一惊问。我没搭理她，只顾拎着黑陶罐大步地走我的路。浮萍在屋里问，谁拎走了鸡汤？她婆婆说，你以前的公公。浮萍停了一会儿说，不是公公，肯定又是公公的哥哥大鼓，只有他这种恶人才会做出这种事来！

这天的午饭吃得很沉闷，除了牛牛，其他人一点胃口也没有。小鼓说，没有好菜，你们把饭吃饱啊。赵老师说，本来就不饿嘛。铜匠说，我在家里都是下午两点钟才吃午饭。浮萍说，牛牛的大鼓爷爷怎么还不来呀？不管怎么说，他这会儿也该到了。小鼓支吾了一下说，你们别总挂着他，还是抓紧把午饭吃饱吧，晚饭还没影子呢。

5

午饭过后，村里又接二连三地来了一些人，把我妈家的堂屋都挤满了。乡亲们一来就问小鼓，大鼓来了没有？小鼓有点不耐烦地说，没来，他可能不来了！乡亲们说，怎么会呢？大鼓即使再坏，也不会不来给妈送终啊！

日头快下山的时候，我妈在厢房里突然大喊了两声。她喊的是小鼓，一连喊了两遍，一遍比一遍急。小鼓听见喊声，马上进了厢房。过了几分钟，小鼓从厢房出来了。乡亲们围着小鼓问，你妈现在情况怎样？小鼓说，她一下子满面红光，眼睛也陡然有神了，好像是回光返照，看来真的快不行了。小鼓的老婆问，她刚才喊你进去说了些什么？小鼓说，她说她想见几个人。那几个？小鼓的老婆问。小鼓一边用眼睛扫着客人一边说，有赵老师，有铜匠，还有浮萍和牛牛。

小鼓点到的人很快都进到了厢房里。他们围在我妈的床前，静静地看着我妈。我妈的床头牵着一只灯泡，灯光像水一样洒在我妈脸上。她看上去很清醒，还有一丝兴奋，居然能把床边的人都认出来，还能一个一个地叫出名字。过了一会儿，我妈把目光集中到了牛牛身上。她说，牛牛，太太想喝口水。牛牛还算懂事，赶紧把床头的水杯端起来，递到了我妈嘴边。我妈喝了一大口，还咂了咂嘴，显出很满足的样子。

喝过水，我妈的嘴唇也湿润了。她先对床边的人笑了一下，然后说，你们几个，一直都想见到大鼓，是吗？是的。床边的人一边回答一边点头。我妈说，可你们见不到他了。为什么？床边的人一起问。我妈清了清嗓子说，大鼓满月那天就死了，我压根儿没把他送到毛湖去。床边的人立刻惊呆了，你看看我，我看看你，眼皮都像死鱼那样翻了起来。

过了好半天，床边的人才稍稍平静下来。他们问我妈，照你这么说，那些好事和坏事都是小鼓一个人干的？我妈没有回答，因为她已经断气了。

松毛床

1

再过几天，就是老碗六十岁的生日了。她显得一天比一天亢奋，脸色红润，像打了胭脂，说话响亮，像装了音箱，腿脚麻利，像安了弹簧。以前，老碗从来没过过生日。这回，她准备大过一场。

老碗姓王，名叫王小碗。年轻的时候，人们都叫她小碗。满了四十岁以后，她就自称老碗了，还要别人也喊她老碗。其实，老碗一点儿也不显老。她脸相好，皮肤好，身个子也好，又会收拾打扮，一直都显得很年轻。现在，老碗压根儿也看不到六十岁，顶多才五十一二，胸脯还是鼓的，屁股还是翘的，腰还细得像风吹柳。在油菜坡，像老碗这样的六十岁女人，打起灯笼也找不到第二个。

早在半个月前，老碗就着手准备生日了。她每天都忙个不停，杀鸡，卤鸭，腌鱼，剁肉，还买烟，买茶，买酒，还要打扫房间，清洗桌椅。如今，只有老碗一个人在家，真是把她忙坏了。丈夫出门赚钱了，儿子儿媳南下打工了，孙子也进城读书了。不过，老碗人缘好，又大方，又讲礼，又好客，乡亲们一到晚上，都喜欢到她家来走走，坐坐，聊聊。遇到老碗忙不过来，他们就动手帮忙。

老碗住的地方，也是个好地方。屋后有山，屋旁有水，屋前有路。路是一条省级公路，西边连着宜昌，东边通向襄阳；水是一条石沟，上游有股泉水，泉水在石头上流得哗哗响；山是一大片松林，还有三棵千年古松，粗到两个人合起来都抱不住。从前，这里是油菜坡小学。后来学校撤销了，老碗便把这个地盘买了下来。原来的校舍，只保留了教工食堂，其他都推掉了。老碗现在住的房子，是在教室的废墟上盖起来的。

老碗选在这个地方住，是因为她曾在小学当过几年炊事员，跟这里有感情。那时，她才二十出头，就像一株刚开的杜鹃花，轻轻一碰就能弄出水来。她的人样子也像杜鹃花，人见人爱。尤其是男人们，一见到她就伸出舌头舔嘴，舌头红烫烫的，水汪汪的，像一只绣花鞋垫。

乡亲们动不动往老碗这里跑，除了她人缘好，还有一个原因，就是她有故事。用一句时尚的话说，老碗是一个有故事的女人。一个女人，到了六十岁，如果没有故事，她肯定会门前冷落，黑灯瞎火，无人问津。相反，如果有故事，她肯定是门庭若市，莺歌燕舞，人声鼎沸。当然，一个六十岁的女人，要是真没故事的话，那她早已成了黄脸婆，成了豆腐渣，成了木乃伊。要是有故事的话，那她就等于有了青春宝，有了不老丹，有了长生果，可以永远春风吹，秋波荡，叶儿不落，花儿不败。

老碗的故事，属于风流故事。在老碗还叫小碗的时候，她曾经和三个男人风流过。以时间先后为序，第一个男人叫马绳，当时是小学的校长，后来去省里读了大学，毕业后分到襄阳工作，当过政协副主席，现已退居二线，坐在家里写回忆录。第二个男人叫刘龙，那会儿在小学教美术课，后来被开除了，回到村里用泥巴做瓦，之后带着老婆孩子搬到宜昌去了，如今在那里捏泥人卖钱。第三个叫朱幺，当年是小学的勤杂工，敲钟，守门，扫地，修桌椅板凳，后来成了老碗的丈夫，这几年在老垭镇上给人算命。

油菜坡的人，都知道老碗的风流故事，并且经常讲。老碗也知道，乡亲们一直在分享她的故事，用她的故事消愁，解闷，找乐。但她并不生气，也不反感，相反还有几分得意和自豪。

然而，乡亲们在讲老碗的故事时，版本却五花八门，每个人讲的都不一样，甚至相互矛盾。老碗多次想站出来做些纠正，但她总找不到一个合适的机会。乡亲们中间，也有一些较真的人，曾多次对老碗说，你能不能自己讲一下自己的故事？也好让我们知道个真假！老碗看出大家很诚恳，就认真地想了一下说，好吧，等到我满六十岁的时候，我一定原原本本地讲给你们听。

打从老碗许下这个愿，乡亲们就开始盼她的六十岁生日了。现在，老碗的生日越来越近，乡亲们到她家也越来越勤了。他们的意图十分明显，就是想在第一时间听到老碗正宗的风流故事。

老碗一向善解人意，还有点儿人来疯。离生日还有一个星期的时候，老碗突然郑重宣布说，她决定从生日的前三天起，就开始讲她的故事。每天讲一个人，先讲马绳，再讲刘龙，最后讲朱幺。乡亲们一听，都高兴坏了，并从这一天起，开始了倒计时。

在生日前四天的晚上，乡亲们好像已有点儿迫不及待了。老碗自己也有些按捺不住，便临时做出决定，先给大家讲讲松毛床。老碗像做节目预告一样说，松毛床是她所有风流故事的主线，她的每一个风流故事都与松毛床有关。

松毛床铺在三棵松那里。老碗这样开始了她的讲述。她说，小学后面不是有一大片松林吗？松林里不是有三棵大松树吗？那地方当年就叫三棵松。在三棵大松树中间，有一块晒席大的平地，松毛床就铺在那块平地上。当时是秋天，正是松树落毛的季节，每棵松树下面都落了薄薄的一层松毛。铺床的人，先用竹扫帚把附近树下的松毛扫到一起，再用竹筐将它们提到三棵松下，然后一层一层地铺在那块平地上。晒席大一块平地，居然铺了二十四筐松毛，足足有半人高，看上去真像一张床。铺好后，铺床的人想上去试试，双手一张就扑上去了。松毛床真是柔软，扑在上面就像扑进了水里。松毛金黄金黄的，还散发出阳光和松油混合的香气。铺床的人一下子就陶醉了，神魂颠倒，像喝了酒一样。

老碗讲松毛床的时候，显得特别来神，眉飞色舞，齿白唇红，流光溢彩。讲完时，额头上还冒出了一层细汗。乡亲们也听得如醉如痴，末了问，那个铺松毛床的人是谁？老碗拍了一下胸脯说，当然是我！

那晚乡亲们离开时，老碗送到门口说，我还有个好消息要告诉你们。乡亲们问，什么消息？老碗红着脸说，我生日那天，马绳、刘龙和朱幺，三个人都会到场！乡亲们一听，不禁异口同声地叫了一下。哇！他们是这么叫的。

2

生日的前三天，乡亲们一吃过晚饭，就匆匆忙忙赶到了老碗家。有人一丢下碗筷就来了，进门时还在用手抹嘴。这天晚上，老碗坐在灶边锅前，一边用杵捣盒子舂芝麻，一边讲了她和马绳的故事。

马绳不是油菜坡人，是下放知青，家在县城里。与他一起下放的有好几个，到村里锻炼了两年都招工回城了。马绳在几个知青中水平最高，到村里不到半年就到小学当了老师。其他知青陆续走后，村支书为了把马绳长期留在村里，就把他提成了校长。其实马绳并不想当校长，他一心只想去省城读大学。马绳在公社里有人，答应一有指标就推荐他。

老碗十八岁那年就认识了马绳，当时他刚下放到村里。马绳生得英俊，戴一副黑边眼镜，穿一件带毛领的棉袄，肩上背一只黄书包，一看就是个知识青年。第一眼见到马绳，老碗就暗暗喜欢上了他。马绳当老师后，老碗一有空就跑到学校去偷偷看他。马绳喜欢穿着裤头和背心打篮球，伸手投球时，胳肢窝里露出两撮黑毛毛，像两蔸韭菜。一看见那两撮黑毛毛，老碗的心就砰砰直跳，差点儿从肚子里飞出来。后来，听说小学要一个炊事员，老碗就第一个去报了名。

当上炊事员后，老碗的美貌很快引起了马绳的注意。她对马绳特别热情，抢着帮他盛饭，帮他搛菜，帮他洗碗，还悄悄地给他洗过衣服。为了吸引马绳，老碗还想了不少鬼点子，有时在漆黑的头发上扎一块白手帕，看上去像喜鹊翘起的花尾巴；有时在白衬衫上戴一个大红的毛主席像章，使她丰满的胸脯显得更高；有时假装弯腰系鞋带，把她的大屁股撅得越发诱人，腰里还露出一圈白肉。

时间不长，老碗就把马绳迷住了。马绳经常往食堂跑，看老碗的眼神像充了电。但是，马绳却迟迟没有表白，连话也很少单独跟老碗说。后来，老碗憋不住了，主动给马绳写了一个纸条，上面写着：我喜欢你！马绳很快回了一个纸条，上面写着：对不起，我不想在这地方久留。老碗看了条子很伤心，还躲在灶门口哭了一场。

老碗一开始是想嫁给马绳的，收到马绳的纸条后，便死了那条心。但是，老碗对马绳的喜欢，却没有丝毫减弱，相反还喜欢得更加厉害。深秋的一个夜晚，老碗突然生出了一个大胆的念头，决定找马绳睡一觉。她想，不能嫁给他，也要跟他睡一觉！这是个重大念头。念头一生，老碗异常激动，浑身的每一块肉都打颤。手板心，胳肢窝，乳房沟，这几处还出了汗。

第二天一早，老碗就开始琢磨睡觉的地方了。她想尽快把那个念头变为现实。学校里显然不行，到处都是眼睛。想来想去，老碗最后选中了那片松林。那里安全，除了偶儿有放牛的，几乎没人去。更让老碗看好的，是那遍地的松毛。它温暖，柔软，好看，还有香味，睡在上面肯定舒服死了。学校开过早饭，老碗收好食堂就去了松林。到了三棵松下面，她眼珠一转，猛然又想到了一个浪漫的主意，决定铺个松毛床。老碗敢想敢干，立刻回学校拿来竹扫帚和竹筐，不到上午十点就把松毛床铺好了。

这天下午，马绳没课。他按老碗纸条上说的，在两点钟左右到了三棵松。纸条是马绳吃午饭时收到的，上面写着：下午两点，三棵松见。马绳收到纸条后犹豫再三，最后还是来了。

马绳到三棵松时，老碗已躺在松毛床上了。她侧着身子，两眼直勾勾地看着马绳，招了个手说，快上来吧。马绳一看到松毛床，立刻惊呆了，感觉自己是在做梦。他同时也很激动，脸上红得厉害。但马绳没动，神情有点儿恍惚。快上来吧，马校长！老碗催道，好像在乞求。马绳身体晃了两下，终于朝松毛床走了过去，迷迷瞪瞪地上了床。

马绳一上床，老碗立即抱住了他，马上用舌头吻他的耳朵。马绳躲闪着说，你别这样！我说过，我不会在这个地方久留的。老碗说，放心吧，我不要你娶我，也不会缠着你的。她说着，又把嘴朝马绳的耳朵伸过去。马绳又躲开了，疑惑地问，那你为什么要这样？老碗说，我喜欢你，只是想和你睡一觉！听老碗这样说，马绳才没有再躲。他像鲤鱼打挺似的翻了个身，趴在了老碗身上。很快，两个人就在松毛床上溶化了。

进入高潮时，老碗嘴里叫个不停，手里抓满了松毛……

此后不久，马绳接到公社通知，要他到镇上去填一个表。填表回来，马绳告诉老碗，公社终于为他弄到了一个工农兵大学生的指标，如果政审顺利，他很快就会离开油菜坡小学。老碗笑了笑说，祝贺你啊！话音未落，两颗泪忽然从老碗鼻沟里滚了下来。

填表回来的当天傍晚，马绳和老碗又去了一次三棵松。这次完事之后，他们没有像以往那样马上离开。火红的夕阳从松林外照进来，松毛床看起来像一幅画。老碗枕在马绳的胳膊上，一边摸他胳肢窝的毛毛一边说，我们躺一会儿再走吧！马绳说，好的，这松毛床，也实在太让人依恋了。

谁也没想到，黄昏还有人放牛。老碗和马绳正躺在松毛床上难舍难分，一串叮叮当当的牛铃声突然响了过来。马绳反应快，慌忙套上衣服就跑了。老碗却迟了一步，等她穿好衣服溜下松毛床时，村支书的老爹已牵着牛来到了三棵松下。刚才跑的是谁？老爹厉声问。老碗说，不知道，我没看见有人。老爹扩大声音说，你撒谎！刚从你身边跑掉的，难道你没看到？老碗硬着嘴说，没看到！她说完就勾起头离开了三棵松。

次日早晨，马绳来食堂吃饭时，一下子变了个人，像一个霜打的茄子。趁没人时，马绳低声对老碗说，我可能读不成大学了。老碗问，为什么？马绳说，节骨眼儿上出了这事，我的政审肯定通不过了。老碗说，没事的，村支书的老爹没认出你来；我，你放心，死都不会说。

村支书的动作真快，上午不到九点就来小学了。他把老碗叫到办公室，让她老实交代。村支书问，和你睡觉的是谁？老碗说，不知道。村支书威胁说，你要不说出来，我马上开除你！老碗说，开除吧，大不了不煮饭了！村支书有些恼火地说，你不说我们也会查出来的，我爹看到了他的背影，他已经猜出是谁了。我要你说，只是想给你一个立功的机会。老碗愣了一下说，你就诈吧，我说不知道，就不知道！村支书被老碗激怒了，立刻起身，摔门而去。走出好远后，村支书回头说，等着吧，看我从公社回来怎么收拾你！

老碗从办公室出来，马绳正在门口，脸色十分难看。马绳说，村支书的话我都听见了，他爹可能真的猜出是我了。老碗说，别怕，猜出了你也别承认，只要我不说就行了。马绳听了没吱声，默默地走了。老碗看见马绳直接走出了操场，觉得奇怪，连忙追上去问，你要去哪儿？马绳迟疑了一下说，我想去一趟三棵松，看我有没有什么东西落在了那里。

后来，事情没有牵连到马绳。但是，两天之后，小学的另一位老师被公社的人带走了。很显然，这位老师为马绳背了黑锅。一个月之后，马绳如愿以偿地离开了油菜坡小学。

老碗讲到这里停住了，然后松了一口气说，马绳的故事讲完了。乡亲们疑惑重重地问，那个背黑锅的人是谁？老碗卖个关子说，明天再讲吧。

3

六十岁生日前两天的晚上，老碗坐在堂屋里，一边剥花生一边讲了她和刘龙的故事。开始讲之前，乡亲们问，那个替马绳背黑锅的老师到底是谁？老碗不屑地说，你们真是笨，难道连这个人都猜不出来？有两个乡亲问，是刘龙吗？老碗说，是啊，肯定是刘龙！

刘龙就是油菜坡的人。他的父亲是个有名的瓦匠，不光会踩泥做瓦，还会打窑烧瓦，村里老房子上面盖的瓦，差不多都出自他的手。刘龙小时候，总是光着屁股在村里的瓦场里玩耍，满身糊的都是泥巴，连腿空儿的小鸡鸡上都是。他父亲还给他取了小名，叫“泥娃”。刘龙很聪明，四五岁时就会用泥巴捏小动物，猫啊狗的，捏得像极了。他还喜欢用指甲壳在泥巴上画画，画啥像啥。

刘龙原先在村里种田，后来一个偶然的机会，成了小学的美术老师。那是文化大革命初期，上头的一个大人物被打成了叛徒，很多学校为了跟上形势，就用泥巴垒出一个形如骷髅的泥像，一丝不挂，赤身裸体，撕牙裂齿，立在学校的操场边上，还在脖子上挂个木牌，木牌上写着那个大人物的名字。可是，油菜坡小学没人会做泥像，校长因此感到十分不安。有一天，校长听说刘龙会这一手，就派人请来了他。刘龙果然心灵手巧，半天时间就垒起来了。校长对刘龙垒的泥像非常满意，当即请示了村支书，让他当了小学的美术老师。

刚当老师那阵子，刘龙给师生们的印象很糟糕。他开口就说粗话，怎么下流怎么说。有时还跟女老师开玩笑，好多女老师都怕他。

到小学教书还不满十天，刘龙差点就被开除了。一天傍晚，刘龙独自站在那个大人物的泥像前，一声不响地端详着。这时校长过来说，你还在自我欣赏啊！刘龙严肃地说，其实我这个泥像没垒好，一点儿都不像。校长问，哪里不像？刘龙说，他虽然光着身子，但看不出是男是女。校长笑笑说，不要紧，别的学校垒的泥像也是这样的。第二天清早，一个女老师去上厕所，经过那个泥像时，突然吓得鬼哭狼嗥。哎呀，吓死人了！听到叫声，老师们不知道出了什么事，都慌忙跑出来看究竟。校长也来了，看见泥像肚子下面多出了一截东西，也是用泥巴做的，又粗又长，上面还粘了几根玉米须。校长一看就知道这是刘龙的杰作，感到哭笑不得。校长没说什么，走上去把那截东西掰了。当天上午，这件事就传到了村支书的耳朵里。村支书很气愤，当即要开除刘龙。后来，多亏校长出面说情，刘龙才留了下来。

老碗到小学当炊事员时，刘龙已在这里教八年书了。虽说当了八年老师，但他的许多恶习仍然没改，说丑话，带把子，跟妇女开不三不四的玩笑。没到学校煮饭前，老碗已听说过刘龙的种种传闻。到学校后，老碗从一开始对刘龙就有所防备。她尽量不跟他单独接触，路上碰到也不说多的话，点个头便马上走。可是，刘龙对老碗却热情得过了头，一有空就往食堂跑。老碗问，你来做什么？刘龙皮笑肉不笑地说，我来帮厨。帮厨只是刘龙的借口，他主要是想找机会接近老碗。不过，老碗时刻防着刘龙，一直对他很冷淡。再说，老碗那时的心思全都在马绳身上，对刘龙一点儿感觉也没有。

马绳拒绝老碗的那个晚上，刘龙在夜深人静时溜进了食堂。食堂里有个小储藏室，堆着米面和菜蔬，还支着一张木板床。这里实际上也是老碗的寝室。那晚，老碗的心情不好。刘龙进来时，老碗正一个人坐在床边发呆。

看见刘龙，老碗一惊问，你这么晚怎么跑我这儿来了？刘龙说，我来陪陪你！刘龙喝过酒，老碗闻到了一股刺鼻的酒气。老碗马上赶他说，我不要你陪，要陪，你回去陪你老婆吧！刘龙早就结婚了，老婆在油菜坡上给村里喂猪。他们还有个姑娘，已经三四岁了。可是，刘龙脸皮厚，老碗赶了几遍，他就是赖着不走。刘龙还往老碗靠近了一步，打个酒嗝说，我老婆有啥好陪的？除了会喂猪，别的什么都不行，要奶子没奶子，要屁股没屁股，腰比水桶还粗，我想抱也抱不住。哪像你，奶子像柚子，屁股像盆子，腰像蜂子。你要是让我陪你一次，我愿意给你当牛做马！刘龙越说越起劲，还不停地用舌头舔嘴。他离老碗也越来越近了，酒气已喷到老碗脸上。老碗说，你喝醉了，快出去吧！她说着就拼命把刘龙往门外推。刘龙却越来越胆大，趁老碗推他时，竟一下子将她搂在了怀里。老碗发火了，一边挣扎一边朝刘龙踹了一脚，厉声说，快出去，不然我喊人了！听老碗说要喊人，刘龙才松开她，灰溜溜地走了。

尽管这样，刘龙对老碗还不死心。他的手段也越来越多了，还动不动给老碗写纸条。纸条上的内容千奇百怪，像一个疯子写的。如：小碗，你若跟我好一回，我可以吃你的耳屎，舔你的脚气！又如：小碗，你若跟我好一回，我愿意去坐十年牢！还如：小碗啊小碗，你若跟我好一回，让我去死都行，你要我今晚半夜上吊，我绝不拖到明天早晨！每个纸条后面都签着刘龙的名字，签得一丝不苟。读到这些纸条，老碗感到笑也不是哭也不是，看后就烧了。

在松毛床铺了一周的样子，刘龙又给老碗写了一个纸条，上面写着：小碗，今晚请你去三棵松吃松果！后边落款刘龙。这个纸条让老碗大吃一惊，当即炸出一身冷汗。她很快把纸条交给了马绳，担心地问，刘龙不会发现了什么吧？马绳过细想了一下，把纸条塞进口袋说，应该不会。老碗说，不会就好，我总怕误了你的前程。

松毛床被发现的第二天下午，村支书把公社的人带到了学校。公社的人拿出一个纸条，先给刘龙看了一眼，然后问，这是你写的吗？刘龙扫了一眼纸条说，是我写的。公社的人说，那跟我们走一趟吧。刘龙愣了一会儿，就很顺从地跟他们走了。

刘龙去公社只待了一个晚上，次日一早就回到了学校。是村支书把他带回来的。回到学校的那天上午，刘龙就被学校开除了，当即卷着铺盖回了家。当天下午，老碗也被学校开除回家了。

老碗回家后大病了一场，在床上一连躺了七天。第八天出门，老碗发现满村都在议论她和刘龙。直到这时，老碗才感觉到刘龙为马绳背了黑锅。

刘龙住的地方，离老碗家有四里多路。这天下午，老碗去了刘龙家里。但刘龙不在家，他老婆说他到瓦场去了。老碗又马不停蹄地去了瓦场，刘龙果然在那里。老碗到瓦场时，刘龙正抱着一圈泥巴往瓦模上缠。一见到老碗，刘龙顿时笑容满面，惊喜地问，你怎么来了？老碗本以为刘龙一脸痛苦的，哪想到他情绪这么好。我来看看你！老碗说。刘龙赶紧做好了手头的瓦坯，然后把老碗带到了一个木板屋里。老碗一进屋就问，是他们逼你承认的，还是你主动承认的？刘龙说，我主动承认的。他们一拿出我写给你的那个纸条，我就承认了。那个纸条怎么会到他们手里？老碗问。据村支书说，是有人在三棵松下面捡到的。刘龙说。老碗的心，这时突然往下一沉。沉默了一会儿，老碗问，你为什么要替人家背黑锅？刘龙舔舔嘴说，我喜欢别人说我和你睡过觉，哪怕是假的！老碗听了，心里像打破了五味瓶，说不出是一个什么味道。

就在那天黄昏，老碗把刘龙约到了三棵松。松毛床还原样铺在那里，看起来依然像一幅画。到了床边，刘龙忽然呆住不动了，仿佛一根死树桩。老碗说，你还愣着做啥？快把我抱上去呀！直到这时，刘龙才活了过来。他双手抱起老碗，先把她放倒在松毛床上，接着就饿狗扑食一样扑上去了……

老碗讲完她和刘龙的故事，手头的花生也剥完了。有个乡亲这时说，把纸条放到三棵松的那个人，我想肯定是马绳。可是，在三棵松捡纸条的那个人，我就猜不到了。老碗神秘地一笑说，我明天告诉你。

4

老碗六十岁生日的头天晚上，乡亲们帮她把次日要开席的十张大圆桌提前摆上了。摆好圆桌，老碗一边给他们装烟筛茶，一边又讲起了她的风流故事。按原计划，老碗这天该讲她和朱幺的故事了。她正要讲，一个乡亲忽然问，刘龙写的那个纸条，到底是谁捡到的？老碗说，你别慌嘛，等我讲完朱幺，你就知道捡纸条的是谁了。

朱幺本是望娘山的人，那地方与油菜坡田连田界连界。七岁的时候，他被过继到油菜坡，给他的姨妈当了养子。朱幺长得不怎么样，三十多岁了还打光棍。他头小，脖子细长，有点儿像土豆插在一根筷子上。眼睛也小得可怜，像是出生以后才补上去的。但他勤劳，乖巧，嘴甜，小学因此要他去当了勤杂工。

老碗在小学当炊事员时，几乎没注意过朱幺，甚至连话都没跟他说几句。只记得被开除那天，老碗离开学校的时候，朱幺帮她提过箱子。他帮老碗把一口红色的小木箱从食堂里提到了食堂门口。放下箱子时，朱幺对老碗说，别难过，以后也许还有机会再来。老碗没作声，提起箱子就走了。

从学校回家后，老碗便开始到村里种田。她对种田并不反感，只是受不了人们看她的眼神。那个年代，乡亲们还很封建，看老碗这种犯了男女作风错误的人，就仿佛看一堆臭狗屎。更让老碗难受的是她父亲，他开口闭口都骂老碗不要脸。据说，老碗是母亲在娘家当姑娘时怀上的。母亲的娘家在铁厂垭，当时家里住着一个支农干部，老碗就是那个支农干部的孩子。母亲嫁给父亲，不到六个月就生下了老碗。父亲一直不喜欢老碗，只供她读完初中就不让她读了。其实，老碗很想再读高中，学习成绩也很优秀。

老碗回家快到一个月的时候，朱幺突然找到家里来了。老碗一惊问，你怎么来了？朱幺说，我有好消息告诉你！老碗问，什么好消息，值得你跑这么远？朱幺把绿豆似的眼睛睁到黄豆那么大说，学校要你再去当炊事员！老碗一听很激动，忙问，是真的吗？朱幺把长脖子上的小脑袋连点了三下说，真的，我就是校长派来通知你的，他让你今天就去。老碗听了心花怒放，当即提上那口红色小木箱，头也不回地跟朱幺走了。

当时，小学已经换了新的校长，是一个退伍军人。在去学校的路上，老碗问，校长又不认识我，怎么会想到我？朱幺犹豫了一下说，是我推荐的你！你走以后，食堂前后来了两个炊事员，但她们都不行，炒的菜不是咸就是淡，没有一次合适的。后来我就推荐了你，说你闭着眼睛也能把盐放得不咸又不淡。听我这么一说，校长就同意了。老碗听了，万分感激地说，谢谢你啊！

老碗回到学校后，朱幺成了她最亲近的人。每当食堂忙的时候，朱幺都会来帮她一把。他手勤脚快，挑水、劈柴、切菜、淘米、揉面、洗碗，碰到什么做什么，还都做得好好的。

在生活上，朱幺也时时处处关心着老碗，帮她晒被子、收衣服、修窗户、换灯泡，还到山上摘山楂果给她吃。渐渐地，老碗也不觉得朱幺长得难看了，相反还感到他的头、脖子和眼睛都是那么别致。有一次，老碗还拿朱幺的脖子开过玩笑，她说，要是女人长你这么细一个脖子多好啊！朱幺问，此话怎讲？老碗说，买个手镯就可以当项链戴了。她一边说，还一边伸手在朱幺的脖子上摸了一下。朱幺也不生气，还咯儿咯儿地笑。

朱幺平时没什么爱好，不吸烟，不喝酒，连扑克也不打。他也不爱看书，老碗见他看过的唯一一本书，是《算命术》。这种书当时是禁止的，朱幺只能偷偷地看。有天傍晚，他正躲在一个藕塘边看那本书，老碗轻手轻脚地走过去，到他身边时，把他吓了一跳，差点滚进了塘里。老碗问他为什么要看这种书，朱幺说他打算将来给别人算命。他很自卑地说，像他这个长相，这辈子是娶不上老婆了，一生也不可能有孩子，以后老了没人养活，就走村串户去算命。老碗安慰他说，别这么悲观，你人好，肯定会找到老婆的。

沉默了一会儿，老碗忽然双眉一挑说，你帮我算个命怎么样？朱幺愣了一下问，你相信命吗？老碗说，这要看你算的准不准。朱幺犹豫片刻说，好吧，把你的右手递给我。老碗把右手递过去，朱幺半天不敢接，后来接了，自己的双手却颤个不停。老碗奇怪地问，你的手怎么发颤？朱幺红了脸说，我这还是第一次摸女人的手。老碗开玩笑说，那你就好好摸一下吧。朱幺把老碗的手翻过来端在手里，盯着手掌问，想算哪个方面的？老碗说，算一下爱情和婚姻吧。朱幺埋头看了许久，然后抬头问，想听实话吗？老碗说，当然。朱幺说，从你的感情线上来看，你这辈子只有一次婚姻，但感情很复杂，命中至少有三个男人。老碗一惊，急着问，什么意思？朱幺说，就是先后要跟三个男人睡觉。老碗一听，顿时惊呆了，两颗眼珠也卡在眼眶里转不动了。过了好一会儿，老碗说，看来你还真会算命啊，我先还以为你吹牛呢！

秋末的一天，老碗猛然感到一阵恶心，还跑到水池边吐了几口。直到这时，她才想到已有很久没来月经了。糟糕，怀孕了！老碗自言自语地说。她一下子紧张起来，吓得浑身发抖，脸都吓变了形。那天晚上，老碗又害怕又着急，几乎一夜没合眼。天快亮的时候，老碗陡然想到了朱幺，决定在肚子鼓起来之前嫁给朱幺做老婆。

第二天是星期日，师生都放假了。吃过早饭，朱幺去五年级教室修门。那个门被谁踢破了一道口子，朱幺必须抓紧补好，不然会往教室里灌风。朱幺刚开始补，老碗来了。老碗说，我想给你介绍个老婆，你要不要？朱幺马上停住说，要，当然要，我做梦都想娶老婆！老碗说，她男女作风有问题，以前曾和两个男人睡过。朱幺说，不要紧，和十个男人睡过都不要紧！老碗说，她也许还怀上了别人的孩子。朱幺说，这更好，我早养儿子早得继！停顿了一会儿，老碗问，既然你不嫌弃，那就赶紧把婚结了怎么样？朱幺说，好，明天能结更好！老碗没想到朱幺这么好说话，突然有些感动，眼里还泛起了泪花。老碗抬起手，擦了擦眼睛问，你怎么不问一下那女人是谁？朱幺说，不用问，肯定是你！老碗问，你怎么知道的？朱幺说，我不是会算命吗？

这天下午，阳光好得不能再好，老碗不禁想起了她的松毛床。她已经好久没见到松毛床了，心中十分惦念。她决定去看看松毛床。临走时，老碗把朱幺也叫上了。她想让朱幺也开开眼界。

老碗和朱幺很快到了三棵松。一个多月不见，松毛床还是好好的。阳光从松树顶上漏下来，松毛床上好像洒了一层碎金，显得更像一幅画了。老碗的身体特别敏感，一看见松毛床，她就感到血流加快，心跳加速，一下子冲动了。她扭头看着朱幺，用挑逗的声音问，我们今天就结婚，好不好？朱幺口齿不灵地说，好！朱幺话音未落，老碗已爬上了松毛床。上床后，老碗先给朱幺挤了个媚眼，然后招手说，快点儿，上来圆房吧！朱幺很听话，眨眼间也上了床。朱幺三十多岁了，还一直没挨过女人，就像一坛窖藏了三十几年的烈酒，把老碗醉得一塌糊涂。老碗仿佛一个品酒高手，一边品一边呻吟着说，舒服，舒服！

在松毛床上圆房的第三天，老碗和朱幺在油菜坡小学举行了婚礼。过了七个月，老碗生了一个儿子。取名字的时候，老碗说，名字中一定要有个松字。朱幺说，还应该有个海字。老碗问，为什么要有海？朱幺说，他是我们三个人的，每人一点水。老碗想了想，觉得蛮有道理，会心一笑说，好，就叫松海吧。

松海满月时，老碗睁圆双眼问，你那天为什么说孩子是三个人的？朱幺说，我算命算的。老碗又问，你能算出是哪三个人吗？朱幺说，一个是马绳，一个是刘龙，一个是朱幺。老碗猛地沉下脸，认真地问，难道这也是你算命算的？朱幺看了看老碗的脸色，降低声音说，我哪有这么会算！老碗赶紧问，那你是怎么知道马绳和刘龙的？朱幺如实地说，有一天，马绳派我去三棵松找一张纸条，看见纸条是刘龙写给你的，我就猜出了你和他们两个人都有关系。老碗听了大吃一惊，又问，那个纸条呢？朱幺说，马绳让我直接交给村支书了。老碗恍然大悟地说，原来是这样！

讲完朱幺，老碗忽然想到应该布置一个包间。乡亲们问，包间谁坐？老碗说，让马绳、刘龙和朱幺他们三个人坐，以免他们坐在大厅里难为情。乡亲们都说，这个想法好，他们三个人单独坐，还可以叙叙旧。说完，乡亲们又一起动手，很快把包间布置好了。临走时，老碗说，明天都来喝酒啊。乡亲们一起爽声回答说，好嘞！

5

老碗六十岁生日这天，秋高气爽，天蓝云白。事先请好的土乐班子，从一清早就开始敲敲打打，吹拉弹唱，生日的气氛一下子就上来了。

朱幺天一亮就从老垭镇上赶回来了。他在镇上最热闹的地段租了一个门面，开了个算命馆，除了看相算命，抽签卜卦，还兼着择期、取名、看风水。他的生意十分红火，这些年挣了十几万。他每个月回一次油菜坡，把挣的钱如数交给老碗，陪老碗住一夜，次日再去镇上算命。这次回家，除了交钱，朱幺还给老碗买了生日礼物，是一条项链，纯金的。

刘龙是上午十点钟到的，自己开的车。他一改革开放就去了宜昌，一门心思用泥巴捏人。他捏的泥人全都是裸体，奶子和屁股特别显眼。刚开始，人们都不买他的泥人，说他是流氓，还骂他不要脸。后来，一个美国人看见了他的泥人，惊喜万分，说是艺术，当即买走了他最喜欢的一个泥人。那个泥人标价一千元，美国人却主动给了他十万。从此，刘龙的名声就响了，他的泥人也开始走俏，每年收入过百万。这次回来给老碗祝寿，刘龙还专门为她捏了一件生日礼物。捏的是三个神态各异的男人，并排坐在一个丰乳肥臀的女人面前，四个人都赤裸裸的，嘴巴却都乐开了花。

马绳来的时候已快中午了。他虽已退到二线，但待遇没变，出门有专车，还带了个秘书。他大学毕业后，先是在一所专科学校教书，评上副教授之后，调到文物所当副所长，升为所长后，又调到文化局任副局长，然后又当上了局长，四年后选为政协副主席。他前后结了三次婚，头一个是一位中学老师，第二个是一位办公室主任，第三个是一位歌唱演员。不过，三任都离了，他现在和他的保姆一起生活。从政协副主席位子上退下来后，他打算写四本回忆录，分别回忆老碗和三任妻子。几天前，他抢着把回忆老碗的这本印出来了，这次还特地带来了一本，算是献给老碗的生日礼物。

生日午宴开席的时候，朱幺按照老碗的安排，先把马绳和刘龙请到了包间。老碗自己先到大厅敬了一圈酒，然后也到了包间里。四个人分别了几十年，刚见面时虽说有些尴尬，但相互把手一握，一切都无所谓了。开席后，三个男人先一起举杯，共同祝贺了老碗。接下来，几个人就你敬我，我敬他，他敬你，推杯换盏，高潮迭起。几杯酒下肚后，话就多了起来。马绳对刘龙说，对不起，我当初不该让你为我背黑锅，为此你还被开除了。这是我一生的悔恨！刘龙说，你千万不要自责，那个黑锅是我自愿背的，不然我终其一生也得不到老碗。再说，如果那年不被开除，我今天也成不了泥塑艺术家。我还要感谢你呢，是你成全了我。过了一会儿，马绳和刘龙又一起把头转向朱幺，同时说，对不起你，我们不该睡你的老婆！朱幺说，你们二位说哪里话？要不是你们二位在先，老碗这朵鲜花，怎么也不会插到我这堆牛粪上。如果没有二位，我说不定到现在还打光棍呢！他们一边说一边喝，不知不觉都喝高了。老碗这时起身说，你们别再喝了，趁着太阳好，我们一起去三棵松看看吧。她的建议立即得到了响应，三个男人同声说，好，现在就走！

下午两点的样子，老碗被三个男人簇拥着来到了三棵松。遗憾的是，当年的松毛床已经不存在了。不过，松毛还有，满山都是。老碗心血来潮说，我们再铺个松毛床吧！三个男人都说，好啊！他们说铺就铺，没用到半个钟头，一个崭新的松毛床便出现在三棵松下。

/ 松毛床

卖糖记

1

今天，我最后一次去油菜坡卖糖，感到心情有些异样。我的心忽然变得软软的，仿佛一块糖融化在了一口热锅里。

我姓解，叫解春初。年轻的时候，大家都叫我小解。满了五十岁以后，很多人就改口喊我老解了。这个姓有点儿不好读，文化浅的人都读成姐，实际上应该读谢。我倒是无所谓，不管喊我小姐老姐，还是喊我小谢老谢，我都答应。名字嘛，不就是个代号。

我原来是老垭镇麻糖厂的工人，负责拔糖。我们厂的麻糖都是用原始工艺熬的，原材料主要是苞谷，也有少量的红薯和高粱，核心技术是在其中放麦芽，所以麻糖也叫麦芽糖。

拔糖是熬糖过程中的一道重要工序，就是把出锅不久的糖抓在手里使劲扯，有点儿像新疆人扯面。不同的是，拔糖要两个人一起扯，跟拔河的动作差不多，只是偶尔还要像跳舞那样转转身子，不断地把糖扭曲，让糖变形，以此增加它的韧性和沧桑感。我觉得，拔糖既是一种体力活，也是一种技术活，也可以说它是一门艺术。我很喜欢拔糖这个工作，一拔就是几十年，直到前年退休。

退休以后，我卖了整整两年的糖。在麻糖厂工作了半辈子，我对糖产生了深厚的感情，不想一退休就与糖断了关系。还有，我在经济上不是很宽裕，儿子读了个水货大学，虽说在城里找到了工作，也娶了妻子，买了房子，但他的房子却是我凑钱给买的，花光了我几十年的积蓄不说，还欠了一屁股的债，所以我就琢磨着靠卖糖来挣点子钱

我们厂虽然叫麻糖厂，但卖出来的产品却不是麻糖。我们在麻糖里面加上了另外的食物，比如花生芝麻核桃什么的。这样一来，我们的糖就丰富多样了。当然，主打产品只有三种，就是花生糖、芝麻糖和核桃糖。

我卖的糖都是从厂里批发出来的，价格很低，利润空间不算小，卖一百块少说可以赚它五十。坦率地说，这两年下来，我卖糖赚的钱不少于五万，把给儿子买房子欠下的债都还清了。

麻糖厂退休以后卖糖的，肯定不止我一个人，算起来至少有上十个。不过，大家相互之间从不抢生意。鱼有鱼路，虾有虾路，每个人卖糖的地方和线路都不一样。

我的大部分糖都卖到了油菜坡。那是我的老家，我在那里出生，在那里长大，直到二十四岁那年被麻糖厂招工后才离开。我之所以选择去那里卖糖，主要是我对那地方熟，每家每

户，一草一木，我都熟。再就是，我对老家有感情，那里有我的亲戚，有我的同学，有我的朋友，还有我从前的恋人。我和他们有着千丝万缕的瓜葛。

遗憾的是，今天是我最后一次去油菜坡卖糖了。我的儿媳马上就要生了，儿子来电话，要我老伴儿赶快到城里去照顾月子，还让我跟他妈一道去。我问，儿媳生娃子，我这个当公公的去干啥？儿子说，来帮着买菜，拖地，做饭，闲不了你！没办法，我只好乖乖地答应进城。

我打算卖了这最后一次糖，过两天就到城里去，以免儿子三天两头催。他像个催命鬼，好像老子上辈子欠他似的。

其实，我老伴儿是不主张我再跑这最后一趟买卖的。没必要。她说。但我再三考虑，这最后一次糖，我必须去卖。一来，我从厂里批发来的糖，还有一些积货，再把它们退回厂里不好；二来，我在油菜坡还有不少未了之事，也想在远行之前做个了断。我进城以后，还能不能再回来，谁也说不准。

匆匆吃过早饭，太阳刚从山尖冒出半张脸的时候，我便开着由小三轮改装成的糖车，离开老垭镇，沐着习习秋风，朝着油菜坡方向去了。

2

油菜坡离老垭镇二十里路，我十几分钟就把糖车开到了村口。村里每一处都有个名字，村口叫夹鼻沟。沟边有棵参天的白果树，树上的叶子已开始泛黄，看上去像落了一树的黄蝴蝶。

这是个大屋场，住着五户人家。我每次来这里，都会卖出十几袋子糖。不过，这回卖多卖少是次要的。我今天来，主要是想遇上孙德建。

孙德建比我小十来岁，我招工走的时候，他还穿开裆裤。我记得他打小就调皮得要命，还喜欢耍小聪明。见到别人吃饼子什么的，他会冷不防从后面一推，让别人在慌乱中把手中的食物掉在地上。如果别人嫌脏走了，他就赶紧捡起来自己吃。

长大以后，孙德建越发狡猾。我经常能听到关于他的传闻。有一次上馆子，他点了一盘红烧豆腐，快吃完时，他趁服务员不注意，从自己头上扯一根头发放到盘底，然后叫来老板，用筷子指着那根头发，大吵大闹说，你这是怎么开馆子的？这样不讲卫生，今后谁还敢来吃？老板信以为真，马上陪着笑脸说，对不起，只收你一半的钱！他头一扬说，想得倒美，我不找你赔翻胃钱就算好的，你还敢找我收钱？说完就扬长而去。

不过，孙德建对我还算好，从来没在我面前玩过什么花招。

我每次到了夹鼻沟，孙德建都会照顾一下我的生意，多少都要买我一些糖，有时哪怕只买一袋。他也挺讲客气的，明知道我不吸烟，见面总要抽出一根递给我，另一只手还连忙掏打火机。

相反，我倒是有点儿对不起孙德建。有一件事，在我肚子里快藏两年了，时间越久，越让我感到惭愧和不安。我这最后一次来，一定要把这件事跟他说清楚，向他赔个礼，道个歉，然后妥善解决。总之，我决不能让这件事情就这么烂在我的肚子里。

那还是我第一次到油菜坡卖糖，村里人都感到很新鲜。我在糖车上插了一个用黄布做成的幌子，上面印着老解麻糖四个红字。我把糖车一停下来，四周立刻围满了人。我事先准备好了一些散装的，见人就免费让他们尝尝。他们一尝，胃口就被吊起来了，马上就会掏钱买。身上没带钱的，要么找人借，要么打起蹶子回家拿，生怕迟一步我会把车开走。

孙德建那次买了一袋核桃糖，两袋芝麻糖，三袋花生糖，合计是六袋。当时每袋卖五块，六袋一共是三十块钱。孙德建没有零钱，掏出一张百元的票子让我找。他是从裤子口袋里掏出来的，皱巴巴的。我那天出门前，专门换了两百块的零钱，都是十块的，叠好装在我的上衣口袋里。我记得，我就是拿这叠零钱找给孙德建的。那会儿买糖的人多，这个喊要一袋，那个喊要两袋，把我的头都喊晕了。我不记得，孙德建接过零钱后是否认真数过。等到买糖的人都散去，我把钱清理了一下，突然发现那叠零钱还剩十四张。直到这时，我才意识到少找了孙德建十块钱。我应该找他七张，实际上只找了六张。

当时，我曾想过把那十块钱退给孙德建，觉得占别人的便宜不好。但我很快就打消了这个念头，心想，做生意嘛，能多赚一分是一分。再说，孙德建买了糖转过身就走了，眨眼间不见了踪影，我去找他也麻烦。我也想过，下次见面把十块钱退给孙德建，但真到见了面我又舍不得拿出来了。说到底，我还是太爱钱。孙德建再次见到我时，也没跟我提起过少找钱的事。我想，他当时可能没数我找他的钱。这样一来，我就更不用退那十块钱了。

然而没过多久，我就开始后悔了。我想自己好歹是个工人，再困难也不该占一个农民的便宜。后来每次见到孙德建，我都想跟他说声对不起，把十块钱退给他。可我又是个爱面子的人，始终不好意思开这个口。现在，我要走了，再也顾不上面子了。

夹鼻沟买糖的人仍然不少。我告诉他们，这是老解最后一次卖糖了。听我这么说，有人还特意多买了几袋。可是，孙德建却迟迟没有出现，我不禁有点儿紧张。一直到大伙儿都拎着糖走光了，孙德建还是没露面。我最后只好开着糖车亲自到他家里去找。

糖车开到孙德建房子旁边，忽然没路了。我就把糖车停下，拎了两袋花生糖步行前往。还好，我老远就看见了孙德建。他正坐在门口晒太阳。时令刚到初秋，他就穿夹衣了，还戴了一顶绒线帽。他的脸色腊黄，像是患了病。见到我来，他也懒得起身，只给我淡淡地笑了一下。

我走拢去说，德建，我过几天就要进城，这是我最后一次来卖糖了。孙德建说，是吗？我酝酿了一下情绪说，有一件事，我老早就想跟你说一下，但一直找不到适当的场合。今天，我不得不说了，不然就没有机会了。听我这么说，孙德建陡然一惊，赶忙站起来问，啥事？他显很慌张，脸又白了几块，像一片下了霜的菜叶子。

我说，前年这个季节，我来这里卖糖，你买糖后掏给我一百块钱，让我找，本来要找七十的，可我一忙乱只找了六十，少给你找了十块钱。我说到这里，孙德建松了口气，又缓缓地坐了下去，好像有点儿站不住了。

这时，我从口袋里拿出十块钱，递给孙德建说，今天我要把这十块钱还给你，请你原谅我！接着，我又把另外一只手上的糖递上去说，这两袋糖也送给你吃，算是我付的利息吧！

然而，孙德建却一不收钱二不收糖。他双手交叉摆动着，像电视上的音乐指挥。我奇怪地问，你为啥不收？是不是不想原谅我？他忽然勾下头，双手把头抱住说，不，不是！我诚恳地说，那你为啥不收？我是在真心请求原谅啊！孙德建慢慢扬起头来，露出一脸苦笑说，老解，请求原谅的应该是我！

我听不懂他的话，睁大双眼问，此话怎讲？

孙德建颤着嘴角说，我那天掏给你的那一百块钱，实际上是一张假钱！

啊！我一下子傻掉了，手里的糖砰砰两声落在地上。

3

离开夹鼻沟，我又依次到了洞湾、横田、老井几个屋场。临近中午时，我开着糖车来到了桃花泉。这是油菜坡风景最好的地方。一股碗粗的泉水从一个弯月形的石洞里流出来，装满了石洞口晒席大的一个石潭。石潭周围长满桃树，春天花开时，火红的桃花倒映在泉水里，让人看了春心荡漾。

桃花泉只有一户人家，但我每次来油菜坡卖糖，都要在这里停留。这里是我雷打不动的一站。

这户人家的主人是个女的，叫黄晚霞。可能是每天喝泉水的缘故，她长得白皮细肉，总不显老。她比我小三岁，今年应该五十四了，但看上去顶多四十出头。黄晚霞就出生在这股泉水边，是父母的独女，年轻时招过一个倒插门的丈夫，可惜两个人感情不好，凑凑合合过了十几年，人到中年后还是离了婚。她有一个女儿，去南方打工认识了一个广东人，就嫁到那边了，一年才回来一次。她的父亲前几年过世了，眼下只有她陪着一个上了年纪的母亲生活在这里。

我每次来桃花泉，并不是为了卖糖赚钱。事实上，两年来我在这里一袋糖也没卖过。我来这里，主要是想看到黄晚霞。一看到黄晚霞，我就感到幸福。幸福是什么？幸福就是身上的每一块儿肉都发颤，颤得痒痒的，酸酸的，麻麻的，好像要颤出水来，颤出火来，颤出风花雪月来。

美中不足的是，黄晚霞并不欢迎我来这里。这两年中间，我来这里不下二十次，但我一次也没进过她家的门。黄晚霞不让我进。她一直把我拒之门外。黄晚霞似乎也不愿意我看到她，每次见我来就故意回避我，甚至往屋里躲。我有啥好看的？她说。黄晚霞跟我说话总是怪怪的，眼睛斜视，嘴角上挂一丝冷笑，声音像酸白菜。

黄晚霞从来不买我的糖。我白送，她都不吃。命苦的人不吃糖！她说。

幸亏她母亲对我还热情，不然我来这里连椅子都没得坐。每回一听到我按喇叭，老人家立刻就会从屋里跑出来，兴奋得像一只快活的老母鸡。她忙不迭地给我找座，倒茶，热天递蒲扇，冷天递手炉，把黄晚霞气得直打转。

我每次来，都要不顾黄晚霞的反对，强行送几袋糖给她母亲吃。她特别爱吃我的芝麻糖，吃起来眉开眼笑，鹤发童颜，连掉在腿上的一粒芝麻也要捡起来喂进嘴里。黄晚霞却不喜欢她母亲吃我的糖，总是在一边用眼睛瞪她，还嗔怪道，身上一分钱没有，还这么嘴馋，真是越老越没出息！

黄晚霞虽然自己不吃我的糖，但开始那几次，她都要抢着替母亲付钱。我当然分文不会收她的。她把钱一递过来，我就给她推回去。她又递，我又推。她还递，我还推。一直要推到她不再递，我才住手。你妈就是我妈！我趁机对黄晚霞说。黄晚霞却用眼白看着我说，我妈可没这个福气！

黄晚霞跟我说话，总是话里有话，弦外有音。旁人听不明白，我却是一下子就能听出来。我知道她恨我，对过去的事情还一直耿耿于怀。

从前，我和黄晚霞谈过恋爱。我是她的初恋，她也是我的初恋。可是，因为我的一时糊涂，我们后来分手了。

我和黄晚霞是在桃花泉这里好上的。那一年她刚满二十岁，正如一朵含苞待放的桃花。一天傍晚，我来桃花泉挑水，正好碰到黄晚霞在这里洗衣裳。当时桃花已开，花意正浓，泉边蝶舞蜂喧。黄晚霞弯腰打水时，衣裳朝上缩了一截，屁股上面露出一圈白肉来。我一看见那圈白肉就傻了，眼睛放大，舌头打颤，口水直往下流。我丢下水桶就跑过去，从后面拦腰抱住了她。黄晚霞开始挣扎了两下，很快就不动了。过了一会儿，她缓缓地转过身来，也抱住了我……

那个傍晚，我俩在桃花泉边一直呆到月亮升起来才依依不舍地分头回家。

谁也没想到，我和黄晚霞刚爱上一年，老垭镇麻糖厂突然到我们油菜坡来招工。当时对我们农村青年来说，招工简直就是天大的好事。我第一个报了名，并顺利被录取。到镇上当工人的头半年，我还爱着黄晚霞。可半年之后，我就慢慢变心了。男人真不是个东西，心比豺狼还狠，说变就变。变心后，我不好意思回来当面跟黄晚霞说，就写了一封信托人带给了她。据说，黄晚霞读了我的那封信，一个人在桃花泉边哭了半夜。我后来想，她那半夜流的眼泪，恐怕不比桃花泉的水少吧？

我把糖车一开到桃花泉边就停下了。每次我来，都是把车停在这里，然后走到黄晚霞的家门口去。不过，我这回没有像以往那样一来就按喇叭，也没有立即下车。我先在车上坐了一会儿，默默地把桃花泉打量了一番。眼下，虽然花期已过，但桃树上却花意犹存。每棵树上都还残留着几朵干花，花瓣虽已枯萎，花蕊虽已黯淡，但昔日的美艳仍依稀可见。

看了一会，我把目光转向了黄晚霞门口。我这次运气真好，一眼就看见了黄晚霞。她穿着一件桔黄色的毛衣，正坐在门口低头择菜。不过，我没见到她母亲。老人家可能在屋里煮中饭。

我赶紧跳下车，提上事先装好的一个大礼包，快步朝黄晚霞门口走。大礼包是我送给她母亲的，里面装了三十袋糖，够她吃半年的了。没准儿，这也是我最后一次给老人家送糖了。不过，我今天来，主要还不是给黄晚霞的母亲送糖，也不是远远地看一眼黄晚霞。我最大的心愿，是能进一次黄晚霞家的门。如果她能让我进一次门，那我这辈子也就没什么大的遗憾了。

离门口还有十来步的样子，黄晚霞一抬头发现了我。一见是我，她把菜篮一拎就起身进屋了。

尽管我料到她会这样，但我的心还是陡然一沉。还算好，我正感到沮丧，黄晚霞的母亲突然从屋里出来了。哎呀，春初来了！她一出门就亲切地跟我打招呼，还连忙为我搬来一把椅子。接着，她又车身回屋里给我端出了一杯茶。

我先在椅子上坐下来，再把茶杯放在一个石头上，然后就把大礼包朝老人家递过去。她问我，这包里装的啥？我说，是三十袋糖。她一愣问，都送给我？我说，都送给你。她又问，这么多，我怎么吃得完？我说，你慢慢吃，有半年的保质期，不会坏的。

我坐在一个窗户下面。正说着话，窗口响了一声。我仰头一看，只见窗内有人影晃动。我想肯定是黄晚霞，刚才我和她母亲说的话，她也许都听到了。我多么希望黄晚霞能出来一下，让我好好看她一眼。我马上就要进城了，以后还能不能再见到她，谁能说得好？但我感觉到，黄晚霞今天是不可能再出来了。这么想着，我不禁黯然神伤。

老人家这时突然又问我，你为啥这一回给我送这么多糖？

我有点儿沉重地说，这是我来油菜坡卖最后一次糖了！

为啥？老人家慌忙问。

我过两天就要到城里去了，儿媳快生了，儿子要我和他妈去帮忙。我说。

说完，我便起身告辞。时间已经不早了，我还有好几个地方要去。再说，黄晚霞躲着不见我，我在这儿待着也没趣。

然而，我刚刚转身，黄晚霞却出人意料地从屋里出来了。莫慌走！她在我背后说。我赶忙又转回身，呆呆地看着黄晚霞。我发现她脸上潮湿，眼圈是红的，好像刚哭过的样子。

沉默了一会儿，黄晚霞问我，你真的要进城吗？我给她点点头说，是的。她突然低下声音说，那你留下来吃顿饭吧！我一下子惊呆了，半天没回过神来。黄晚霞这时说，快进屋吧，还愣着做啥？

我不知道我是怎么走进黄晚霞的家门的，只知道在进门的那一刹那，我幸福到了极点，浑身上下的每一块儿肉都在颤，好像颤疯了一样。

4

我从桃花泉走时，已是下午三点钟。随后，我又到了裤裆丘、沁水汊和铜壶嘴这几个地方。五点半钟左右，我把糖车开上了母猪岭。这是我此行的最后一个屋场。

母猪岭有三户人家，一户姓姬，一户姓党，一户姓虞，都是一些怪姓。这三户经济上都不行，没什么购买力。我以前来油菜坡卖糖，时间若不是太宽裕的话，一般都不上这个岭。这里岭高路陡，开车费油，加上这几户人家也买不了几袋糖，所以跑一趟不划算。更伤脑筋的是，这里的人总喜欢赊账。说实话，我对赊账是很反感的，一赊账，金子就变成铜了。但是，都是熟人，人家要赊你不赊，我又拉不下面子。

然而，今天我一定要上母猪岭。因为党守业家还欠我三百块钱，都是之前买糖赊的账。三百，不是个大数字，也不是个小数字。我这次必须把这笔账给收了，再不收就可能成了来生账。

严格地说，这笔账是党守业的老婆赊的，我应该找他老婆毛忠凤收才是。党守业虽说在户口薄上是户主，但当家的却是毛忠凤。

党守业是一个怕老婆的人，毛忠凤打个喷嚏，他会吓得一跳。他只有做活的份儿，重活，脏活，危险活，都是他的，挣的钱却要一把交给毛忠凤。在毛忠凤面前，他说话都不敢大声。毛忠凤偷人，他也睁一只眼闭一只眼，屁都不敢放一个。从地里回来，要是正碰上毛忠凤和相好在家，党守业就会再出去溜达一会儿。有时候，毛忠凤还派党守业去请相好来家中吃饭，并且让他给相好敬酒。

毛忠凤是从毛湖那边嫁来的，人说不上怎么好看，但两个奶子却大得吓人，所以，想跟她睡觉的男人不在少数。毛忠凤本人也喜欢做那个事，平时做活无精打采的，可是一有男人找她，她就一下子来神了，眉飞色舞，腰也扭，屁股也扭，两手张得像麻将中的八万。毛忠凤和男人睡觉很随便，不需要感情，甚至连相貌也不看，你只要给她钱，或者给她买点儿吃穿，她随时可以给你脱裤子。睡觉的地方也不论，床上也行，地下也可，麦草堆里，红薯窖里，她都睡过。有一回，她送一个喝醉酒的男人走夜路，走着走着来劲了，当即倒在路边睡起来，完事之后搂裤子时，才发现刚才睡在一座坟墓旁。

以往，我只要把糖车开上了母猪岭，毛忠凤总要买我的糖吃。她实际上是个好吃懒做的女人。在我卖的糖中，她最爱吃的是核挑糖。她说，核桃糖吃了滋阴，头发黑，身上水多。但是，她总是没有现钱付给我。

毛忠凤不到四十岁，见面都喊我解叔。我如果要求她一手交钱一手交货，她就用撒娇的声音对我说，解叔，让我先赊着嘛！她的声音听了肉麻，让人起鸡皮疙瘩。毛忠凤既然这么央求，我也只好让她赊账了。不过，毛忠凤也不赖账，到了年底会一次性付清。她去年赊我的钱，就是过年前给我的。

母猪岭上怪石多，有的像飞马，有的像卧牛，还有一个石头像一头母猪，长了两排布扣子似的奶子，母猪岭就是这么来的。党守业门口的土场上，有一个大石头，看上去像只乌龟，村里人都称它王八石。

我把糖车开到王八石前面时，党守业正坐在石头下磨刀。我一下车就问，你老婆呢？他说，在屋里陪她爹说话，我丈人今天从毛湖来了。我说，你老婆今年买了我不少的糖，钱一分也没付过，今天我就是专门来收这笔钱的。我话没说完，党守业就不耐烦地说，这话你找我老婆说去，糖又不是我买的。再说了，我手上也没有一分钱！我想了想说，那请你帮我进屋传个话吧，你丈人来了，我进去催账不好。党守业放下刀说，好吧，话我负责传到，但她有不有钱付，我可不管。他说完就起身进了门。

毛忠凤很快晃着两个奶子出来了，见面就说，解叔来了！我说，对不起，我这次是来收今年的赊账的。毛忠凤苦笑一下说，慌啥子嘛，过年时我一起付。我说，这是我最后一次来这里卖糖了，你还是先把钱付一下吧！毛忠凤问，今后怎么不来了？怕我赊账不还？我说，那倒不是，我过两天就要进城了。毛忠凤沉吟了一会儿说，噢，原来是这样。

毛忠凤埋头沉默了半天，然后抬起头，望着旁边不远处的牛栏对我说，解叔，我们能去牛栏后面说话吗？我有点儿奇怪地问，为啥去那里说？毛忠凤说，我爹在堂屋里坐，有些话让他听见了不好。我想了一下说，那好吧。

我跟着毛忠凤来到了牛栏后面，这里支着一个小山似的稻草垛。停下后，毛忠凤忽然换了一种口吻对我说，老解，我想跟你商量个事。我一怔问，啥事？她用异样的眼神看着我说，眼下我手头确实没有钱，我陪你睡一觉，抵这三百块钱的账怎么样？我听了大吃一惊，额头上冷汗直冒，心里紧张死了，半天说不出话来。毛忠凤又说，你放心，我没病的。我还是说不了话，心里砰砰跳。毛忠凤接着说，我就陪你在这稻草垛里睡，稻草软和得很，别人也看不见。

毛忠凤见我一声不响，以为我同意了，接下来就拉我的手。我一把推开她，大声吼道，你把我看成什么人了？毛忠凤没想到我会拒绝，一脸尴尬地说，不睡就不睡，发火做啥？过了一会，我平静了一些，小声对毛忠凤说，这样吧，你也不容易，我给你免一百，你只付我两百就行了，最好现在就去找人借一下。毛忠凤愣了片刻，然后嘟哝着说，好吧，我这就出去借。她说完，直接往稻草垛后边方向走了。

我回到王八石前面，党守业和刀都不见了，看样子他上山砍柴去了。中午喝了点儿酒，又吃多了肉，我突然觉得嘴里有点儿干，就决定进门找口水喝。

堂屋里坐着一个老年人，正在低头吸烟。我问，你是毛忠凤的爹吧？他抬起头说，是的。我朝他脸上看了一眼，忽然觉得他很面熟，但一时又想不起名字，也想不起在什么地方见过他。他看见我，眼睛也一愣，仿佛对我也面熟。

我马上问，请问你大名？他说，我叫毛得志。一听毛得志这个名字，我立刻认出了他。三十多年前，他也被招到了老垭镇麻糖厂，我们还做过一年的同事。但他只在麻糖厂干了一年就走了。进厂第一年是试用期，第二年考试合格才能转成正式工。毛得志只读过小学，考试没及格，就又回老家毛湖当了农民。我至今还记得，卷着铺盖回家的那天早晨，毛得志哭得泪流满面。从那以后，我就再没见到过毛得志。哪想到，毛忠凤居然是我老同事的姑娘！

毛得志却怎么也想不起我来了。他眨着眼睛问，你是？我说，我是解春初啊！解春初？他皱起眉头问。看来，他已经忘记了我这个名字。毛得志的岁数应该和我差不多大，但他显得比我老多了，身上干瘦，脸上浮肿，耳朵似乎也有点儿背，看上去已经像个古稀之人了。

我正准备帮毛得志打开尘封的回忆，毛忠凤突然回到了门口。她站在门外的土场上跟我招手，我只好赶紧走了出来。

出门后，我盯着毛忠凤的脸直直地看了好半天，发现她的眼睛与毛得志的眼睛几乎一个样。毛忠凤不明白我为什么这样看她，奇怪地问，你不认得我呀？我说，你长得很像你爹！毛忠凤说，废话，哪有姑娘不像爹的？

毛忠凤一边说，一边把手插进了裤子口袋。她很快从口袋中掏出了两百块钱，递给我说，找了几个人，总算是借到了两百。

我却没接毛忠凤递过来的钱。我对她说，算了，这两百也免了！

为啥？毛忠凤鼓大眼睛问。

我没有回答她，转身跳上糖车，迅速离开了母猪岭。走远以后，我回头看了一眼，发现毛忠凤还目瞪口呆地站在门口，像一棵遭了雷打的树。

5

油菜坡只有一条又弯又窄的乡村公路，还是这两年才修的。我回老垭镇，只能是原路返回。

离开母猪岭，我绕了好大一个弯，才把糖车开到了一段平路上。这时，我看见前面不远的路口站着一个人。我踩了一下油门，冲上去一细看，居然是毛忠凤。她显然是抄小路来的，看样子找我还有要紧的事。

我刚刹住车，毛忠凤就一步跨到了我跟前。我发现她手里捏着两百块钱。我还没说话，她却先开口了。她举着钱大声问我，你为啥不收这两百块钱？我不想告诉她实情，迟疑了一下说，我给你免了！她把钱递给我说，我不要你免！我问，为啥？她说，我不能不明不白地让你免钱！

我顿时一怔，猛然对毛忠凤另眼相看了。这时，毛忠凤硬要把那两百块钱塞给我。没办法，我只好把我和她爹的关系讲给她听。我讲得十分仔细，毛忠凤听完，睫毛上已挂满泪珠……

回到桃花泉，我看见黄晚霞的母亲静静地站在泉边，手里拎着一个蓝底白花的老式包袱。

我车没停稳，老人家就朝我走了过来。看来，她已在这里等我多时了。春初，我总算等到你了！她说。我问，你老人家等我有事？她举起手中的包袱对我说，是晚霞让我在这儿等你的，她要我把这个包袱交给你。我接过包袱问，包袱里是啥？老人家说，是几件小毛孩儿穿的衣裳，还是我外孙女刚生下来时穿过的，晚霞一直没舍得丢。她说你儿媳快生了，让你把这些衣裳带到城里去，说都是棉布做的，小毛孩儿穿着舒服。

老人家说到这里，一股暖流突然漫过了我的心田。我想说一声谢谢，但我没说出来。我忽然觉得谢谢这两个字是多么的苍白无力。过了许久，我问，晚霞呢？老人家说，她中午喝醉了。以前，我从没见她像今天这样喝过酒！听老人家这么一说，我也一下子醉了……

我经过夹鼻沟时，已是暮色苍茫了。在昏黄的光线里，我隐隐约约看见路边有个人影。停车一看，是孙德建。

这么晚了，你站在这里做啥？我问。

孙德建说，等你！

有事？我问。

孙德建说，那一张假钱……

孙德建话没说完，我已经猜出他在这里等我的原因了。但我没等他把话说完，就猛地把车开走了。

返回老垭镇的路上，我的车一路上开得轻快如风。车上的糖全都卖完了，这无疑是我两年来在油菜坡做的最好的一趟生意。

离婚的女人

1

你猛然问到我的那个小郎儿，我还真有点儿难为情，脸上麻酥酥的，好像有一群蚂蚁在上面爬。你说，我一个年近六十的女人，天天跟一个比我小二十多岁的小伙子住在一起，怎能不难为情呢？

刚才你来的时候，小郎儿正在门口那个池塘里捞甲鱼。看见你的车朝我们房子开过来，他扔下捞甲鱼的竹竿就跑了。我老实跟你说吧，小郎儿是在故意躲你。他也是难为情，不好意思见你。

一个才三十出头的小伙子，每天守着一个跟他妈一样大的女人，在外人面前，尤其是在你面前，他肯定是难为情的。

八年前，我突然离开油菜坡，跑几百里的路来到这杨梅溪，说到底还不是感到难为情？当时，小郎儿已经跟我在一个床上睡半年了。老家的人，差不多都猜到了我和他的那种关系。我一时觉得没脸见人，就卷起铺盖跑了。

小郎儿从小就叫我干妈，还吃过我的奶。这些都是你知道的。他和我们的闺女同年同月生，只比闺女小三天。当时我的奶水太多，小郎儿的妈却奶水不足，就把他抱来吃我的奶，这样就叫我干妈了。在老家人的心目中，小郎儿一直都是我的干儿子。

小郎儿刚在我那里住下来的时候，村里人还没察觉到什么。当时，你和我离婚还不到两个月，闺女又嫁在远处，屋里只剩下我一个人。人们都以为小郎儿怕我孤单，就来陪一下干妈。有人还对我说，你这个干儿子真孝顺啊！可是没过多久，小郎儿和我的事就被人看出来了。刚开始，我发现有人对我怪笑，接着就有人在一边嘀嘀咕咕，后来便有人在背后戳我的脊梁骨。事情到了这一步，我肯定在老家待不下去了，只好远走他乡。

当时我是偷偷摸摸走的，走前没跟任何人打招呼，更没让小郎儿晓得。事实上，我那会儿决定离开老家，除了羞于见人之外，还有一个重要原因，就是想跟小郎儿尽快分手，与他一刀两断。我想，小郎儿还那么小，连婚都没结过，好日子还没开始呢，我不能把他耽误得太久了。谁想到，我来到杨梅溪还不到十天，小郎儿却找到这里来了。那天，当他像个乞丐一样出现在我面前时，我顿时傻了，不敢相信自己的眼睛，以为是在做梦。

俗话说，麻雀飞了也有个影子。我走的时候，虽然人不知鬼不觉，但还是有人看见我上了一趟班车。

发现我失踪后，小郎儿陡然像丢了魂儿。头两天，他在村子里到处找我，还到我娘家去问过。接着，他又跑到公路边的那个无名车站，见人就问看到过我没有。听说我上了一趟班车，他就拿着我的一张照片，连续三天守在那个小站上。一当有班车停下，他马上就把我的照片递给司机看。他一连打听了十几个司机，后来总算有个司机说见过我。那个司机对我印象很深，指着照片对小郎儿说，这个眉间长痣的女人坐过我的车，坐到当阳下的。

小郎儿得到这个消息后，立刻就上车赶到了当阳。可是，在当阳汽车站一下车，他却两眼一抹黑了。正在这个时候，一辆开往杨梅溪的面包车从他身边经过。一看见杨梅溪三个字，小郎儿的眼睛陡然亮了一下。在那之前，我曾经跟他提到过杨梅溪，还说过我一个表姐嫁在这里。接下来，小郎儿就上了那辆面包车，马不停蹄地来到了这里。

杨梅溪实际上只是一个小村庄，总共才五十几户人家。但这个地方名气很大，每天都有外地人来这里旅游观景。一条绿汪汪的小河从成片的杨梅树下缓缓流过，两岸密密麻麻地坐落着白墙黑瓦的老房子，都是一百多年前留下来的，看上去就像电视上放过的那些风景画。小郎儿来到杨梅溪后，手拿我那张照片，挨家挨户地打听我。打听了两天，他终于在一个废弃的牛棚里把我找到了。

小郎儿那天找到我时的情景，我一辈子也忘不了。他胡子拉碴地站在牛棚前，手里捏着半瓶矿泉水，脸上脏兮兮的，像是好久没洗过脸了。小郎儿看见我，先愣了一会儿，接着就朝我扑了过来。他一头扎进我的怀里，两只手紧紧地箍着我的腰，像是害怕我又跑了。后来，小郎儿突然哭了，还哭出了呜呜的声音，泪水把我的胸脯都湿透了。我的心一下子乱作一团，说不出是惊喜还是不安。我也忍不住哭了，眼泪像断线的珠子落在小郎儿的头上……

当年的那个牛棚就在这里，是表姐家以前喂牛的。我和小郎儿在牛棚里住了两年，第三年才盖了现在这个房子。这房子计划盖两层，当时我们手头没几个钱，表姐也没有太多的钱借给我，只勉强盖了一层。不过，我和小郎儿商量好了，决定明年就把第二层盖起来。这几年，我和小郎儿勤扒苦做，省吃俭用，盖第二层的钱也差不多攒够了。

2

我刚才只顾着说话，竟然忘了给你茶杯里加水。这会儿我加了，你趁热喝一口吧。杨梅溪的茶叶不太好，远远赶不上我们老家油菜坡的，你只好将就着喝点。不管怎么说，你来这里是客人！不好意思的是，我没有烟给你抽。小郎儿不抽烟，所以屋里一根烟也没有。他昨天到镇上去了几趟，我也忘了提醒他买。看来，你只能抽你自己的烟了。

你问我的那个小郎儿躲到哪里去了，我还真不好回答你。不过，有一点可以肯定，小郎儿没有跑远，因为他没有骑摩托车。

小郎儿有可能是去了土丘后面的那片西瓜地。好久没下雨了，小郎儿担心西瓜被干着，每天都要去浇一次水。那里原来是一面荒坡，前年春天，小郎儿把它一锄一锄地挖出来，铺上土，垫上肥，种上了西瓜。今年的西瓜长势喜人，再过十来天就可以摘下来拖到当阳去卖了。这几年卖西瓜的钱，小郎儿一分也没舍得花，都交给了我，预备着明年盖第二层房子时用。

小郎儿也有可能到河里挖沙去了。从我们这里向左，走二十分钟就是杨梅溪。那里的沙都是被水从上游冲下来的，土少，沙细，又不需要花钱买。小郎儿一有空就去河里挖沙，挖起来堆放在河岸上，凑足一车就请拖拉机拖回来。他这也是在为盖第二层房子做准备。挖沙是个苦差事，手上动不动就打血泡。小郎儿挖沙打了多少个血泡，恐怕连他自己都记不清了。

我说过，小郎儿躲你主要是觉得难为情。所以，你千万别多他的心。事实上，为了迎接你，小郎儿还动了不少脑筋呢。

昨天下午，表姐来到我这儿，告诉我你今天要来。当时，小郎儿也在场，一听说你要来，他的情绪猛然有些紧张，脸上的表情很不自然，好像大雨要来时的天空，一半儿是彩霞，一半儿是乌云。一开始，我以为小郎儿会首先站出来反对你来，但他没有这样。小郎儿什么也没说，只是扭头看着我，等我表态。

我当然是反对你来的。你想想看，我背井离乡来到这里，好不容易才过上了平静的生活，肯定不希望有人来打扰。像我这种被抛弃的女人，一颗心变得比鸡蛋还要脆弱，稍微碰一下，它就会碎。所以，我不想见到你！表姐一说你要来，我马上就要她把你拦住。但表姐说，你的态度十分坚决，恐怕已拦不住了。为这，我还责怪了表姐几句，埋怨她不该把我住的地方告诉你。

小郎儿见我反对你来，显得很高兴，还给我递了一个明亮的眼神。可是，表姐一说拦不住你，小郎儿的眼睛猛然就暗了。不过，小郎儿还是什么都没说，头一低，一声不响地从后门出去了。

后门外面是个猪栏，喂着两头猪。每当遇到不顺心的事，小郎儿总是一个人跑到猪栏边，默默地看着猪们吃一会儿食。这样呆上半个钟头，他的心情就会好一些。平静下来后，小郎儿会及时地回到我的跟前，故意找话跟我说，猪们真是能吃啊！我这时会问，你不生气了？他苦笑一下说，只要你不赶我走，我啥都无所谓。听小郎儿这么说，我真是哭也不是笑也不是。

昨天，小郎儿从后门回到屋里的时候，表姐已经走了。他诚恳地问我，明天要来客，需要我做哪些准备？我满肚子怨气地说，有啥好准备的？又没人请他来！小郎儿却说，他既然要来，我们还是要好好招待一下他。不说别的，总不能让他觉得你过得太寒酸吧！

我试探着问，那你想怎么招待他？小郎儿说，天气这么热，我建议去买一个电扇回来，等他来了好吹一吹。他说到买电扇，我不由一愣。在这之前，我好几次都想买个电扇，可小郎儿总是给我泼冷水。他说，再忍一忍吧，等我们攒够钱把第二层房子盖好了，就可以想买啥买啥了。我觉得小郎儿说得在理，就依了他，一直没舍得买电扇。可一听说你要来，他却主动要买电扇了。你看，现在吹的这个电扇，就是小郎儿昨天傍晚去镇上买回来的，连吊牌都还没来得及取呢。

买回电扇后，小郎儿又连夜往镇上跑了一趟。他去买了十瓶听装啤酒。小郎儿说，客人大老远来，无论如何要留他吃个饭。他又说，吃饭不能没有酒，无酒不成席。他接着说，天气这么热，白酒肯定喝不下去，只能买点啤酒喝。我奇怪地问，附近杂货铺就有啤酒卖，你何必要跑到镇上去？小郎儿说，杂货铺的啤酒都是瓶装的，还是去买点听装的好。事实上，小郎儿也是个很爱面子的人，他平时喝的啤酒，都是瓶装的，才两块钱一瓶。昨天他买的听装啤酒，一听就要八块钱。小郎儿把听装啤酒买回来后，我还心疼了好半天。

今天早晨，小郎儿天一亮就起床了。他又是扫地，又是抹窗，还把杯子盘子都洗了一遍，好像要迎接什么贵宾。我怪笑一下问，他来，值得你这样忙吗？小郎儿说，我不能让他小看了你！

你刚才来的时候，看到了门口的那口池塘。它原来只是个小水坑，是堂姐当年挖了给牛喝水的。来到这里的第二年，小郎儿决定把小水坑扩成一口大池塘。这里的土层硬，还夹着火石包，小郎儿一连挖了两个月才挖成。这个池塘算是挖对了，又能种藕又能养鱼，每年都有七八千的收入。

去年秋天，小郎儿从桃花溪上游捉回了两只野生甲鱼，一直放在池塘里养着。他打算养大以后拎到当阳去，卖给那些大酒店。据说，一只野生甲鱼可以卖到五六百。今天吃过早饭，小郎儿突然跟我说，他要捞一只甲鱼招待你。我问，有这个必要吗？小郎儿犹豫了好半天，最后还是一咬牙说，捞一只起来吧，毕竟……

小郎儿后半句话没说完，就拿起竹竿去了池塘边上。可是，小郎儿还没把甲鱼捞起来，你就来了。他没想到你会来得这么早。我也没想到。看来，只怪你没有口福，甲鱼你今天是吃不成了。

3

小郎儿果然没跑远。刚才后门那里响了一下，你也听见了。我去后门上看了一眼，没见到人，只看见门槛上放着一包烟。这烟，肯定是小郎儿从附近那个杂货铺买来的。他放下烟又躲起来了。我四处张望了一会儿，连他的影子也没看见。小郎儿买的这包烟，我也不晓得好坏，你试着抽一支吧。

你刚才问我啥？是问当年我和小郎儿是怎样好上的吗？你这个人呀，还和过去一样不厚道，为什么要哪壶不开提哪壶呢？不过，你既然问到了这个事，那我还是跟你说一说，满足一下你的好奇心。况且，时间过去了这么久，再丑的事也没啥见不得人的了。

刚离婚的那一个月，小郎儿差不多每天要到我那里去一趟，有时上午去，有时下午去。你晓得的，他家离我那儿不足两里路，他爹妈又不怎么管他，所以他一有空就往我那儿跑。小郎儿很勤快，无论家里的活，还是地里的活，碰到什么就帮我做什么。作为一个离婚的女人，我当然希望有个人陪我说说话，帮我干干活。有一天，小郎儿在家里找工割油菜子，忙得抽不开身，就没到我那儿去。我那天居然感到很不习惯，晚上连饭也吃不下。

但我跟你说，在那头一个月里，小郎儿从来没在我那儿住过夜。他每天晚上都回自己家里去住，再晚也要回去。当然，我也从来没留过小郎儿。有几次，我把晚饭弄迟了，小郎儿吃过晚饭天已黑下来。即使这样，我也没说过让他留下来的话，还赶紧给他找出手电筒，催他快点儿回家。

小郎儿第一次在我那里住夜，是我离婚第二个月的事。

那天下午，我喂的那头母猪突然跑花，打栏的时候把猪栏门口的那面石头墙撞垮了。小郎儿对我说，你快把母猪赶到配种站去，撞垮的墙我来砌。配种站有点儿远，直到傍晚我才赶着配过种的母猪回到家里。当时小郎儿已把撞垮的石头墙砌好了，正靠在堂屋的一把椅子上打瞌睡。他肯定是累坏了，睡得很沉，连我推门进屋都不晓得。

进到屋里，我没有立刻去厨房煮晚饭。来回跑了五里多山路，身上的衣裳都汗湿了，贴在身上很难受。我想先去卧房洗个澡，再换身干净的衣裳。澡盆一直就放在卧室里，我每次洗澡只需要从厨房的灶口提一壶热水进去。

卧室的门后面本来有个闩栓的，但长期没用就生了锈。那天考虑到小郎儿在堂屋里，我在脱衣裳之前就想把闩栓闩上。可闩栓上的锈太厚了，我怎么闩都闩不进去。不过，我当时也没有太着急，心想小郎儿睡得像个死人，没人喊他是不会自己醒的。尽管这么想，我还是用一个木凳子把门挡了一下。

洗澡的时候，我没有开灯。自己给自己洗澡，我闭着眼睛也能把身上的每一块儿肉都洗得干干净净。直到洗完澡把身子擦干，我才迟疑着把灯打开。因为只有开了灯，我才看得见去床头找干净的衣裳。谁想到，我刚把灯扯燃，正要往床头走，卧室的门猛然被推开了。我在惊慌之中扭头看去，只见小郎儿愣愣地站在卧室门口。他目瞪口呆，头歪着，嘴斜着，好像整个脸都变了形。

我当时羞死了，一边用手捂住肚子下面，一边冲小郎儿吼道，哪个让你推门的？直到这时，小郎儿才回过神来。他赶紧把门关上，然后转身跑开了。

我穿好衣裳从卧室出来，小郎儿已经不在堂屋里了。我心里不禁有点儿紧张，怀疑小郎儿是直接跑回了他家。我急促地走到门口去看，还好，小郎儿还没走。我看见他站在屋檐下，像一截木头。

小郎儿不敢抬脸看我，默默地低着头，如同一个犯了错误的学生娃娃。我也不好意思看他，眼睛望着一边说，天都黑了，你站在门外干啥？小郎儿惴惴不安地说，刚才，我不是故意的，我看见卧室的灯突然亮了，觉得奇怪，就冲上去推了门，没想到是你回来了！我愣了一下说，我没怪你，快进屋吧！小郎儿说，天不早了，我也该回家了。我说，还没吃饭呢，不管怎样也要吃了饭再走！小郎儿说，我今天不饿。我说，你一个人砌了那么大一面石头墙，怎么会不饿呢？别慌着走，进屋我给你煮腊肉吃！小郎儿说，我真的不饿。他说完就走了。

看着小郎儿从我身边走开，我的心陡然往下一沉，忽然有点儿舍不得他走。小郎儿刚走下门口的土场，我就慌忙喊了他一声。你等一下。我说。小郎儿停住，头也不回地问，怎么啦？我说，我给你找个手电筒。小郎儿说，不用，今晚有月亮。我抬头朝天上看了一眼，果然有一轮月亮在云彩里穿行。当我低下头再去看小郎儿时，他已经走得没影了。

那天晚上，我没有煮晚饭吃。不晓得为啥，我也觉得肚子不饿，一点儿食欲也没有。九点多钟，我感到浑身乏力，连看电视的劲儿都没有了，就早早地上床睡了觉。

可是，我躺在床上却怎么也睡不着，眼前老是浮动着小郎儿的影子。可以说，小郎儿是我看着长大的。他勤快，善良，懂事，是个非常讨人喜欢的孩子。更让我高兴的是，小郎儿一直都跟我很亲。家里有了好吃好喝的，他想方设法也要送点儿给我尝尝。碰到有人欺负我，他总是要站出来为我撑腰。要是我病了，他会主动帮我请医买药，还细心地侍候我。

一直到夜里十一点钟，我还是没有丝毫的睡意。就在这个时候，我听见有人在轻轻地敲我卧室的窗户。

谁？我赶忙坐起来问。

是我。窗户外面传来小郎儿的声音。

听出是小郎儿的声音，我顿时激动起来，但同时又感到很不安。我马上穿衣起床，走到窗户下边问，这半夜三更的，你怎么来我这儿了？小郎儿喘着粗气说，我在家里睡不着，就来了你这里。我问，你来我这儿干啥？小郎儿突然压低嗓门说，我想跟你睡！

小郎儿一说想跟我睡，我感觉我的心像是一下子开了花，还仿佛看到花蕊那里有蝴蝶在飞，有蜜蜂在叫。犹豫了片刻，我就走出卧室，穿过堂屋，打开大门，让小郎儿进屋了。

后来的事情，我就没必要跟你细说了。其实，我不说你也能猜到，我和小郎儿就是从那天晚上开始好上的。小郎儿那会儿还是个童子，我也有大半年没行过房事了。说一句脸红的话，那天晚上我们真像是干柴遇上了烈火，差点把两个人都烧死了。打那以后，小郎儿就每天在我那儿住夜了。

你的脸色是怎么啦？简直比卤过的猪肝还难看。是不是我把小郎儿和我的事讲多了？如果是的话，那只能怪你！谁让你向我打听那些陈谷子烂芝麻呢？好了，我这会儿也没心思再讲了。刚才，我隐隐约约听见池塘那里响了一声，该不会有人在趁机偷我们的甲鱼吧？我得赶快去看一眼。

4

没人偷甲鱼。我刚才跑到池塘边看了一下，发现那两只甲鱼还在池塘里游着。我虚惊了一场。但是，小郎儿用来捞甲鱼的那根竹竿却不见了，看来池塘那里还是有人来过。那人偷走了小郎儿的竹竿。我去晚了一步，小偷跑得真是快，我连他的背影都没见着。那根竹竿上绑着一个尼龙网，不光能捞甲鱼，其他什么鱼都能捞。我想，那小偷肯定会扛着那根竹竿去杨梅溪捞鱼的。

你怎么又问到了小郎儿？难道你就不能换一个话茬儿吗？你这个人呀，有点儿像小孩看蛇，又怕又想看，脸都吓乌了，眼睛还在不住地往蛇上瞅。

我晓得，你主要是对我和小郎儿的那种关系感到奇怪。是的，我和小郎儿的这种情况，的确让人想不通，觉得反常。要是一个年老的男人和一个年轻的女人好上了，那人们就想得通了，就觉得正常了。事实上，我一开始也是想不通的，心里还有一种犯罪感。一连好几天，我都躲在屋里，不敢出门见人。并且，我也不敢正眼看小郎儿，更不敢和他眼睛对望。偶尔没躲开，两个人的目光碰到了一起，我就会感到一阵心虚，额头上的冷汗都出来了。

自从和我有了那层关系后，小郎儿也陡然变了一个人。他再不叫我干妈了，要跟我说啥时，也不用打招呼，只是给我使个眼神。他的话也少了，做事变得稳重起来，仿佛一夜之间变成了一个小大人。最明显的变化是，小郎儿对我更好了。他总是抢着做重活，把轻松的留给我。吃饭时，他把好吃的菜都往我碗里拣。那年我已经五十岁了，有时难免腰酸背痛。每当我觉得身上不舒服的时候，小郎儿都会及时地走到我身后，一声不响地给我捏肩敲背。

小郎儿在我那里住夜的第二天，我心里真像是有十五只吊桶在打水，七上八下的。那天一大早，我就严肃地对小郎儿说，你快点儿回家吧！小郎儿一愣说，你今天不是要挖地种红薯吗？我留下来帮你挖地。我冷冷地说，地不挖了，红薯也不种了，你赶紧回去吧！说完，我就把他扔在堂屋门口，拎起猪食桶，到屋后的猪栏里去喂猪。

我喂了猪回来，小郎儿已经不在堂屋门口了。我以为他回家了。可是，当我进厨房把灶火烧燃，再提着篮子去旁边菜园扯莴笋时，却发现小郎儿并没有回家。他正在给我挖那块红薯地。小郎儿高高地举着锄头，一下一下地挖着，满脸都是汗水。我一下子呆住了，远远地看着小郎儿，感到哭笑不得。我没有再催小郎儿回家，一时啥话也说不出来，好像嗓口被一团棉花堵住了。我麻利地扯了几根莴笋，然后就回屋里煮早饭了。那天的早饭，我做得比以往任何时候都要丰盛，还在小郎儿的碗底埋了两个荷包蛋。

那天，小郎儿帮我挖好地，接着又帮我栽红薯秧。我和他差不多在地里忙活了一整天，直到黄昏才收工进屋。

吃过晚饭，天已黑了。我犹豫了一下，还是去找出了手电筒。我用劝说的口气对小郎儿说，你还是回家吧！小郎儿却没接我的手电筒，讪讪地说，不，我就在你这儿住夜！他说得很坚决，说完就起身去收拾碗筷了。我顿时感到左右为难，不晓得接下来该咋办。后来，我只好无可奈何地摇了摇头……

你问我，最先怀疑小郎儿和我有那种事的人是谁？我想，肯定是小郎儿的妈。我和小郎儿在一起住了大约十夜的样子，他妈突然跑到我那儿，狠狠地把我羞辱了一番。

我那天一见到他妈，就觉得事情不对头。他妈比我小半岁，以前见到我都喊姐。可那天他妈却对我直呼其名，脸上的表情怪怪的。他妈一上来就问我，你给我儿子下了什么迷魂药？我听了不由一惊，连忙回答说，没有啊，我哪有啥迷魂药？他妈冷笑一声说，哼，要是不下迷魂药，他能每天在你这里住夜？我是个没有城府的人，心里也装不住事。他妈一说到住夜，我的脸就刷地红了，还赶紧把头勾了下去。当时，我真是羞愧极了，恨不得挖个地洞钻进去。

小郎儿的妈那天没进我的屋，只在门口站了一会儿就扭身走了。快要走出土场时，他妈猛然停下来，拧过脖子对我说，求你这个当干妈的，以后别再缠着我儿子了！再说，你不要脸，我还要脸呢！

那天小郎儿的妈来找我时，小郎儿碰巧不在场。他去村委会那里给我买化肥了。他妈走后不久，小郎儿就背着化肥回来了。他刚把化肥放下，我便下命令似地对他说，你赶快回家！小郎儿问，为啥？我说，你妈刚才找来了，她猜到了你和我的事。小郎儿一听，也显得有点儿紧张，脸上红一块白一块。

小郎儿那回很听话。我把情况一说，他就乖乖地答应回家。小郎儿走的时候，我送了他一程，一直送到了水井那里。在水井边分手时，我十分诚恳地对小郎儿说，你回去以后，再不要来我这儿了。我俩儿的事，就到此为止吧！我是你的干妈，比你亲妈还大半岁呢，再这样下去，我会被人们的口水淹死的！小郎儿静静地听着我说，眼睛直直地看着我，目光潮湿，好像被水泡过的。我一叮嘱完，小郎儿二话没说就走了。

小郎儿回家后，我虽说有一丝不舍，心里还隐隐作痛，但我突然感到很轻松，仿佛一块沉重的石头落了地。

可是，小郎儿回家只待了一天。第二天傍晚，他又来到了我那里。当时，我正在屋檐下剁猪草。小郎儿不声不响地走到我身边，把我吓了一跳。你怎么又来了？我吃惊地问。小郎儿嘟哝着说，我离不开你了！他话音未落，我的眼睛猛然胀大了一圈。这时，我发现小郎儿手上还提了一个鼓鼓囊囊的包。我问，你怎么提个包？小郎儿说，是我的衣裳。我张大嗓门问，你把衣裳提来干啥？小郎儿说，我要跟你一起过日子！我一下子惊呆了，愣了半天说不出话。过了许久，我才朝他吼道，你疯了？小郎儿却显得很平静，不慌不忙地说，我没疯。停了一会，他又说，我打算跟你过一辈子！

小郎儿说得很真诚，我听了心头一热。但我没感到高兴，心里越发觉得不安了。我那天对小郎儿很不客气，当时就赶他回家，不让他进我的屋。但小郎儿却死活不走，还说已经和他妈闹翻了，回去也进不了门。没办法，我只好让他暂时留下来。不过，我那天晚上没让小郎儿跟我睡一张床，连卧室也没让他进。

你刚才怪笑个啥？是不是不相信我说的话？你放心，我没有瞒你。那天晚上，我真没让小郎儿跟我一起睡。卧室外面的过道里不是有一张简易床吗？我让他在过道里睡了一夜。

时间晃得好快，眨个眼就十二点了。你一个人待一会儿，我得去厨房煮中饭了。你大老远来看我，我无论如何也要做一顿饭给你吃。

5

我们开始吃饭吧。没啥好菜，你多担待点儿。好在小郎儿买的这啤酒还不错，你一定要多喝两听。我向来滴酒不沾，这你晓得，所以我就不敬你了。小郎儿要是在，他倒是可以给你敬酒，但他看样子是不会回来吃中饭了。对了，你慢慢地吃，不要太着急，厨房的锅里还炖着一个汤，再过半个钟头就能喝了。

你看你，三句话又提到了小郎儿。我不晓得你今天来，到底是为了看我，还是为了打听小郎儿？你问小郎儿和我是否结了婚，我明确地告诉你，没有。我比小郎儿大二十几岁，能生下他来，怎么好意思跟他结婚呢？

我并不像人们说的那样，是个自私的坏女人。老实说，我这个人不坏，也不自私。在小郎儿这件事情上，我从一开始就没想过要和他结婚。虽然小郎儿一直都想和我结为夫妻，但我始终没有答应他。我总把他当一个孩子看，从心眼儿里希望他找到一个与他般配的女人。

早在八年前，我还在老家油菜坡的时候，就主动为小郎儿介绍过对象。当时小郎儿已经和他妈闹崩了，天天住在我那里。小郎儿那时越来越迷恋我，每天晚上都要跟我睡一起。我当然要拒绝小郎儿，可我拒绝不了他。如果我把他关在卧室外面，他就不停地给我说好话，还哭着求我开门。我这个人听不得人哭，一听见哭声心就软。每当小郎儿一哭，我就只好给他把门打开。后来我想，只有给小郎儿介绍一个对象，他的心才有可能从我身上移开。

我很快打听到了一个姓邹的姑娘，就住在我娘家那个村里，说起来还喊我叫姑姑。我亲自当起了红娘，马上到娘家去了一趟。姓邹的姑娘二十五岁，比小郎儿大三个月。她的长相虽然说不上好看，脸上有一些雀斑，但配小郎儿还是足够的。

我一说小郎儿是我的干儿子，姓邹的姑娘便红着脸说，好哇，还亲上加亲呢！当天中午，我就把姓邹的姑娘带到了我家。

小郎儿见我领一个女人回来，只是淡淡地看了一眼，不像我预料中的那样兴奋。姓邹的姑娘倒是显得有点儿激动，额头上还冒出了一层细汗。我悄悄地问她，我的干儿子咋样？姓邹的姑娘点点头说，还行！不过，小郎儿还是很讲客气的，很快给姓邹的姑娘泡了一杯茶。

姓邹的姑娘坐在堂屋里喝茶时，我把小郎儿叫到厨房里问，这个姑娘咋样？小郎儿迟疑了一下说，我没过细看。我说，那你过细看看，她是我给你介绍的对象。一听说对象，小郎儿忽然紧张起来，连忙说，我不要对象！我生气地问，为啥不要？小郎儿想了想说，我还小，还不满二十五岁呢。我瞪他一眼说，都快二十五了还小？停了一会儿，我认真地对小郎儿说，这个姑娘不错，你对她热情点儿，争取尽早把事情定下来。

那天吃过中饭，我决定到村委会商店去买一块肥皂。事实上，我这是找个借口出门，好让小郎儿和姓邹的姑娘单独说一会儿话。谁想到，等我买了肥皂回来，姓邹的姑娘已经无影无踪了。我慌张地问，客人呢？小郎儿低下头说，我让她走了。我厉声问，你为啥让她走了？小郎儿说，我和她不合适。我提高嗓门问，怎么不合适？她哪一点配不上你？小郎儿猛然抬起头，用明晃晃的眼睛看着我说，她的岁数太小了，我喜欢像你这个岁数的！

我没想到小郎儿会说这种话，禁不住浑身一颤。当时，我的心情复杂极了，对小郎儿恨也不是爱也不是，既想打他一巴掌，又想把他揽进怀里。不过，我那会儿啥也没做，只无可奈何地苦笑了一下。

你吃点菜吧，别拿着筷子半天不动。我不晓得，是我炒的菜不顺你的口味，还是你一听我说起小郎儿就忘了吃菜？

当年小郎儿找我，一直找到杨梅溪，我心里确实很感动。

尽管这样，我当时也没打算让小郎儿在我这里久留，只准备留他暂时待几天，等他情绪稍微稳定一点儿就劝他回油菜坡。

只过了四五天，我就开始催小郎儿走了。那阵子，表姐隔三差五都要来牛棚走一走，看一看。小郎儿找到我的第三天，表姐就见到了他。她指着小郎儿问我，这是谁？我红着脸说，是我的干儿子，从老家来的。表姐是个很精明的人，见我脸红，眼睛陡然变大了。本来，我还想留小郎儿多住几天的，但我害怕表姐看出了我们的关系，就只好催他赶快离开。

可是，小郎儿却坚决不走。他对我说，我既然找到了你，那我这辈子就不离开你了！我当然没有答应小郎儿，过细地劝他说，你还是走吧，我已经是个五十岁的老女人了，你还不满二十五，跟我在一起多亏啊！小郎儿却说，我愿意！好言相劝没用，我后来就假装发火。你这孩子，咋这样死皮赖脸？我横眉冷眼地对他吼道。然而，我把这么难听的话都骂了，小郎儿还是不肯离开。他眼睛直直地望着我说，你别骂了，即使打我，我也不会走的！

表姐过了两天再来，发现小郎儿还在我这儿，就怪笑一下问，他不光是你的干儿子吧？到了这个时候，我就没必要再对表姐隐瞒了，只好把实情都告诉了她。听我讲完，表姐一脸严肃地对我说，这事很麻烦，你必须快刀斩乱麻！我问，咋斩？表姐蹙紧眉头想了一会儿，然后双眼一亮说，我认识一个退休老头，不妨给你介绍一下，先不管成不成，只要能把你的干儿子赶走就行。我犹豫了片刻说，那就试试吧。

两天后，表姐就把那个退休老头领到了我这里。退休老头只有六十五岁，看上去还挺精神。小郎儿一见到退休老头，脸刷的一下就红了。表姐心计多，马上把小郎儿叫到身边问，这是我给你干妈介绍的老伴儿，你觉得如何？小郎儿没回答，脸色突然由红转白了，白得像一张纸。

那天，表姐把退休老头留在这里吃中饭。开饭的时候，小郎儿不愿意上桌子，我再三劝说，他才坐上去。吃到一半时，表姐突然放下筷子，认真地对小郎儿说，你干妈这地方窄，马上就有老伴儿了，只好请你赶紧回老家去！

小郎儿听了一怔，连忙扭头看着我。我迟疑了一会儿，很快咬了咬嘴唇说，走吧，你走了，大家都好！

听我这么一说，小郎儿像是陡然被人打了一闷棍，一下子傻了眼。他再也没有心情吃饭了。小郎儿很快放下碗筷，走下桌子，啥话也没说，就气鼓鼓地走出了我住的牛棚。

小郎儿快要走下门口那道土坎时，我的心像针扎似地疼了一下。我猛然站起来，想去送一下他。但是，我刚一起身，表姐就把我拉了下去。

那天下午，我感到六神无主，身上软绵绵的，像是被抽了筋。表姐和退休老头吃完中饭就走了，我连碗筷都没心思收拾。小郎儿一走，我的心也被他带走了。直到这个时候，我才发现我其实是舍不得小郎儿离开我的。不知不觉中，我还流了一脸的泪。不过，到了黄昏的光景，我的心情就有所好转了。我想，小郎儿走了也好，他总算可以开始自己的生活了。

我万万没想到的是，第二天早晨，我一开门又看到了小郎儿。他仿佛一只流浪狗，蜷睡在牛棚门口的一个草垛旁。他睡得很香，初升的太阳把他的脸照得红红的，像一个苹果。看着赶不走的小郎儿，我的泪一下子又出来了。

从那以后，小郎儿就再也没有离开过我。当然，我也没有再赶过他。我们一起生活了八年。

好了，小郎儿和我的故事，我全都给你讲了。你今天来杨梅溪，除了看我，恐怕还另有目的。不过我告诉你，你的目的是达不到的，所以你也不必说出来了。半个钟头已经有了吧？锅里的那个汤早就炖好了，我这就去端来给你喝。我炖的是野生甲鱼汤，这你没猜到吧？我那会儿去厨房煮饭时，突然发现水桶里有一只甲鱼。我想，它肯定是小郎儿趁我们不注意从池塘里捞起来的。唉，我的这个小郎儿啊！

糖　水

1

糖水，是用白砂糖和白开水冲成的一种饮料。在我的故乡油菜坡，用红砂糖冲水而成的饮料是不叫糖水的，那叫红糖水。红糖水是专供产妇喝的，据说产妇生孩子时流血过多，喝了红糖水可以补血。所以谁家女人生了孩子，前去看望产妇的人大都要送上两斤红砂糖。我至今弄不明白，故乡的人们把用红砂糖冲成的饮料称为红糖水，而为何不把用白砂糖冲成的饮料叫作白糖水呢？我曾经就这个问题问过我的姑妈，可我的姑妈也答不上来。不过这个问题并不重要，我们只要知道糖水就是白糖水就行了。

在过去，准确地说在改革开放以前，糖水在我的故乡油菜坡是一个动人、诱人、馋人的词汇，谁要是听说了糖水两个字，他一定会两眼放光，舌尖发痒，甚至会流出半尺长的涎水来。在那个年代里，可以说乡亲们喝一杯糖水比吃一碗肉或饮一壶酒还要难。原因很简单，想吃肉可以喂猪杀肉，想饮酒可以蒸谷煮酒，而想喝糖水就不是一件容易的事了。因为糖并不是自己可以生产的，惟一的渠道是到供销社去买，而去供销社买糖却是一件难上加难的事，一来需要钱，二来需要糖票，两者缺一不可。然而，乡亲们那么穷，又有几户人家能有钱去买糖呢？他们必须把卖鸡蛋换来的一点儿可怜的钱花在买盐买油上面，没有糖水喝可以生存，而没有盐和油怎么过日子呢？再说，即使有买糖的钱也不一定有糖票。当时糖票非常紧张，每人每年才发一斤糖的糖票。所以，糖水在当年的油菜坡就显得特别稀罕而珍贵，人们只有在逢年过节或走亲戚时才能喝上一杯糖水，因此乡亲们就把喝糖水当成了一种最高级、最奢侈、最幸福的享受。我的姑妈曾经告诉我，在五十年代、六十年代和七十年代这漫长的岁月里，油菜坡近百户人家中经常能有糖水喝的也不过就是那么几家。

在姑妈所说的那几户人家中，宋支书无疑排在第一。他是村里的党支部书记，属于一把手，大权在握，所以手头的钱就相对宽裕一些；更重要的是，供销社分到村里来的糖票都是由他转发给乡亲们，而他在过手时总要想方设法挖空心思截留十几张，比如说，谁家死了人或嫁了人，这些人的名单并没有及时报上去，所以供销社还是把他们的糖票发下来了，而这些人的票最后都落入了宋支书的腰包。宋支书的家坐落在我上学的路上，我从他门口经过时经常看见他的老婆站在门槛那里端着杯子喝糖水。宋支书的老婆长得白白胖胖的，当时我想她肯定是糖水喝成的。

陈如秀家也是不缺糖水喝的。她虽然在农村种田，但她并不像一个农民，倒像是一个城里的女人来乡下走亲戚的。家里的许多事情，她都不亲手做，而是请周围的乡亲们去代劳。不用说耕菜园、挖藕塘这样的重活请人干，就是锯柴、挑水这样的小事，她也要找人。不过，乡亲们都愿意帮她干活，差不多随叫随到，有些人甚至是不请自去。这是为什么呢？因为她家有糖水喝。陈如秀家之所以不缺糖水喝，是因为她男人在一家供销社里当售货员，并且是专门负责卖烟卖酒卖糖的。不过好景不长，记得是一九七五年夏天，陈如秀家突然出事了。那天有几个陌生人风风火火地闯入了陈如秀家，自称是专案组的，他们一进门就翻箱倒柜四处清查，最后从一口木箱里找到了十斤白砂糖。此后不久，陈如秀的丈夫就被供销社开除了，回油菜坡当了农民。从此往后，再也没有人去帮陈如秀家干活了。

还有一个叫王小水的，他家里也总是有糖水喝。这个人很滑稽，在劳动的间歇里总喜欢和人家打赌，有时候是扳手腕，有时候是掀石头，有时候是看谁的尿屙得高。每当对手问他，你赌输了怎么办？王小水总是这样回答，我输了请你去我家喝糖水!也有赢家真到王小水家去过，王小水也真冲了糖水给他喝。开始人们都感到奇怪，王小水家一没有当干部的，二没有在外面工作的，那糖从何而来？后来有人终于发现了其中的秘密，原来竟然是王小水的老婆和一个外地的卡车司机关系暧昧。王小水的老婆蜂腰瓜奶，颇有几分姿色，又住在公路边上，这样就和一个拖矿石的卡车司机搞上了。那个卡车司机每半个月都要从王小水门口经过一趟，当然每次经过时都要停下车来会一会相好。王小水告诉乡亲们，那个司机很大方，每次来都少不了送上一斤糖。乡亲们问王小水，别人搞你老婆，你没有意见吗？王小水说，只要有糖水喝，我有什么意见呢？

我的姑妈说，除了以上三家，其他人家里也并不是从来没有喝过糖水，只不过都是偶尔为之，不足挂齿。

2

姑妈经常和我讲到我的童年生活。她说在我从六个月到满一岁这半年时间里，几乎可以天天喝糖水。那段时间我奶奶病重卧床，前来探望者都少不了送上一斤糖。我奶奶德高望重，儿孙满堂，加上娘家也是人丁兴旺，所以来看望她的就特别多，于是家里就有了不少的糖。据说我奶奶特别喜欢我，半天见不到我就会大喊大叫，非要我妈将我抱到她的病床前让她看一眼不可。我奶奶的病情十分严重，疼痛几乎一刻也没有离开过她，但每当看到我时，她的疼痛就会马上减轻一些。姑妈说我那会儿简直就是奶奶的止痛片。我奶奶生病之前也是一个喜欢喝糖水的人，但那时候没有糖水喝。而当她生病卧床有糖水喝的时候，她却自己舍不得喝了，她要把糖水让给我喝。听说我奶奶很喜欢我坐在她的病床前喝糖水，当她看见我喝得津津有味时，她灰白如纸的脸上就会陡然泛起一片红晕。有时候我奶奶看着我喝糖水也会感到眼馋，嘴里不停地吞着涎水。这时，我妈就对我奶奶说，我也给你冲一杯糖水吧！而我奶奶却马上反对说，不喝不喝，我病了不爱喝糖水，喝了糖水嘴里苦。奶奶的这番话显然是假的，有一个细节可以充分说明这一点。姑妈说有一次我因为吃奶过多没能将一杯糖水喝完，顶多只喝了半杯，那剩下的半杯居然被我奶奶喝了。我奶奶是在我满一岁的时候死的，她老人家去世后，我就再不容易喝到糖水了。奶奶死时我才一岁，一岁的孩子是什么事情也记不住的，因此我奶奶在我记忆中没有留下任何印象。然而，糖水的故事却让我产生了丰富的想象，我想我奶奶肯定是世界上最慈善的老人，她的眼睛平易近人，她的脸庞和蔼可亲，她的嘴角挂满笑意。奶奶在我的想象中活灵活现，栩栩如生，可亲可爱可敬。事实上我非常热爱我的奶奶，逢年过节的时候，我总要到她的坟上去烧纸放鞭，长跪不起。

我几乎不愿意提起我的二婶，但在这里我却无法不提到她。我和二婶说起来并没有多少交往，但有一件小事却让我终生难以忘怀。这件事情与糖水有关。在我十岁那一年的大年初一，我妈派我去给二婶拜年。我到达二婶家时正巧碰到二婶出嫁的大女儿也来给她拜年。按照油菜坡的风俗，拜年是要喝糖水的。我进入二婶家刚坐下，二婶就去给我和她的大女儿冲糖水了。当时我和二婶的大女儿坐在烤火房里，二婶则是在她家厨房里为我们冲糖水。厨房和烤火房只有一墙之隔，并且那墙上开了一扇窗户，从烤火房可以看到厨房里去。我无意间朝厨房那里看了一眼，恰巧看到二婶正在往两只玻璃杯里放白砂糖。我看见她在每只杯里各放了两勺，接着就提起开水瓶要往杯里冲水。然而，二婶刚提起开水瓶又放下去了，只见她又拿起了那个舀糖的勺子。开始我以为二婶要给每只杯里再加些糖，心想二婶还挺大方啊！可是二婶并没有如我想象的那样去做，而是把一只杯里的糖舀起来一半放进了另一只杯里。我的心马上格登地响了一下，暗想二婶会把那杯糖少的给谁喝呢？还没等我把这个问题想出一个答案，二婶一手端着一杯糖水来到了烤火房，她先递给我一杯，接着又递了一杯给她的大女儿。为了解开刚才的那个悬念，我一接过糖水就迫不及待地喝了一口。这一口根本就不像糖水，倒是有点儿洗碗水的味道。我顿时就明白了一切，心里无比难过。我没有接着喝那杯水，而是顺手放在了茶桌上。二婶奇怪地问我，怎么不喝了？我说，我不喝糖水，喝了拉肚子！说着我便起身离开了二婶家。从那以后，我就对二婶另眼相看了，也极少再到她家里去。不过二婶也是个苦命人，刚满五十岁就患病身亡了。二婶的坟墓在油菜坡的东头，除了埋她那天我去过一次外，后来我就再没有去过。如果现在要去的话，我可能已经不知道哪个土包是她的坟墓了。关于二婶和糖水的那件往事，我从来没有与人讲过。有一次姑妈随口问我为什么总不去给二婶扫墓，我就想把这件事讲给姑妈听一听，但后来话到嘴边我又将它缩回去了。

我当时是这样想的，二婶已经死了，我还提那些陈芝麻烂谷子干什么呢?

我有个表妹，名叫喜鹊，是我姨妈的姑娘。喜鹊比我小一岁，我们小时候经常在一起玩，彼此感情也很好，可以称作青梅竹马。喜鹊长得也很漂亮，典型的鹅蛋脸，眼睛大而亮。大约在我上高中那一年的暑假，我舅舅过生，喜鹊和我都去给舅舅祝寿。那一天去了好多客人，连我姑妈也去了。吃饭的时候，我和喜鹊，还有姑妈，正巧坐在了同一桌。姑妈那餐饭吃得很不专心，她的眼睛一直在我和喜鹊之间晃来晃去。晃到后来，姑妈突然伸出筷子指着我和喜鹊说，依我看，你们两个真是天生一对地配一双啊!喜鹊听了脸一红，马上勾下头去了。我有些羞涩地说，姑妈别开玩笑了，我们还小呢！姑妈一笑说，小怕啥?总不是要长大的?再说，我又没要你们现在就成亲！这时，我发现喜鹊猛然把头扬了一下，飞快地看了我一眼。在那之后，喜鹊可能把我姑妈的话告诉了她的父母，也就是我的姨父姨妈。当我再去他们家时，我发现他们一家人都对我另眼相看了。不管我什么时候去，姨父姨妈总要安排喜鹊给我冲糖水喝。我如果不喝，他们还不高兴哩。喜鹊给我冲糖水放糖特别多，喝到嘴里甜掉牙。喜鹊是一个早熟的姑娘，每次给我递糖水时总要深情地看我一眼。我高中毕业那年，姨父有一天忽然领着喜鹊来到了我家。入夜，姨父主动和我父亲谈到了我和喜鹊的事。当时我和喜鹊都在场。姨父刚一提出来，我父亲就说，好哇，亲上加亲嘛！喜鹊见我父亲同意立刻高兴坏了，脸儿笑得像一朵花。但我却在这时说话了。我说，《婚姻法》上规定，近亲不能结婚，所以……我没有把话说完，其实后面的半句话也不必说出来。喜鹊听我这么一说，马上就坐不住了，哇地哭了一声，就捂着脸出了门外……后来不久我又去了一趟喜鹊家。进门之前我想，这一回喜鹊是绝对不会再给我冲糖水喝了！那天姨父姨妈和喜鹊都在家里，他们见我去都显得很平淡，再不像以前那样热情。坐下许久，姨父姨妈也没安排喜鹊给我冲糖水，我想这一次真是喝不上糖水了。喜鹊陪着我聊了几句便起身去了另外一间屋，她说要去办件事。然而，喜鹊没去多久又回来了，这时我发现她双手捧着一只杯子。喜鹊走近我说，表哥，喝杯糖水吧！我先是大吃一惊，接着就感动不已。我双手接过糖水，足足地喝了一口。我感到这杯糖水比喜鹊从前给我冲的糖水还要甜。我的表妹喜鹊后来嫁给了远方的一个裁缝，听我姑妈说，那个裁缝对喜鹊很好，喜鹊身上的每一件衣服都是裁缝亲手所做，喜鹊穿着特别合身。知道喜鹊婚后生活美满，我心里非常高兴。有一年我去北京开会，逛王府井百货大楼时看见了一种很漂亮的布料，于是买了一块寄给了喜鹊。后来听我姑妈说，喜鹊很喜欢那块布料，收到后就让她丈夫给她做成衣服穿在了身上。我想她穿着那件衣服一定是格外好看的。

3

姑妈在我最初的记忆中是一个二十多岁的少妇。在我的故乡油菜坡，姑妈可以说得上是一个美人，无论是面像还是身材，没有一个女人能和她相比。不仅如此，姑妈的言行举止也非常优雅，说话的声音不高不低，不快不慢，恰到好处，走起路来犹如风吹柳枝。如果姑妈年轻时生活在城市里，那她在马路上行走时肯定会吸引无数的目光。

然而我的姑父却并不怎么出众，个子不高，嘴唇厚厚的，显得有点老相，看上去少说比姑妈大十岁。但姑父为人忠诚，待人厚道，不巴结权贵，喜欢帮助弱者。也许就是因为这些好品质，我奶奶才愿意把姑妈嫁给他的。当然，姑妈与姑父的这桩婚姻，我奶奶的意见并不能起决定作用，因为当时已经是新社会，油菜坡也开始实行恋爱自由和婚姻自主了。据说姑妈最后嫁给姑父，是糖水起了决定作用。

那是一九五九年，我的故乡油菜坡与许多地方的农村一样闹起了大饥荒，差不多家家户户饿肚子，而就在这种困难的时候，我奶奶不幸患了重病。奶奶是九月份开始卧床的，一直睡到腊月还不能起来。由于缺粮吃，营养跟不上，奶奶的病情日益加重，后来几乎瘦得皮包骨了。有一天，奶奶躺在病床上对姑妈说，看来我是过不了年了！姑妈哭着说，别这样想，会好的！姑父的家离我们家不远，他经常来看望我奶奶，帮着做这做那。那一天姑父正好也在场，他听了我奶奶的话也十分伤心。姑父问我奶奶，你想吃点儿什么，喝点儿什么吗？奶奶舔了舔苍白而干枯的嘴唇说，我想喝一杯糖水！当时，家里连饭都吃不饱，哪有糖水喝？这一下可真让我姑妈感到为难了。她东张四望，四顾茫然，脸上愁得像苦瓜。就在这时候，姑父突然张开他的厚嘴唇说话了。姑父对姑妈说，你别急，我去想办法吧！姑父说完就从我家出去了。那天正下着鹅毛大雪，姑妈看见姑父眨眼间便融进了漫天飞舞的雪花里。当天黄昏时分，姑父又来到了我们家，手里捧着一只吃饭的土碗。姑父是踏着积雪来的，浑身上下都是雪泥。他一进门就说，好消息，有糖水喝了！说着就把手中的土碗递给姑妈。姑妈接过土碗一看，居然是半碗白砂糖。姑妈欣喜若狂，马上冲了一杯糖水端到了我奶奶的床前。据说我奶奶喝到糖水幸福极了，死灰般的脸上顿时有了红光。这时姑妈问姑父，从哪儿弄来的糖？姑父舔舔他的厚嘴唇说，找柳永千换的。姑妈问，用什么换的？姑父小声说，三十斤苞谷!姑妈一惊说，天啊，三十斤苞谷换半斤糖，你疯啦？姑父说，柳永千那人你知道的，少一斤苞谷他都不换！我奶奶听见了姑妈和姑父的对话，她的泪一下子就涌出来了。奶奶呜咽着说，三十斤苞谷是一个月的口粮啊！

姑妈是在一九六〇年的秋天嫁给姑父的。油菜坡的老人们都说，是那杯糖水使我姑妈下定了嫁给姑父的决心。有一次我曾经问过姑妈，这种说法是真的吗？姑妈笑笑说，就算是吧。

打从我记事开始，我们家除了过年就很难喝到糖水。往往是年关到来之前，我父亲凭着糖票从供销社买回一两斤白砂糖来，交给我妈说，放好了，过年时给每个孩子冲一杯糖水喝，剩下的留着明年招待客人吧。我妈接过白砂糖，小心翼翼地倒入一个糖罐里。过年期间，我妈把那个糖罐摆在堂屋的茶桌上，我每天都能看它一眼。然而春节一过完，那个糖罐就被我妈藏起来了。我至今不知道我妈当年将糖罐藏在什么地方，那时候我曾经趁我妈不在家时四处寻找过，但翻箱倒柜找遍了每一个角落也找不到糖罐的影子。不过有一点儿是可以肯定的，糖罐就藏在家里。有时候家里来了贵客，我妈就会神不知鬼不觉地给客人端上一杯糖水来。这就足以说明糖罐是藏在家里的，只是我不知道它藏身何处。客人喝糖水的时候，我和几个弟弟总爱站在不远的地方偷看，看得心里痒痒的，还不停地吞口水，口水流进嗓口时发出的声音与泡菜坛子翻水泡的声音差不多。如果哪个客人没把糖水喝干净而留下一些残汁在杯底，我们几个孩子就会去抢那个杯子，抢过来加点儿开水，荡一荡，然后一口倒进喉咙里。有时候我们还为抢糖水杯子吵嘴打架呢。

我一辈子也忘不了发生在一九七三年冬天的那件事。那一年我满十二岁。在过生日的头一天晚上，我几乎一夜没睡着。第二天就是生日了，我想我妈在我过生日这天早晨肯定会给我冲一杯糖水喝。就为了这一杯期望中的糖水，我激动得彻夜难眠。第二天正好是星期天，但我没有睡懒觉，天一亮就起床了。我希望早点喝到糖水。我妈那天也起得很早，她一起床就在灶台上烧水。我想，她肯定是烧水为我冲糖水的。然而，我妈没等水烧开就舀起来放在了脸盆里，她指着脸盆对我说，今天不上学，你赶快洗了脸去山上打柴吧！听了我妈的话，我的心顿时一凉。她丝毫没有给我喝糖水的打算。我没有马上洗脸，而是闷闷不乐地站在那里。我妈见我不动，有些生气地说，要你洗了脸上山打柴，你怎么站着不动？我这时终于鼓足勇气说，我想喝一杯糖水！我妈听了我的话不由一怔，立刻用古怪的目光看着我说，你一不痛二不痒，又不是逢年过节，喝糖水干什么？我妈显然是把我的生日忘了，这让我心里更加难过。我本想当即告诉她今天是我的生日，但我想了想什么也没说，草草地洗了脸就出门上山了。

时值寒冬，天气奇冷，可我那天的心比那天的天气还要寒冷，像是掉进了冰窟窿似的。尽管这样，我还是在山上打了一大捆柴。从山上扛柴回家必须经过姑妈家门口，姑妈家门口有一根高大的柿树，这会儿树上的树叶已经落尽，只剩下几个黑色的鸟窝。那天早晨九点多钟的光景，当我扛着柴走到那根柿树下面时，姑妈突然喊了我一声。她让我把柴捆放在柿树下，到她家里去一趟。当时我不禁有点奇怪，姑妈那个时候应该正在她家厨房里煮早饭，怎么会看见我从她家门口经过呢？我放下柴捆，迅速进了姑妈家。刚一进门，姑妈就迎面将一只玻璃杯朝我递过来。今天是你的生日，姑妈冲一杯糖水你喝！姑妈微笑着对我说。我顿时激动不已，寒冷的心一下子变得热乎乎的，仿佛有人在我心里烧起了一团火。我接过糖水迟迟没有喝，端糖水杯的手不停地颤动。姑妈催我说，快喝吧，趁热喝下去！我圆睁双眼看着姑妈，真想对她说一句什么，但我却什么声音也发不出来。我只好举起糖水杯，放在嘴前，一仰头将那满满一杯糖水一口气喝了下去。

我永远也不会忘记那杯糖水的味道。姑妈的那杯糖水真甜啊！它不仅甜了我的嘴，而且还甜了我的心。直到今天，那杯糖水还荡漾在我的心里。

斗转星移，日月如梭。姑妈如今已经是一位年近七旬的老人了，岁月在她的额头刻下了一条又一条深深的皱纹，生活染白了她的头发。我很爱我的姑妈，就像爱我的母亲。后来，我读书考学离开了油菜坡。再后来，我的父母也离开了油菜坡。油菜坡于是就成了我的故乡。我现在工作的地方离油菜坡有一千多里，但我每年至少都要去一趟油菜坡，去那里看望我的姑妈。

我的故乡油菜坡虽说是一个偏僻落后的小山村，但改革开放的春风最后还是吹到了那里。据说从八十年代开始，油菜坡家家户户都可以喝上糖水了。糖水在油菜坡虽然不再稀罕了，但与糖水有关的风俗习惯在那里并没有多少改变。比如家里来了贵重的客人，主人家必须首先端上一杯糖水，等客人把那杯糖水喝完了，才又送上一杯茶水去。当然，要是一般的客人，就不必冲糖水了，只需递上一杯茶水就行。去年秋天回油菜坡看望姑妈，我把夫人和女儿都带上了。夫人是城市姑娘，女儿是在城市里生长的，她们对我故乡的风土人情基本上是一无所知。我们一家三口去看姑妈，姑妈自然是欢天喜地。刚一坐下来，姑妈就冲了三杯糖水，并一一送到我们的手上。我双手接过，很快喝了一大口。而我的夫人，接过糖水后用舌头尖舔了一下，随手就放在了茶几上，还皱着眉头对我说，太腻人了！女儿倒是喝了一大口，但她一喝进去就马上吐出来了，像是喝了一口毒药似的，还连忙摆头说，真是难喝！姑妈本来是一脸喜悦的，而我夫人和女儿的言行却让她一下子变得疑惑和忧愁了。我赶紧解释说，姑妈，对不起，她们不喝糖水的！姑妈愣了半天才回过神来，小声地问我的夫人和女儿，那你们喝点儿什么呢？我的夫人说，就喝一杯茶水吧。女儿接着说，我要一杯白开水！姑妈听了，愣愣地看了我的夫人和女儿好半天，然后摇了摇头，什么话也没说出来。

后来，我把我夫人和女儿的糖水都喝了。我那天喝了三杯糖水。姑妈认真地问我，甜吗？我认真地说，甜！

日白佬

1

阴历三月初三的早晨，我一起床就碰到了一个不祥的兆头。一只黑得不能再黑的乌鸦，落在我家厕所旁边那棵臭椿树上。它好像专门在那里等我似的，我出门屙尿，刚走到厕所门口，它就冲着我哇地叫了一声。一听见乌鸦叫，我的两眼一下子就黑了。我想，不好了，要出事了！乌鸦的叫声真叫灵，黄昏的时候，我的老婆叶枝突然跑了。

我的命真够苦的，打了四十几年的光棍，直到去年才好不容易娶上老婆。

叶枝是去年三月底嫁给我的，当时油菜籽刚收割完。扳着指头算起来，叶枝给我当老婆还不到一年，可她一声不响就跑了，让我眨眼之间又变成了一个光棍，简直像做了个梦。

嫁给我以前，叶枝结过一次婚。她原来的丈夫叫万年宽，是个吹牛大王，油菜坡的人都喊他日白佬。万年宽的确会日白，不仅能把活的说成死的，还能把死的说成活的。就为这，叶枝才跟他离了婚。和万年宽离婚后，叶枝门口求婚的人排成长队，但她最后看上了我。我其实是个穷光蛋，相貌也长得丑，叶枝看上我，主要是因为我憨，从来不会日白。叶枝和我结婚那天，乡亲们都说我憨人有憨福。哪个想到，叶枝说跑就跑了。

乌鸦冲我叫的时候，我只想到会出事，但一点儿也没想到事情会出在叶枝身上，更没想到她会跑。那天，住在我家对面的李修田砌猪栏，他找我帮他扛石头。一开始，我还担心自己会被石头砸到手脚，压根儿没往叶枝身上想。要是早料到叶枝会跑，我肯定会一整天都在家里看着她。

事后回想起来，叶枝那天一清早就有些反常。我屙完尿回到屋里时，她还一动不动地躺在床上。以往，她总是起床比我早。可是，当我拿了扛石头的垫肩布正要出门的时候，叶枝却一轱轳翻身下了床。她显得很慌张，一边系裤子一边喊道，朱庆庚，你等一下！我赶快停住脚，回头问她，啥事？叶枝先没吱声，用直溜溜的目光看了我好一会儿才问，今天是几号？我歪着头想了想说，三月初三。叶枝古怪地笑了一下说，我晓得是三月初三。我埋怨说，你既然晓得，为啥还问我？叶枝翘起嘴巴，有点儿不高兴地说，我想问问嘛！

我当时没空和叶枝斗嘴。李修田头天跟我说过，要我一早就去帮他扛石头。我匆匆出了门，连招呼也没给叶枝打。然而，我正要走下门口的土场时，叶枝忽然从屋里追出来了。朱庆庚，你站住！她在我背后喊。她的嗓门很大，仿佛是生了我的气。我连忙转回身，奇怪地问，又有啥事？叶枝说，我今天想吃油条！她说得很认真，像说一件十分重大的事，说完脸都红了。我却感到很纳闷，有些迷糊地问，平白无故的，你为啥想吃油条？叶枝横了我一眼，忿忿地说，不为啥，我就是想吃油条！

叶枝一下子把我难住了。油条虽说不是啥值钱的东西，可我们家从来没炸过，附近也没有卖油条的店子。村委会那里有个小餐馆，包子馒头都有卖的，唯独没得油条卖。老垭镇倒是有卖油条的，可那地方离我们这里有三十几里路，骑摩托车来回也要一个多钟头。再说，我要急着去帮李修田扛石头，哪有时间到镇上去买油条？

愣了一会，我只好抱歉地对叶枝说，对不起，我不会炸油条。叶枝扬起下巴说，你不会炸，难道也不会去买？我苦笑一下说，你晓得的，这一带没有油条卖。叶枝突然放大喉咙说，这一带没有，难道你就不会去老垭镇？我叹口气说，唉，今天我要帮李修田扛石头，实在抽不出空来呀！

听我这么说，叶枝的脸色突然黑了，显得很难看。她猛然转过身，不理我了。这个时候，日头已在前山尖上冒出了半张脸。我朝李修田那边看了一眼，发现他家猪栏周围已经有人在晃动了。我快步走下土场，赶紧朝李修田那里跑去。

可是，叶枝却对我不依不饶。我刚跑出去十几步，身后又传来了叶枝的喊声。朱庆庚，你给我回来！她的喊声像一群马蜂，嗡嗡乱叫着朝我扑来，直往我耳朵眼里钻。我只好停下来，拧过脖子问，你还要怎样？叶枝一边跟我招手一边说道，回来我跟你说。没办法，我只有转身往回走。

回到土场边，我脚还没站稳，叶枝就问我，你不是存有那个麻花贩子的电话吗？我听了一惊，不晓得叶枝为啥突然提到那个卖麻花的人。那个人在老垭镇上开了一个麻花店，每隔十天半月就骑一辆摩托车来我们这一带卖麻花。乡亲们都叫他麻花贩子。我找他买过几次麻花，慢慢地就和他熟了，有一次还存了他的手机号码。我问叶枝，你问他的电话做啥？叶枝两眼一亮说，你不妨打个电话给他，让他弄些油条来我们这里卖。

我说，他是卖麻花的，怎么会卖油条？叶枝白了我一眼说，只要能赚钱，卖啥不是卖！

听叶枝又说到油条，我越发觉得她反常了。我愣愣地看了她一会，然后劝道，何必一定要在今天吃油条呢？你忍一忍吧，明天我到镇上去给你买。叶枝却噘着嘴说，我只是今天想吃油条，到了明天我就不想吃了。

叶枝既然这么想吃油条，我只好给麻花贩子打电话。电话一打就通了。我问道，你能不能弄些油条到油菜坡来卖？麻花贩子说，可以，你要多少？我想了想说，最多二十根吧。麻花贩子说，二十根太少了，赚的钱连油费都不够。我又问，那要多少根你才肯来卖？麻花贩子考虑了一下说，少说也要两百根，否则我跑一趟不划算。

我手机的音量开得很大，麻花贩子的话都被叶枝听见了。当麻花贩子说出两百根油条时，叶枝急忙压低声音对我说，你跟他说，这里能销两百根。她一边说一边对我挤眼睛，两条眉毛不住地颤动。不过，我没有按叶枝教我的那样说。我老老实实地对麻花贩子说，两百根肯定卖不掉。说完，我就挂了电话。

叶枝没想到我会这么做，顿时对我发火说，你怎么不听我的？我嘟哝着说，我不想日白！停了一会儿，我又补充说，我又不是日白佬！一听我说到日白佬，叶枝的火更大了，好像我往她的火上浇了油。她红着眼圈，高声大嗓地说，日白佬怎么啦？要是还跟着万年宽，我今天肯定有油条吃！

我丝毫没料到叶枝会提起万年宽。打从嫁给我后，她一次也没提起过他。叶枝一提起万年宽，我仿佛被人打了一闷棍，顿时感到头昏目眩，差点儿一头栽倒在地上。

2

三月初三那天，我天一亮就醒了，但我没像平时那样一醒就起床，我想在床上多躺一会儿。那天我过生日，满四十八岁。在我醒后不久，朱庆庚也醒了。我以为他会对我说一句祝福的话，可他啥也没说就下了床，接着便出门去上厕所了。他好像忘了这天是我的生日。朱庆庚出门不一会儿，我听见了一声乌鸦叫。叫声尖溜溜的，好像一把刀子插在了我心上。

乌鸦一叫，我心里突然感到很难过。刚和朱庆庚结婚的时候，我就跟他说过我过生的时间，看来他根本没往心里去。想到这里，我忍不住流了几滴眼泪水。我伸手找纸擦泪时，床头的手机突然响了一声。我拿过手机一看，上面是一条短信：叶枝生日快乐，多吃一根油条！短信是我的前夫万年宽发来的。虽说离了婚，但他的手机号我还记得。我没想到万年宽会在这天给我发来这样一条短信，一点儿也没想到。看到他的短信，我的心一下子乱了。

老实说，对万年宽这个人，我的心情非常复杂。跟他离婚之前，我毫无疑问是恨他的，可以说恨之入骨。万年宽太会日白了，人们喊他日白佬，一点儿也没冤枉他。因为他日白，我跟着吃尽了苦，受够了罪，伤透了心！不然的话，我也不会跟他走到离婚这一步。但是，和朱庆庚结婚以后，我却又时不时地想起万年宽来，心里也不像从前那样恨他了，有时候还想起他的好。他心细，嘴甜，特别会哄老婆。就说这条短信吧，它让我冰凉的心陡然变得热呼呼的。我还想，要是朱庆庚能像万年宽这样就好了。

我没有给万年宽回短信。本来我想回他一个谢谢的，但我马上打消了这个念头。我想，既然已经离婚了，就没必要跟他藕断丝连。

朱庆庚从外面回到屋里时，我多么希望他能猛然想起我的生日来。但我很快失望了。他进门后，只淡淡地看了我一眼就转身去找垫肩布了。我晓得，他要急着去帮李修田扛石头砌猪栏。可是，我却有点儿不甘心，还是想让朱庆庚记起我的生日。我抢在他出门前叫住了他，故意问他今天几号。朱庆庚真是个榆木脑壳，我都把话问到了这个份上，他还是没往我生日上想。

有那么一刹那，我想直接对朱庆庚说，今天是我的生日！但我转念一想，觉得这样太没意思了，就没张口。不过，我没有轻易放过朱庆庚。他出门后正要走出土场，我陡地想到了万年宽发给我的短信，便赶快追出去，又把他叫住了。朱庆庚回过头问，又怎么啦？我劈头盖脑地对他说，我今天想吃油条！朱庆庚听了一愣，眼皮不停地眨着，像是被我浇了一脸雾水。

朱庆庚显然不明白我为啥想吃油条。这中间有个故事。故事发生在我很小的时候，那年我才十岁。

我的娘家，在一个名叫毛湖的地方。那里只产苞谷，稻子和麦子都种不成。在十岁以前，我不光没吃过大米饭，甚至连油条都没吃过。我们家隔壁住着一户姓赵的人家，他们家有一个男孩子和我差不多大小，名字叫赵雷。赵雷有个舅舅，在老垭镇粮站工作，每年都来赵雷家好几次，每次来都给赵雷带些好吃的。赵雷是个小气鬼，从来舍不得把那些好吃的分一点给我吃。可他又坏得很，总是拿好吃的来馋我，让我口水直流。

我过十岁生日那天，赵雷的舅舅又来了，这次给他带来了一包油条。快吃午饭时，赵雷突然来到了我们家门口。我是闻到一股香气后才发现赵雷的，他站在我们家土场边上，双手捧着一根金黄的东西，正津津有味地吃着。那是我第一次见到油条，它的香气让我一下子醉了。一闻到那股香气，我的两只脚马上就朝赵雷走了过去。我一边吞口水一边问道，你吃的是啥？赵雷说，油条！他说着又吃了一大口。油条的香气真是香，我感到一阵心慌。当赵雷手中的油条只剩下指头那么小一截时，我实在忍不住了，就厚着脸说，给我吃一口吧！可是，我话音没落，赵雷就把那最后一截油条吞进了喉咙。

赵雷吃完油条扭身就走了。我一个人呆在土场边上，忽然伤心地哭了起来。当时，我妈正在厨房里煮饭，听见我哭，连忙提着锅铲走了出来。她问我为啥哭，我说赵雷用油条馋我。

我妈劝我说，别哭了，等我有了钱，也去镇上给你买油条吃！但是，我妈没能劝住我。她一劝，我越发哭得厉害了，泪水流了一脸。哭了一阵子，我抬起泪眼望着我妈说，妈，我今天就想吃油条！我妈先愣了一会儿，然后摸摸我的头说，好，我去赵家看看，要是他们还没吃完，我就用苞谷给你换一根回来，谁叫你今天过生呢！

我妈麻利地去了隔壁赵家，手上拎着两升苞谷。过了十分钟的样子，我妈用报纸卷着半根油条回来了。她还没进屋，我就闻到了扑鼻的香气。打开报纸后，我问我妈，为啥只换了半根油条？我妈说，他们吃得只剩半根了，我要是晚去一步的话，这半根也进肚子了。

更加伤心的是，我后来连那半根油条也没能吃到嘴里去。接过油条后，我把它放在了堂屋的桌子上，打算去厨房把手洗干净再来吃。可是，等我洗完手从厨房回到堂屋时，那半根油条却不见了，桌子上只留下一张被油浸湿的报纸。正感到奇怪，我看见我们家那只该死的猫正蹲在墙角舔嘴。我一下子傻了眼，接下来又大哭了一场。

我跟万年宽讲过油条的故事。刚和他结婚的时候，我就对他讲了。万年宽的记性好，每年我过生那一天，他都要买油条给我吃。但我没把这个故事讲给朱庆庚听，所以我一说想吃油条他就懵了。

我说想吃油条，朱庆庚的确感到有些为难。其实，我也并不是非要吃油条不可，只是对朱庆庚忘了我的生日很生气。这股气憋在心里难受死了，我想找个理由撒出来。当然，我也希望朱庆庚能把油条和我的生日挂上钩。遗憾得很，他丝毫不把它们往一起想。后来，我让朱庆庚去老垭镇上买油条，他居然说抽不出空，说完就扔下我，匆匆忙忙朝李修田家去了。

朱庆庚一走，我便情不自禁地想起了万年宽第一次带我吃油条的事。那是我嫁给他以后过第一个生日，满二十四。

那天一大早，万年宽就拉住我的手说，叶枝，我带你去老垭镇上吃油条！开始我不相信，以为他跟我开玩笑。因为我晓得，他身上一分钱也没有。我甩掉他的手说，你又没钱，用啥买油条给我吃？万年宽说，没钱可以借嘛，我有个朋友在镇上当秘书，他会借我钱的。他说完又把我的手拉住了。

万年宽在村会计那里借了一辆自行车，把我驮到了镇上。到了政府门口，他一个人进去找朋友借钱，让我扶着自行车在门口等他。进去一支烟工夫，万年宽出来了。我问，借到钱没有？他说，借到了。万年宽一边说一边从我手里接过自行车，很快又把我驮到了十字街那里。十字街头有一个炸油条的摊子，我老远就闻到了油条的香气。

当时已经快收摊子了，油锅前的那张小桌子上只坐着两个吃油条的人。万年宽让我先在桌子边坐下来，他自己去买油条。走到油锅前，万年宽问那个腰系围裙的老头，可以先吃后付钱吗？老头说，可以。万年宽马上用竹筷子串起两根油条朝我走过来。到了我身边，他取下一根递给我说，生日快乐！我伸手接过油条，埋头就吃。我把一根油条吃完后才抬头，发现万年宽那根油条一口没动。你怎么不吃？我问。万年宽说，你吃两根吧，我不想吃油炸的东西。他说着又把油条给了我。我那天一口气吃了两根油条，差点儿高兴死了。

等我吃完油条，万年宽大摇大摆地走回到油锅前。他先把一只手伸进裤子口袋，一边摸一边问那个老头，多少钱？老头说，五分钱一根，两根一角。万年宽又问，我没带零钱，二十块钱的票子找不找得开？老头惊叹一声说，天老爷，这么大的钱，我哪里找得开呀！万年宽说，既然找不开，那我下次来一起付给你！说完，他推上自行车就走了。我跟在万年宽后面，边走边回头看了老头一眼。老头张开嘴想说句啥，但迟迟没说出来。

那天，直到回了油菜坡，我才晓得万年宽带我吃油条时仍是身无分文。他没在朋友那里借到钱，并且连那个朋友的面都没见到。我哭笑不得地对万年宽说，你真是会日白啊！他扮个鬼脸说，只要老婆生日快乐，我日个白也值得！

回想到万年宽带我吃油条的情景，我对朱庆庚的气就更是不打一处来。朱庆庚跑得真快，一眨眼就快到李修田屋前了。不知为啥，我这时真的想吃油条了，口水已经漫过了嗓口。就在这个时候，我猛地想起了那个麻花贩子。朱庆庚存有他的电话，我想让朱庆庚打个电话给他，让他来我们这里卖油条。

我慌忙喊了朱庆庚一声，叫他回来，说有事跟他说。朱庆庚回来后，我把我的想法说了。他虽说不太情愿，但还是给麻花贩子打了电话。可是，朱庆庚太老实，麻花贩子说达到两百根油条才来，他就把电话挂了。更气人的是，我让朱庆庚就说要两百根，可他根本不听我的，还说他不是日白佬。朱庆庚突然提到日白佬，明显是想气我。他把我的肺都气炸了。

后来，我也想气一下朱庆庚，就故意提到了万年宽。我这一招很厉害，一听我提到万年宽，朱庆庚一下子就东倒西歪了。

3

那天帮李修田扛石头砌猪栏，我像一个被霜打过的茄子，一点儿精神也没有。一起扛石头的有好几个人，他们都发觉我不大对劲。我半天不说一句话，还不停地唉声叹气。李修田问我，朱庆庚，你今天是怎么啦？我有气无力地说，叶枝早晨跟我提起了万年宽。李修田愣了一下说，奇怪，她提日白佬搞啥？我说，唉，我也觉得奇怪！

叶枝为啥要突然提起万年宽呢？我实在想不通。她心里是恨万年宽的，这一点我比谁都清楚。还没正式嫁给我之前，叶枝就把万年宽从前日的白都跟我讲了一遍。她讲得咬牙切齿，有时还用拳头砸自己的膝盖。正是因为恨透了万年宽，叶枝才毫不犹豫地和他离了婚。

据叶枝说，她当年嫁给万年宽，完全属于上当受骗。不说别的，光从外貌上看，万年宽没有哪一处能配得上叶枝。叶枝天生一个美人坯子，眼皮双双的，鼻梁高高的，嘴唇薄薄的，脸上白里透着红，被她娘家那地方的人称为毛湖一枝花。万年宽却长得丑，翻嘴唇，塌鼻孔，最难看的是额头，朝前拱出老远，像一截伸出来的屋檐，下雨连眼睛都打不湿。要不是万年宽那会儿在部队上当兵，叶枝连正面看他一眼都不会。

万年宽当兵的第三年，麦子快割完的时候，他突然请假回到了油菜坡。村里人纳闷地问，再过半年就要复员了，你这会儿回来做啥？万年宽打个响亮的哈哈说，谁说我要复员？再过半年我就要提干了，我这次是抽空回来探个亲！村里人又问，那你为啥不等到提干后再回来探亲，那时多风光啊？万年宽大声说，我这次回来除了探亲，还想找个老婆，等我一提干，老婆就可以随我从军了。万年宽这么一说，村里人都啧啧称赞他。有人说了不起，有人说原来没看出来，有人说人不可貌相，还有人主动要帮他说媒。

那个时候，农村姑娘都巴不得嫁一个当兵的人，能找到一个军官就更是烧高香了。叶枝有个堂姐，嫁在与油菜坡交界的望娘山。听说万年宽要找个老婆去从军，堂姐马上就想到了叶枝。她连夜赶往毛湖，第二天上午就把叶枝带到了万年宽家。

当时，万年宽正站在他家大门口与一群人聊天。叶枝跟着堂姐，快步朝万年宽门口的土场上走。刚走上土场，叶枝就看到了万年宽。他整整齐齐地穿着军装，连军帽都戴得周周正正。可是，一看到万年宽，叶枝的两只脚就挪不动了，像是一下子钉在了土场边。堂姐问，你怎么不走了？叶枝灰着脸色说，我们转身回去吧。堂姐问，为啥？叶枝摇摇头说，我不想鲜花插到牛粪上！堂姐瞪了叶枝一眼说，傻瓜，牛粪肥，花会开得更艳。叶枝一愣问，啥意思？堂姐咬着叶枝的耳朵说，他马上提干呢，你等着去部队上享福吧！

万年宽这时发现门口来了客人，连忙跑上来迎接。他张开双手，请客人进屋。叶枝仍站着不动，直到堂姐在她背上推了一下，她才勉强进到屋里去。

进屋后，叶枝一直蹙着眉头，连万年宽递上来的茶也懒得接。堂姐倒是眉开眼笑的，一边喝茶一边介绍叶枝，末了又问万年宽，你在部队上做啥？万年宽张口便答，开飞机！堂姐一惊说，真的？万年宽连忙解开上衣，露出一件白色背心说，当然是真的，我当的是空军！

叶枝这时才抬头看了一眼万年宽，发现他的背心上印着四个红字：人民空军。叶枝的眼睛顿时眨了几下，将信将疑地问，你真是开飞机的？万年宽拍着胸脯上的四个红字说，绝对是真的，有一回，我开着飞机经过毛湖上空时，还看见过你呢！叶枝兴奋地问，是吗？万年宽眉飞色舞地说，没错，我看见你正背着竹篓在掰苞谷，你掰一个朝竹篓里扔一个，动作比猴子还快！万年宽说到这里，叶枝突然乐了，还扑哧笑了一声。就在这当儿，叶枝动心了，决定嫁给万年宽。五天之后，叶枝与万年宽举行了结婚典礼。

当初相亲的时候，叶枝压根儿没想到万年宽是在日白。等她恍然大悟时，一切都晚了，生米早已做成了熟饭。

事实上，结婚不到两个月，叶枝就晓得自己上了当受了骗。那天，堂姐的公公过生日，叶枝去望娘山送人情。在酒席上，叶枝遇到了一个复员军人，一打听居然和万年宽是一个连队的。不过，他比万年宽早一年入伍，所以半年前就复员还乡了。叶枝问，你在部队也开飞机吗？复员军人说，不，我在部队养猪，和你丈夫一样，我们都是养猪的。叶枝一听就晕了，先是筷子掉到地上，接着人也坐不稳了。幸亏堂姐手脚快，及时把叶枝扶到了床上。

又过了两个月，树上开始落叶的季节，万年宽背着一个草绿色的背包回到了油菜坡。他仍然穿着军装，但领章和帽徽都摘掉了。夫妻见面后，叶枝斜着眼睛问，你怎么回来了？万年宽苦笑一下说，我复员了！叶枝冷笑着问，你不是说要提干的吗？万年宽想了想说，我本来可以提干的，但现在的政策有变，提干不能带家属了。既然不能带家属，我还提干做啥？所以我申请复员了，想回家天天陪老婆！万年宽一边说，一边张开双手要抱叶枝。叶枝连忙躲开了，厉声说，别再日白了，你这个骗子！

万年宽回家的当天，叶枝就提出了离婚。万年宽却死活不同意，又是流泪，又是下跪，还用手扇自己的嘴巴。叶枝的态度很坚决，不管万年宽使用怎样的苦肉计，她都不回心转意。

后来，望娘山的堂姐来了。她摸着叶枝微微凸起的肚子说，别离了，娃子都四个多月了，总不能让娃子一生下来就没爹吧！堂姐说到这里，叶枝的心才软了下来。要不是肚子里的娃子，叶枝早在二十几年前就跟万年宽离婚了。

猪栏砌到一米高的时候，李修田的老婆在厨房门口喊吃饭。我抬头看看天，日头正悬在头顶上。李修田一边拍手上的灰一边对我们说，吃饭去吧，下午再砌半米高就差不多了。

我们走到李修田的堂屋门口，发现堂屋的方桌上已摆了好几个菜，还有一个猪蹄子火锅。正要进堂屋门时，李修田回头对我说，朱庆庚，你干脆打个电话给叶枝，让她过来一起吃午饭，以免她一个人在家里做。他说得很诚恳，不像是顺便说的客气话。我马上掏出手机给叶枝打电话。电话一打就通了，可叶枝却老半天不接，看来她还在生我的气。我放下手机，决定亲自回去叫她。

从李修田家到我家不足一里路，我走十分钟就回到了我家门口。叶枝不在门口，我想她可能在屋里给鞋垫绣花。她最近为我做了一双鞋垫，还有一只鞋垫上的花没绣好。但我进门一看，叶枝不是在绣花，而是坐在厅屋里玩手机，好像正在发短信。叶枝果然气还没消，见我进门只扫了我一眼，连招呼也不跟我打。我想我是男人，应该主动和她说话。

我干咳了一声说，李修田请你去吃午饭，还煮了猪蹄子。叶枝头也不抬，冷冷地说，不去！我说，为啥不去？猪蹄子香喷喷的。叶枝忽然提高嗓门说，我不想吃猪蹄子！我问，那你想吃啥东西？叶枝慢慢地说，油条！我今天只想吃油条！一听叶枝又说到油条，我的头马上大了。

停了一会，我说，对不起，我没办法让你吃到油条！没等我话音落地，叶枝猛地站起来，有点儿激动地说，我有办法，只要你打个电话就行了。我问，啥好办法？叶枝红了脸说，望娘山有个崔麻子，过去在老垭镇炸过油条。他住在我堂姐隔壁，我有他的电话。只要你打个电话去，他就会上门来炸油条！我问，崔麻子上门怎么收费？叶枝想了想说，前两年是一百，现在最多收一百五。我大吃一惊说，天呀，炸一次油条就收一百五，我给李修田扛一天石头才挣一百二呢！这太不合算了。我一边说一边摆头，

叶枝见我摆头，一下子火了。她指着我的鼻子说，算了算了，我不吃油条了！你快给我滚吧，滚去扛石头！我被叶枝骂昏了，只好扭头就走。我走出大门时，叶枝又一次提到了万年宽。叶枝尖声说，要是还跟着万年宽的话，我早就吃到油条了！

我回到李修田那里，他们已开始往酒杯里斟酒了。见我一个人，李修田就问，叶枝呢？我垂头丧气地说，她不来。李修田睁大眼睛看着我问，你又怎么啦？我低声说，叶枝又提万年宽了！李修田眯起眼皮说，真是奇怪，她为啥要一天提几回日白佬呢？我说，是啊，我也想不通啊！

按说，叶枝是不会再提起万年宽的。万年宽日了半辈子的白，后来还日出了人命案。

事情发生在去年初春，当时万年宽还在老垭镇开小诊所。从部队复员后，万年宽干过许多行当，先是做木耳生意，接着是贩中药材，中间还到一个马戏班里跑过龙套，后来又上山养野猪，最后居然还当起了医生。

万年宽的小诊所开在老垭镇的后街上，门面不大，但门上的一副对联却远近有名。上联：华佗再现。下联：扁鹊重来。横眉：包治百病。万年宽说，草家湾有一个风湿腿病人，八个

人把他抬到小诊所时，疼得呼爹喊娘，治了三天后，他一个人跑着回家了。万年宽又说，十字冲有个石女，结婚十年怀不上孕，吃了他的一包草药，一家伙生了个双胞胎。万年宽还说，公鸡沟有个癌症患者，几个大医院都不收，让她直接回家漆棺材，后来找到他，他让她吃了一条生鳝鱼，结果病好了，还嫁了人。当然，这都是万年宽日的白。他靠日白做广告。不过，这种广告的效果还挺好，找万年宽治病的人越来越多了。

万年宽治的最后一个病人得的是白血病，是铁厂垭王全的老婆。王全花光了所有的钱，老婆的病也没见好，就不治了。万年宽这时找到王全，说他有治白血病的秘方，可以治好他老婆的病。王全说，算了，没钱治了。万年宽望着王全家的一头肉猪说，不需要多少钱，你卖一头猪就够了。王全说，我这头猪不能卖，要留着给老婆办丧事呢。万年宽说，人治好了还办啥丧事？再说，要是治不好，我赔你一头猪。万年宽这样一说，王全就同意了。第二天，王全带着卖猪的两千块钱，把老婆送进了万年宽的小诊所。谁料到，住进小诊所的第二天晚上，王全的老婆就死了。

后来听说，万年宽治白血病的秘方是给病人打鸡血。王全的老婆只打进一只鸡的血就不行了，眼皮眨了两下就不眨了。王全得信赶到小诊所的时候，万年宽已经跑了。王全人财两空，气得要死。更让王全恼火的是，他给老婆办丧事连猪肉都没有了。在走投无路的情况下，王全带着一群人来到了油菜坡，二话没说就把叶枝养的一头肉猪拴走了。

过了一个多月，万年宽才潜回油菜坡。回来的第二天，叶枝就跟他离了婚。婚离得很顺利，叶枝对万年宽说，你要是不离，我就死给你看！万年宽啥也没说，乖乖地跟叶枝去了镇上的民政所。

下午五点多钟，李修田家的猪栏砌好了。李修田本来留我吃晚饭的，但我看时间还早，就赶紧回家了。再过十天半月就要割油菜籽了，家里的几把镰刀都生了锈，我得抽空把它们磨出来。

我回到家里时，叶枝已不在厅屋里了。我伸头朝卧室里看了一眼，发现她在里面叠衣裳。床上摆的衣裳有好多件，热季和冷季的都有。我是个没脑筋的人，当时看她叠衣裳，丝毫没往别处想，还以为她是没事把卧室收拾一下。看了一眼，我就扭头走了，忙着到后门上去磨镰刀。等我磨完镰刀再回到屋里时，叶枝已经无影无踪了。她跑了。

4

我那天一提到万年宽，朱庆庚就很不高兴，脸都变乌了。他马上丢下我，气冲冲地去了李修田家。我只好一个人在屋里过生日。八点钟的样子，我用头天的剩饭煮了一碗汤饭，还打了一个鸡蛋。但我吃了几口就吃不下去了。不晓得怎么了，我的心这天突然变得怪怪的，特别想吃油条。可怜的是，朱庆庚一点儿都不懂我的心。

整个上午，我一直都呆在厅屋里，感到很孤单，也很无聊。不知为啥，我眼前总是浮现出万年宽的影子。他就像水缸里的一只葫芦瓢，你刚把它从这儿按下去，它很快又从那儿浮了出来，怎么按都按不住。他从前日的那些白，也陆陆续续朝我脑海里涌，仿佛一群青蛙接二连三地往一口池塘里跳。

万年宽当兵前就开始日白了。那年冬季征兵，油菜坡推荐的人并不是万年宽，而是一个姓周的。万年宽背后没人，人又长得不成看相，谁会推荐他呢？但万年宽胆子大，那天人武部长来村里看那个姓周的，正坐在村委会烤火，万年宽主动挤上去说，部长，我想当兵！部长问，凭啥？万年宽说，我勇敢。部长掏出一支烟问，何以见得？万年宽望着火坑说，我能用手抓火。部长一愣问，真的？万年宽说，不信，我抓火给你点烟！他边说边把手伸进火坑，把一块红彤彤的木炭飞快地抓到了部长的烟前。部长连声惊叹说，好家伙！好家伙！就这样，万年宽当了兵。后来听说，万年宽事先在手上抹了厚厚一层冻疮膏，原来是日了个白。

复员回来的第四年，万年宽在公路边开了一个中药材收购部，结果让一车党参害得血本无归。这时候，河南的一个马戏班子来到我们这一带巡回表演。万年宽找到班主说，让我跟你们一起干吧。班主问，你有啥本事？万年宽说，我当年在新疆当兵时玩过杂技，会双脚登坛子。班主说，日白吧？万年宽说，日白我不姓万。有一回去戈壁滩上演出，我掉队了，不幸碰上四个少数民族妇女要轮奸我。我急中生智地说，你们排成队，一个一个地来吧。我说完就仰在地上，伸开双脚等她们。她们来一个，我就像登坛子一样登一个，把四个妇女都登晕了。这样，我才脱险。万年宽讲完，班主已笑得前仰后合，边笑边说，有意思，日白我也要你，万一不行就跑龙套吧。

上前年的三月初三，我满四十五岁。早饭后，万年宽要去老垭镇给我买油条。骑车正要出门时，我突然对他说，要是能吃上刚起锅的油条就好了。我边说边吞涎水。万年宽歪起头想了一下说，好，我马上请望娘山的崔麻子来家里给你炸油条吃！他说着就掏出手机拨电话，拨通后说，崔师傅，请你来我家炸几锅油条。那边说，上门服务要收钱的。万年宽说，钱不是问题，要多少？那边说，至少一张吧。万年宽说，一张算啥？我给你开两张。电话打出去不到一个钟头，崔麻子就骑着摩托车来了。刚起锅的油条真好吃，又香又脆，鼻子嘴巴都过瘾。付钱的时候，万年宽掏出两张十块的票子递过去，崔麻子一怔说，我说的是一张！万年宽说，你说一张，我给两张还嫌少？崔麻子说，我说的一张是一百！万年宽说，可我说的是十块。崔麻子摇着头苦笑一下说，日白佬，我真是服了你！

那天快到中午的时候，万年宽又给我发来了一条短信。短信说：叶枝，今天吃了油条吗？看到短信，我心里不由格登一响，说不出是个啥滋味。我决定给万年宽回个短信。一开始，我本来想如实说没吃油条，但打字时却打成：朱庆庚出去买油条了。

我刚把短信发出去，朱庆庚突然回来了。他说李修田让我去他家吃午饭，还说有猪蹄子吃。我说，我不想吃猪蹄子，今天只想吃油条！直到这个时候，朱庆庚还是没想起今天是我的生日。他说他没办法让我吃到油条。这时，我陡然又想到了望娘山的崔麻子，就建议朱庆庚把崔麻子请到家里来炸油条。当时，我是多么希望朱庆庚能让我吃到油条啊！我想，要是朱庆庚让我吃到了油条，那我心里就不会老想到万年宽了。可是，朱庆庚却不同意请崔麻子。他舍不得花钱。我顿时又气又恨，指着鼻子把朱庆庚臭骂了几句，还再一次提到了万年宽。

朱庆庚挨了骂，转身就往李修田家去了。望着他越走越远的背影，我忽然很后悔嫁给他。去年和万年宽离婚后，向我求婚的人有十几个，其中还有村干部。从各方面的条件来看，朱庆庚可以说是最差的，但我最后选了他。堂姐听说后大吃一惊问，你瞎了眼，怎么看上他了？我说，朱庆庚从不日白！当时，我一点儿也没想到，一个不日白的人原来是这么没意思！

下午三点多钟，我又收到了一条短信，是万叶发来的。万叶是万年宽和我的女儿，这几年一直在广东打工。她是不同意我和她爹离婚的，至今还在跟我赌气，一隔几个月不与我联系。万叶祝我生日快乐，还问我吃了几根油条？我哭笑不得地回信：妈妈命苦，今天一根油条也没吃上！万叶很快又发来一条：活该！谁要你离开我爹的？我没再回万叶。这个死丫头，真是哪壶不开提哪壶！

万叶的短信发来不久，大约半小时过后，万年宽突然打来了一个电话。一看是他的号码，我好半天没接。说实话，我开始是不准备接这个电话的。可是，万年宽却一个劲儿地打，好像我不接他就会一直打下去。后来，我还是接了。万年宽说，我知道你今天还没吃到油条！我一时不晓得怎么回答，就一声不吭。过了一会儿，万年宽说，傍晚六点，你到村委会那里等我。我一愣问，去那里做啥？万年宽说，我接你来老垭镇吃油条！我连忙说，不去！万年宽说，你一定要来，一日夫妻百日恩！不等我回答，万年宽又补充说，我如今在镇上办了个加油站，还买了一辆皮卡车，一会儿我开皮卡车去接你，接你来镇上吃刚出锅的油条！你记着，六点，村委会。他说完就挂了电话。

接到万年宽的电话，我心里非常矛盾，又想去又不想去。后来，我想丢个硬币来定夺，正面朝上就去，背面朝上就不去。我一丢，是正面朝上，看来我只好去了。做出决定后，我马上进卧室去收我的衣裳。正叠衣裳时，朱庆庚从李修田那里回来了。当时我想，朱庆庚要是把我拦住，那我就不去村委会了。但是，他没有拦我，只把头伸进卧室看了一眼就去后门了。

五点四十分，我提着装衣裳的包悄悄地出了门。六点差五分，我到了村委会，果然看见一辆皮卡车停在村委会门口。

龙洞记

1

龙洞是一股泉水的名字。这一股泉水在我老家油菜坡，离我老家的房子只有十步左右，在我老家房子里就能听见泉水流动的声音。如果提到我的老家，就不能不提到龙洞。老家这个词，在一般人看来似乎是一个抽象的概念，而我的老家却是具体可感的，它由三个部分组成，一是那栋土墙黑瓦的房子，二是房子后面那片竹园，再就是房子右边的这个龙洞。长年客居异乡，难免时时回忆老家，每当想起老家来，我都会情不自禁地想到龙洞。而且，龙洞往往是我回忆的重点，它在我心中的地位有时候简直超过了那栋房子。这真是有点儿不可思议。

这股泉水是从一个巨石的裂缝里流出来的。那个巨石有两人多高，长度少说也有七八米，形状极像一条卧龙。那个裂缝有窗户那么大，正处于巨石的头部，看上去就像那条卧龙张开的嘴巴。龙洞这个名字就是由此而来的。

龙洞的这股泉水，四季长流，从不间断。我们只是看到它是从那条龙的嘴巴里流出来的，却不知道它的源头在哪里。我曾多次打听过这股泉水的来源，但没有一个人能给我一个明确的答案。油菜坡的乡亲们，几乎没有人去关心龙洞的源头，他们只管舀水，挑水，用水，却从来不问水从何来。这也难怪他们，打从他们生下来的时候，这股泉水就在这里流着，他们只需要享用就行了，没必要去操那份淡心。再说，他们春天要插秧，夏天要除草，秋天要割谷，冬天要积肥，一年四季忙得头昏目眩，哪有时间和精力去想那些一不能当饭吃二不能当衣穿的问题。

从龙洞流出来的这股泉水，水质真是好极了。它看起来是透明的，没有一点儿尘埃；它闻起来是芬芳的，仿佛洒过香水；它喝起来是甘甜的，简直是满嘴生津。而且，这股泉水还具有冬暖夏凉的特性，冬天喝它，它像温泉一样暖和；夏天喝它，它像冰水一样凉快。记得读小学的时候，我在学校里学了雷锋的故事，然后我写了一篇日记。我在日记中写道：我家旁边有一个龙洞，人们怕冷的时候，它流温水；人们怕热的时候，它又流凉水。这个龙洞真好啊，简直像一个活雷锋!

少年时代，我特别喜欢坐在我家厨房门口，闭上眼睛，张起耳朵，静静地倾听龙洞流水的声音。水声是不断变化的，有时候像在轻声欢笑，有时候像在低声哭泣，有时候又像在大声吼叫。当时我想，这龙洞真像一个人啊，喜怒哀乐它都有。说来也怪，在我倾听水声的时候，我的心情还会随水声的变化而发生变化。听见龙洞欢笑时，我的心情就格外舒畅，听见龙洞哭泣时，我的心情就十分压抑，听见龙洞吼叫时，我的心情就非常紧张。

我是十七岁那年离开老家的，离开老家的头天晚上，在夜深人静之后，我一个人搬一把椅子在我家厨房门口坐了下来，我坐在那里听龙洞流水的声音，听了许久许久。那天晚上的水声听起来特别奇怪，与我以往听到的水声大不一样。它既不像笑，也不像哭，更不像吼，好像是在和我说话。它的声音不高不低，它的节奏不紧不慢，说得苦口婆心，说得语重心长。我听着听着，不禁心酸眼热，泪流满面。

2

我是喝着龙洞的泉水长大的。我把龙洞看作我的第二个母亲。

据我母亲回忆，我从七个月的时候就开始喝龙洞的泉水了。母亲说，我是六个多月开口叫妈的，妈是我来到这个世界上以后叫的第一个字。我在这个世界上叫的第二字便是水。一天，母亲抱着七个月的我到龙洞边上散步，我突然用一根幼小的指头指着龙洞对母亲说，水！母亲听懂了我的意思，马上用一只搪瓷缸子舀起了半缸泉水，让我足足地喝了一口。母亲说，我喝下泉水后忍不住笑了，笑得格儿格儿直响。然而，我奶奶听说母亲给我喝了泉水之后，却把母亲狠狠地教训了一顿，她质问母亲，你怎么能给一个不满周岁的婴儿喝生水，喝坏了肚子怎么办？母亲没有和奶奶顶嘴，她也担心我喝了生水会拉肚子。但我的肚子却非常争气，喝下泉水后不仅没拉，而且比以前更加健康。母亲说，从那以后，我就经常喝龙洞的泉水了。

我说过，我是十七岁那年离开老家油菜坡的。在我十七岁之前的记忆里，好像我没有喝过什么茶水，我差不多都是喝的龙洞的泉水。早晨起床后，我做的第一件事就是拿一把葫芦瓢去龙洞那里，先舀半瓢水漱口，然后再舀半瓢水洗脸。中午，从山上扛着柴捆或从田里提着猪草筐回家，我等不及进门就要先跑到龙洞去，一头扎到泉水里，像牛一样猛喝一气。傍晚吃罢晚饭，我从来不在家里喝水，总是拿一个搪瓷缸，走到龙洞口那棵棕树下坐下来，舀上满满的一缸泉水，然后一口一口地慢慢品尝。在老家生活的那些日子里，我几乎没有一天不去龙洞喝水的。龙洞的泉水差不多成了我生活的必需，去龙洞喝水也差不多成了我生存的一种方式。喝龙洞的泉水，认真说起来有好几种功用，不仅能解渴，而且能充饥，冬天还可以取暖，夏季还可以降温。如果要我为龙洞拟一句广告词的话，我会这样写：龙洞泉水，好处多多。

到龙洞去喝水，使用的工具和方法有多种多样。前面提到过的葫芦瓢和搪瓷缸子，都是喝水的最佳器皿，轻便、顺手、好用。除此之外，还可以用吃饭的碗，一手将碗伸进龙洞里，舀起满满一碗水来，端到嘴边一饮而尽。如果喝急了，难免会流一些在下巴上、脖子里和胸脯前，这就有了一种饮酒的豪放。还有用脸盆喝水的，先用一只手将脸盆潜入水中，等脸盆里装满水后，再用双手把脸盆端起来，端到腰际，便将头像游泳的人扎猛子那样扎到脸盆里去，然后就拼命地喝起来。这种喝法比较实惠，但显得有点愚蠢，因为旁观者只看见一个脸盆却看不见喝水人的脸，弄不好还以为喝水的是一头什么怪物呢?倘若什么工具也没有，也是可以喝水的，比如到附近的桐树上去摘一片桐树叶，将桐树叶卷成一个喇叭筒，这样就可以打水喝了。如果连桐树叶也懒得去摘的话，还可以双手相连，十指并拢，形成一个碗的样子，这样也能舀水喝，只是一边喝一边漏水，仿佛用的是一个破碗。

听我母亲说，我三岁那年就能帮她从龙洞往厨房取水了。前面我说过，龙洞离我家厨房只有十步左右的距离，因此我家厨房里从来没有用过水缸，都是要用水的时候临时到龙洞那里去取。母亲说，我第一次取水用的是一只塑料碗，那只碗不大，比拳头大不了多少。我本来是舀了一满碗水的，可是等我摇摇晃晃从龙洞端到厨房时，塑料碗里的水就只剩下一半了。然而，我取回家的这半碗水却把母亲高兴坏了，她当时就兴奋地叫了起来，说她儿子能取水了。五岁的时候，我开始用一只铜壶往厨房里提水，这时我已经能够记事了。记得我第一次将一壶水提到厨房门口时，母亲差点喜疯了，她一边伸手接我的铜壶一边说，哎呀，我儿子长大了！十岁那年，我已经能够用一只木桶提水了。记得那是一个什么节日，家里来了许多客人，母亲提着一只空木桶正要去龙洞时，我拦住了她说，妈，我去提吧。母亲一愣，问我，你行？我没有回答，只管一把夺过了母亲的水桶。那天我是使出浑身的力气才把那桶水提到厨房的，当我红着脸咬着牙将那桶水放到母亲面前时，母亲顿时哭了起来，并且还哭出了声音，客人听到母亲的哭声跑过来问她怎么啦，母亲一边抹泪一边说，我儿子真的长大了！他能提回一桶水了！见母亲这么一哭，我也禁不住热泪盈眶了。

3

关于龙洞，还有一个荒唐可笑的禁忌，这是我初中毕业以后才知道的。这个禁忌是，妇女在月经期间不能去龙洞那里。第一次听说这个禁忌后，我感到不可思议，便去问大妈，这是为什么？大妈是我大伯的老婆，当时已经六十多岁了，头发花白，满脸沧桑，一看就是一个阅历丰富的人。大妈告诉我，妇女来了月经就等于身上不干净。身上不干净的人去了龙洞那里，龙王老爷就会有意见。龙王老爷一旦有了意见，那龙洞的水就会少，或者就会出现浑水，严重的话还会断流。我当然不相信大妈的话，就说，这是迷信！大妈却说，迷信也得信，不信就会出事。她接下来给我讲了一个故事，说很久以前，村里有一个不守规矩的女人，来了月经不说，还把那条被月经染红的内裤拎到龙洞口去洗，结果当天下午龙洞里就涌出了黄泥巴水，一直涌了三天才停住。我问大妈，那黄泥巴水是自己停住的吗？大妈说，怎么会呢？是我们给龙王老爷求情才停的，我们跪在龙洞口，放了好多鞭，烧了好多香，那水才渐渐地由黄变清。我又问大妈，那个女人后来怎么样了？大妈叹一口长气说，那个女人很惨，龙洞里出了黄泥巴水之后，全村的人都骂她，骂她是个脏货，骂她是个灾星，她听了又气又羞，一时想不开就上吊死了！听了大妈讲的这个故事，我的心情无比沉重。后来，当我再去龙洞那里喝水或取水时，我便突然觉得龙洞有些神秘了。

当年我老家这个屋场住着两户人家，一户是我们家，另一户就是大妈家。大妈家的房子在我们家房子左边，大妈家的人要去龙洞，必须经过我们家门口的土场。记得在我刚读初中的时候，大妈家娶了一个新媳妇。新媳妇是我幺哥的老婆，我便叫她幺嫂子。幺嫂子很漂亮，丹凤眼，瓜籽脸。刚结婚的那阵子，幺嫂子总是穿一件红衬衣，看上去十分动人。但幺嫂子这个人语言很少，早晚只看见她的人影像一朵红云晃来晃去，却很难听到她说话的声音。她每天都要去龙洞挑水。她身材很好，高高的，细细的，无论是挑着一担空桶过去，还是挑着两满桶水转来，姿态都非常优雅。可幺嫂子就是不说话，过去过来都不声不响，有时候我坐在门口，她居然像没看见我似的，连头也不给我点一个。这让我感到很难受。说句心里话，我当时多么希望漂亮的幺嫂子能和我说一句话呀。然而没过几天，我这个愿望便实现了。那是一个下午，人们都下地干活去了，我们屋场便显得十分安静。幺嫂子那天没下地，好像是请假在家有什么事。下午四点多钟的样子，我从学校回家，刚到门口土场上，幺嫂子便从她家门里出来了。她出门时手里拿着一个脸盆，我以为她要去龙洞打水。幺嫂子很快走到了我身边，她一到我身边就跟我笑了一下，然后说，请你帮我去打一盆水吧。我一时很激动，双手一伸就接过了她的脸盆。不过我没有立即去龙洞，我问她，你为什么不自己去打水？幺嫂子的脸顿时红了，她勾下头说，我来好事了！在我老家油菜坡一带，年轻女人们都把月经称为好事，但我当时不知道，于是又问幺嫂子，好事是什么？幺嫂子没有回答我，她把头勾得更低了。我没有再问，赶快去龙洞为她打了水。当我把打来的水递给幺嫂子时，我又问她，好事到底是什么？她狡黠地一笑说，等你娶了老婆就知道了。幺嫂子说完便转身走了，看着她美丽的背影，我还在想，到底什么是好事呢？直到两年之后，也就是我初中毕业那年，我才知道好事就是女人的月经。也就是在那一年，我知道了来月经的女人不能去龙洞的这一禁忌。

一九七二年夏天，我老家油菜坡一带遭遇了一次特大干旱，两个月没下雨，所有的土地都裂了口。就在那个夏天，龙洞的泉水突然就小了。泉水减少的原因显然是干旱造成的，但油菜坡的许多人却不这样认为，他们说，肯定是哪个缺德的女人流着月经去了龙洞！大妈是这群人的代表，她咬牙切齿地说，要不是有人流着月经去了龙洞，就是半年不下雨，泉水也不会减少的！接下来她就开始猜测谁是那个缺德的女人。她前后怀疑了许多人，但都没有证据，所以不敢公开指责和辱骂。后来，大妈让油菜坡的一个聋哑女人做了替罪羊。那个聋哑女人父母双亡，孤身一人，耳朵听不见，嘴巴说不出，大妈真是不该冤枉她啊！

4

龙洞的泉水差不多管了大半个油菜坡，换一句话说，油菜坡大部分人家都在龙洞挑水。人们挑水大都选在清早，每天早晨六点到八点这段时间，龙洞这里人来人往，川流不息，热闹得很。当年，我特别喜欢站在龙洞口的那棵棕树下，看那些来来往往的挑水的人。

凡是来龙洞挑水的人，用的都是一条扁担两只桶。扁担基本上没什么区别，大都是桑木扁担。而那桶，差别可就大了。如果把各家各户的桶打乱之后摆在一起，你不必问谁是那桶的主人，你只要仔细地看看那些桶，就会知道哪个桶是谁家的。最引人注目的是那两只锑铁桶，灰白的颜色，看上去非常干净，桶上面的系子是用咖啡色橡皮做的，结实耐用。这两只桶是生产队长家的，全油菜坡就只有他家人有这么两只桶。还有两只塑料桶也很打眼，颜色是绛红的，上面是钢丝系子。这两只桶是生产队会计的，油菜坡也只有他家有这种塑料桶。看上去最破烂的那两只桶是邹鸣高家里的，桶面的油漆已经掉得差不多了，每只桶上都有破洞，用棉花堵着，桶上的系子是棕绳子，已经旧得不能再旧了，显得毛飞飞的。邹鸣高是油菜坡最困难的人，老婆长年害病卧床，一串孩子都还小，日子过得十分艰难。

前来龙洞挑水的人，大都是来也匆匆，去也匆匆。他们都很忙，有的把水挑回去后还要忙着做饭，有的挑回水后还要上山放牛，有的挑回一担水之后还要来挑第二担。然而事情总有例外，挑水的人们中偶尔也会有那么几个不慌不忙的人，他们来到龙洞后并不急着离开，而是坐在龙洞下的那块石头上，或者靠在龙洞口的那棵棕树上，停留十分钟乃至半个小时。我认真地观察过这些人，他们大都心里有事，要么是高兴事，要么是伤心事，要么是麻烦事。比如有一回，我看见苏朗把水舀好后没有马上离开，一个人靠在那棵棕树上唱起歌来了，他唱的是社会主义好，一连唱了好几遍。我母亲当时正在龙洞口洗菜，就问他有什么喜事，他笑眯眯地告诉我母亲，说他过几天就要到镇上的供销社里去当营业员了。母亲听了说，难怪你唱得这么欢呢？果然没过几天，苏朗就离开油菜坡到镇上去了。从那以后，我再没看见苏朗来龙洞挑水了，取代苏朗的是他的弟弟。还有一回，我坐在我家厨房里刮土豆皮，忽然听见龙洞那里有人小声哭泣。我母亲当时正在厨房里切菜，她也听见了哭泣声。母亲一听见哭泣声就丢下菜刀去了龙洞。我也跟着去了，原来是王美坐在龙洞下的那块石头上哭。母亲走到王美身边，拍拍她的肩头问，怎么啦，哭得这么伤心？王美一边用手擦着眼泪一边说，那个人变心了，他昨天派人把我给他做的那双布鞋退回来了！说完哭得更加厉害。我母亲这时又拍拍她的肩头说，天底下的男人多得很，我过两天再给你介绍一个更好的！听母亲这么一说，王美才收住哭声，然后挑着一担水走了。又有一回，我在龙洞口帮我母亲清洗衣服时，看见杨久将他的扁担横放在两只桶上，然后坐在那条扁担上抽闷烟，他抽了一支又一支，脚下堆了许多烟头。直到太阳升起丈把高以后，他才挑着水离开龙洞。杨久走后，我母亲来到了龙洞，她看着地上的烟头问我，刚才是谁在这儿抽烟？我说了杨久的名字。母亲听了说，看来他真是要坐牢去了。母亲的预感没错，三天之后，县公安局来油菜坡开了一个公捕大会，将杨久用手铐子铐走了。杨久犯的是破坏军婚罪。公捕大会是在生产队的稻场上开的，那天我也去了，当公安人员把手铐子掏出来的那一刻，我看见杨久顿时就把两条腿子吓软了，而且还尿了裤子。后来，当公安人员要把杨久押走的时候，我看见杨久的母亲忽然跑来了，杨久的母亲是一个小脚女人，当时已有七十岁了。她手里端了一碗肉，刚煮好的，还冒着热气。杨久的母亲用哀求的声音对公安人员说，让我给我儿吃点儿肉吧！公安人员没有反对，杨久的母亲便开始亲自给杨久喂肉。可是，杨久只吃了一块就再也吃不下去了！我听见杨久哭着给他母亲说，妈，我对不起你啊！

5

我认为龙洞完全可以说得上是油菜坡的标志。每一座城市有每一座市的标志，比如北京的天安门，武汉的黄鹤楼。同样，每一个村庄也有每一个村庄的标志，就拿我老家附近的几个村庄来说吧，白腊村的标志是炮楼子，铁厂垭村的标志是叫花子坟。事实上，外村的人都是把龙洞看作油菜坡的标志的。在老家读中学的那几年，我常常到外村的同学家去玩。外村人问我是哪个村的，我说油菜坡。这时候，那人准会问，村里是不是有个龙洞？我便自豪地说，是的，我家就在龙洞边上。接下来，那人一定会用羡慕的口气说，啊呀，那个龙洞真好！

外面的人来油菜坡，离开之后把油菜坡的什么都可能忘记，但怎么也不会忘记油菜坡的龙洞。保康有个姓袁的，一九七四年曾到油菜坡当过支农干部，上面本来安排他来住一年的，后来与村里的一个未婚姑娘发生了两性关系，就提前抽回去了。他下来之前是坐办公室的，回去以后却成一个烧锅炉的。一九七八年，我到保康一中读书，在街上与他不期而遇，他一见到我就问，龙洞的水现在还是那么大吗？接下来他告诉我，当年在油菜坡，他还帮那个和他发生过两性关系的姑娘去龙洞挑过水。还有一个下放到油菜坡的女知青，名字叫做张少云，后来考上了襄樊卫校。一九八二年，我在襄樊一家医院门口意外地碰上了她。当我和她谈起油菜坡的时候，她一下子就想到了龙洞。张少云回忆说，我母亲还在龙洞那里教她纳过鞋底。她还说，龙洞的水真清，可以当镜子用！一九七一年，武汉有一位名叫朱康平的五七干部，下放劳动时曾在我家里住过，一个大城市的人，突然到了一个穷山村，什么都看着不顺眼，而对龙洞，他却一见钟情。在住到我家之前，他曾先后换了三个地方，而在我家住下后，他却再没挪动过，直到一九七五年返回武汉。一九七九年秋天，我考到武汉读大学，当我去看望他时，他一见到我就问起了龙洞，还说，龙洞的泉水比武汉的矿泉水还要好！又说，如果那个龙洞到武汉的话，那不晓得要值几多钱！

没有到过油菜坡的人，如果想顺利地找到我家，最好的办法就是一路打听龙洞，只要始终向着龙洞走，就不会走错路，也不会走弯路。我在万寿中学读书的时候，我的班主任程家箴老师曾先后三次到过我家。他第一次到我家是个星期天，当他突然之间出现在我家门口时，我不由大吃一惊。我问程老师，你是怎么找到我家的？程老师说，我一到村口就问龙洞在哪里，这样就找来了。我又问，你怎么知道我家住在龙洞边？程老师说，你不是在一篇作文中写过吗？程老师这么一说，我突然想起来了，以前我确实写过一篇有关龙洞的作文，题目叫《龙洞赋》。在我读大学的时候，一个暑假，我从襄樊搭一辆便车回保康，在那辆便车上，我认识了一位名叫菊花的姑娘。菊花梳着两根长辫子，长得非常秀气，显得十分文静。在保康下车分手的时候，我要了她的通讯地址，随后不久便给她写了一封信。在那封信中，我除了赞美她之外，还特地写到了我家边上的龙洞。我在信中这样写道：如果有时间，请你来看看龙洞吧，龙洞的泉水，就像你一样清纯可爱！那封信发出去不到十天，菊花居然真地来到了油菜坡。当时我正在龙洞那里洗一双球鞋，猛一抬头，便看见了一个身穿菊黄色T恤衫的姑娘。她，就是菊花。菊花的到来让我惊喜万分，我问她，这么远的山路，你是怎么找来的？菊花说，我沿路都在打听龙洞。菊花刚见到我有些娇羞，不敢正面看我，只见她扭头面朝龙洞，嘴里说，这个龙洞真好啊！说完又偷偷地看了我一眼。

6

我是在一九七九年九月接到大学录取通知书的。给我送通知书的是一位邮递员。那位邮递员没有把通知书送进我家，他走到龙洞那里就停住了脚步。当我听见邮递员喊我名字后跑到龙洞时，邮递员已经用双手捧起一捧泉水喝进了嘴里。我发现邮递员喝了泉水之后非常喜悦，脸上荡漾出甜美的笑意。邮递员先在衣服上擦了擦手，然后从邮包里抽出通知书递给我。他把通知书交给我以后没有马上走，只见他转身望着龙洞说，难怪出了一个大学生呢，原来这里有这么好一股泉水！在邮递员说这番话之前，我还从未把我的学业与龙洞联系起来，经他这么一说，我心里不由一动，顿时便对龙洞产生了一种感激之情。

在我离开油菜坡不久，母亲也从油菜坡搬到了镇上。随后，老家的房子便卖给了别人。在母亲离开老家之前，龙洞四周的卫生和环境基本上都是我母亲负责的，由她清扫，由她保护。那时候，龙洞这里无论是水池，还是水池边的石头、树木和道路，都被母亲清扫得干干净净，水池里一片落叶也没有，石头可以当凳子坐，树木青翠，道路上看不见一根野草，看不见一块碎石，看不见一点粪便。然而，自从母亲离开之后，龙洞就再没有人清扫和保护了。一九八七年夏天，我回了一趟老家。走到龙洞那里，我一下子怔住了，简直怀疑我走错了地方。龙洞下面的那个水池里，落了厚厚一层枯叶，有些地方还长了青苔。水池边的石头上，布满了泥巴。昔日的那棵棕树，已经枯死了。那条道路上，长出了半人高的野蒿，路面上到处都是鸡屎和狗粪。看着这一切，我的鼻孔忍不住一酸，接着，泪就从眼眶里涌了出来。那天，我一个人在龙洞那里足足呆了一个多小时，我一边流着泪一边打捞污水中的落叶和青苔，然后又去铲那些泥巴，扯那些野蒿，扫那些粪便……直到天色黄昏的时候，我才离开龙洞。走出龙洞大约一米远的样子，我又突然停了下来，因为我仿佛听见龙洞在我身后哭泣。停下来仔细一听，果然是龙洞在哭泣，它哭得幽怨而悲伤。听见龙洞的哭声，我的泪又一次流了下来。

今年暑假，我又回老家了一趟。我自然又去看了龙洞。龙洞四周的情景显得越发糟糕了，蒿草如林，近似荒野。屎粪遍地，臭不可闻。更让人惨不忍睹的是，几十根铁管和皮管被人插进了那条卧龙的嘴里，眼下再也看不见哗哗流动的泉水了。面对着这一副破败的景象，我心如刀割。就在这个时候，我老家那栋房子的新主人出门看见了我。他一见到我就欣喜地对我说，告诉你一个好消息，如今油菜坡，家家户户都牵自来水管子了，大家再不用来龙洞挑水了！听他这么一说，我恍然明白那几十根铁管和皮管是怎么一回事了。我再次将目光投向龙洞口，忽然，我发现那几十根管子就像几十把刀子插在龙洞的嘴里，我还发现，我的龙洞早已死了。

猪栏养狗

1

端午节的前一天，我从九女沟磷矿回家看望父母，手上拎着两个煮熟的粽子。回到我家门口土场边上时，天还说不上太黑，一切都能被我尽收眼底。

我停在土场外，朝我家大门那里看了一眼。我没见到我的母亲栾卫芹，只看见我的父亲李天柱一个人呆头呆脑地坐在屋檐下。然而，父亲却对我视而不见，连眼皮都没抬一下。不过，我丝毫不怪罪他。谁会去计较一个中风的人呢？再说，父亲也许压根儿都没觉察到我回来了。大门半开半掩着，中间露出一条缝。我想，母亲这会儿十有八九正在屋里准备着晚饭。

粽子是一个叫张尺的人送给我的。他是九女沟中学的政治老师，曾经帮一个矿工打赢过一场官司，因此我们也把他称作律师。张尺经常在放学后到我们那个矿洞口去溜达，时间一长就跟我们混熟了。他喜欢和我们这些卖苦力的人一起玩。隔三差五，他还会带些东西给我们吃。有时是一袋水果，有时是一包饼干。端午节快到了，他竟然给我们每人送了两个粽子。

我抬起一只脚，正打算穿过土场朝父亲走过去，一串牲口的声音突然从我家土屋旁边的那排猪栏传到了我的耳朵。这让我好生奇怪。自从父亲中风以后，我们家就不敢再养猪了，猪栏从此就空了起来。差不多快一年了，我们家猪栏里连猪粪都看不到一截，哪里还会有猪叫？莫非在我出门打工的这几个月里，母亲又重新养起猪来了不成？不过，刚才的声音听起来非常模糊，像猪叫又不像猪叫，有点儿似是而非。这越发让我觉得奇怪了。我愣了一会儿，决定先绕到猪栏那里去看上一眼。

按说，母亲是不会再养猪的。父亲中风跟猪有关，我们家这几年一直谈猪色变。三年前，父亲还是个正常人的时候，一天到晚都在琢磨着怎样发财。当然，他想发财说到底还是为了我。当时我已经三十岁，可连女人的手都没摸过，父母越来越担心我会打一辈子光棍。就在我满三十岁的第二天，父亲终于做出了养猪的决定。那几年猪走俏，好多人都靠养猪发了财。父亲信迷信说，要得发不离八，一口气砌了八间猪栏。但父亲没财运，砌了八间猪栏也没发成财。他头一年养了十三头猪，一头比一头肥，可到了年底要卖时，猪价却猛地跌了个陡坎，结果连买饲料的钱都没赚回来。第二年，猪价倒是涨了，却又碰上猪走瘟，他养的十六头猪死了十五头，赔了个血本无归。父亲一气之下就中了风，嘴差点歪到了耳朵下面，连话都说不成了。

当我走到猪栏边上时，我的两颗眼珠一下子卡在眼眶里转不动了。我居然看见了八只狗。它们分别占据着我家的八间猪栏。狗们的身材都很高大，毛也油亮油亮的，一点儿都不像我们油菜坡这地方的土狗。每只狗的脖子上都拴着一条铁链子。链子很长，对狗的活动没有太大的影响。它们想站就站，想卧就卧，只是不能跑到猪栏外面去。猪槽里扔了一些骨头，有几只狗正在咯嘣咯嘣地啃着，一边啃一边哼哼唧唧。我顿时明白过来，刚才听到的声音原来是出自狗嘴。

呆呆地看了一会，我突然有点儿想笑。三十好几的人了，我这还是头一回见到猪栏里养狗。但我没能笑出来，嗓口那里像被什么堵住了，鼻头也酸酸的。在猪栏边没停留到一支烟工夫，我就转身往回走了。我急于见到母亲，想尽快弄清楚这些狗的来历。

父亲越发显得迟钝了。我走到他眼皮底下，他才发觉身边来了人。我麻利地剥开一个粽子，递给了他。父亲的手还算灵活，一接过粽子就往自己嘴里塞。他的吃相很难看，像刚从饿牢里放出来的。我没有跟父亲说话，本想跟他打听一下猪栏里的狗，但想到他已丧失表达能力，话到嘴边又吞回去了。我默默地看着父亲吃粽子，发现他的嘴越来越歪了，还不住地流口水。我陡然难受至极，仿佛有一只虫子在我心尖上咬了一口。

那个粽子在父亲嘴上只剩下一半时，我将目光从他身上拖开，准备推门进屋。可是，我刚要把手朝门伸过去，父亲却突然紧张起来。他惊慌失措地张开双手，对我使劲地乱摆，嘴里不停地啊着，脸都涨红了。

我有些迷糊了，弄不懂父亲的意思。不过，我这时一心只想见到母亲，根本没心思去理会一个中风的人。我迫不及待地想搞清楚猪栏里的狗究竟是怎么一回事，还想早点把手上的另一个粽子献给母亲。母亲一向敏感而多情，见到我带给她的粽子肯定会激动不已，吃的时候没准儿还会泪流满面。想到这里，我不顾一切地把两扇大门推开了，一步跨进了堂屋。

堂屋里堆得乱七八糟，除了各种农具，还有几麻袋小麦和几麻袋菜籽。在一张老式方桌下面，紧靠桌腿竖着一个鼓鼓囊囊的蛇皮口袋。它看起来有些眼生，我就走上去摸了一下。口袋里的东西硬梆梆的，像石块一样硌手。我解开系口袋的绳子一看，原来竟是一口袋骨头。我立刻想到了猪栏里的那些狗。毫无疑问，这些骨头都是用来喂狗的。骨头很新鲜，还带着血丝，散发出刺鼻的腥气，估计刚从猪身上砍下来不久。

堂屋两边有两间卧房，右边那间是我的，左边那间属于我的父母。我草草地朝堂屋两边扫了一眼，发现两间卧房的门都关得紧紧的。厨房在堂屋后面，通向厨房的那扇门倒是敞开着。我想，母亲肯定正在厨房里忙碌。我三步并作两步走向厨房，吊在我手上的那个粽子像荡秋千一样摆来摆去。

我很快走到了厨房门口，可我连母亲的影子也没见到。灶膛里一点火星也没有，那个炒菜的铲子还静静地躺在锅盖上。

正在我感到纳闷的时候，身后突然响起了几丝脚步声。声音很轻，像是生怕把地面给踩疼了。我赶紧回头去看，只见一个秃头男人正慌慌张张地从我父母的卧房里走出来，还一边走一边系着裤带。这家伙虽然勾着头，但我还是一眼认出了他。他叫张东培，在老垭镇开了一家狗肉火锅店。每年入秋以后，他都要开着一辆皮卡车来我们这里买狗。村里的人几乎都认识他。他身上的狗味比人味还重，那些不习惯异味的女人见到他都要以手遮鼻。

看见张东培从我父母卧房里出来，我一下子傻了眼，两个眼珠瞪得比鹌鹑蛋还大。过了好半天，我才清醒一点。这时，张东培已经蹿出大门，正要翻越我家对面的那座小山包。翻过小山包便是公路，他的皮卡车可能就停在公路边某个隐蔽的地方。

我正要撒腿去追张东培，母亲从卧房出来了。她的头发乱糟糟的，衬衣上的扣子也系错了位，一边长一边短。我没喊她，也没有心情把手上的粽子递给她吃。我随手将粽子扔在了地上，然后劈头盖脸地问她，张东培进你卧房做啥？母亲没有正眼看我，埋着头嘟哝说，他送骨头来，不依分说就把我往卧房里拉！听母亲这么一说，我右手上的五根指头猛然间捏在了一起，形成了一个拳头。没等母亲话音落地，我的两只脚已跨到了门槛边上。

你要去干啥？母亲忙问。我头也不回地说，我去打死那个狗日的！母亲一下子慌了神，赶紧追上来抓住了我的一个衣角。算了！母亲说。我说，咋能算了？我不能让张东培就这样白白地欺负你！我边说边使劲，想挣脱母亲抓我的那只手。母亲却把我越抓越紧，又说，还是算了吧！她说得很诚恳，好像在求我。

我有些奇怪地问，为啥要算了？母亲这时小心翼翼地看了我一眼，目光里似乎有一种难言之隐。为啥要算了？我重复了一遍。母亲犹豫了一下说，他也不是白白地欺负我。我一愣问，你这话是啥意思？母亲说，他答应把他的姑娘嫁给你。我立刻呆住了，没想到事情竟然与我有关。过了一会儿，母亲又说，当初，也是因为他说要给你介绍他的姑娘，我才答应帮他在猪栏里养狗的。

那天，我没有再去追打张东培。我的心当时一下子全乱了套，满脑子里都是张东培的姑娘张小丫。

2

第二天早晨，我睡到八点过了才起床。头天夜里，张小丫一直在我眼前晃来晃去，令我兴奋不已。张小丫在她爹的狗肉火锅店里负责收银，我曾经见过几回。她说不上好看，但喜欢化妆，嘴唇总是涂得红兮兮的，看上去比摆在收银台上的那朵塑料花还要鲜艳夺目。一想到张小丫，我就睡不着，直到天亮之前才勉强迷糊了一会儿。

母亲起床后忙于喂狗，迟迟没顾上煮早饭。父亲大概是饿极了，正坐在堂屋那张方桌边吃我头天扔在地上的那个粽子。

粽子八成已经馊了，散发出一股呛鼻的气味。但父亲却吃得津津有味，连粘在手指头上的一粒糯米也不肯放过，还用舌头把它舔进了嘴里。

看见父亲这个样子，我不由想起了从前的情景。父亲还没中风的时候，母亲对他的一日三餐可是从来不敢马虎的。父亲是个厉害的男人，母亲要是哪一餐饭晚了点，他必定要给她一顿好骂。母亲过去也特别畏惧父亲，就像老鼠怕猫一样。除了父亲，母亲和别的男人连玩笑都不敢开一个。然而，父亲打从中风以后，母亲就不怎么把他放在眼里了。想到这些，我忽然觉得父亲有点可怜。

我扔下父亲，匆匆来到猪栏边。我的母亲栾卫芹正在猪栏里全心全意地喂狗。除了给狗们吃骨头，母亲还在每个猪槽里放了精心烹饪的狗食。我仔细地看了一眼，发现狗食里的主打原料居然是苞谷。过去我们家养猪时，猪们都没享受过这么好的伙食。我不禁替猪们嫉妒这些狗了。

母亲听见我的脚步声，只匆忙扫了我一眼，像是不好意思与我对视。她迅速把目光从我身上移到了狗身上，深情地注视着它们吃食。母亲与狗们已经混得很熟了。她不时地伸手去摸狗，想摸腿就摸腿，想摸背就摸背，还摸耳朵。狗被摸得高兴坏了，不停地摇尾巴。

我忍不住问，你这么上心地帮张东培养狗，他说过报酬的事吗？母亲说，报酬倒是没说过。我问，没说报酬，你不是白养？母亲纠正说，咋能说白养？他说要把姑娘嫁给你呢！

母亲一提到张东培的姑娘，我的脑袋一下子就飘了起来，像一个气球被狂风吹到了天上。接下来，我再没工夫去纠缠报酬的事。我的心像长了翅膀，刹那间就飞到了老垭镇，钻进了狗肉火锅店，落在了张小丫身上。我想，张小丫看上去少说也有二十五六岁，浑身上下都熟透了，肯定也想赶紧嫁人。我又想，张小丫一直生活在镇上，结婚后可能会对我这个村里人吆五喝六。但不要紧，我愿意为她当牛做马。我还想，张小丫如果真的成了我老婆，她还可以一如既往地在狗肉火锅店收银。我到时也去店里帮忙，杀狗剁肉都行。以前，我曾跟人学过杀猪，往猪喉咙上捅刀时从不手软，连眼睛都不眨一下。

吃早饭的时候，我突发奇想，决定到老垭镇去一趟，去看一下我未来的老婆张小丫。但我既内向又羞涩，不好意思把我的想法直言不讳地告诉母亲。

不过，我很快找到了一个借口。我说，今天过端午节，我去镇上买几个咸鸭蛋回来吃。母亲却立刻表示反对，说为几个咸鸭蛋跑那么远不划算。她说，我在家里腌了咸鸡蛋，将就着吃吧。我马上辩驳说，鸡蛋和鸭蛋压根儿不是一个味，要是鸡蛋能当鸭蛋吃，那世界上还要鸭子干啥？母亲想了想说，这倒也是。

尽管母亲认同了我的观点，但她依然不主张我去镇上。她眼珠一转说，万一要买咸鸭蛋，也不必跑到镇上去，村委会旁边那个铺子就有卖的。我顿时卡住了，不晓得再说啥。过了好久，我才找到一个理由说，那个铺子卖的咸鸭蛋根本不能吃。母亲问，为啥？我说，那些蛋都是吃过苏丹红的鸭子生的，蛋黄里有毒，吃了得癌症。我这样一说，母亲便不再阻止我去镇上了。

我草率地吃了点早饭，丢下碗筷就出了门。母亲问我，为啥这么慌？我说，今天的咸鸭蛋肯定很俏，我怕去晚了买不到。

通往老垭镇的班车半个钟头一趟。我赶到候车点的时候，那里已聚集了一大堆人。大部分都是油菜坡的，他们也在等车。我主动跟他们打了招呼，他们也对我点头致意。其中有一个高个子女人，是我们村有名的长舌妇。她一见到我就对我怪笑了一下，让我感到莫名其妙。过了一会儿，长舌妇突然问我，你妈帮张东培养的那些狗长得咋样？我如实回答说，长得还好。长舌妇嗲声嗲气地说，肯定长得好，张东培每隔两天都送骨头来，能长得不好吗？长舌妇话音未落，其他人都一起捂着嘴窃笑。

我发现他们笑得不怀好意。很显然，母亲和张东培的事情被他们觉察到了。我顿时感到无地自容，恨不得挖个洞把自己埋进去。与此同时，我在心里恨死了张东培，也恨透了母亲。要是他们这会儿就在身边的话，我非要狠狠地咬他们两口不可。

等了一刻钟的样子，班车来了。这趟车人少，车上的座位空了一半。车刚停稳，候车的人便争先恐后往车上跑。我却无动于衷，像被钉子钉住了脚，呆在公路边一动不动。人都上完了，司机探出头来问我，你咋还不上车？我说，你走吧，我坐下一趟。司机骂骂咧咧地说，妈的，脑壳里进水了！听司机这样侮辱我，我心里像针扎一样难受。

下一趟车晚点了，等了四十几分钟才来。我赶到老垭镇已快中午了，日头这时已经悬在了头顶上。

镇上店铺云集，人流如织，招徕顾客的声音此起彼伏。我在店铺和人流之间匆匆穿行，发现满街都是卖咸鸭蛋的。但我这会儿对咸鸭蛋没有兴趣，一心只想早点见到张小丫。

张东培的狗肉火锅店开在十字街头。我一路小跑，没用到十分钟就到了店门口。我隔着玻璃门朝店内窥视了一下，看见张小丫还像以往那样坐在收银台后面。我顿时激动得不行，仿佛有一只野兔钻进了我的心房，在里面横冲直撞。我颤巍巍地伸出一只手，急不可耐地想推门进去。然而，我的手刚伸出去又缩回来了。我突然想到，应该给张小丫买个见面礼。

我迅速转身往回走，刚走了几步，就碰到了一个卖化妆品的店子。我想，张小丫不是爱化妆吗？干脆投其所好买支口红送给她。我快步走进了化妆品店，一个妖冶的女子殷情地接待了我。听说我要买口红，她伸手就抓了七八种放在我面前，让我自己挑。我看了看，觉得每一种都适合张小丫的嘴。可一问价格，我立刻傻了眼。每一种都在百元以上，而我浑身的钱加起来都不足一百。

虽然在九女沟挖了几个月的矿，但我一分钱的工资也没弄到手。我这次回家，路费还是找张尺借的。

从化妆品店出来，我看见隔壁有个卖装饰品的小摊子。摊子上挂着一大排手链。摊主发觉我有意思，就诱惑我说，买一串吧，白金的，才五十块钱，价廉物美。我听信了摊主的话，取下一串拿在手上摸了摸，感觉真是又美观又便宜，便一咬牙买下了。当然，掏钱的时候，我心里还是疼了一下。

我捏着手链回到狗肉火锅店，毫不犹豫地推门进去了。热天里吃狗肉的少，店里只有一桌客，显得有些冷清。张小丫在埋头玩手机，正玩到兴头上。我进门后，她抬头扫了我一眼，不冷不热地问，吃饭吗？我说，不吃饭。听说我不吃饭，她又把头埋下去了，开始发短信。短信刚发出去，对方的短信就回过来了。短信的铃声尖溜溜的，唧呀唧呀，有点儿像知了叫。

张小丫显然不认识我，对我一丝印象也没有。这让我感到很失望，有些心灰意冷。但是，我没有放弃。等她把另一条短信发出去后，我提醒她说，我是油菜坡的。她头也不抬地说，哦，油菜坡的。她显得很平静，好像油菜坡跟她半毛钱的关系也没有。我又提高嗓门说，我们家帮你爹养了八条狗！我一说到狗，她终于把头抬起来了，还对我笑了一下，然后说，呵，辛苦你们了！

我的心情马上有了好转。我想，张小丫既然晓得了我的身份，那她接下来肯定会热情地招待我，先请我坐下，接着上烟上茶，最后说不准还要留我吃午饭。我还想，午饭就不在她这儿吃了，今天过端午节，我要买几个咸鸭蛋回家，陪父母一起吃午饭。

然而，我刚才的想象全是白日做梦。当我还沉浸在梦中的时候，张小丫又埋头去玩她的手机了。她的短信真叫多，知了像发情似地叫个不停。我在收银台前呆了一会，觉得非常无聊，便决定离开。走的时候，我没跟张小丫打招呼，也没把那串手链给她。

我从狗肉火锅店出来，正巧碰到了张东培。他刚从皮卡车上下来，手上拎着一只滴血的狗腿。张东培见到我很客气，惊奇而亲热地问，你咋来了？我气冲冲地说，我来看看张小丫，可她对我冷冰冰的！张东培马上赔着笑脸说，对不起，这丫头从小被我惯娇了，不懂礼貌。我一定好好教训教训她，等你下次来，我保证她对你态度好。听张东培这么说，我的气消了不少。过了一会儿，我问，听我妈说，你打算把张小丫嫁给我，是真的吗？张东培连忙点头说，当然是真的，等忙过这一段儿，我就跟她正式讲这个事。男大当婚，女大当嫁嘛。

张东培挽留我吃了午饭再走。我犹豫了一下，最后还是拒绝了他。分手时，我把那串手链交给了张东培，让他转给张小丫。我想既然买了，还是送给她算了。张东培接过手链很喜悦，还替他姑娘对我说了一声谢谢。

3

过完端午节的第二天，我就匆匆返回了九女沟。一直到中秋节那天，我才有工夫再次回油菜坡。

这次回家，我的心情比以往任何一次都要好。在张尺的帮助下，矿老板终于给我兑现了四个月的工资。听说我要回家，张尺还帮我找到了一辆顺风车。顺风车比班车快多了，我下午两点钟就到了村委会那里。下车后，我到村委会旁边铺子里买了两盒月饼。我一手提着一盒月饼往家里走时，村里人都羡慕不已，眼珠子都快掉出来了。

遗憾的是，我回去时，父母都不在家，大门也锁上了。我站在门口土场上大喊大叫了好半天，可连一丝回音也没得到。我感到很奇怪，母亲不在家是正常的，可中风的父亲会去哪里呢？我没带钥匙，进不了屋，只好坐在门槛上傻等。

等了半个钟头，仍不见父母的影子，我就有点儿坐不住了。我从门槛上站起来，把两盒月饼挂在大门旁边的一个铁钉上，然后往猪栏那边走。我决定到周围去找一找他们。我倒不是担心母亲，主要是对父亲放心不下。

经过猪栏时，我发现原来的那批狗都不翼而飞了，换上了一批狗仔，个头瘦小，连毛都还没长全，像是刚养了不久。我想，原来的那批狗很可能已经被张东培拉走，早已做成火锅卖了钱。我看了看猪槽，从吃剩的狗食里可以看出来，现在狗们的伙食比以前更好了，苞谷里还掺了一些黄豆。这种配料更有利于狗们茁壮成长，要不了多久，它们就会长得牛高马大。

离开猪栏，绕过一块萝卜田，我不知不觉来到了屋后的红薯地。今年的红薯长势喜人，把地都胀破了，露出鲜嫩而诱人的红薯皮。我站在红薯地边上，仔细打量着我家的红薯。当我的目光移到对面地头时，一个叫花子突然闯入了我的视线。他白发蓬乱，衣衫褴褛，正匍匐在地上啃一个红薯。

我赶紧朝叫花子跑过去。拢身一看，我陡然惊呆了。原来，那个人压根儿不是叫花子。他是我的父亲李天柱。

爹，你为啥跑到这儿来啃红薯？我吃惊地问。父亲歪过头来看了我一眼，没回答我，只是用手指了指他的肚子。我顿时明白了父亲的意思，他肯定还没吃午饭，肚子饿坏了。我伸手在他肚子上摸了一把，果然是瘪的，只剩下一层皮。

父亲没空理我，只顾拼命地啃红薯。那个红薯是父亲刚从地里刨出来的，上面还带着泥土。父亲毫不讲究，居然把红薯连着泥土一起啃了，嘴角淌着泥浆。我实在看不下去，便伸出一只手，想把他手上的红薯夺下来。可是，父亲却不肯把红薯给我。他紧紧地攥着，死活都不松手。无可奈何，我只好收回了手，让他继续啃。我跪在一边，眼巴巴地看着父亲啃，泪水流满了鼻沟。

直到父亲把那个红薯啃完，我才把他从地上拉起来。他的衣服破破烂烂，肮脏不堪，像是好几年没洗过也没补过，完全可以跟一个叫花子媲美。

扶着父亲回家的时候，我突然想到了母亲。妈呢？我问父亲。父亲听力尚好，马上伸出一只手，指向了老垭镇方向。我接着问，她上街赶集去了？父亲又鸡啄米似地点了点头。

我和父亲回到门口时，母亲恰巧也沿着对面山包上的小路回来了。她穿了一件红颜色的新外套，看上去比以前还年轻了一些。母亲走拢后，我发现她手上还拎了一盒月饼。月饼盒已经打开了，母亲举着一个，正边走边吃。她吃得很香，舌尖上散发出芝麻的芬芳。

母亲看到我，愣了一下。她没预料到我在这天回家。你回来啦！母亲对我说。我没有回答她，心里有一股无名的怒火。过了一会儿，我指着身边的父亲质问母亲，你咋能抛下我爹不管？母亲的脸一下子红了，一直红到了耳根。沉默了一会儿，母亲辩解说，我哪是抛下你爹不管？今天中秋节，我专门去镇上给他买月饼了！说完，母亲顺手把月饼递给父亲。父亲却坚决不接，连看也不看一眼。

这时，我猛然想起了我挂在门口的两盒月饼。我对父亲说，爹，我给你带月饼回来了，这就拿来给你吃！我说着就跑到大门旁边，麻利地取下了一盒月饼。再回到父亲身边时，我已打开月饼盒，并从中掏出了一个。我把月饼递给父亲，父亲连忙接了过去。接过月饼后，父亲没马上吃。他先呆呆地看了我一会儿，然后才慢慢地把月饼往嘴里移。父亲看我的时候，眼睛里有一种异样的光芒。

母亲把门打开后，我烧了一盆热水，帮父亲洗了个澡，还给他换了一身干净的衣服。母亲站在厨房门口袖手旁观，脸上红一块白一块。我以为她会把父亲刚脱下来的那身脏衣服洗一下，但她迟迟没动手，看都不看一眼，好像父亲的衣服在她眼里连一堆臭狗屎都不如。

下午四点钟的样子，我突然想到了张小丫。门口的墙上还挂着一盒月饼，我决定把它给张小丫送去。

出发之前，我想还是应该与母亲打个招呼。她当时正在厨房里给狗们准备晚餐，满屋都是苞谷与黄豆混杂的气息。我说，我要到老垭镇去一趟。母亲问，这么晚了，你上镇做啥？我直截了当地说，今天中秋节，我给张小丫送一盒月饼去。母亲举起锅铲摆了摆说，她家的月饼多得没处放，你没必要送。我说，她家的月饼再多也是她的，我送的代表我的心！听我把话说到了这个份上，母亲就不好再阻止我。

我这次上镇出奇地顺利。刚到公路边，一趟班车就朝我开过来了。五点过一刻的样子，我便到了镇上。

镇上过节人多，那条主街上更是人满为患，满眼都是屁股挤屁股。我没有从主街上挤，而是抄一条小路直插张东培的狗肉火锅店。我一边狂奔一边想象与张小丫见面的情景。我想，张小丫这次肯定不会像上次那样对我冷若冰霜。因为张东培说过要教训她的，让她对我态度好。我还想到了张小丫的手颈子，不晓得我送的那串手链她戴上没有。当然，我最想知道的还是张小丫和我的婚事，我希望能把这件事尽早地定下来。

因为轻车熟路，我没用一支烟工夫就抵达了张东培的狗肉火锅店。皮卡车停在门口，看来张东培也在店里。我见张小丫心切，连门也没顾上敲就一头冲了进去。时间还早，吃狗肉的人还没到，但狗肉的香气已经在店里盘旋了。

进门后，我迅速把目光投向了收银台。张小丫唇红齿白地坐在那里。她稍微愣了一下就认出了我，还给了我一个微笑。我赶紧把手上的月饼往上提了一下，打算马上递给她。可是，我正要出手，却突然发现收银台后面还有一个人，并且是个男人。那人刮个光头，但没刮完，头顶上还留了一撮毛。他坐在张小丫身边一个矮凳上，紧贴着张小丫的腿，手里还拿着一个月饼，好像正在和张小丫一道品尝。一看到这个男人，我浑身都软了，手上的月饼砰地一声掉在了地上。

呆了一会儿，我严肃地对张小丫说，你出来一下，我有话问你。说完，我扭头走出了店子。

张小丫随后也出来了，不明就里地问，你要问啥？我问，那个一撮毛是你啥人？张小丫冷笑一声说，他是我男朋友，你管得着吗？我一下子懵了，好像有人朝我脑门上打了一闷棍。过了好半天，我才清醒一点。这时，张小丫要转身进门，我一把抓住她的一只手问，你爹答应把你嫁给我的，你咋能还找男朋友？张小丫给我翻了个白眼说，我爹要我嫁给你，我就会嫁给你呀？真是笑话！再说，我爹怎么会把我嫁给你呢？你也不找个镜子照照！

张小丫说完使了个猛劲，把她那只手从我手里挣脱了。我可能把她的手抓疼了，她挣脱后来回甩了几下，一边甩一边往店里走。目送张小丫进门时，我特别注意到了她的手颈子，发现她戴着一个金晃晃的手镯，压根儿没戴那串手链。

我在狗肉火锅店门口独自站了半天，觉得自己被人耍了，越想越感到气不打一处来。后来，我决定去会一下张东培，向他讨个说法。我又一次冲进店里，进门就问张小丫，你爹呢？张小丫说，他在厨房后门上剁狗肉。然而，我晚了一步。等我跑到厨房后门时，张东培已闻声而逃了。他逃得很仓皇，手头的狗肉还没剁完，慌乱之中扔下的烟头还在冒烟。

那天，我从镇上回到家里已是黄昏了。母亲当时又在猪栏里喂狗。她坐在猪栏边上，痴情地看着狗们吃食。

一看见那群狗仔子，我心里就翻江倒海。我咬牙切齿地命令母亲，你明天就让张东培把他的狗弄走，以后再不许你给那家伙养狗了！母亲听了一愣，脸一下子红了。但她对我的话未置可否。

天色虽然已晚，晚霞却更加灿烂。我直直地站在母亲身后，对她爱恨交加。沉寂了一会，母手突然抬起一只手理了理头发。理好头发放手时，我看见她的手颈子上戴了一串手链。一看到这串手链，我的怒火又一次燃烧起来。我对母亲吼道，这链子是张东培送给你的吧？母亲开始试图否认，但见我义正辞严，也只好点头承认了。接下来，我警告母亲说，你今后再也不能和张东培来往了，要是那家伙再被我抓住，小心我杀了他！我边说边做了个捅刀的手势。母亲浑身一颤，整个脸都白了，像抹上了一层死灰。

我不晓得父亲是啥时候来到猪栏这里的。我的话音还没落地，父亲忽然出现在我的身边。他双手棒着一杯水，正要递给我喝。

4

国庆节期间，矿上给我们放了两天假。我心里牵挂着父亲，就决定回家看一眼。在九女沟，我经常梦见父亲。每次从梦中醒来，我脸上都流满泪水。

我和以往回家一样，仍然在油菜坡村委会附近下车。下车后，我没马上回家。我先到村委会旁边那个铺子里转了一趟。天气渐渐冷起来，我想给父亲买一件棉袄。那个铺子刚好新进了一批棉袄，我给父亲选了一件特别厚实的。

拎着棉袄出来，我意外地碰到了长舌妇。她手提一个篮子，也是来铺子里买东西。我讨厌这个女人，不愿意跟她打照面，更不愿意和她说话。她的舌头太长了，伸出来像一只臭鞋垫子。然而，我正打算把头一歪走过去，长舌妇却主动跟我打起了招呼。

长舌妇挤眉弄眼地问我，前天老垭镇有人嫁姑娘了，你晓得吗？我冷笑一下说，有人嫁姑娘与我有啥相干？长舌妇说，与你不相干我会说吗？是张东培嫁张小丫，男方是一个开网吧的，头顶上有一撮毛。一听说张小丫嫁了人，我的心就难受得要命。这个该死的长舌妇，她在故意往我的伤口上撒盐。

我没再搭理长舌妇，急速与她擦肩而过。可是，我刚走出两步，她又把我叫住了。

喂，你给谁买棉袄？长舌妇盯着我手上的袋子问。我停下来，不冷不热地说，我爹。为啥不给你妈买？长舌妇接着问。我想了想说，我妈有棉袄穿。长舌妇连忙说，是的，你妈的棉袄有人买，根本用不着你花钱！我听出她话里有话，瞪她一眼说，你啥意思？谁给我妈买棉袄了？她顿时扩大嗓门说，张东培给你妈买呀，你妈帮他养狗，他给你妈买衣服，这难道你不晓得？

长舌妇把张东培和母亲扯到一起，我顿时感到羞辱交加。我火冒三丈地对她说，你别嚼舌头根子了，我妈早就没帮张东培养狗了！长舌妇却哈哈一笑说，骗鬼，今天中午张东培还往你们家送了骨头呢！要是不信，你回去看看你们家猪栏，看猪栏里养的是一群啥东西！听长舌妇这么一说，我就只能当哑巴了。

长舌妇还想跟我搭讪，我却再没耐心陪她磨嘴皮。她刚才的话，我只能半信半疑。俗话说，耳听为虚，眼见为实，只有回家看了猪栏，我才能断定她说的是真是假。我恨不得插上一对翅膀，眨个眼就飞到我家猪栏边。

我提着棉袄，像一头红了眼的牯牛打着蹶子朝家里飞奔。跑出十几步后，长舌妇居然还在背后跟我说话。她的声音像一只绿头苍蝇追着我。长舌妇说，你妈帮张东培养狗不会吃亏的，听说张东培答应到时候帮你们家盖一栋砖房呢。我没有理睬长舌妇，头也没回，对她的话置若罔闻。

不过，长舌妇提到砖房，我的心还是被刺了一下。她像是一下子点到了我的疼处。我至今还打着光棍，归根结底就是我们家没有砖房。以前，母亲曾无数次托人给我介绍老婆，也有上十个女人被媒婆领到我们家来看过。但是，她们一看到我们家的土屋就拿着头摆，仿佛头上落了一只打屁虫。只要她们一摆头，我就晓得没戏了。其实，我们家一直都想盖一栋砖房，可是没钱。那年父亲下决心养猪，其目的就是赚钱盖一栋砖房，再给我找一个老婆。谁想到，他钱没赚到，反而把自己搭进去了。

但是，我丝毫不指望张东培帮我们家盖砖房。他是个骗子。他所有的甜言蜜语都是骗人的鬼话。他只骗得了我的母亲栾卫芹，但骗不了我。吃一堑长一智，我再也不会上他的当受他的骗。

跑了十几分钟，我终于到家了。门口空空荡荡的，我连父母的影子都没见到。但这无所谓，我这会儿最大的愿望不是见到父母，而是去看一眼我们家的猪栏。说实在的，我不相信我们家的猪栏里还养着狗。

然而，我的两只脚离猪栏还有十几步就挪不动了。此时，我已经听到了猪栏里的狗叫，还看到了那些高昂的狗头。看来，长舌妇这一次所言不虚，没有嚼舌头根子。我一下子站不稳了，仿佛浑身的筋都被人抽掉了。我踉跄了几下，然后双腿一软瘫在了地上。

大约过了一刻钟，我才挣扎着站了起来。我十分吃力地走到猪栏边上，把我家的八间猪栏一间一间地打量了一番。每间猪栏里都有狗，狗们已长大，一个个膘肥体壮。看见这群狗，一个大胆的念头像一只在草丛中潜伏已久的野狼，扑通一下跳到了我的心坎上。我决定把这群狗杀掉，把它们当作张东培杀掉！

这个念头让我热血沸腾，激情万丈。我迅速调头往门口跑，准备进屋找刀。我猛然想起从前跟人学杀猪时买过一把杀猪刀，柄长，刀尖，杀起来所向披靡。那把刀一直悬挂在我们家堂屋的一个角落里，只是多年不用，已锈迹斑斑。不过，我有把握把它磨出来，磨得寒光四射。

大门没锁，只是稍微掩了一下。我轻而易举就进去了。进入堂屋后，我先到那个角落取下杀猪刀，然后进到厨房，坐在水缸边开始磨刀。磨了半个钟头，刀上的锈已经磨掉，刀刃上泛出了眩目的白光。我想差不多了，不必再磨了，那些狗日的狗们也该死到临头了。

我提起杀猪刀从厨房出来，经过堂屋，正要走出大门奔赴猪栏时，父母那间卧室的门突然响了一下。我立刻止住脚步，警觉地扭头去看。天啊，我居然又看见了张东培！他正一边系裤子一边大摇大摆地从我父母卧房里走出来。

张东培走路时高昂着头，丝毫没有看见我，嘴里还哼着欢快的小调。刹那间，我全身的血都涌向了头顶，脑袋像要爆炸了。就在此时，我陡然改变了杀狗的计划，决定先杀了张东培再说。

我暗暗地握紧了刀柄，手心沁出了汗，奇痒难忍。张东培终于系好裤子，转了一个身，打算走出堂屋。他刚转过身来就看见了我，差点儿与我撞了个满怀。他显然不愿意遇到我，本能地想躲开。但一切都晚了，他已经无处可躲。他正要拔腿往厨房那边跑，我手上的杀猪刀已经插进了他的心脏。

张东培仰面倒地的时候，母亲从卧房里出来了。她这次收拾得非常整洁，夹袄系得很规范，每颗扣子都各就各位了。头发也重新梳过，看上去一丝不苟。看见张东培倒下，母亲忍不住尖叫了一声，双手还像鸡展翅那样张了几下。

母亲的尖叫还在堂屋里回荡，父亲突然从外面回来了。他身穿一件棉花盛开的破袄，手上抓着一个带泥的萝卜，显然是刚从屋后萝卜田里归来。那个萝卜已被父亲吃掉了一半，但另一半他却没心思吃了，因为他也看见了倒在地上的张东培。父亲显得惊恐万状。他先扔下那半个萝卜，然后就朝我跑过来，用双手将我拼命地往堂屋外头推，嘴里一声连一声地啊着。

我明白父亲的意思，他是催我快跑。从这时候开始，我也感到了一种莫名的恐吓，身上的每一块肉都在打颤。父亲终于把我推出了堂屋，嘴里仍然啊个不停。我在门槛外呆了一会儿，后来就真地跑了。

我连夜跑到了九女沟磷矿。天亮后，我找到了张尺。矿老板还欠我三个月的工资，我想请张尺再帮我去讨。我打算把钱弄到手以后再往神农架那边跑。听说那里有原始森林，钻进去了谁也找不到。不过我心里也很矛盾，不想跑得太远。我主要是放不下父亲。如果我跑远了，谁来照顾父亲呢？指望我的母亲栾卫芹吗？她是绝对靠不住的。

张尺一听说我杀了人，连嘴唇都吓白了。但他不主张我逃跑，而是劝我投案自首。他说，逃跑只有死路一条，自首也许还有活路。张尺还主动提出当我的律师，说到了法庭上将指出我是过失杀人。我一向信赖张尺，所以就接受了他的意见，并答应立即回老垭镇自首。

当天中午，十二点十三分，我从九女沟磷矿赶到了老垭镇派出所。当时大部分警察都午休了，派出所里十分宁静。值班室里坐着一个女警察，正拿着一张报纸一边看一边打哈欠。

我要紧不慢地走进了值班室。女警察放下报纸问我，有事吗？我说，有。女警察问，啥事？我说，我杀人了，来投案自首。女警察胀大眼圈问，你杀了谁？我说，开狗肉火锅店的张东培。女警察愣了一下，然后自言自语地说，奇怪，昨天已经有人来投案自首了，怎么今天又来了一个投案自首的？

我顿时大吃一惊，忙问，昨天投案自首的是谁？女警察想了想说，名字我记不住了，他嘴巴有点儿歪，像是中过风的。女警察这么一说，我马上晓得她说的人是谁了。他毫无疑问是我的父亲李天柱。

挖坑的女人

1

好几年前，我老家所在的那个山区就传说要修高速公路，但一直都是只听打雷，不见下雨。去年秋天，总算是有了动静。石高打电话跟我说，老家一带在两三天时间里突然涌来了几千外地人，仅油菜坡一个村就住了一百多号。寂静的山区一下子热闹起来，到处都是挖掘机和推土机，还有川流不息的装载车。

石高是我的堂弟，可以说是我在油菜坡最亲的人了。我很早就告别老家到省城读书，父母随后也离开了那里。石高是我亲叔叔的儿子，他的父亲和我的父亲是一个妈生的。不幸的是，五年前老家骤然暴发了一场山洪，叔叔当时正在他家门口的千难沟砍柴，还没来得及跑开就被洪水冲走了，尸体三天后才被找到。老家有句俗话说，一人不幸，全家倒霉。叔叔一死，婶婶也患了心脏病，成天哼哼唧唧的，一年四季都离不开药罐子。由于家境不好，石高一直都找不到老婆，现在已经四十出头了，还打着光棍。

那天石高给我打电话，显得很兴奋。以前，石高偶尔也跟我打个手机，但他的声音总是有气无力的，有时还长吁短叹，好像是背着一个大石头在跟我说话。话也不多，说两下就挂了手机。然而，他那天的嗓门却响亮得很，仿佛在喉咙里安了扩音器，把我的耳朵都震麻了。他那天的话也特别多，说起来滔滔不绝，中间连镰刀都割不断。

石高在手机里说，高速公路一上马，乡亲们都高兴坏了。我问，有什么好高兴的？石高说，修路的人来了后，村里好多人都开始做起了生意，有的开饭馆，有的开旅馆，有的开茶馆，还有人在村委会那里搞了一个俱乐部，想唱歌的唱歌，想打牌的打牌，想按摩的按摩，一条龙服务。我说，这倒是可以增加村民的收入。石高连忙说，这还不算啥，那些被高速公路占用了房屋耕地和山林的，一次就能得到十几万的补偿，真是发大财了！我沉吟了一会儿说，这未必是好事！石高没顾上听我的，又接着说，那几户盖了楼房的人家，这回算是逮住了，他们把楼房租给修路的人住，三年可坐收租金几十万呀！

等石高劈里啪啦说完后，我问，你开了个什么馆？石高突然降低声音说，我哪有本钱开馆？我又问，那高速公路占了你家什么？石高叹息一声说，唉，我可没那么好的命，他们连我家猪圈都没占一个！我莫名其妙地问，你一没钱开馆，二没被他们征地，三没有楼房租给别人住，一点儿好处也没落到，不知道你高兴个什么？石高迟疑了片刻说，虽说我家没楼房，但也住进了一个人！

石高说这句话时明显有点儿激动，好像舌头尖都在打颤。我猛然意识到，他前头说了这么多，也许就是为了跟我说这个人。我便赶紧问，你家住进了一个什么人？石高说，也是个修高速公路的。我说，这我知道，我问这个人是男人还是女人？石高在那边吞了口涎水说，是个女的，还是个寡妇呢！我听了不禁暗笑了一下，边笑边说，原来是这样啊！

那个电话足足打了一刻钟，把我的手机都打烫了。临放电话时，石高要我尽快抽空回油菜坡去看看，还说回去晚了可能就认不出老家了。

然而，我没有马上回到老家去。原因是多方面的，客观的和主观的都有。从客观上讲，老家离我栖身的城市约五百公里，虽然沿途有不少区段都通了高速公路，大大减少了路上的时间，一天也能跑个来回，但我总不能一去就走，少说也要在石高家里住上一夜。可是，我在一所大学教书，还兼着楚文化研究所的所长，除了上课，还要研究一些课题，因此一直很忙。

再从主观上来讲，我一向对高速公路不太赞赏。它不仅破坏了沿路的生态环境，而且还加重了人们的紧张感。在当下这个瞬息万变的社会里，一切都图快，一切都图速度，人们变得手忙脚乱，心神不宁，忧愁，焦虑，恐慌，一个个都紧张死了。当然，我们不能说这都是高速公路惹的祸，但它的确有着不可推卸的责任。我始终想不通，为什么要把时间搞得那么快呢？在我看来，时间是用来慢慢打磨的，细细品味的，不是用来追赶和抢夺的。时间一快，人就扭曲了，就变态了，生活就毫无意思了。

不过，在石高给我打来电话的第二个月，我还是忙里偷闲回了一趟老家油菜坡。这次回去，我主要是想看看住在石高家里的那个寡妇。石高在电话中虽然没有明说，但我断定他在心里打着那个寡妇的主意。我想亲自去看一眼，要是有可能的话，我就帮着撮和一下。身为堂兄，我不能眼睁睁地看着自己的堂弟打一辈子光棍。

2

我是那天下午四点多钟回到油菜坡的。车到村口时，我停下来把村子认真地打量了好半天。高速公路虽说刚上马不久，但老家已经大变了样子。好多地方的树被砍了，房被拆了，山被挖了，到处裸露着，像一个长期藏在闺中的处女突然遭遇了强暴，衣不遮羞，皮开肉绽，遍体鳞伤。看着看着，我心里不由一阵一阵地痉挛，难受极了。

石高家的几间旧瓦屋坐落在千难沟附近，站在他家门口就看得见那条又宽又深的峡谷。我到的时候，石高和婶婶都不在屋里，大门上挂着一把锁。我转身朝千难沟看了几眼，发现沟两边的岸上都有不少的人。他们戴着黄颜色的头盔，一看就是修高速公路的。沟底的沙滩上也晃动着几个人影，因为距离有点儿远，乍一看像几只羊。

过了十分钟的样子，我正准备给石高打个手机，婶婶突然回来了。她手里拎了一条鱼，一边走一边上气不接下气地哼着。大半年没见面，婶婶看上去老了一大截。她的脸色枯黄，像一片晒干了水分的菜叶子。婶婶认出我，显得有点儿激动，那片菜叶子上露出了一丝红晕。哎呀，你总算来了，石高盼你好久了！婶婶说。我说，这段太忙，实在走不开。

这时，我仔细看了一下婶婶手上的那条鱼。鱼不大，只有一斤左右，不过还是活的。我打趣说，我的口福真好，一来就有新鲜鱼吃。婶婶用嘴角笑了笑说，真是巧得很，我差不多有半年没去水库上买过鱼了。我好奇地问，那你怎么今天想起来去买鱼？婶婶犹豫了片刻说，我们家住了一个修高速公路的，吃饭胃口一直不好，我就想买条鱼给她调理一下。我愣了一下问，她为什么胃口不好？婶婶哼了一声说，她的丈夫在两个月前死了，还没满百日呢。我感觉到，她一直都没缓过劲儿来。

婶婶边说边去开门上的锁。我跟在她身后问，石高呢？婶婶又哼了一声说，他到老垭镇上去了。我问，他去镇上干什么？婶婶开了锁，回过头说，他说去买一个叫啥思的床垫。我连忙问，是不是席梦思？婶婶眼窝一亮说，是的，就是席梦思。我问，他买席梦思给谁用？婶婶说，给那个修高速公路的。停了一会儿，她又补充说，现在天渐渐冷了，石高怕她睡在硬板床上不热乎，就决定去买个软和点儿的床垫。

快要进屋时，我突然扭头指着千难沟问，那些人也是修高速公路的吧？婶婶转过脖子看了一眼说，是的，凡是戴黄帽子的都是修高速公路的。我接着问，他们在那里干什么？婶婶说，他们打算在千难沟上架一座桥，这一头连着我们油菜坡，那一头连着对面的羊村。到时候，来来往往的车都从桥上走。停了一下，我又问，沟底的沙滩上好像也有几个人，他们是干什么的？婶婶说，也是修高速公路的，他们在那里挖坑。我眨了眨眼睛问，挖坑做什么？婶婶说，挖了栽水泥柱，栽了撑桥的。我恍然大悟地说，哦，那是建桥墩。

进门之后，婶婶心里还想着挖坑的事。她对我神秘地挤了挤眼睛说，听说那坑要挖几丈深，比埋人的坑还要深呢！我听了不由一惊，突然感到头皮发紧，身上的汗毛都竖起来了。

婶婶先在堂屋里给我泡了杯茶，然后就进厨房煮晚饭了。天色开始变暗的时候，我听见了一串摩托车的声音，把脖子伸出大门一看，是石高回来了。

石高果然买了一个席梦思床垫，横立着捆在摩托车的后座上，看上去像是驮回了一面墙。他把摩托车开上场子的那个瞬间，我忽然想起了马戏团玩杂技的人。技术不错嘛！我边说边走到了堂屋门口。石高一见到我，顿时喜不自禁，一连叫了我好几声哥。石高的面相不是太好看，左边的脸上有一大块胎记，灰不灰黑不黑的，好像谁在那里打了个补丁。要说起来，这也是石高长期找不到老婆的一个原因。女人们都嫌他那块胎记不美观。

我很快走了出去，帮石高把席梦思抬下了摩托车。帮忙帮到底，石高对我说，干脆请你帮我把它抬到东厢房。一听说东厢房，我陡然愣了一下。因为东厢房是石高家唯一的客房，我以前每次来都住这里。石高看出了我的心思，讪讪地说，东厢房租给了修高速公路的那个人，晚上只好委屈你跟我在西厢房挤一张床了。我苦笑了一下说，没事，从前我又不是没和你在一张床上挤过！

一进东厢房，我就感受到了一股女人的气息。墙上挂着好几件女性服装，四季的都有，款式还挺时髦。床上似乎喷过香水，散发出浓烈的香气。床头柜上摆着一个小相框，里面装着一个女人的照片。女人的装束和神态都像个城里人，只是戴了一副墨镜，我看不清她的眼睛。她就是租你房子的那个人吗？我指着照片上的女人问。是的，石高点点头说，她叫赵薇。我一笑说，哈，还与一个影星同名呢！石高说，这名字是她后来改的，听说她原来的名字叫赵腊梅。

我们摆好席梦思来到堂屋时，厨房里已经溢出了鱼汤的清香。我有些感慨地对石高说，你和婶婶待赵薇这么好，看来你很快就要告别光棍了！石高有点儿难为情地说，我和我妈倒是都这么想，可不晓得人家愿不愿意。我一愣问，难道你还没向她挑明？没有，石高摇摇头说，她丈夫去世还不到一百天，我妈想等她丈夫满了百日再说。

3

天近黄昏时，一个戴着黄色头盔的女人大步走上了门口的场子，肩上还扛了一把铁锹。我陡然一怔，以为来了一位女侠。

石高连忙对我说，赵薇回来了。话音未落，赵薇已经走到了堂屋门口。她迅速放下铁锹，随即又取下了头盔，露出一头齐肩的披发。我这才发现，赵薇其实是个很温柔的女人。石高赶紧对赵微介绍了我。他说，这是我堂兄，在大城市里当教授。赵薇抬头看了我一眼，微笑一下说，你好！

赵薇看起来很讲礼貌。进门之后，她先走到厨房门口跟婶婶热情地打了个招呼，然后才折身去东厢房。东厢房在堂屋东侧，进门的时候，赵薇对我和石高说，你们坐一会儿，我先去洗一下。

我听不出赵薇的口音，她的话里夹杂着南腔北调。我问石高，她是哪里的人？石高说，这，我也说不好。我奇怪地问，难道你没问过她？石高说，问过，她说她生在河南，长在湖北，又嫁在江西，前些年还到广东和福建打过工，走的地方多得很，连自己都说不清楚是哪里的人。我说，难怪她的腔调四不像呢！

天不知不觉黑了下来。我这时问石高，赵薇在高速公路上做什么？石高说，她在千难沟里挖坑。我马上朝门外的千难沟看了一眼，但没看见，它早已被夜幕严严实实地覆盖了。

赵薇从东厢房出来时，身上的工作服脱了，换上了一件红黑两色相间的毛衣，看上去更有女人味了。她一出来就给石高抛了个媚眼说，没想到，你还真去给我买了一床席梦思啊！石高说，床板太硬了。赵薇忽然降低声音说，我那天只是跟你开个玩笑，谁知你当了真？这床席梦思少说也要五六百块，你家这么困难，我真是不忍心让你花这个钱！石高红着脸说，没啥，这点钱还是拿得出来。

晚餐非常丰盛，桌子上摆了七八个菜，光荤菜就有三个。除了鱼汤，还有酱豆子炒腊肉和炸胡椒蒸鸡蛋。刚落座，婶婶就给赵薇舀了小半碗鱼汤。这鲫鱼汤补胃，你快趁热喝了！婶婶说。赵薇看了我一下，然后用责怪的口吻对婶婶说，你应该先给客人喝的！我说，我在省城天天喝鱼汤，早就喝厌了。婶婶把脸扭向我说，我记得你喜欢吃腊肉的。她说着就搛了一片放在我碗里。石高随后又给我舀了一勺子蒸鸡蛋。

吃了一会儿，我小声问石高，赵薇每天都和你们一起吃吗？石高压低嗓子说，她早晨和中午都在工地食堂吃，只是晚上在我们家搭伙。我和石高的声音虽然很小，但还是被赵薇听见了。她赶忙跟我解释说，我们食堂在村委会那里，离这儿有三四里，要是在食堂吃了晚饭再回，我就要走夜路。可我胆子小，哪怕是夜鸟叫一声，我都浑身发抖。没办法，我只好到房东家里搭伙吃晚饭了。

赵薇说到这里，我陡然生出一个疑惑。听说修高速公路的人都住在村委会附近的那片楼房里，为什么你一个人住在这里？我问。赵薇稍稍愣了一下，放下筷子说，我比他们晚来半个月，等我来的时候，楼房都被他们住满了。我这个人，喜欢打破砂罐问到底。我接着问，你为什么比他们晚来了半个月？赵薇迟疑了好半天说，我开始不是保县这个标段的，原来我在竹县那个标段。在那个标段出事之后，我才托人找关系来到了这个标段。

这条高速公路简称十宜高速，连着十堰和宜昌，沿途经过五六个县。我听说，全程按县分成了五六个标段，分别被不同的施工队承包了。过了一会儿，我又问赵薇，你在竹县出了什么事？赵薇没有再回答我，猛地把头勾下去了。石高这时说，她丈夫就是在竹县那个标段上死的。我听了大吃一惊，马上对赵薇道歉说，对不起，我不该问这么多。赵薇轻轻地摆了摆头说，没事的。她一边说一边抬起头来，眼角那里已经溢出了泪水。石高赶紧扯了一截卷筒纸，递过去说，别伤心了，把眼睛擦擦吧。赵薇接过纸说，谢谢！说着又抽泣了一声。

那天晚上，我和石高睡在西厢房里。在床上一躺下，我便问起了赵薇丈夫的事。她丈夫是怎么死的？我问。石高说，挖坑时被一个石头砸死了。我屏住呼吸问，挖什么坑？石高说，就是架桥时栽水泥柱的那种坑。我愣了一下问，她丈夫也是修高速公路的？石高说，是的。他停了一会儿接着说，在高速公路上挖坑的差不多都是夫妻，丈夫在下面挖，老婆在上面接，挖起来的有土，也有石头。我连忙问，他丈夫不会是被他自已挖起来的石头砸死的吧？石高说，你算是说对了，砸死她丈夫的正是他挖上来的那个石头。我心一沉说，天啊！原来有这样的事！石高说，听说那个石头也不是太大，可赵薇接上来还没放稳，它就滚回到坑里了，不歪不偏正好砸在了她丈夫的头顶上……

沉默了许久，我又问石高，后来呢？石高说，后来，承包那个标段的老板给赵薇赔了二十万块钱，又加了五万的安葬费，事情就这样私了了。石高说完，打了个大大的呵欠。我发现他已经睡意袭来，便不再说什么。

次日早晨，我快到七点半才起床。赵薇这时已经不在石高家里了。婶婶说，她六点钟就去了工地。我马上朝千难沟看了一眼，果然又在沟底发现了几个看上去像羊的人影。我想，其中肯定有一个就是赵薇。

那天，我吃过早餐就告辞了。石高一直把我送到了村口。分手时，石高红着脸问我，你觉得赵薇怎么样？我支吾了一会儿说，只要她愿意，那当然好。石高有点儿紧张地问，你是怕她看不上我？我直言不讳地说，是的，我发现她的眼光挺高的。石高听我这么说，身子陡然矮了一截。我急忙换了一种口气说，不过也说不定，你和婶婶对她这么好，她也有可能答应，人心都是肉长的嘛！

4

从老家回到省城以后，我有半个月时间没与石高联系。不过，我心里始终牵挂着他和赵薇的事。虽然我对他们的前景不是太看好，但我还是从心眼儿里盼望有奇迹出现。

深秋的一天，我突然接到了一个邀请函。邀请函是省文化厅发的，请我前往竹县参加一个民间文化研讨会。一听说竹县，我猛然就想到了赵薇。那几天，我琐事缠身，又要给研究生上课，又要赶写一篇论文，按说是不能外出的。然而，因为想到了赵薇，我还是克服一切困难答应下来了。

竹县境内果然也在修高速公路，和我老家一样，到处都在凿隧道，架桥梁。负责接待我的，是当地文化局的一位副局长。会后考察一处文化遗址的时候，我问副局长，你们这里修高速公路，有不有伤亡事故发生？副局长说，不仅有，而且多。我马上问，据说有一对夫妻挖坑建桥墩，结果丈夫被自己挖起来的石头滚下去砸死了。这事你听说过吗？副局长亢奋地说，听说过，我还见过死者的妻子呢。我顿时胀大眼睛问，你怎么会见到死者的妻子？副局长说，事故发生后，死者的妻子伤心过度晕厥了，被送到人民医院抢救，我爱人就是负责抢救她的医生。当时，我正有一个急事到医院找我爱人，恰好就碰上了。我感叹一声说，哎呀，真是无巧不成书啊！

离开竹县返程时，副局长亲自送我去火车站。送站的路上，我又想起了赵薇，便问，你知道死者妻子的名字吗？副局长回忆了一下说，听我爱人说起过，她好像姓赵，叫赵什么？我一下子想不起来了。我问，是不是叫赵薇？副局长摇头说，不对。我又问，叫赵腊梅？副局长一拍脑门说，对，就叫赵腊梅！

从竹县回到省城的第二天晚上，我正在教研室里搞一个讲座，手机突然响了。我低头看了一下，是石高打来的。但我没接，迅速按了一下拒绝键。可是，我接下来刚讲了几句，手机又响了起来，一看号码还是石高的。我只好接通电话说，对不起，我这会儿正忙，稍后给你打过去。

那天晚上，我提前一刻钟结束了讲座，把提问环节给省了。我想，石高这么着急地找我，肯定是有什么要紧的事。一走出教研室，我就拨通了石高的手机。有什么事？我开口就问。好事！石高回答说。他的声音很大，语速也很快，显然是高兴坏了，仿佛天上掉下了馅饼。我问，什么好事？石高笑了一声说，你猜！我想了想问，莫非是赵薇答应嫁给你不成？石高声音一下子高了八度说，哈哈，你真是会猜啊！

老实说，石高的回答有些出乎我的意料，我甚至怀疑自己的耳朵听错了。沉吟了好一会儿，我才说，你不会骗我吧？石高赌咒说，骗你烂舌头！听他口气这么硬朗，我也只好信以为真了。不过，我心里却一时高兴不起来，总觉得哪个地方不对劲儿。

举着手机愣了半天，我又问，婶婶不是说等她丈夫满了百日再提婚的吗？难道百日已经满了？石高说，百日倒是还没满。我问，那你怎么提前开口了？石高说，是赵薇先开的口。我猛地一愣问，什么？是她主动说起来的？石高说，是的，今晚吃饭吃到一半的时候，她突然红着腮帮子对我妈说，您老人家如果不嫌弃我是寡妇，我就给您当儿媳吧！石高说到这里，我一颗悬空的心总算是落到了实处。好啊，天上真是掉馅饼了！我欣喜地说。

随后的两三天，我一直都在心里琢磨着石高和赵薇的事。也许是读书读多了，我考虑问题总爱从好坏两方面入手。我不无担忧地想，赵薇主动开口提婚，会不会是在饭桌上喝多了酒，一时糊涂说酒话？想到这里，我便决定给石高打个电话，问一下当时的具体情景。

事情真是巧，我刚掏出手机要拨石高的号，石高突然把电话打进来了。我说，巧了，我正要找你问个情况呢。石高问，啥情况？我说，那晚赵薇说那话时没喝酒吧？石高说，没有，她从来不喝酒的。我说，没喝就好，我还担心是她酒后开玩笑呢。石高赶忙说，这你放心，赵薇绝对不会开玩笑，她说的都是真心话。我问，何以见得？石高激动地说，赵薇已答应和我领结婚证了！我有点吃惊地问，是吗？你们的进展这么快？石高说，的确是有些快，我事先也没想到。今天我给你打电话，就是想跟你说这件事。

石高告诉我，那天吃过晚饭，他和往常一样到东厢房陪赵薇说了一会儿话。临走时，石高大着胆子对赵薇说，等你丈夫满了百日，我俩就把婚结了吧！赵薇犹豫了片刻说，结婚证倒是可以先领，但婚礼至少要等到他满了周年才能办。石高说，好，只要领了结婚证，我就算吃了定心丸！婚礼嘛，啥时候办都行。从东厢房出来后，石高马上就给我打了电话。

我在电话上问石高，赵薇说了吗？你们哪天去领结婚证？石高说，她说等她丈夫一满百日就去领，大概还有十来天吧。我开个玩笑说，一领结婚证，你们就是法律上的夫妻了，就可以同房了。石高没说话，只嘿嘿地笑了两声。

过了两周，我主动给石高打了一个电话。电话一拨就通了，可接电话的却不是石高。我听见了一个女人的声音。请问你是哪位？我问。电话那头说，我是赵薇，你是省城的堂兄吧？我说，是的，石高呢？赵薇说，他喝酒喝醉了，醉得像一堆烂泥。我问，他怎么醉成这个样子？赵薇说，今天我们去老垭镇领了结婚证，晚上回来一高兴，他就喝醉了。我听了心中一喜说，好啊，石高终于有老婆了！赵薇说，谢谢堂兄关心，欢迎你有空再回来玩，到时我亲自给你下厨！

第二天上午，我上完课刚从教室出来，石高打响了我的手机。他开口就说，对不起，我昨晚喝得不省人事了，连你的电话也没接到。我说，可以理解，人逢喜事嘛！

停了一会儿，石高说，我还要告诉你一件好事。我说，你不告诉我也知道。石高问，你知道啥？我说，你昨晚和赵薇同房了！石高一笑说，这当然是件好事，不过我要说的是另外一件。我连忙问，还有什么好事？石高说，从明天起，我就要到高速公路上打工了，每天少说能挣两百块钱。我说，这真是好事成双啊！石高有点儿得意地说，是赵薇介绍我去的，要不是她，我还去不了。高速公路上卡得严，不是每个人都进得去的。

快要挂电话的时候，我顺便问石高，你去高速公路上做什么？石高说，跟赵薇一起去千难沟挖坑。我听了心陡然往下一沉，愣了一会儿说，这可是个危险活啊！石高说，这有啥危险的？比起放炮炸石头来安全多了。我有点沉重地说，赵薇的前夫不是挖坑出了事吗？石高说，那是疏忽大意了，赵薇说她会吃一堑长一智的。我严肃地说，总之你要小心才是！

5

秋天眨眼就过去了，冬季接踵而来。入冬不久的一个晚上，我做了一个梦，居然梦见了石高。我梦见石高来省城了。他站在我家窗外急促地喊我，一边喊一边用手敲窗。我是被石高的喊声惊醒的，醒来后还特地跑到窗口看了一眼。窗外却什么也没有，除了漆黑的冬夜，连星星也没见到一颗。

第二天凌晨，我迫不及待地给石高打了个电话。石高当时已经起床了，正和赵薇一道往千难沟走。石高没想到我这么早给他打电话，奇怪地问，有啥急事？我说，没什么急事，只是心里挂念你，就打个电话问问。你最近还好吗？石高爽朗地说，好，一切都好，我和赵薇已挖好了一个坑，钱都到手了，有五千多呢。现在我们已开始挖第二个坑了。我问，安全没问题吧？石高说，没问题，我每次下坑前，赵薇都叮嘱我先把头盔戴好，不戴好头盔，她不让我下坑。我说，只要安全就好，钱是次要的，生命比什么都宝贵。

时间过得真快，一晃就到了元旦。元旦的头一天晚上，七点多钟的样子，我正在看中央台的新闻联播，被我调至震动状态的手机突然在茶几上颤抖起来，还不停地转圈，像一个发了羊角疯的人。

我抓过手机一看，是石高的号码。可我接听的时候，手机里却传出一个陌生的声音。说话的是个男人，操着我老家的口音。你是谁？我问。对方说，我是村里的会计，你婶婶找你。停了一下，手机里果然有了婶婶的腔调。婶婶开口就说，你快回来一趟吧，石高出事了！她只说了这一句，说完就哭了起来。我慌忙地问，他怎么啦？对方却没有回答，手机已经挂断了。我顿时紧张起来，心里忐忑不安。为了问个究竟，我立刻把刚才的电话回拨了一遍，但那边却一直没人接听。这时，一种不祥之兆突然笼罩了我。我决定尽快回一趟油菜坡。

元旦的早晨，我天一亮就开车出门了。本来我打算连夜往老家赶的，但我爱人不让我走，她说夜里开车太危险。

我这次回老家，把车开得比以往任何一次都快。不到中午十二点，我就回到了油菜坡。经过村口时，一个中年男人在路边对我频频招手。我停下车问，你要搭车吗？他快步走到车前说，我是会计，昨天的电话就是我打给你的。我一听，赶紧把头伸出车门问，石高出了什么事？会计迟疑了一下说，我说了，你可千万别太难过。我说，你说吧，我有思想准备。会计沉下脸说，他挖坑的时候，不幸被石头砸死了！

会计话音未落，我就一下子晕了，一头伏在了方向盘上。会计惊惶失措地说，哎呀，你怎么难过成这样？早晓得你这么经不住事，我就不跟你说实话的！事实上，我当时晕过去并不是因为太难过，主要是感到震惊，还有疑惑。

大约过了五分钟，我把头从方向盘上抬起来了。会计正要去为石高操办丧事，我就让他上了车。到石高家的那段路不好走，我把车开得很慢。在路上，我问会计，石高具体是怎么死的？会计说，两三天前，有一个圆溜溜的石头，从千难沟岸边的悬崖上滚下沟底，一直滚到石高和赵薇挖的那个坑边上才停下来。昨天傍晚，一头牛突然从那个坑边跑过去，居然一脚把那个石头蹬下了坑，正好砸在了石高的头上，连头盔都砸瘪了。我听了浑身一颤，汗毛都竖起来了。沉思了一会儿，我警觉地问，赵薇的上一个丈夫也是挖坑时被石头砸死的，这中间不会有什么蹊跷吧？会计想了想说，应该没有。听旁边挖坑的一对夫妻说，那个石头刚滚下来时，赵薇就要把它从坑边掀开。可石高不让掀，说要留下来当石凳坐。再说，那头牛从坑边跑过去的时候，赵薇也不在坑边，她到附近一个草棚里方便去了。旁边那对夫妻说，听见石高在坑里惨叫，赵薇才拎着裤子跑回来。

我到达石高家里时，石高的尸体已被装进了棺材。棺材停在堂屋中间的方桌上，两边竖放着两个花圈。我对会计说，我想再看石高一眼。会计皱着眉头说，最好别看了，他的头已砸得不成看相，你看了会更难过。会计这么一劝，我就不再说什么，默默地在棺材前烧了几张纸。

烧完纸，我四处扫了一眼，没看见婶婶，也没看见赵薇，只看见七八个帮忙的人在各忙各的。我问，怎么没见到我婶婶？会计说，石高一出事，你婶婶的心脏病就发了，躺在床上不能动。

我接下来又问，赵薇呢？会计说，今天早晨，赵薇留下五万块钱，让我负责办丧事，她自己上县城了。我一愣说，丈夫死了，她上县城干什么？会计说，她去找这个标段的老板要赔偿。高速公路上有规定，死一个人至少赔二十万，死者家属要是会来事的话，还能赔到三十万。我忿忿地说，人都死了，要钱还有什么用？会计苦笑一下说，话也不能说绝对，如果一点赔偿都没有，那你婶婶今后怎么办？会计这么一反问，我便无言以对了。

午饭之前，我到婶婶卧室里坐了一会儿。婶婶仰着脸睡在床上，面如死灰，嘴里哼个不停。我想安慰她几句，但实在想不出一句合适的话来，只好拉着她一只枯瘦的手，陪她流了几滴眼泪。

吃午饭的时候，会计接了一个电话。我问，谁打来的？会计说，赵薇。我连忙问，她说什么？会计说，她说老板不太爽快，今天她回不来了，还要缠着老板磨嘴皮。我又问，她还说了什么？会计说，她叮嘱我不要急着下葬，要等她把赔偿弄到手再说。

我本来打算等石高入土为安后再走的，可直到元月二号中午，赵薇还没有从县城回来。因为元月三号我有个重要活动，所以不得不提前离开了老家。

回到省城的第三天，会计从老家给我打来了一个电话。他告诉我，石高的赔偿已经弄到手了，加上安葬费一共三十万。石高也安埋了，坟墓砌得很高大，还立了一块碑。婶婶的身体也渐渐好起来，已经能自己煮饭吃了。快挂机的时候，我忽然问，赵薇呢？会计说，她回娘家了，说先回去散散心，然后再来油菜坡陪你婶婶过年。我想了想说，这样也好！

6

春节期间，我一直待在省城家中，门也没怎么出。由我牵头的一个有关传统文化的研究项目结题在即，我必须抢在正月十五之前把结题报告写好。好在写起来还顺手，正月十三晚上我就完成了。写好结题报告，我顿时轻松下来，便临时决定回老家去过元宵节。

正月十四一大早，我就动身了。一路上，我把车开得飞快，显得归心似箭。这次回老家，我的想法有点儿复杂。一来，我想去看望一下可怜的婶婶。二来，我想到石高的坟前去放一挂鞭，再给他烧些纸钱。另外，我还特别想去会一下赵薇。对这个连续当了几次寡妇的女人，我总觉得她身上有一层神秘的面纱，简直像个传说中的人物。

遗憾的是，我到了油菜坡，却没能见到赵薇。按老家的习俗，我先去了石高的坟地。石高的坟就坐落在屋后菜园里，我刚把鞭点响，婶婶便拄着一根竹棍来到了坟前。烧完纸钱进到屋里，我东张西望了好半天，也没看到赵薇的影子。我问婶婶，赵薇呢？婶婶立刻变了脸色说，她打从去年走了就没来。我一下子傻掉了，像是猛然遇见了鬼。

过了许久，我才回过神来。我问婶婶，赵薇和你联系过没有？婶婶摇摇头说，没有，她走后连电话也没给我打一个。我又问，你也没与她联系过？婶婶说，我请会计给她打过两次手机，可她的手机死活打不通，说是停机了。我不由一惊说，不好，她可能是个骗子！愣了一会儿，我突然想起了石高的赔偿金，便问婶婶，高速公路上赔的那笔钱呢？婶婶说，赵薇走时给了我五万，其他的我就不晓得了。婶婶话没说完，我的四肢都软了。完了，她肯定是个骗子！我说。

那天傍晚，我到村委会那里去了一趟。当时，高速公路食堂里正在开饭，我就找人打听赵薇的消息。可是，我一连问了四五个人，竟没有一个人知道赵薇的下落。他们说，修高速公路的人来自四面八方，彼此之间都不太了解底细。后来，我碰到了一对在千难沟挖坑的夫妻。他们说，赵薇肯定不会再来这里了，她和石高没挖好的那个坑早已由另外一对夫妻接着挖好了。我问，你们知道赵薇的娘家在哪里吗？他们不住地摆头说，不知道。听他们这么回答，我感到非常失望，两眼陡然变得黑糊糊的。

我那次回老家没能久留。学校正月十七开始上课，我必须在正月十六返回省城。那天离开油菜坡，经过老垭镇派出所的时候，我灵机一动停了一会儿车。我走进派出所，把我对赵薇的怀疑告诉了警察。值班警察对我反映的情况十分重视，不仅做了详细记录，而且还留下了我的电话。临走时，值班警察对我说，一有消息，我们会及时与你联系。

大约过了两个月，老家的油菜花盛开的季节，老垭镇派出所终于给我来了电话。对方说，十宜高速公路的远县标段上，最近发生了一桩命案，也是一对夫妻挖坑，也是石头滚下去砸死了丈夫。我全身一震说，会不会又跟赵薇有关？对方说，具体情况还不太清楚，不过，远县警方已经控制了那个女的，不久就会有结果的。停了一会儿，对方补充说，我们这边也会尽快去一趟远县，有了新的情况，我们再与你通气。我激动地说，谢谢！

接到电话的第二天是清明节，学校放假三天，我想正好利用这个时间去一趟远县。我有一个研究生在远县宣传部工作，还担任着一官半职。我打算先找到这个研究生，再请他帮我联系远县警方。

远县境内的高速公路似乎进度要快一些，好多隧道已经打通了。不过，山谷之间的桥梁还没架起来，沿路都能看见挖坑的人。

到达远县的当天上午，我就见到了研究生。研究生的爱人恰巧是个律师，她很快通过她的渠道打听到了我所需要的信息。那桩命案发生在一个叫回马崖的山谷里。当时，死者正在两米多深的坑里埋头挖土，一个状似圆球的石头突然从崖顶滚落下来，不偏不斜正好滚进了那个坑里，当时就把他砸死了。事故发生后，死者的妻子一边伤心欲绝，一边找到标段的老板要赔偿。刚把赔偿谈妥，远县警方就把死者的妻子铐走了。

我迫不及待地问，为什么把她铐走？律师说，一个放牛的人报案说，命案发生的那天黄昏，他无意中看见一个女人在回马崖顶上掀过石头。警方通过调查，发现掀石头的女人就是死者的妻子。唏嘘了一会儿，我接着问，你知道那个女人叫什么名字吗？律师说，听说她姓赵。我赶紧问，是不是叫赵薇？律师想了想说，好像是，又好像不是。我说，你再想想。律师歪头想了一下，忽然双眼一亮说，我想起来了，她叫赵小薇。我咬了咬嘴唇说，赵小薇，肯定就是那个赵薇！

接下来，我给律师提了一个要求，希望能与那个叫赵小薇的女人见上一面。律师有点儿为难地说，这我不能马上答应你，不过我可以努力一下。

第二天上午，我正在宾馆无所事事，律师和我的研究生一起来到了宾馆。一进门，律师就告诉了我一个特大消息。她说，那个赵小薇已经坦白了，对她蓄意杀人的犯罪事实供认不讳。我一听喜出望外，拍着面前的茶几说，太好了！律师接着说，我还没说完呢。我问，还有什么好消息？律师说，赵小薇交代说，她这次在远县已经是第三次作案了，去年还在竹县和保县杀了两个人，都是跟别人结婚不久下的手，并且都让人家死在坑里。

尽管我早有某种预感，但当律师说出这些的时候，我还是感到万分惊愕，有一种晴天霹雳的感觉。沉默了许久，我轻轻地对律师说，她在保县杀的那个人，是我的堂弟。律师一怔问，是吗？我说，千真万确。律师猛然兴奋地说，既然是这样，那你就有希望见到赵小薇了。我欣喜地问，真的吗？律师说，当然，我马上帮你安排。

当天下午，我就在律师的帮助下以受害者亲属的身份见到了凶手。她被关在县城边上的一个看守所里，我隔着铁窗与她对视了五分钟。她穿着蓝色囚服，头发披着，显得十分镇静。经狱警批准，我们还说了几句话。我问，你到底叫什么名字？她说，原来叫赵腊梅，后来叫赵薇，现在叫赵小薇。我又问，你为什么要害死这么多无辜的人？她说，为了骗赔偿金。我最后问，你现在后悔吗？她说，不后悔，再说后悔也晚了。

我转身要走的时候，她突然叫了我一声。有事吗？我回过头问。她说，你哪天回了油菜坡，请代我到石高坟上去给他烧两张纸。我没有回答她，不知道该如何回答才好。

走回老家去

1

说起来吧，大家都觉得不可思议。老家在油菜坡，我虽然是在那里生，在那里长，但十七岁的时候就离开了那里，至今已有几十年了。但我每年都要回老家看看。其实老家说起来已经不是我的家了，父母和弟弟们都搬走了，那栋土墙黑瓦的房子也早给了别人，每次回去，也无非就是在那栋老房子跟前转一转，走一走，再看看屋后的那片竹园，还有屋旁边的那股泉水，如果运气好，碰到房子的新主人正好在家，就从那个熟悉而又陌生的大门里走进去，看看从前睡觉的地方，吃饭的地方，还有读书的地方。仅此而已。好多人都对我说，老家已经没什么好看的了!意思是说我不必每年都回去。但我却做不到。我必须每年都回去看看。如果那一年我因故没能回老家去看一眼，我就会觉得这一年是白过了，心里有一种说不出来的空虚感。我这个人，有些怪怪的，不仅别人这么说，而且我自己也这样认为。

说起来，要回一趟老家也并不是一件容易的事。且不说要从武汉坐四个小时的火车到襄阳，且不说要从襄阳坐三个小时的汽车到保康，且不说要从保康坐五个小时的农用车到榔榆沟，单说从榔榆沟到老家的这段山路，就够让人走的。从榔榆沟到油菜坡没有公路，所以不通车，甚至连拖拉机也开不上去。这段路只能用脚走。而且，这段路很难走，上上下下，弯弯曲曲，凸凸凹凹，单趟也要走两个小时。当然，我当年走这段路是不需要两个小时的，那时候还是个小孩，腿脚灵活，精力旺盛，早晨上学从油菜坡下来，晚上放学从榔榆沟上去，无论下来还是上去，都只要一个钟头。而现在就不行了，一来在大城市里生活了三十多年，出门进门都是坐车，腿和脚都缺乏锻炼；二来已经五十多岁了，身体又过早发福，行走十分艰难。每次回老家走这段路，都免不了气喘吁吁，汗流浃背，腿酸脚痛。

今年夏天，我又回老家了。这一次回老家，出现了一个小插曲。我有一位堂兄，就住在榔榆沟的公路边上。每次我回老家，都是先在堂兄这里下车，然后步行上油菜坡。这次，我刚在堂兄家门口站定，堂兄就笑着对我说，你今天回老家不需要走了！我一愣问，不走怎么回去？堂兄说，我用摩托车送你。他边说边用眼睛在他房子旁边扫了一下。我忙着朝房子旁边看了一眼，果然发现一辆摩托车停在那里。我马上问堂兄，摩托车能开上油菜坡？堂兄说，从铁厂垭那里绕上去。铁厂垭我知道，与油菜坡是邻村，我早听说那里修了一条机耕路，可以跑拖拉机和摩托车。堂兄很快从房子旁边把摩托车推过来了，让我坐在他的背后，又让我抱紧他的腰，然后他脚一踩便把摩托车开动了。

铁厂垭的那条机耕路，我从前没有走过，沿路的景色我一点儿也不熟悉。不过我也没怎么去看。在此之前，我从来没有坐过摩托车，第一次坐，难免有些紧张，一路上我差不多都闭着眼睛。大约过了四十分钟的样子，摩托车突然停住了。堂兄回头对我说，老家到了。我赶紧睁开眼睛，果然看见了老家的房子。差不多一年没回老家了，看到老家的房子、竹园和泉水，心里感到好亲切，好温暖，好激动。这一次机会很好，房子的新主人正坐在门口晒玉米棒子，我便进屋看了看，又看见了我小时候睡觉的那张床，吃饭的那张桌子和读书的那盏台灯。从老家房子里出来，时间已接近中午了。房子的新主人很客气地留我吃中饭，堂兄却让我下到他家里去吃。我犹豫了一会儿，最后还是答应了堂兄。

从油菜坡返回榔榆沟，堂兄把摩托车开得比去时还要快，只用了半个小时，我们就回到了堂兄家里。堂嫂似乎早已预备着我来吃饭，我们刚到一会儿，她就把饭菜端上了桌子。坐下来吃饭时，堂兄一边给我斟酒一边问，这次回老家还比较顺利吧？我点点头说，顺利。喝下一杯后，堂兄又问，身上没出汗吧？我又点点头说，没有。堂兄接下来给我搛了一片腊肉，然后问，腿和脚不疼吧？我一边吃肉一边点头说，不疼。堂嫂这时插嘴说，看来有辆摩托车还是好，要是走路去油菜坡，一去一来没有三个小时下不了地；而骑摩托车呢，来回才一个小时。真是又省力气又省时间啊！

我说过，我这个人，有些怪怪的。听了堂嫂刚才的几句话，我内心深处不知道哪根弦突然就被拨动了一下，发出一种振颤，酸酸的，麻麻的，痒痒的，并且很快扩散到了全身。我随即放下了筷子，忽然之间没有一点儿食欲了。堂兄见状很惊奇，问我，怎么不吃了？我没有作声，不知道怎么回答。堂嫂又问我，是菜不顺你的口味吗？我摇摇头，还是没有作声。堂兄和堂嫂于是也都放下了筷子，用诧异的目光注视我，然后一起问我，你到底怎么啦？我苦笑了一下说，今天回老家太顺利了，像是没有回去的。堂兄一愣问，你怎么会有这种感觉？我说，不知道，也许是我太怪吧，身上没出汗，腿脚没走疼，就觉得没过上回老家的瘾！堂嫂这时古怪地一笑说，那你就再用腿走一趟吧！堂嫂的这句话本来是句玩笑话，而我听了却心里一亮，兴奋和激动顿时涌遍全身。

说来也许没有人会相信，那天下午，我真的又走着回了一趟老家。

2

榔榆沟有所小学，就叫榔榆沟小学，也在公路边上，与堂兄的房子面对面，堂兄的房子在公路下边，榔榆沟小学在公路上边。

我的小学就是这里读的，一共读了五年。记得第一节课是学毛主席三个字，老师是个女的，姓尚，尚老师先把毛主席几个字写在黑板上，然后用教鞭指着那些字，一个一个教我们读。她先读，毛，毛，毛主席的毛，我们就跟着读，毛，毛，毛主席的毛。她又读，主，主，毛主席的主，我们又跟着读，主，主，毛主席的主。她接着读，席，席，毛主席的席，我们也接着读，席，席，毛主席的席。当时我们很奇怪，不明白尚老师为什么总离不开毛主席三个字，后来上了初中才知道，毛主席这三个字是最神圣的三个字，不能随便拆开。还听说外面有一位老师，在教学生读毛主席三个字时，读成了，毛，毛，猪毛的毛；主，主，地主的主；席，席，草席的席。结果被抓去坐牢了。

从榔榆沟小学出发，走十几分钟的样子，就会看见一个水塘，老家的人都叫它堰娃子。在我老家油菜坡一带，人们总喜欢在一些名词后面加上娃子，比如把儿子叫儿娃子，把女儿叫女娃子，把猪叫猪娃子，把狗叫狗娃子，把镰刀叫刀娃子，把竹筐叫筐娃子，把树木叫树娃子，把水塘叫堰娃子。他们觉得这么叫亲切一些。

这个堰娃子不大，但水却不浅，深的地方有两人高。记得当年一到了夏天，就会有不少人去洗澡，大都是青年小伙子，也有少量的中年男人，我们这样的孩子一般是不能下去的，一是家长不允许，二是老师也不允许，他们当然都是好心，怕孩子在水里淹死了。但孩子的心理却怪，越是不让做的事越是想做，所以总是有人偷偷地下水。

我在榔榆沟小学读二年级那年，一天中午，四年级的两个男生在午睡期间偷偷溜出学校，去堰娃子洗澡，结果被班主任跟踪去了。班主任真会想点子，他先把两个学生脱在堰娃子边上的裤子没收了，然后让他们光着屁股回到学校，当两个学生一丝不挂走上学校操场时，男男女女的学生们都跑上去看，看得那两个学生满脸通红，慌忙用手挡在两腿中间。从那以后，榔榆沟小学再也没有人敢去堰娃子洗澡了。

我亲眼看见堰娃子里淹死过一个人。他叫王大火，说起来还是我的一个表弟。当时他好像只有十二岁，但长得高高的，像一根白杨树条子。那天王大火背着一小背篓谷子从油菜坡下到公路边的米面加工厂去打米，背着打好的米往回走，经过堰娃子时，他突然就想下去洗个澡。那天天气也是太热了，王大火出了一满身的汗。当时，堰娃子边上还有两个放牛的人，他们一边放牛一边在一块石板上低头下棋。王大火下水不到一根烟的工夫，两个放牛的人便听到堰娃子里有人喊“救命”，他们一下子慌了神，丢下棋子就跑去朝堰娃子里跳。我和另外两个同学走到堰娃子那里的时候，王大火已经被两个放牛的人捞起来了。王大火喝了一满肚子水，两个放牛的人就把他抬到一头牛的背上，像搭粮食口袋那样搭着，让他吐水。王大火吐着吐着，就断了气。王大火的母亲，我应该喊她舅母。她在几个儿子中最喜欢王大火，王大火不仅人材长得好，而且特别听话，又勤快。得知王大火的死讯后，她哭死了两次，都是掐人中掐活过来的。

我从小就是一个胆小鬼，所以从来不敢下堰娃子洗澡。但有一天傍晚，我却下去了一回。不过不是我自愿下去的，而是我的一个堂兄和一个表哥逼迫我下去的。他们比我大四五岁，当时都在读初中，我那会儿才读小学五年级。那天放学后，我们三个人一起回油菜坡，经过堰娃子时，堂兄提出下水洗澡，表哥马上表示同意，他们说下就下去了。

我没有下去，我坐在堰娃子边上看着他们在水里游来游去。堂兄游了一阵，忽然抬头看见了我，便招手对我说，你也下来！我说，我怕，我不下来。表哥这时对堂兄说，他怕就别让他下来。堂兄却说，不行，他要不下水就有可能回家告状，他一告状，我们就要挨打。表哥觉得堂兄的话有道理，便也招手催我下水。没有办法，我就只好下去了。

谁也没料到大妈那天会下到公路边赶集，我脱了衣服刚下水，大妈就出现在了堰娃子边上，她正赶完集回油菜坡。堂兄和表哥差不多是与我同时发现大妈的，堂兄一发现大妈就说，赶快扎到水里去！说完，他们两个就扎入水中看不见了。而我却不会扎水，就只好将头露在水面，这样一来就被大妈发现了。大妈接着又在堰娃子边上发现了堂兄和表哥的衣服，就这样，她轻而易举便把我们一网打尽了。

事情说来也巧，我父亲在外面镇上工作，每月最多回家一次。而那一天，当大妈把我们三个人押回家时，父亲偏巧就回来了。大妈于是就让我父亲教训我们。不过父亲没有教训表哥，表哥是姑妈的儿子，住的离我们家不远，父亲把他放了，好像是觉得教训表哥不是他的责任。在油菜坡，教训孩子最多的方法就是用棍子打。那天我父亲也使用了棍子，是一根很粗的竹棍，不过他没有亲自动手。他先让我在堂屋里跪下，然后把竹棍递给堂兄，让他在我的屁股上打十下。堂兄打头几下还比较轻，打第五下时，父亲突然命令他重一点，他就真地下狠手了，打得我疼痛难忍。堂兄打完我，父亲又把竹棍拿过来递给我，要堂兄跪下，又让我打堂兄的屁股十下。我打堂兄一直下手很重，因为是他逼着我下堰娃子的。打完十下我还不解气，又朝他的屁股上打了一棍。

记得堰娃子边上从前是有一棵橡树的，眼下却不见了。我印象中那棵橡树有水桶那么粗，一到秋天，橡树上的叶子全都黄了，地上落满了咖啡色的橡果。那时候我常常捡了橡果放在书包里，背回家交给母亲做橡子粉吃。橡子粉清凉细腻，是天底下最好吃的粉。

3

离开堰娃子再往上走，就是一面陡峭的石头坡。坡上全是石头，如果不是有几处石头缝里长出一些红果子来，人们肯定会以为这面坡就是一整块石头。红果子是一种带刺的树，又细又矮，树枝却特别多，枝头密密麻麻结着一种红色的小果，油菜坡人把它叫作红果子。红果子不仅好看，而且好吃，酸酸的，甜甜的，怀孕的女人百吃不厌。

每次回老家走上这面石头坡，我都要把大哥打酒的故事回忆一遍。大哥是大妈的大儿子，是我们这一辈人中年纪最大的一个，好多人都喊他大哥。大哥喜欢喝酒，而在故事发生的那个年代，喝酒却是很难很难的。当时私人是不能煮酒的，要喝酒必须到供销社去买。而供销社里的酒，也不是有钱就能买到的，还必须有酒票。那是一个买什么东西都要凭票的时代，买粮要粮票，买布要布票，买糖要糖票，买酒要酒票。那天大哥好不容易弄到一张酒票买了一斤酒，装在一个玻璃瓶里，在那酒瓶颈口拴上了一根绳子，然后挂在一根竹竿上。他就这么用竹竿挑着那瓶酒回家。我那天放学比往日早，刚出校门就碰上大哥从供销社里出来，于是我们就同路回家。大哥走在前面，我走在他屁股后头，正好能看着他挑在竹竿上的那瓶酒，那酒瓶吊在竹竿上摆来摆去，就像一个处于风中的葫芦。大哥那天很高兴，一边走一边哼着小曲儿。走上石头坡后，他对我说，晚上说什么也要让大嫂炒一碟黄豆，他要就着黄豆多喝两口。他的话音未落，拴在酒瓶上的那根绳子突然断了，我看见那酒瓶一下子掉了下来，当即在石头路上打得四分五裂。大哥顿时惨叫了一声，等他回头看时，他的酒已经在石头坡上流了起来。大哥先是愣了一会儿，接着就赶紧四肢趴地，将嘴长长地伸出去贴在石板上，使劲地喝酒。当时大哥已经快五十岁了，他趴在地上喝酒的样子显得十分滑稽。他将屁股高高地撅着，随着嘴的移动，他的屁股就不停地晃来晃去。约摸在地上趴了上十分钟，大哥才起身，这时我发现他满脸都是脏兮兮的，仔细看去，才知道是酒与地上的灰土混合后化为污泥弄脏了他的脸。接着我又发现他的下嘴唇红了好大一片，看上去像血，走上去定睛一看，果然是血，原来是酒瓶的玻璃片把他的嘴唇划了几条大口子。但当时大哥并没觉得疼，事后问起来，他说他喝醉了不知道疼了。

走完石头坡，眼前就会出现一个山凹。每次回老家，一看到这个山凹，我就不由得眼睛一亮，内心一动，因为一走到山凹那里，我就可以看见老家的房子了。山凹那地方也有个名字，叫庙垭，据说很久以前这里有一座土地庙。但我没见到过那座庙，听说它在五十年代初就被毁掉了。不过我们至今还能看见那座庙的影子。在土地庙的废墟上，残存着几段土墙，从庙垭经过的人，只有稍微留意就会看见。那墙是用黄土打成的，颜色金黄耀眼，墙也坚固，无论风吹，还是雨打，它都不松不散，像石头一样。以往回老家，每当经过庙垭这里，我都要多走两步，走到土墙跟前，先用手轻轻地摸一摸它，再将背贴在它上面靠一会儿，然后找一段矮墙坐下来。不知为什么，我对这几段土墙总有那么一种莫可名状的感觉，无论是摸着它，贴着它，还是坐着它，心里都激动不已，觉得自己摸着的贴着的坐着的并不是一般的墙，它是那么温暖，又是那么神秘。

现在，我终于走到庙垭了。脚还未站稳，我的眼睛已经看见了我的老家。老家是好看的，无论是前看还是后看，无论是远看还是近看，老家都好看。但是我要说，站在庙垭看我的老家，我的老家才是最好看的。老家坐落在一个山洼里，左边是绿色的山峰，右边是绿色的树林，屋后是绿色的竹园，门前是绿色的庄稼，老家的房子虽然只是一栋又矮又旧的土墙瓦屋，但前后左右都被绿色环绕着，看上去也就别有一番韵味了，它给人一种朴素的美，拙陋的美和原始的美。我有时想，如果要是把那栋又矮又旧的土墙瓦屋换成了一栋青砖红瓦的高楼大厦，那一定是十分难看的。那它就不是我的老家了！那我就再不会回来看它了！老家的门口有一块土场，土场边上有一棵花栎树。从前，我母亲还住在老家的时候，我站在庙垭这里看老家，总能看到母亲的影子，有时候母亲站在土场上喂鸡子吃食，有时候母亲坐在屋檐下用筛子筛米，有时候母亲靠在那棵花栎树下盼我回家。最让我难忘的是母亲盼我回家的情景，时间大都在黄昏时光，夕阳染红了我的老家，母亲靠在那棵花栎树上，双眼直直地望着庙垭这边，如果嫌夕阳的光芒晃了她的眼睛，她就会把一只手抬起来挡在额头那里。每当看到这一幕，我就忍不住眼热心酸，接下来就发疯似地朝家里跑，恨不得一步就冲进母亲的怀抱。然而遗憾的是，自从母亲从油菜坡搬到镇上去以后，我就再也不能从老家门口的土场上看见母亲了。我只能站在庙垭这里，一次又一次地回想当年看见母亲的情景。

土地庙留下来的土墙还是那么金黄，还是那么牢固。我慢慢走过去，在以前经常坐的那个地方坐了下来。刚刚坐下，我就闻到了一股青草和苞谷混合后发出的芳香，低头一看，原来是我的脚下散着十几颗羊屎。我伸手就捡起了一颗，它像珍珠那么光滑，轻轻一捏，鼻头的芳香就更加浓郁了。然后，我抬眼环顾四周，希望看见一只羊。但我没能看见，到处静悄悄的，连羊叫也听不到一声。我没有马上把那颗羊屎扔掉，这时我猛然想起一个人来了。

那个人叫李永寿，当年经常在庙垭这一带放羊，他的家就在附近。他有个女儿，长得很漂亮，但还没结婚就生了一个孩子，这让李永寿的脸上感到很不光彩，他于是就成了一个沉默寡言的人。李永寿从来不先开口找人说话，见人就低头或者干脆转身走开。然而有一天，李永寿却主动找我说话了。那是一个傍晚，我放学回家经过庙垭，看见李永寿正撅着屁股在土地庙的废墟旁边寻找着什么。我刚一走到庙垭，李永寿就看见了我。他一看见我就急忙走到我身边问，你早晨上学时捡到五块钱没有？开始我压根儿没想到李永寿是在那里低头找钱，要是知道我肯定会悄悄地绕道而行。因为在那天早晨上学时，我的确在庙垭的路上捡到了五块钱。那天早晨我是和我的同学尚文一道上学的，尚文走在前面，我走在后面，中间隔两步的样子，我忽然看见尚文的鞋后跟上巴着五块钱，便手一伸扯了下来。后来到了学校小卖部，我和尚文把五块钱分了，他两块，我三块，并且当场就买了杂糖和月饼吃了。一听李永寿问到钱，我心里顿时紧张极了，好半天不知道怎么回答他。李永寿见我红着脸不说话，就怀疑钱是被我捡了，他又问我，是不是你捡了？我当然不能承认，因为钱已花得差不多了，我要是承认了拿什么给他。我只好撒谎说，没有!说完跛腿就跑了。对于这件事，我当时并没有感到什么羞愧或不安，然而多年以后，尤其是当我离开老家以后，羞愧和不安便开始袭上心头，它们像一块沉重的石头压在我的心上，有时候简直让我喘不过气来。我想，这块石头恐怕要压迫我一生了！

4

从庙垭到我老家，还必须经过一片大屋场，这片屋场在一条水沟边上，人们都称这个地方叫安沟。我至今没弄清安沟这个名字的来历，这屋场一共住着三户人家，两户姓王，一户姓苏，没有一户姓安的，而且这三户人家中，也没有哪个人姓安。那条水沟呢，也没有谁称它为安沟，而是叫它柿子树沟，因为水沟两边长满了柿子树，柿子成熟的季节，满沟都像挂了红灯笼。我曾经为安沟这个名字请教过几位老人，但没有一个人能说出一个为什么。看来，大千世界上并不是每一个名字都有历史掌故和来龙去脉的。

安沟的那两户王姓人家实际上是两兄弟，多年以前他们是一家，各人结婚生子之后便分成了两户。以前我还住在老家时，每天早晨上学经过安沟，看到的第一个人往往是王家老二的老婆，她的年龄和我母亲差不多，但辈份比我母亲高，我母亲喊她宗竹婶儿，我喊她叫宗竹家家。宗竹家家是油菜坡女人中身体最高最大的，她进别人家的门总要弯腰低头才能进得去。宗竹家家有一个打赤膊的习惯，这在油菜坡众所周知。打赤膊就是光着上身，在油菜坡，男人打赤膊是普遍现象，而女人打赤膊却极为罕见。宗竹家家恐怕是油菜坡惟一打赤膊的女人。我第一次看见宗竹家家打赤膊是在她家门口的土场上，那是夏天的早晨，我去上学时，看见宗竹家家正打着赤膊在她门口土场上扫地。她双手紧握着一把长长的竹扫帚，大幅度地转动着身子，使劲地扫着地上的灰尘。我看见她上半身一丝不挂，两个乳房随着身子的转动而甩来甩去。她的那两个乳房真是大，甩动起来就像两个米袋子。两个乳房甩动的时候很有节奏，左一下，右一下，仿佛是在为宗竹家家扫地打拍子似的。而且，那两个乳房的动作也非常一致，一起甩出去，又一起甩回来，就像一对双胞胎在表演节目。宗竹家家打赤膊没有一点羞涩感，不论是女人看见，还是男人看见，不论是小孩看见，还是大人看见，她都毫不回避，并且脸不红，心不跳，旁若无人。有一回，我问宗竹家家，你为什么打赤膊？她说，凉快。我又问，不怕别人看吗？她说，看有什么可怕的？一看不坏，二看不小。宗竹家家虽然喜欢打赤膊，但她的品质好得很，从来不和别的男人瞎搞。在油菜坡，作风不好的女人多得很，她们中间有许多人平时都羞羞答答的，给孩子喂奶也要躲到一边去，但背地里却光做那些见不得人的事。与宗竹家家比起来，这些人真是太虚伪了。

王家老大住在一个院子里。那个院子四周都砌着很光滑的石条，当年我和我的同学尚文上学或者放学从这里过，走累了总要坐在院子的石条上歇一会儿。那石条坐在屁股下面非常舒服。可是，自从出了那件死人打活人的怪事以后，我和尚文就再不敢在那院子边上坐了。王家老大有好几个儿子，大儿子叫国子，二儿子叫建娃子，所谓死人打活人，就是国子打建娃子。国子比我大五六岁，他死的时候可能在十五岁左右，准确的岁数我也记不住了。国子当时正跟一个篾匠学手艺，临死的那天早晨，他和他弟弟建娃子闹了一点儿小矛盾，建娃子动手打了国子一下，国子准备还手时，建娃子却跑远了。国子就指着建娃子的后背说，你等着，我死了也要打你一下的！国子说完就到他师傅家去了。快到中午时，国子死了。他是被水淹死的。乡亲们把国子的尸体送回了安沟他家，先在他家院子边上横上一扇门板，然后把尸体放在门板上。国子年纪这么小就死了，无论是他的家人还是乡亲们都伤心不已，院子四周坐满了流泪的人。建娃子更是悲痛万分，坐在国子的尸体边上号啕大哭。就在这个时候，房子上的一块瓦突然掉了下来，不歪不斜正打在建娃子的头顶上，血，当时就从建娃子的头上流到了脸上。当时，天上没有刮风，房子上也没有猫子，那块瓦怎么会掉下来呢？人们于是就说那是国子在找建娃子报仇。记得国子死的那天是星期日，我没有上学，听到噩耗以后，我马上怀着好奇心赶到了安沟，并亲眼目睹了在院子里发生的一切。打那以后，我和尚文就再也没有坐那院子边的石条了。后来，我每次回老家，从那院子外面走过时，总要停下脚步朝那院子看上两眼。不过我至今也没有想明白那块瓦是怎么掉下来的。也许真是国子找他弟弟报仇吧？

住在安沟的那户姓苏的，我喊他叫三爷。事实上他与我们家不是很亲，好像早已出了五服。但他对我特别好，所以我很喜欢他。三奶奶对我更好，我这一辈子都忘不了三奶奶这个人。在我记事时，三奶奶就是一个病人，她的嗓子是破的，如果不走拢去，你根本听不见她说话。三奶奶虽说长年害病，但她十分乐观，脸上总是铺着笑。三奶奶有一把铜壶，据说是土改那年从地主手里分到的。那把铜壶黑乎乎的，有些地方已凹进去了，壶嘴缺了一个豁口，一般人看上去肯定不会认为它美观，相反还会觉得它十分难看。但在我的眼里，三奶奶的那把铜壶却是天下最美的壶。那时我正在读初一。一天，我在学校饭票被人偷了，所以没吃午饭，傍晚放学回家，走到安沟时，我已经饿得不行了，四肢无力，双眼发花，嘴里吐着清水。我使出最后一点儿力气走到了三奶奶门口，对她说，我快饿死了！说完就昏迷过去。后来我是被三奶奶弄醒的，醒来时，我看见三奶奶拎着一把铜壶。见我睁开了眼睛，三奶奶便揭开铜壶盖，将一只手伸进了铜壶。那只手从铜壶里出来时，居然拿着两个鸡蛋。我一看见那两个鸡蛋，便激动异常，连喊了两声三奶奶。三奶奶麻利地帮我剥了鸡蛋壳，并亲手塞了一个在我嘴里，接着又塞进一个！当时在油菜坡，鸡蛋非常贵重，大部分人家都是舍不得吃的，都要拿到供销社卖钱，然后买油买盐。三奶奶家里的鸡蛋更是舍不得自己吃，不仅要用它换钱买油买盐，还要用它换钱买药。然而，她对我却那么慷慨，竟然一次给我吃了两个！我永远记得那两个鸡蛋。我永远记得那把铜壶。我永远记得三奶奶。当时，年幼无知的我不知道怎么表达对三奶奶的感激之情，就对她说，三奶奶，等我长大挣钱了，就给你买鸡蛋糕吃！三奶奶笑眯了眼说，好，到时候你给我买脸盆那么大一个鸡蛋糕!然而，三奶奶却没有吃上我的鸡蛋糕。她在我读大学三年级那年就去世了。

我一边回忆往事一边走出了安沟。从安沟朝上走十分钟，便到了雨坛包。从雨坛包再往上走十分钟，就到了小树林。穿过小树林，我就看见了一片碧绿的竹子，听见了一串泉水流动的声音，闻到了一股土墙的气息。这时，我就算真正地回到老家了。

松毛床/

怀念几件衣裳

1

在我老家油菜坡那地方，人们习惯把衣服称为衣裳，包括褂子、裤子、衬衣等等。从小到大，我记不清我穿过多少件衣裳，但有几件，我永远难以忘怀。那几件衣裳都是在我离开老家之前穿的，离今天至少也有三十多年了，但它们的样子和颜色，我都记得一清二楚，仿佛我昨天还穿着它们。

我是从小学三年级那年开始注意自己的穿着的。在那以前，我似乎没有关心过我的衣裳，父母给我缝什么衣裳，我就穿什么衣裳，无论是大还是小，无论是新还是旧，无论是白还是黑，我都往身上穿，从来不管它是否合适，是否好看。但是，读小学三年级的时候，我突然对穿着产生了兴趣。

说句笑人的话，我那时对穿着产生兴趣与一个女同学有关。那个女同学姓宗，与我坐一张桌子，是我们班主任的侄女。她长得很漂亮，穿得很干净，学习也好，特别会唱歌。有一次上体育课，老师教我们玩一个游戏。那个游戏是两个人一组，并且是一个男同学和一个女同学自由组合。开始我以为姓宗的女同学会主动跟我一组，因为她毕竟与我同桌。可她却没有选我，她只看了我一眼就把目光投向了一个姓刘的男孩，很快与他组合到一块儿了。这件事对我打击很大，我于是就想，她为什么选择别人而不选择我呢？我很快想出了原因，原来姓刘的男孩穿的比我好，他穿着一件灯芯绒褂子，而我身上的褂子却是用土蓝布做的。这是一个重要发现，就是这个发现，使我开始注意自己的穿着了。

那时候，我是多么想我也有一件灯芯绒衣裳穿啊！但那个想法不切实际，只能在心里想一想。当时，我们家非常困难，兄弟多，劳力少，父亲虽然在镇上工作，但每月只有三十七块五角钱，母亲一个人在农村劳动，每年都要给生产队交一百多块钱的口粮款。在那个岁月里，我们兄弟能穿上土蓝布衣裳已经很不容易了，哪里还能奢望穿灯芯绒衣裳啊！

不过没过多久，母亲给我缝了一条黑布裤子。在那之前，我每天放学后都上山挖黄姜，一连挖了半个月。半个月后，母亲把我挖的一背篓黄姜背到供销社卖了。也许母亲想奖赏我一下吧，她在用卖黄姜的钱买了盐和煤油之后，便用剩下的钱买了一块黑布，给我缝了一条裤子。

开始把那条裤子穿到身上时，我并没有感到它有什么特别。那是一条很普通的裤子，用卡叽布缝的，无论是颜色还是样子，都很普通。

但是穿到了学校里，那个姓宗的女同学却睁着圆圆的眼睛把我的黑裤子看了好半天，她还说，你穿这条黑裤子真好看！

我一听就激动了，浑身上下麻酥酥的。课间操的时候，那个姓宗的女同学还偷偷地给了我一把红枣。就这么，我深深地喜欢上了那条黑裤子。后来一连好多天，我都舍不得脱掉它，差不多天天穿着它去上学。母亲说，你怎么天天穿这条黑裤子？也该换下来洗一洗了。星期天，我总算把那条黑裤子脱下来让母亲洗了。但到了第二天，我又把它穿到了学校。

大概是穿得太多的缘故吧，我那条心爱的黑裤子不到两个月就破了。最先破的是膝盖头那里，破了一条小口子，接着屁股上也破了一个洞。黑裤子破了，我伤心极了，还流了许多眼泪。

2

到了过年，父亲手头再紧也是要给我们兄弟缝一套新衣裳的，用父亲的话说，叫一年一个新头儿。我的老家油菜坡，长期流传着这样两句话，大人盼种田，小孩盼过年。小孩盼过年，无非就是盼吃盼穿，过年可以吃腊肉和米花糖，可以穿新衣裳。父亲当时在单位上很忙，差不多每年都是在大年三十的头一天晚上才能回家。父亲在一年当中至少也要回十几次家，但他这一次回家是最受我们欢迎的，因为他进门不久，便要打开提包，从中拿出他为我们过年缝的新衣裳。父亲开提包时，我们的眼睛都睁得有鸡蛋那么大，一眨不眨地看着父亲的那双手。父亲的动作很慢很慢，他一点一点地扯着拉链，像是要故意吊我们的胃口。当他打开提包掏出新衣裳的那一刹那，我们都会禁不住哗地惊叫一声，然后像鸡子展翅一样，张开双手朝新衣裳跑了过去。

长期以来，父亲过年时给我们兄弟缝的新衣裳都是一样的布料，要么都是黑的，要么都是蓝的，要么都是灰的，我们兄弟穿着新衣裳站成一排，就像是一个部队的。然而，在我读五年级的那一年，父亲却给我缝了一件与几个弟弟不大相同的褂子。几个弟弟的褂子都是用灰布缝的，那灰布的颜色很不正，看上去新不新旧不旧的样子，并且也很薄，摸在手上像皮纸。而我的那一件，却是板栗色的，一看就赏心悦目，而且布料也厚实，摸起来特别舒服。开始我并不知道我的褂子与几个弟弟的不一样，父亲要我们穿着试一下大小，等我们都穿上新衣裳站在一起的时候，我才猛然发现我的与众不同。我顿时一愣，用异样的目光看着父亲。父亲这时走过来，摸着我的头笑着说，你已经长大了，应该穿得好一点儿！听了父亲的话，我心头陡然一热，一股温暖的泉水很快涌遍我的全身。而我的几个弟弟，却有些不高兴了，一个个翘起小嘴巴，用怪怪的眼神看着我。母亲这时用手把他们揽在怀里，说，等你们长大了，爸爸也给你们缝板栗色的衣裳。

当时在我们油菜坡，有一个过年给军属送对联的习俗。一到大年三十的早晨，生产队就要组织一群人，敲锣打鼓将大红的对联送到军属的门口，先扭一阵秧歌，然后再把对联贴在军属的大门上。给军属送对联，每家每户必须去一个人，这是政治任务。以往给军属送对联，我们家都是母亲去。而在我父亲给我缝板栗色褂子的那一年，父亲却让我去了。父亲对我说，你已经长大了，替你妈去给军属送对联吧。我一听就跳起来，差点儿高兴得发了疯。说实话，好几年前我就盼着加入那个给军属送对联的队伍了。

毫无疑问，我那天是穿着那件板栗色的褂子去给军属送对联的。送对联的队伍有半里路长，我穿着那件板栗色的衣裳，在队伍里穿来穿去，跑前跑后，像一只发了情的小公狗。我发现，我的那件板栗色衣裳在那条队伍中是最好看的，好多人都用羡慕的目光看着我。也许正是因为穿了那件板栗色衣裳的缘故，在往军属门口贴对联的时候，民兵队长特地派我去刷了浆糊。

3

小时候，我的裤子破得最早的往往都是两个膝盖头。一是我们那个地方山路多，走山路就要不住地弯膝盖头，一弯膝盖头就要磨裤子上的那一块。二是我喜欢跪在田里扯猪草，跪着扯猪草又快又省力，但却非常费裤子，尤其是裤子的膝盖头那里。因为家里穷，裤子破了还要接着穿。好在母亲很勤劳，又特别尽职尽责，每当我裤子的膝盖头破了，她都要及时找来一块旧布将那破处补起来。在一条裤子的两条裤腿上，左边的那个膝盖头常常又是先破，因为我用左腿跪地的时候偏多。母亲补裤子，当然是什么地方破了就补什么地方，比如左边的膝盖头破了就补左边的膝盖头，她不可能把右边的那个膝盖头也同时补上。虽然过不了多久右边的膝盖头也会破，但那也只能等它破了以后再补。

在一条裤子右边的膝盖头还没破而左边的膝盖头上已经出现补疤的时候，我是很不情愿穿着这条裤子去上学的。因为那样子太难看，一边有补疤，一边没有，就像是一只眼睛睁着，一只眼睛闭着，越看越像一个独眼龙。但是，这条裤子你不情愿穿也得穿，当时我基本上只有两条裤子换着穿，换着洗，当那一条裤子洗了，你不穿这条独眼龙裤子穿什么呢？总不能光着屁股去上学吧？每当穿着这条裤子到学校，我都觉得非常自卑，见人就脸红，脖子发粗，抬不起头来，下课了也不敢出教室去玩，一心只想着把两条腿子藏在桌子下面。

我们初中的老师，一般是没有谁穿补疤衣裳的。但有一天，我却发现代我们初一年级体育课的刘老师的裤子上出现了两个补疤，左边膝盖头上一个，右边膝盖头上一个。因为两边都有补疤，所以看上去并不难看，好像还别有一种味道。下课后，我斗胆问刘老师，你的两个膝盖头都破了吗？刘老师说，只破了一个。我马上问，那你为什么两个膝盖头上都补了补疤呢？刘老师说，为了对称嘛！刘老师的话，像是在我面前划燃了一根火柴，我两眼顿时豁然一亮。

那天我穿的是一条蓝布裤子，左边的膝盖头上补着一块刺眼的补疤，而右边的膝盖头上还是好好的。傍晚放学回到家里，我一进门就换了一条裤子，然后找来一把剪子，咔嚓一声就把那条蓝裤子右边的膝盖头剪了一个洞。天黑后母亲从生产队收工回来，她一进门我就对她说，蓝裤子的另一个膝盖头也破了，你给我补一下吧。母亲说，吃了晚饭补。晚饭后，母亲一收拾好碗筷就进了她放针线的那间屋。没过多久，母亲突然喊了我一声，让我快去。我马上去了。我刚一进门，母亲便一手把我按在了地上，接着就用一只拳头拼命地打我的屁股，她一边打一边骂，你这孩子真是个败家子，好好的裤子剪一个洞干什么？那晚，母亲真是气坏了。她一口气把我打了好半天，疼得我杀猪似地乱叫。不过她打了我一顿之后，气也消了，接着就在那条蓝裤子的右边膝盖头上补了一个疤。

第二天，当我穿着那条两个膝盖头上都有补疤的裤子上学的时候，我突然感到这条蓝布裤子比以前好看多了。这时，我怎么也回忆不起来头天晚上挨打时的那种疼痛的感觉了。

4

在缺衣少食的少年时代，我最崇拜的有两种人，一是厨师，再就是裁缝。粗糙的米到了厨师手里，就会变成香喷喷的饭，毫无形状的布料到了裁缝手里，就会变成漂亮的衣裳，他们真是心灵手巧，我非常崇拜他们。当时我还想，我长大后要么就当一名厨师，要么就当一名裁缝。在我记忆的屏幕上，我认识的第一位裁缝叫石膏儿，她住在一条小河边上，缝衣裳的那间房子正好临河，她可以一边踩着缝纫机一边倾听水声，如果抬头从窗口看出去，就可以看见清清的河水以及漂在水上的那群白色的鸭子。石膏儿长得很白很嫩，脸和脖子，还有那双手，都像是用豆腐捏成的。我当时想，石膏儿天生就是一个当裁缝的。

我是在读初二那一年的夏天认识石膏儿的。一个漫长的春天过去后，当我脱下那件穿了几个月的黑夹衣的时候，母亲突然说我长高了。我的确长高了，母亲找出我头一年穿过的那件灰衬衣，我怎么也穿不得了。母亲面对长高的我，显得既惊喜又忧愁。后来她终于咬咬牙对我说，走，我们到供销社去。母亲那天是提着一篮子鸡蛋去供销社的。在供销社卖了鸡蛋后，母亲就去扯了一块灰布，然后就把我带到了石膏儿那里。

母亲把那块灰布放在石膏儿的缝纫机上，对她说，给我儿子缝一件衬衣吧。石膏儿草草地看了那块灰布一眼，很快就把眼睛转到了我身上，她的眼睛很亮，把我上上下下打量了好久，然后，她又扭头朝那块灰布扫了一眼。母亲以为石膏儿是怕那块灰布的尺寸不够，就说，布不会少的。石膏儿说，布肯定不会少，我是觉得这块布料不适合你儿子穿。母亲问，为什么？石膏儿说，你儿子皮肤这么白，应该穿一件白衬衣。那块灰布太老气了。石膏儿说着，又扭过头来看着我，并且还对我笑了一下。她的牙齿也很白，笑起来特别好看。母亲这时说，他一直穿灰布衬衣的，白衬衣难洗。我突然说，难洗我自己洗！石膏儿听我这么说，又对我笑了一下，然后劝母亲说，那你就给你儿子缝一件白衬衣吧。母亲犹豫了一会儿说，灰布已经买了，再说……石膏儿不等母亲说完便说，灰布买了不要紧，我带你们去供销社退掉，再换一段白布，供销社的经理跟我很熟的。听石膏儿这么一说，母亲就不好再说什么了，只好点头同意。

供销社的经理果然与石膏儿很熟，我们一去就换了布。那段白布比那块灰布要贵几毛钱，石膏儿要经理免了，经理真的就没要。这让我母亲对石膏儿充满感激，我当然更是感激不尽。

从石膏儿家到供销社有好几里路，一去一来花了一个小时。石膏儿生得白皮嫩肉，但她并不娇气，一回到家里就开始给我量尺寸。她两手捏着一条皮尺，一会儿量我的肩，一会儿量我的膀子，一会儿又量我的胸脯，动作十分娴熟。我闻到石膏儿身上有一股淡淡的香气，像百合花的味道。在给我量胸脯的时候，石膏儿的手指头无意中按了我一下，我顿时有些紧张，脸一下子红到了耳朵。

石膏儿当时就把那件白衬衣给我缝好了，并亲自给我穿在了身上。那件白衬衣真不愧是比着我做的，穿在身上要多合身有多合身。母亲看着穿上白衬衣的我，嘴笑得差点合不拢了。石膏儿这时对母亲说，怎么样，你儿子穿白衬衣好看吧？接下来她又摸了一下我的头说，看，简直像个小新郎了！

说一句难为情的话，那件白衬衣差不多让我激动了大半年，每当穿着它，我就显得特别有精神，无论是在学校读书，还是回家里干活，浑身都有使不完的劲儿。我穿得也非常珍惜，生怕弄脏了它。那件白衬衣基本上都是我自己动手洗，每次都是轻轻地搓，轻轻地揉，轻轻地抖，像是害怕弄疼了它。

5

我读初三的时候，油菜坡来了好几个支农干部，有的来自镇上，有的来自县城。这些干部很特别，他们在村里走动时，你一看就知道他们不是油菜坡的人，一看就知道他们是从外面来的，一看就知道他们是干部。这不光是因为他们戴着手表，也不单是因为他们挨家挨户吃派饭，还因为他们每人都穿着一种很潇洒的裤子。那裤子是咖啡色的，很薄，走起路来一荡一荡的，没有风吹也荡，乡亲们都称这种裤子叫荡荡裤。他们由于穿着这种荡荡裤，走到哪里都受到人们的尊敬，大家忙着给他们让座，忙着给他们递烟递茶，忙着给他们做好吃的。我是非常羡慕那些干部的荡荡裤的，每当他们穿着荡荡裤从我面前走过时，我会睁圆眼睛看他们的腿子，并且转着身子跟着看，他们走远了，我的眼睛还久久收不回来。不光我羡慕那些干部的荡荡裤，就连我们油菜坡的队长和会计也羡慕得要命。他们虽然也是干部，但穿的都是与油菜坡一般农民没有什么区别的布裤子，看起来就显得土里土气，根本不能和那些外面来的干部相比。我曾经注意过队长和会计的眼神，他们一看到外面那些干部的荡荡裤就目光发花，恨不得扑上去将别人的荡荡裤扒下来穿在自己的身上。

队长说起来是一个很聪明的人，他虽然脸上有一块火烧疤，头上没有几根毛，但他的两颗绿豆小眼一转就是一个点子。当时，我们油菜坡已经开始使用化肥了。化肥是按计划供应的，大部分是县城化肥厂生产的碳酸氢铵，也有少量的日本尿素。日本尿素是用一种小口袋装的，那口袋很薄，摸起来光滑如水。队长很快把这种装尿素的口袋与那些干部的荡荡裤联系起来了。他于是就用几个口袋缝了一条裤子，又买回几包咖啡色的染料，将那裤子染成了咖啡的颜色。队长刚开始把那种裤子穿出来的时候，乡亲们一下子都傻了眼，差点儿把他当成了外面来的干部，一看他脸上的火烧疤，才发现他就是本村的。队长用尿素口袋缝的这种裤子，初看上去与外面那些干部的荡荡裤没有多大区别，走路也是一荡一荡的，只是将眼睛贴拢去看时，才会发现裤子的前后都有字，前面两个字是日本，后面两个字是尿素。但这并不要紧，谁经常把眼睛贴到那裤子上去看呢？队长穿上荡荡裤不久，会计也穿上了一条，后来就没有谁穿了。生产队里的日本尿素都是队长和会计管着，其他的人去哪里弄那种口袋呢？所以大家只能眼巴巴地望着队长和会计穿。

我当时做梦都想穿荡荡裤，哪怕是用日本尿素口袋缝的我也想。有一次，父亲从镇上回来时，我终于向他开了口，求他在镇上碰到了日本尿素口袋后给我弄两条。父亲很快明白了我的意思，答应将这事放在心上。约摸过了半个月，父亲突然回了油菜坡，他说这回是专门为我回家的。父亲说着就从包里掏出一条荡荡裤。这是一条半新不旧的荡荡裤，父亲说是镇上的一个化肥仓库保管员为他儿子缝的，可他儿子皮肤不好，穿了这种裤子两腿发痒，于是就不穿了。我接过荡荡裤喜出望外，差点叫了一声毛主席万岁。父亲有些担心地说，但愿你穿上腿上不痒。我说，绝对不会痒的，我的腿子绊了漆树都不痒。

第二天我就把荡荡裤穿出去了，村里人见了我都像看一个天外来客。有人问我，你是不是当上队长了？我说，没有。那人就说，那你肯定是当上了会计！我还把荡荡裤穿到了学校，一下课就在校园里荡来荡去，好多女同学都对我刮目相看，一时间我觉得我简直成了全校最风光的人。

然而母亲却对我穿荡荡裤不以为然，她认为裤子应该穿得稳重才好，说荡荡裤荡来荡去十分轻浮。她希望我以后少穿这条裤子出门。但我没有听母亲的，我把她的话当成了耳边风。后来一连好多天，我照样穿着荡荡裤出门，并且专门朝人多的地方跑。母亲见我这样非常不满，看见我就板着脸。

有一天我把荡荡裤脱下来洗了，晒在门口的竹杆上。等我晚上放学回家时，那条荡荡裤却怎么也找不到了。我问母亲，母亲威严地对我说，我用剪子把它剪了！

6

我至今忘不了那个名叫云朵的女人，她也是个裁缝。云朵是镇上的人，家住街头第一家。云朵在当时是全镇最有名的裁缝，据说垄断了大半个镇的缝纫生意。说来也怪，当年镇上三个最有名的手艺人都住在街头那里。除了裁缝云朵，还有剃头佬老曹和铁匠刘麻子。云朵那时候四十出头，脸长长的，瘦瘦的，短发齐耳。她见人话不多，但总是笑笑的，两只眼睛挺漂亮。

我是读高一那年住到镇上去的，高中设在镇上，我在学校住读，每周回一趟油菜坡。父亲就在这个镇上工作，他工作的单位离街头不远。记得就是在我读高一的那一年，父亲把我带到了云朵的缝纫店。

那是高一下学期刚开学的时候，学校团委书记突然在全校大会上宣布说，学校要成立一个毛泽东思想文艺宣传队，愿意参加的同学可以报名，但报名有一个条件，那就是必须有一件胸前有两个口袋的黄军装。事实上我们班上有不少同学早已穿上黄军装了，黄军装是当时最时尚的服装，穿上它雄赳赳气昂昂，高人一等。拥有黄军装的同学大都是家里有人在部队当兵，要么就是有人在武装部工作。我家一没当兵的，二没人在武装部，所以我一直穿不上黄军装。其实我是非常想穿一件黄军装的，作为一个十四五岁的青春少年谁不希望自己英姿飒爽呢？但我没有门路，只好心甘情愿穿我的百姓布衣。然而，一听说要成立毛泽东思想文艺宣传队，我的心就热血沸腾了。这时候我想，我一定要想方设法弄一件黄军装，然后加入毛泽东思想文艺宣传队。我首先找到我们班的体育委员，听说他哥哥在部队当连长，他已经穿过好几件黄军装了。但体育委员没有给我这个面子。他的学习很差，只会打篮球，而我的学习很好，还当着班上的学习委员。我对体育委员说，你帮我弄一件黄军装，我每天帮你做作业。我以为我这个主意不错，没想到恰恰伤了体育委员的自尊心。这样事情就没弄成。接下来我找到了我们的生活委员，他舅舅是武装部的部长，每年负责征兵工作，手中捏了不少黄军装。但生活委员很贪婪，他说帮我弄一件黄军装可以，但必须给他十块钱。作为一个穷学生，我到哪里偷钱去？事情于是又泡了汤。后来没有办法，我只好去了父亲的单位，苦苦哀求他买段黄布给我缝一件。不到过年，父亲平时是从来不肯花钱为我缝衣裳的，他每月就是那么三十七块五角钱，必须一分一分数着用，不然日子就过不下去。那次我去求父亲，开始他怎么都不同意，后来我流泪了，他的心才软了下来，答应拿出五块钱，给我买段黄布缝一件。

父亲买了黄布带我去云朵那里时，正是傍晚时分，太阳刚落，红霞满天，云朵的缝纫店也被晚霞染红了，云朵的脸上像是打了胭脂。父亲把黄布交给云朵，请她为我量一下身体。而云朵没有量我的身体，只是睁大眼睛将我前前后后打量了好半天。她倒是量了那段黄布。量完黄布，我发现她好看的眉头突然皱了一下。父亲也发现云朵皱了眉头，便问怎么啦？云朵说，这段布不够！父亲说，你还没量我儿子的身体呢，怎么知道布不够？云朵说，谁说我没量他的身体？我的眼睛比尺子还准。父亲说，这布应该是够的呀！云朵说，如果做学生装当然够，但要做军装的样子就不够了，学生装只有一个口袋，而军装有两个口袋，并且还有口袋盖。父亲想了想说，那就做学生装吧，他本来就是学生嘛！我这时突然急了，赶紧说，不，我要军装！父亲顿时有些生气，黑着脸说，要军装干什么？你又不是当兵的！他说着就拉着我的手，将我扯出了缝纫店。走出店门后，父亲回头对云朵说，就做学生装，他明天来拿。我这时候忍不住哭了，我哭着回头朝缝纫店看了一眼，发现那里的晚霞都变成黑的了。

第二天我没去云朵那里，我觉得那件只有一个口袋的学生装对我已经没有多大意义了。然而在我上晚自习的时候，父亲却突然来到了教室门口。他递给我一个纸包说，这是你要的黄军装，云朵师傅自己买布给你做了两个口袋。我顿时欣喜异常，立刻打开了纸包，看见那件黄衣裳上面果然有两个口袋。当天晚上，我就穿着云朵为我缝的黄军装去团委书记那里报了名。第二天，我加入了毛泽东思想文艺宣传队。

7

高二那年我从镇中转入了县城一中。

县城里那时候正流行一种的确良黄裤子。无论在大街上，还是在小巷里，你到处都可以看到那些穿的确良黄裤子的人，他们有的骑着自行车在马路中间飞奔，有的沿着街道旁边的人行道款款而行，由于他们都穿着的确良黄裤子，所以一个个都显得很高贵，神气得不得了。在县城里，除了城里人，也会有一些来自乡下的人。这些人你一眼就可以看出来，他们当然是没有的确良黄裤子穿的，大都穿着皱巴巴的布裤子，有的还一条裤腿卷着，另一条裤腿吊着。这些人到城里来，说到底就是给城里人当陪衬的。

我们学校也有许多穿的确良黄裤子的人，他们大都是县城的学生。一中的学生大部分家住县城，来自乡下的很少很少。比如我们班上，四十个人中只有六个人从乡下来。谁是城里的，谁是乡下的，只要看看他的裤子就知道了。城里的学生差不多每人都有一条的确良黄裤子，而我们几个乡下的学生，几乎穿着清一色的布裤。

说句心里话，我是很欣赏的确良黄裤子的。它颜色纯正，而且布纹细腻，一看就有档次，实在是一种好衣裳，我不能睁着眼睛说瞎话，吃不到葡萄就说葡萄是酸的。爱美之心，人皆有之，我当然也希望自己能有一条的确良黄裤子穿一穿。我想，造的确良的人又不是专为城里人造的，乡下人为什么不能穿呢？不过我知道暂时是穿不上的，我想等我有钱了一定缝一条穿在身上。当然，那段时间我也没有过多地去考虑穿着问题，很快就要参加高考了，我必须把精力放到学习上。

时间过得真快，一晃春天就过去了。春天一过，天气便热了起来，这时候县城里穿的确良黄裤子的人就越发多起来了。大家都知道，的确良黄裤子布料很薄，穿在身上轻快而凉爽。也就在这个时候，我开始犯愁了，因为入夏以后我身上还一直穿着那条厚厚的灰布裤，闷热时刻袭击着我，有时候我不得不合拢手中的书本，把裤脚高高地挽起来，透透风，散散热。每当这时，我就特别羡慕那些穿的确良黄裤子的城里学生，我想，他们的腿子装在的确良黄裤子里面该是多么舒服啊！

父亲正是在这个时候来到县城的。他到县城一方面是因为单位的差使，一方面是为了给我送粮票，算是公私兼顾。父亲在校园里找到我已是黄昏了，但光线还很明亮。在黄昏的天光下，我一眼看见父亲穿着一条的确良黄裤子。一发现这条的确良黄裤子，我的眼睛就不动了，像是钉在了那条的确良黄裤子上。父亲很快发觉了我神情不对，便伸手在我的灰布裤上摸了一把。父亲问，这条裤子穿着是不是很热？我想了一下说，还好，不是太热。父亲本来打算在校园里看看我就和我分手的，但这会儿他却改变了主意。父亲对我说，跟我到旅社去一趟吧。

开始我以为父亲只是让我送送他，好让父子俩多说几句话，到了旅社以后，我才发现父亲是有重要事情要做。父亲一到旅社就打开了他的提包，从中找出一条半新的布裤，接着就把身上的那条的确良黄裤子换下来了。我看着父亲的举动，正感到疑惑时，他把脱下来的的确良黄裤子送到了我手里。父亲说，天气太热了，这条裤子给你穿吧!我捧着父亲的的确良黄裤子，泪一下子就流出来了。

后来的两个月，我差不多每天都穿着父亲的那条的确良黄裤子，复习非常认真，可以说是把全部身心都扑在了学习上。七月，我参加了高考。九月，我接到了大学录取通知书。十月，我穿着父亲的那条的确良黄裤子从老家油菜坡出发，经过镇上，经过县城，上了省城的大学。

短篇小说像少妇

晓　苏

在我看来，短篇小说是一种十分迷人的文体。假如说长篇小说是一位饱经沧桑的八旬老妪，中篇小说是一位风情万种的半百徐娘，那短篇小说就是一位三十刚出头的少妇。它表面上静如止水，实际上动若脱兔。它表面上风平浪静，实际上暗流汹涌。它表面上欲说还休，实际上思接千载。

无论是长篇小说，还是中篇小说，或者是短篇小说，它们都属于叙事文体。从叙事学的角度来说，叙事包括两个方面，一是叙之事，二是事之叙。叙之事指的是叙事内容，即我们常常所说的故事；事之叙指的是叙事形式，也就是我们常常所说的叙事策略，包括叙事立场、叙事角度、叙事结构、叙事语言，还有叙事美学。长中短三种文体的小说，虽然都离不开叙之事和事之叙这两个基本元素，但由于它们各自的体格不同，所以在叙事上也呈现出三种不同的形态。

作为八旬老妪，长篇小说的叙之事便是她丰富的、纷繁的、曲折的阅历，其事之叙通常采取追忆的形式。她因为饱经风霜，所以倚老卖老，叙述的时候不急不躁，一张一弛，时纵时横，显示出宏大而厚重的叙事风貌。这种叙事一般带有明显的线型特征，我把这一形态称为线型叙事。

作为半百徐娘，中篇小说的叙之事即是她鲜活的、独特的、复杂的状态，其事之叙大多运用坦陈的形式。她因为风情万种，所以别开生面，叙述的时候搔首弄姿，直言不讳，口若悬河，显示出热烈而酣畅的叙事特点。这种叙事一般带有鲜明的面状特征，我把这一形态称为面状叙事。

作为三十刚出头的少妇，短篇小说的叙之事往往不太长，不太大，也不太完整，甚至不太确定。要么是故事的一个侧面，要么是故事的一个倒影，要么是故事的一个回声。我把这些故事层面的因素称之为可能。短篇小说所要叙述的内容，实际上就是故事的各种可能性。与此相适应，短篇小说的事之叙主要选择了暗示的形式。这种叙事策略与少妇身份密切相关。它含而不露，即使是欲念丛生，激情万丈，心旌摇荡，也要尽量克制，努力隐藏，使劲遮盖。叙述的时候，经常运用隐喻和象征，言此意彼，声东击西，闪烁其辞，模棱两可，欲言又止，似是而非，雾里看花，半明半昧，犹抱琵琶半遮面，显示出混沌而暧昧的叙事格调。这种叙事显而易见带有点式特征，我把这一形态称为点式叙事。

对作家来说，短篇文体虽然像少妇一样迷人，但它同时也更具挑战性。我的意思是说，与长篇小说和中篇小说比起来，短篇小说这一文体更加难以驾驭。它既不像八旬老妪那么慈祥，那么宽容，那么平易近人，也不像半百徐娘那样热情，那样随便，那样半推半就。它显得是那般清高，那般矜持，那般挑剔，那般冷若冰霜，那般无从下手。可以说，在所有的文体中，短篇小说是最能考验作家智慧和才华的一种文体。

首先，短篇小说是一种限制性叙事。长篇小说的叙事是线型的，线是自由的，可直可曲，可缠可绕，可松可紧，收放随心，无拘无束。中篇小说的叙事是面状的，面是敞开的，可宽可窄，可明可暗，可实可虚，铺展任意，游刃有余。短篇小说的叙事却不同，它是点式的，所有叙事只能在这个规定的点上进行并完成。所以说，它是一种限制性叙事。短篇小说的写作，实际上就是戴着镣铐在跳舞，其难度不言而喻。唯其如此，它才更需要作家的智慧与才华。作家只有选择到一个巧妙的角度，设置好一个特定的时空，他的叙事才可能获得成功。

其次，短篇小说是一种可能性叙事。长篇小说的叙事重点是阅历，或者叫历史，处于过去完成时态，属于必然性叙事。中篇小说的叙事重点是状态，或者叫现实，处于现在进行时态，属于当然性叙事。短篇小说叙述的重点则是各种各样的可能，或者是走势，或者是方向，或者是念头，处于将来发展时态，属于或然性叙事。或然意味着一切皆有可能，所以我把或然性叙事又称为可能性叙事。短篇小说的第一要务，就是要给读者提供更多的可能性。为了完成这一重任，作家在写作短篇小说时，必须要开放。观念要开放，故事要开放，结构要开放，语言要开放，主题更要开放。只有这样，可能性叙事才能成为可能。

另外，短篇小说是一种意思性叙事。我曾经把小说分为有意思和有意义两种。有意思的小说，是相对有意义的小说而言的。有意义指的是有思想价值，有意思指的是有情调有趣味。长篇小说重在对历史规律的思考与总结，力图打捞历史的意义。中篇小说重在对社会现实的展示与分析，力求发现社会的意义。短篇小说则特别关注那些被正统历史和主流社会所有意或无意忽略与遮蔽的存在，有时是生活的一个暗角，有时是人性的一道裂缝，有时是晴空的一声霹雳，有时是雨天的一抹阳光。这些都是有意思的存在。短篇小说的责任，就是要千方百计地将这些处于沉睡状态的意思唤醒并激活，让情调和趣味展翅飞翔。

综上而言，老妪似的长篇小说主要用阅历和追忆让人陶醉，徐娘似的中篇小说主要靠状态和坦陈引人入胜，少妇似的短篇小说则主要凭可能和暗示令人神往。坦率地说，短篇小说这种文体对我更有诱惑力。

晓苏新世纪短篇小说创作索引

1. 《金米》，发《长江文艺》2002.04，《文艺报》和《长江文艺》分别发表评论。

2. 《爱猪的女人》，发《长江文艺》2002.04，《太原日报·佳作精编》版 2006 年 11 月 27 日全文转载。

3. 《黑木耳》，发《长江文艺》2002.04。

4. 《老板还乡》，发《山花》2002.05。

5. 《一朵黄菊花》，发《春风》2002.08。

6. 《你们的大哥》，发《青年文

学》2002.06,《文艺报》发表评论。

7.《花梅》,发《芳草》2002.06。

8.《婚外飘流记》,发《江南》2002.06。

9.《看望前妻》,发《花城》2002.06,《文艺报》发表评论。

10.《金银花》,发《福建文学》2002.08。

11.《雨季奇案》,发《广西文学》2002.12。

12.《跪地求饶》, 发《广州文艺》2002.12,《小说精选》2003.01 转载。

13.《母猪桥》,发《作品》2003.03。

14.《娘家风俗》,发《山花》2003.04,收入《中国 2003 年短篇小说经典》(吴义勤主编, 山东文艺出版社出版)和《中国新世纪短篇小说欣赏》(金立群编著,长江文艺出版社出版)。

15.《春天的车祸》,发《芳草》2003.04,收入《中国 2003 年优秀校园小说选》(葛红兵主编,上海文艺出版社出版)。

16.《草屋》,发《长江文艺》2003.04。

17.《村里出了个打字员》,发《春风》2003.04。

18.《被炒了鱿鱼的人》,发《春风》2003.04。

19.《哭笑不得》,发《山东文学》2003.06。

20.《米共的苦乐年华》,发《广西文学》2003.06。

21.《姑妈》,发《岁月》2003.08。

22.《爱情地理》,发《安徽文学》2003.08。

23.《误诊》,发《长城》2003.02。

24.《表姐呀表姐》,发《长江文艺》2003.11。

25.《书虹医生》,发《山花》2003.12。

26.《给父亲过生日》,发《芳草》2004.01。

27. 《三座坟》,发《芳草》2004.02,《短篇小说选刊》2004.04 转载。

28. 《侯己的汇款单》, 发《芳草》2004.03,《小说月报》2004.05 转载,《作品与争鸣》2004.08 转载并配发两篇评论,《文艺报》发表评论,2005 年获"蒲松龄短篇小说奖",收入《中国 2005 年获奖小说选》(王干主编,燕山文艺出版社出版)。

29. 《人情账本》,发《芳草》2004.04。

30. 《乡村母亲》,发《芳草》2004.05。

31. 《光棍村》,发《芳草》2004.06。

32. 《替姐姐告状》,发《芳草》2004.07。

33. 《嫂子改嫁》,发《芳草》2004.08,收入《中国 2004 年短篇小说经典》(吴义勤主编,山东文艺出版社出版)。

34. 《没有孩子的母亲》,发《芳草》2004.09。

35. 《九味酒》,发《芳草》2004.10。

36. 《粪王传奇》,发《芳草》2004.11。

37. 《糖水》,发《芳草》2004.12。

38. 《穿吊带衫的情人》,发《春风》2004.01,《短篇小说选刊》2004.02 转载。

39. 《三年前的一个吻》,发《春风》2004.02,《短篇小说选刊》2004.03 转载。

40. 《过去的爱情》,发《春风》2004.03。

41. 《教授与乞丐》,发《春风》2004.04。

42. 《摇头苦笑》,发《春风》2004.05。

43. 《冯椿的情况》,发《春风》2004.06,《短篇小说选刊》2004.08 转载,收入《中国 2004 年好看小说选》(谢冕主编,华艺出版社出版)。

44. 《与床共舞》,发《春风》2004.07。

45. 《交杯酒》，发《春风》2004.10。

46. 《黄雀》，发《春风》2004.11。

47. 《我的导师路明之》，发《春风》2004.12。

48. 《生日歌》，发《山花》2005.01。

49. 《龙洞记》，发《长城》2005.02，《小说月报》2005.06 转载。

50. 《怀念几件衣服》，发《朔方》2005.02。

51. 《到什么山上唱什么歌》，发《花城》2005.02，《中华文学选刊》2005.11 转载，收入《中国 2005 年短篇小说经典》（吴义勤主编，山东文艺出版社出版）。

52. 《往事重提》，发《长江文艺》2005.03。

53. 《老讲师》，发《四川文学》2005.04。

54. 《丑事》，发《安徽文学》2005.05。

55. 《从前的单相思》，发《百花洲》2005.06，《小说月报》2006.02 转载。

56. 《做复印生意的人》，发《长江文艺》2005.12。

57. 《吊带衫》，发《延河》2005.12。

58. 《夫妻之歌》，发《作品》2005.12。

59. 《背黑锅的人》，发《收获》2005.05，《作家文摘报》以连载的形式转载，收入《中国短篇小说年选（2005年卷）》（洪治纲选编，花城出版社出版），收入《中国 2005年最佳短篇小说》（王蒙主编，辽宁人民出版社出版）。

60. 《绕床起舞》，发《福建文学》2006.01。

61. 《走回老家去》，发《朔方》2006.01，《新华文摘》2006.06 全文转载。

62. 《秋天的老虎》，发《红豆》2006.03。

63. 《两个窥视者》，发《长城》2006.03，收入《中国 2006 年短篇小说经典》（吴义勤主编，山东文艺出版社出版）。

64.《土妈的土黄瓜》，发《长江文艺》2006.04。

65.《侄儿请客》，发《作家》2006.04。《中华文学选刊》2006.06 转载，配发王先霈推荐语。

66.《谢客老师》，发《滇池》2006.05。

67.《农家饭》，发《钟山》2006.04，《文艺报》发表评论。

68.《抓阄的前前后后》，发《飞天》2006.05。

69.《为光棍说话》，发《山花》2006.05。

70.《城里来的前夫》，发《百花洲》2006.04。

71.《击鼓传花》，发《延河》2006.08。

72.《碰头会》，发《作品》2006.09。

73.《坦白书》，发《大家》2006.05。《文艺报》发表王先霈评论文章。

74.《疙瘩和疙瘩》，发《芒种》2006.12。

75.《堵嘴记》，发《长江文艺》2007.03。获《长江文艺》首届完美文学奖。

76.《我们应该感谢谁》，发《收获》2007.02。

77.《主席台》，发《星火》2007.03。

78.《我的丈夫陈克己》，发《百花洲》2007.03。

79.《帽儿为什么这样绿》，发《福建文学》2007.06。

80.《送一个光棍上天堂》，发《花城》2007.05。

81.《怀旧之旅》，发《江南》2007.05。

82.《住在坡上的表哥》，发《长城》2007.05。收入《中国 2007 年短篇小说经典》(吴义勤主编，山东文艺出版社出版)。

83.《天边的情人》，发《钟山》2007.06。

84.《松油灯》，发《作家》2007.11。

85.《四季歌》,发《上海文学》2007.12。

86.《油渣飘香》,发《福建文学》2008.01。

87.《麦芽糖》,发《青年文学》2008.02。《小说月报》2008.03 转载。收入《2008 中国短篇小说年选》(洪治纲主编,花城出版社出版)。收入《中国 2008 年短篇小说经典》(吴义勤主编,山东文艺出版社出版)。获第四届湖北文学奖。

88.《嫂子调》,发《长江文艺》2008.03。

89.《寡妇年》,发《山花》2008.04。

90.《挽救豌豆》,发《广州文艺》2008.04。

91.《劝姨妹复婚》,发《文学界》2008.05.

92.《麦子黄了》,发《江南》2008.03。

93.《去南方》,发《延河》2008.06。

94.《陪周立根寻妻》,发《钟山》2008.04。

95.《甘草》,发《花城》2008.04。

96.《金碗》,发《滇池》2008.09,《小说选刊》2008.10 转载。收入《2008 年中国短篇小说精选》(胡平主编,长江文艺出版社出版),收入《2008 年度中国最佳短篇小说》(小说选刊主编,漓江出版社出版)。

97.《穿牛仔裤的表嫂》,发《山东文学》2008.11。

98.《桃花桥》,发《作家》2008.11。

99.《两个研究生》,发《百花洲》2009.01。《中华文学选刊》2009.04 转载。

100.《光棍们的太阳》,发《长江文艺》2009.03。

101.《钟点房》,发《文学界》2009.03。

102.《粉丝》,发《花城》2009.03。《小说选刊》2009.07 转载。《小说月报》2009.08 转载。收入《2009 年中国短篇小说精选》(胡平主编,长江文艺出版社出版)。收入《2009

年名家中短篇小说精品》(章德宁主编,湖南文艺出版社出版)。收入《2009最适合中学生阅读短篇小说》(宗仁发主编,北方妇女儿童出版社出版)。

103.《人住牛栏》,发《岁月》2009.04。配发樊星评论文章。

104.《姑嫂树》,发《长城》2009.03。

105.《红杏是怎样出墙的》,发《芳草》2009.07。

106.《我们的隐私》,发《收获》2009.04。《小说月报》2009.09转载。收入《2009中国短篇小说年选》(洪治纲主编,花城出版社出版)。收入美国夏威夷大学出版社英文小说集《礼帽》。

107.《风流老婆》,发《福建文学》2009.07。

108.《等冯欠欠离婚》,发《作家》2009.08。《中华文学选刊》2009.11转载。

109.《红丝巾》,发《广州文艺》2009.11,《小说选刊》2009.12"佳作搜索"推荐。

110.《乡村车祸》,发《滇池》2009.12。获第七届滇池文学奖。

111.《村口商店》,发《长江文艺》2010.01。获第四届完美文学奖。

112.《坐了一回主席台》,发《满族文学》2010.01。

113.《姓孔的老头》,发《山花》2010.03。

114.《柳幺》,发《福建文学》2010.03。

115.《陪读》,发《花城》2010.03。《当代小说》发表评论。

116.《吃回头草的老马》,发《作家》2010.08,《小说月报》2010.09转载。《中华文学选刊》2010.10转载。

117.《老师的生日庆典》,发《红岩》2010.05。

118.《给李风叔叔帮忙》，发《小说界》2010.05。《小说月报》2010.12 期转载。收入《2010 年中国短篇小说精选》(胡平主编，长江文艺出版社出版。)

119.《暗恋者》，发《天涯》2010.05。《小说选刊》2010.10 转载。收入《2010 中国短篇小说年选》(洪治纲主编，花城出版社出版)。收入中国社会科学院《中国文学年鉴》2011 年卷。

120.《水边的相好》，发《辽河》2010.11。

121.《留在家里的男人》，发《钟山》2010.06。《小说月报》2011.01 转载。

122.《拜寿》，发《广西文学》2010.12。

123.《花被窝》，发《收获》2011.01。《文学教育》2011.03 发表李遇春评论。《小说选刊》2011.04 转载。《小说月报》2011.06 转载。荣登中国小说学会 2011 年度中国小说排行榜，位于短篇第四名。收入《2011 年中国短篇小说年选》(洪治纲主编，花城出版社出版)。收入《小说月报 2011 年精品集》(百花文艺出版社出版)。收入《2011 年度中国最佳短篇小说》(漓江出版社出版)。收入中国社会科学院《中国文学年鉴》2012 年卷。获第五届湖北文学奖。

124.《村里哪口井最深》，发《福建文学》2011.01。

125.《幸福的曲跛子》，发《北京文学》2011.02。《当代小说》发表评论。

126.《我的三个堂兄》，发《长江文艺》2011.02。

127.《死鬼黄九升》，发《广州文艺》2011.02。

128.《看稀奇》，发《作家》2011.04。《中华文学选刊》2011.05 转载。《光明日报》《文学报》发表评论。

129.《卖豆腐的女人》，发《作家》2011.04。《光明日报》《文学报》发表评论。

130.《师娘》,发《芒种》2011.05。

131.《电话亭》,发《红岩》2011.03。

132.《唱歌比赛》,发《小说界》2011.03。

133.《卖卤菜的李学乖》,发《清明》2011.04。

134.《提前退席的人》,发《长城》2011.05。

135.《保卫老师》,发《花城》2011.05。《中华文学选刊》2011.12 转载。《文艺报》发表李勇评论。

136.《剪彩》,发《福建文学》2012.01。《小说月报》2012.04 转载。收入《小说月报 2012 年精品集》。

137.《三层楼》,发《作家》2012.01。

138.《镇长的弟弟》,发《山花》2012.01。收入《2012 中国短篇小说年选》(洪治纲主编,花城出版社出版)。

139.《打捞记》,发《红岩》2012.01。

140.《矿难者》,发《广西文学》2012.03。《中华文学选刊》2012.05 转载。获第十届金嗓子文学奖。

141.《海碗》,发《中国作家》2012.06。

142.《有个女人叫钱眼儿》,发《长城》2012.06。

143.《回忆一双绣花鞋》,发《钟山》2012.06。《小说月报》2013.02 转载。《小说评论》发表评论。收入《中国当代文学经典必读 2013 年卷》(吴义勤主编,文化艺术出版社出版)。获第十六届小说月报百花奖。

144.《让死者瞑目》,发《福建文学》2013.01。《小说月报》2013.03 转载。

145.《花嫂抗旱》,发《作家》2013.02。《小说月报》2013.04 转载。

146.《酒疯子》,发《收获》2013.02。《湖北日报》发表评论。进入中国小说学会 2013 年中国小说排行榜。收入

《2013 中国短篇小说年选》(洪治纲主编，花城出版社出版)。

147.《桠杈打兔》,发《花城》2013.05。《光明日报》发表评论。

148.《养驴的女人》,发《作家》2014.01。《小说月报》2014.03 转载。

149.《日白佬》,发《福建文学》2014.01。

150.《皮影戏》,发《广西文学》2014.01。《小说月报》2014.04 转载。收入《2014 年中国短篇小说精选》(胡平主编,长江文艺出版社出版)。

151.《传染记》，发《天涯》2014.02。《小说选刊》2014.04 转载。收入《2014 中国短篇小说年选》(洪治纲主编，花城出版社出版)。收入《中国当代文学经典必读 2014 年卷》(吴义勤主编,百花洲文艺出版社出版)。收入《2014 年度中国最佳短篇小说》(漓江出版社出版)。

152.《我的小郎儿》,发《钟山》2014.04。

153.《挖坑》,发《文学界》2014.08。《光明日报》发表评论。

154.《双胞胎》,发《长城》2014.06。

155.《野猪》,发《作家》2015.01。

156.《三个乞丐》,发《天涯》2015.02。

157.《天坑》,发《福建文学》2015.06。

158.《自首》,发《红岩》2015.04。